走向世界的中国作

国殇

周梅森 著

文化发展出版社
Cultural Development Press

图书在版编目(CIP)数据

国殇 / 周梅森著. —— 北京：文化发展出版社,2020.4
ISBN 978-7-5142-2970-7

Ⅰ. ①国… Ⅱ. ①周… Ⅲ. ①中篇小说-小说集-中国-当代 Ⅳ. ①I247.5

中国版本图书馆CIP数据核字(2020)第037813号

国 殇 GUOSHANG

周梅森 著

出 版 人：武 赫
策划编辑：肖贵平
责任编辑：周 蕾
责任校对：岳智勇
责任印制：杨 骏
封面设计：郭 阳
排版设计：辰征·文化

出版发行：文化发展出版社（北京市翠微路2号 邮编：100036）
网　　址：www.wenhuafazhan.com
经　　销：各地新华书店
印　　刷：天津嘉恒印务有限公司
开　　本：889mm×1194mm　1/32
字　　数：254千字
印　　张：11.25
版　　次：2020年7月第1版　2020年7月第1次印刷
定　　价：68.00元
ＩＳＢＮ：978-7-5142-2970-7

◆ 如发现任何质量问题请与我社发行部联系。发行部电话：010-88275710

"走向世界的中国作家"文库编辑委员会

主　编

野　莽

成　员

(以姓氏笔画为序)

王池英（美）	立松升一（日）	吕　华
安博兰（法）	许金龙	周大新
贾平凹	野　莽	

不仅是为了纪念

——"走向世界的中国作家"文库总序

野芒

在一切都趋于商业化的今天,真正的文学已经不再具有二十世纪八十年代的神话般的魅力,所有以经济利益为目标的文化团队与个体,像日光灯下的脱衣舞者表演到了最后,无须让好看的羽衣霓裳作任何的掩饰,因为再好看的东西也莫过于货币的图案。所谓的文学书籍虽然也仍在零星地出版着,却多半只是在文学的旗帜下,以新奇重大的事件,冠以惊心动魄的书名,摆在书店的入口处,引诱对文学一知半解的人。

这套文库的出版者则能打破业内对于经济利益的最高追求,尝试着出版一套既是典藏也是桥梁的书,为此做好了经受些许经济风险的准备。我告诉他们,风险不止于此,还得准备接受来自作者的误会,此项计划在实施的过程中不免会遭遇意外。

受邀担任这套文库的主编对我而言,简单得就好比将多年前已备好的课复诵一遍,依照出版者的原始设计,一是把新时期以来中国作家被翻译到国外的、重要和发生影响的长篇以下的小说,以母语的形式再次集中出版,作为中国当代文学的经典收藏;二是精选这些作家尚未出境的新作,出版之后推荐给国外的翻译家和出版家。入选作家的年龄不限，年代不限，在国内文学圈中的排名不限，作品的风格和流派不限，陆续而分期分批地进入文库，每位作者的每本容量为十五万字左右。就我过去的阅读积累，我可以闭上眼睛念出一大片在国内外已被认知的作品及其作者的名字，以及这些作者还未被翻译的本世纪的新作。

有了这个文库，除为国内的文学读者提供怀旧、收藏和跟踪阅读的机会，也的确还能为世界文学的交流起到一定的媒介作用，尤其国外的翻译出版者，可以省去很多在汪洋大海中盲目打捞的精力和时间。为此我向这个大型文库的编委会提议，在编辑出版家外增加国内的著名作家、著名翻译家，以及国外的汉学家、翻译家和出版家，希望大家共同关心和参与文库的遴选工作，荟萃各方专家的智慧，尽可能少地遗漏一些重要的作家和作品，这个方法自然比所谓的慧眼独具要科学和公正得多。

遗漏总会有的，但或许是因为其他障碍所致，譬如出版社的版权专有，作家的版税标准，等等。为了实现文库的预期目的，在全书的编辑出版过程中，出版者会力所能及地逐步解决那些障碍，在此我对他们的倾情付出表示敬意。

2018年5月12日改于竹影居

目 录

孽 海 / 1

国 殇 / 110

军 歌 / 220

从新历史小说到新政治小说 / 328

周梅森创作年表 / 346

孽　海

一

　　下了摩斯大街，拐进赫德路，市面的繁华和喧嚣便隐去了。嵯峨的楼厦不见了踪影，撞入眼帘的尽是花园洋房和西式公寓，有阵阵花香在空气中飘逸。车夫脚下原本尘土飞扬的士敏土路也变得湿润起来，夕阳的柔光将路面映得亮闪闪的。路上是幽静的，偶有三两小贩的叫卖声，再无让人心烦的市声聒噪。只是洋车却明显少了起来，一路过去没见到几辆，朱明安便觉得自己坐在洋车上很扎眼。在白克路口，一辆黑颜色的奥斯汀迎面驰来，像是要和朱明安的洋车迎头撞上去，车夫扭住车把去躲，差点儿把朱明安扶在身旁的猪皮箱甩到地下。汽车呼啸过去之后，车夫颇感歉意，不安地回首向朱明安赔笑，朱明安却不好意思说什么，只把猪皮箱抱得更牢些也就算了。

　　过了老巡捕房，便看到了郑公馆乳黄色的大门，和门内的那幢小巧精致的洋楼。洋楼也是乳黄色的，看上去仍很新，就像刚出炉的大蛋糕，正在夕阳下散发着可人口腹的香气。身着淡雅旗袍的小姨于婉真和刘妈在门旁立着，向洋车上的朱明安微笑。朱明安这才快乐起来，未待车停稳，便扔下手中的箱子，跳下车，连声喊着"小姨"向门口奔去。

　　站在门口的于婉真先还愣着，后来也禁不住笑着叫着，迎了上来，在离大门几步远的地方，迎到了朱明安，一把拉住了朱明安的手。

于婉真以一副长辈的口吻说:"你这孩子,终算是回来了。昨日下晚,我和刘妈已去码头接了一次,'大和丸'偏就误期了,今日接到你从码头上打来的电话,再想去接却来不及了,你怪我没有?"

朱明安道:"不怪的,熟门熟路,行李又托运了,本来就用不着接。"

于婉真纤细的手指向朱明安额头上一戳,嗔道:"哼,只怕在码头上已骂我千百遍了吧?!"

朱明安嘿嘿地笑着说:"我想小姨都想不过来,哪还会骂呀……"

于婉真未施粉黛,身上却香气袭人——是巴黎香水的味道,朱明安一闻就知道。闻着于婉真身上熟悉的香水味,和于婉真相伴着走进公馆大门,看着院子里熟悉的景状,朱明安就觉得一切又回到了从前,甚或以为自己从未离开过这里。

目光所及处都无甚变化。院里修剪得整整齐齐的冬青树和种在小花园里的玫瑰,依如昔日,绿的绿着,红的红着。就连玫瑰的品种都没变,仍是英吉利的红玫瑰,只是已入了秋,红艳的花朵大都败了。朱明安记得,出洋前,自己常把园中的红玫瑰连叶折下来,献给小姨,给小姨带来温馨,也给小姨带来惊恐不安。又记起十四岁刚到公馆来那年,躲在冬青树丛后面,偷看小姨洗澡的旧事,竟觉得就像发生在昨天。

在东瀛留学四年,远隔千里万里,朱明安心里总装着小姨和这座租界里的小楼,做梦都想回来,真像入了魔一样。

招呼着刘妈和车夫把行李收拾好,又简单地洗漱了一下,朱明安才到客厅里去和于婉真说话。于婉真要朱明安过两天先回乡下老家看看自己母亲,又说要在"大东亚"给朱明安摆酒接风,已约请了不少朋友，也要朱明安请些朋友来。朱明安却心猿意马了，只点头，并不多说什么，且老盯着于婉真看，看得于婉真都低了头，仍是看。后来竟痴痴地走了过来，半跪在于婉真面前，毫无顾忌地扶着于婉真圆润的肩头，仔细打量起于婉真来。

于婉真将朱明安软软推开，说："别胡闹！"

朱明安却不管，又撩着于婉真额前的鬓发，偏着头看于婉真。

于婉真笑道："有啥好看的？小姨早老了。"

朱明安说："小姨不老，像是比四年前还俊哩！"

于婉真手指向朱明安挺拔的鼻梁上一按："你呀，又骗我！"

朱明安说："我不骗你，这是心里话。"

说这话时，朱明安就感慨：一晃四年过去了，世事变化那么大，多少人老了，死了，只有小姨仍是老样子，就仿佛青春被装进了岁月的保险箱里，从二十岁后岁数再没增长过。

在朱明安眼里，小姨于婉真永远二十岁。二十岁之前的小姨是什么样子已记不清了，那时他尚小，还不懂得鉴赏女人；二十岁之后的小姨是不存在的——他不相信小姨会老。

于婉真也在垂首打量朱明安，打量了半天，才叹了口气说："你呀，你真不该回来！你一回来，我的心又乱了。"

朱明安道："现在不怕了，郑督军死了，没人再管着你了！"

于婉真脸一红："别胡说，我再怎么说也是你亲姨！你站起来。"

朱明安不起，反而将脸紧紧贴在于婉真的膝头摩蹭起来。于婉真的膝头很凉，膝头上绷着旗袍的绸缎，又很滑，脸贴上去有种说不出的舒适。朱明安觉得，这感觉实在是很美好的，有点像梦境。

于婉真没办法，只得任由朱明安这般亲昵地俯在她膝上，渐渐地心中也生出了融融暖意来。后来，朱明安的手公然摸到了她的胸房上,她才骤然一惊,蓦地立起了,讪讪地对朱明安道:"过去的事都过去了,你……你可别再做坏孩子了……"

大约是怕朱明安做出什么过分的事,于婉真便不住地使唤刘妈,要刘妈拿这拿那。刘妈老是进进出出,朱明安才老实了,很有样子地坐在沙发上,先漫无边际地谈讲了些在日本留学的事,后又问于婉真:"郑督军原倒活得好好的,咋说死就死了?"

于婉真叹了口气:"我在信上不是和你说了么?老东西是被气死的!手下一个姓刘的师长叛了他,还煽动绅商各界搞了个驱郑运动,那日在省城督军府正开着会,老东西一口气没上来,就过去了。人死起来也真是容易。"

朱明安说:"郑督军也早该死了,他不死,别人就活不好。"

于婉真道:"可老东西总算对我不错,我不愿住省城,就为我在这租界置了公馆,生前也没亏待过我。"

朱明安说:"他对我却不好,硬把我赶到了日本……"

于婉真道:"这你别怪他,叫你去日本是我的主意,我得对得起你母亲,不能让你一事无成。"

朱明安不耐烦了,很有男子气地摆了摆手:"好了,小姨,咱不说这些了,反正人已死了,再说也没意思!你只给我说说家是咋分的吧?我知道郑督军可是有不少家产哩!"

于婉真道:"是请何总长做主分的,总算没吃亏,分了这座小楼,还有二十多万的珠宝、款子、股票什么的。"

朱明安认为于婉真还是吃了亏:"郑督军的家产何止二百万?我看少说也得有个三五百万,八个太太分,你咋说也得分上个五六十万嘛!"

于婉真手一拍道:"老东西哪止八个太太呀?你去日本这四年

里，明的又娶了两房，暗的少说还有三五个，还有那一大帮孩子，能分到这么多已是不易了。这其中何总长还算帮了忙的……"

就说到这里，外面有人来了电话，找朱明安。于婉真问他是谁，电话里那人说叫孙亚先，是朱明安的同学，于婉真便将话筒递给了朱明安。

朱明安对着话筒高兴地大叫大嚷，先骂孙亚先没去接他不够朋友，后又说总算回来了，要大干一番事业了。朱明安要孙亚先转告一个叫许建生的人，明天到这里见面商议大计，说完，把电话挂上了。

于婉真问："这两个人是干什么的？咋知道往这打电话？"

朱明安道："这两个人你也认识的，孙亚先是《华光报》商讯记者，许建生是大名鼎鼎的革命党，辛亥年带着起义学兵队打过制造局……"

于婉真记起了："你好像在信中提到过。"

朱明安点点头："这两个人都是我朋友，明天他们来时，你要尊重我！"

于婉真笑道："怎么尊重你？像日本女人那样，跪着给你端茶倒水么？"

朱明安手一摆："那倒不必，端茶倒水有刘妈，我只要你别笑我，我无论说什么，做什么，你都别笑我。我要和他们谈生意。"

于婉真掩嘴笑道："像你这种坏孩子也能做生意？别闹笑话了！"

朱明安搓着手："看看，小姨，你还没把我当大人待吧？幸亏我现在就给你打了招呼。你要知道，我不是小孩子了，我是留学日本，学过金融经济学的大男人。"

于婉真益发想笑，却忍住了，说："好，好，到时小姨给你捧场就是。只说你从小就是好孩子，没偷看过女人洗澡，也没往小姨床上爬过……"

朱明安的脸一下子红了半截，慌忙用手去堵于婉真的嘴，逗得于婉真格格直笑，再也正经不起来了……

晚饭后，回到自己房里，朱明安坐卧不宁，一忽儿想明天要和两个朋友商量的证券生意，一忽儿又想于婉真，搞到最后，竟闹不清自己这次回来，究竟是为了做证券生意还是为了于婉真？躺在松软的铜架床上，生意的事就淡了，倒是小姨于婉真的身影老在眼前晃，朱明安便觉得自己还是冲着小姨回来的。

小姨只大他六岁，涉世却比他深得多。当他还是个十四岁的小男孩时，小姨已是郑督军的八姨太了。郑督军为小姨置了这座公馆，却不常来，小姨一人寂寞，就把他从乡下接到这里来上中学堂。小姨把他当孩子，不防他，让他过早看到了一个小男孩不该看到的东西。记得最清的还不是偷看小姨洗澡，而是玩弄小姨的内衣和那东西。那东西是在洗脸间的门后看到的，长长一条，一面是绸布，一面是薄薄的红胶皮，还系着布带子。他把它当裤衩穿，便一次次冲动起来。不知小姨知道不知道这事？也许小姨是知道的，只是不说罢了。这还不是偷看小姨洗澡，简直让小姨说不出口。

现在，不用看也知道，那东西小姨不会再公然挂在洗脸间门后了，小姨虽是笑他，却还是把他当大男人看了。他咀嚼着客厅里自己跪在小姨面前的一幕，想象着小姨当时的羞怯和惶惑，就发现一切已变了，他少年时的梦真的要实现了……

越想心里越热，便幻想着小姨会给他留门。径自趿着拖鞋起来了，悄然上楼走到小姨卧房门口，轻轻地去推门。可小姨根本没他这份心，门插得死死的，他这才极失望地回到了自己房里，仰面躺在床上，看着挂在墙上的小姨的大相片发呆。

墙上的小姨耸着赤裸的肩头在微笑，两只迷人的眼睛蒙眬若梦，一只玲珑的小手托着下巴，长长的黑发瀑布也似地泻在肩上……

二

南面有两扇拱形大窗，透过大窗，躺在床上能看到月亮。是一轮满月，镜面般亮，于遥远的天际挂着，一动不动。如水光泻入房内，泻到床上，静默无声，却煞是撩人，让人动情。于婉真把双手垫在脑后，依在床头上痴痴地看着月儿，禁不住眼里便汪上了泪。

郑督军四个月前总算死掉了，朱明安也从日本回来了，现在，作为一个幸运女人该有的一切，她都有了。她既有了自由，又分得了郑督军撇下的钱财、公馆，一切都可重新开始了。她原就不是那种只能靠男人养着的百无聊赖的女人，就是做着郑督军八姨太时，也保持着相当的独立性。她背着郑老头子用私房钱买了不少股票，还在外面放债，竟从未亏过。如今她想做的事情还真多，既想把手头的钱拿出去做股票，又想干脆自己办交易所——这阵子租界内外各种交易所办得正热烈。

一见到朱明安，于婉真就想把自己的打算和他谈的，可话到嘴边终是没说，怕这往日今天都讨她欢心的小男孩真学坏了，也会向她伸手要钱。她愿为这小男孩做一切，甚或拿出所有钱来成全他，却不愿让他伤她的心。朱明安问起分家情况时，她的心一下子吊得紧紧的，真怕朱明安不能免俗。好在朱明安不错，话里的意思是替她着想，她一颗心才放定了。

郑督军死后，打她主意的人真不少，家里的亲朋都看中了她的钱财家产，一个个写信来要这要那，都把她当肥肉啃。最说不过去的便是土头土脑的老爹，这老人家竟想把郑公馆卖了，在乡下老家置地！老爹根本就忘了当初她是咋做的这八姨太！还有两个哥哥也不好，老是不怀好意地给她做媒，想把她再卖上一次。就连私下里来往了三年的督军府副官邢楚之也不是东西，总想拿她的钱去搞丝绸交易所。

没打她的主意的只有大姐。当初最不主张她做这八姨太的也是大姐。大姐让她在自己家里躲了两个星期，她后来正是从大姐家里被郑督军派来的兵拖进花车去的。也正因为如此，她才在做着八姨太的七年中和大姐保持着来往，还把大姐的儿子朱明安接到城里来上学，给她做伴。因而，也才有了今天和朱明安的这不同一般的情分。

于婉真最早是想把朱明安当儿子养的——打从意国那个洋医生诊出她不能生养之后，她就在心里把朱明安当作了自己的儿子。可这小男孩却从一开始就不愿做她儿子，竟想做她的相好情人。这真让她害怕，既怕被当时还活着的郑督军知道，也怕自己大姐知道。因着这份怕，她才在郑督军省派留日的名额中，为朱明安讨了个金融经济专科留学生的资格，让朱明安去了日本。

现在，朱明安又回来了——再不是当年的那个小男孩，已是一副大男人的样子，让她又惊又喜。变成了大男人的朱明安对她仍是一往情深，也就益发让她动心了。朱明安跪在她面前时她就想，这个男人倘或不是她的外甥多好，她和他相亲相爱，日后的一切将会多么美满！

然而，朱明安偏是她的外甥，她和他今生今世怕是没这个缘分了，尽管郑督军已经死了，她还是不能放纵自己，她得对得起自己的大姐。

只是如此一来，事情就难办了：她既怕这坏孩子乱来，也怕自己迟早有一天会陷进去……

想得心烦，后来也就索性不想了，自己安慰自己道：朱明安这时回来总还是好的，他没有打她家产的主意，且又是学的经济专科，正可帮她办交易所——有了朱明安这么个外甥，交易所便非办不可了，自己起办交易所发股票总比做人家的股票好，赚头也大得多。交易所办起来，既是她的，也是朱明安的，她得让朱明安成个像模像样的大男人。朱明安把一份心用在生意上，也就不会老盯着她打那多情的主意了。

渐渐竟无了睡意，精神像是比白天还要好，于婉真便鬼使神差下了床，去了楼下朱明安的睡房。想和朱明安把自己的主张好好谈谈，具体筹划一番。

朱明安房间的门没关，灯也没灭。于婉真以为朱明安还没睡，便用指节在门上轻轻敲了下，唤了声："哎，明安！"房里没人应。于婉真迟迟疑疑走进门才发现，朱明安已和衣倒在床上睡着了。

朱明安熟睡的面容真英俊，当年那个小男孩的痕迹全销匿了，棱角分明的脸上少了轻浮顽皮，多了刚毅沉稳，且生了满脸络腮胡子。于婉真怦然心动，真想俯上前去，在朱明安脸鬓上吻一下。

终于没敢。

轻手轻脚地拉灭了灯，正准备离去，却不料，朱明安竟醒了——也不知是什么时候醒的，又是什么时候下的床。他从身后抱住了她，甜甜地叫着："小姨，小姨……"

于婉真一惊："快松手，你……你这个坏孩子！"

朱明安搂得更紧，把于婉真娇小的身子都搂离了地，嘴里还喘着粗气："小姨……我……我知道你会来……"

于婉真真是怕了，一时间悔得不行：该死，她咋这时到朱明安房里来呢？这不是自找麻烦么？于是，便用水葱也似的指甲去掐朱明安的手背。

朱明安被掐得很痛，咧着嘴叫："哎哟，小姨心真狠！"

于婉真绷着脸："你不放手，我……我要喊刘妈了……"

朱明安这才小心地把于婉真松开，垂着脑袋，怪丧气地讷讷着："小姨，我……我一直没睡，还……还到楼上去看过你……"

于婉真扯了扯被朱明安弄皱的软缎睡衣，惊魂未定地说："明安，我给你说过多少次了？我是你小姨，不是你表姐，你怎么还是这样？你说说，我们真要是……真要是做出那种事来，还像什么话？我还有何脸面去见你妈！"

朱明安神色黯然地道："那我不管，我……我就是要和你好……"

于婉真摇摇头，说："明安，世上的女人多的是，并不只有一个小姨。你这个孽种咋就盯着小姨不放了呢？！"

朱明安搂着于婉真的腿跪下了："小姨，世上没有啥女人能和你比！我……我今生今世心中只有你。在日本四年，我做梦也只梦着你！"

于婉真问："当真？"

朱明安点点头，顺势把脸贴在于婉真的腿上。

于婉真觉得腿和身子都很软，有点站不住了，便向后退了退，坐到了铜架床上，抚摸着朱明安的脸庞说："明安，别……别这样，小姨过去对你好，日后还会对你好。小姨……小姨要让你成为真正的男子汉！"

心肠硬了起来，于婉真一把把朱明安推开，走到沙发上坐下了，说起了办交易所的主张。朱明安先还痴痴地跪着，后来听到于婉真说起办交易所,印股票,这才从恍惚中醒转过来,盯着于婉真问:"小姨,你说什么?"

于婉真道:"办交易所呀?你还不知道呀?眼下都办疯了呢!咱这租界地上办不下,就办到了中国地界上。镇国军督军府的邢副官长也拖着我筹办什么江南丝绸交易所,我怕上当,一直没应,这你回来了,咱们可以自己办上一个嘛!叫啥字号,交易啥,你都帮我想想。"

朱明安眼睛一亮,从地上爬了起来,扑到于婉真面前叫道:"嘿,小姨,咱真是想到一块去了!明天我和孙亚先、许建生他们要商量的就是办交易所啊!在日本时我就听说了,咱这儿的证券交易正红火,我就动了心,没等拿到学业文书就回来了。我这次回来,一半是冲着小姨你,一半正是冲着交易所哩!"

于婉真笑道:"原来只有一半是冲着小姨的呀?"这话刚说完,却又后悔了,怕朱明安又要缠上来,便紧接着问:"你办交易所,哪来的本钱?"

朱明安抓住于婉真的手摸捏着:"小姨,这你别愁,我在日本就听孙亚先说了,咱这儿证券公司法乱得很,大有空子可钻,竟然可以发本所股票!这一来,就有意思了——只要本所股票发得好,交易本钱也就有了。"

于婉真把手抽了回来,又问:"你们都想交易些啥?"

朱明安皱皱眉头说:"这倒要看了,不能一下子就说死的。首要问题是,要把交易所办起来,把本所股票发出去,到那时,啥赚钱咱就交易啥。"

于婉真拍了拍朱明安的肩头:"那好,咱就一起把这交易所办起来吧!小姨可以拉些有名望的朋友来给你帮忙。小姨虽道没学过经济商业,却也知道,做这种钻空子的事一定要有些场面上的人物撑着

孽海　11

台面。"

朱明安赞叹说:"小姨,你真是聪明!就算不钻空子,办交易所也非得有风光的朋友捧场不可。"把肘支在于婉真的膝头上,又问:"小姨,你都能拉到谁呀?"

于婉真想了一下,说:"像下了野的何总长啦,像大舞台正走红的白牡丹啦,还有腾达日夜银行的总理、财神爷胡全珍,和小姨都有大交情,都能拉来……"

朱明安高兴了,一跃而起,坐到于婉真面前的沙发扶手上,抚着于婉真的秀发道:"嘿,小姨,你要真能把这些名流拉来,咱这事就成了一大半!本所股票就不愁发不出去了!"

于婉真仰靠在沙发上,疼爱地看着朱明安说:"明安,你好好干吧!男子汉大丈夫总得有点出息。你呢,又是学经济的,办交易所正是本行,小姨会可着你的心意来帮你的,小姨存在腾达日夜银行的十来万款子就做你的本钱!"

朱明安很动情,搂着于婉真的肩头道:"小姨,你……你对我真好,可……可你的钱我不要。我都是大男人了,哪能用你这分家的钱,我要去赚钱,赚许多的钱来孝敬小姨……"

于婉真说:"就不孝敬你妈啦?"

朱明安道:"我心里只有小姨你!"

于婉真抬起绵软的手,轻轻在朱明安脸上打了一下,佯怒说:"真是混账东西!我要是你妈,从小就掐死你,免今日听了这话被你活活气死!"

朱明安笑着,脑袋凑近地想去亲于婉真,于婉真却心慌意乱地把朱明安推开,起身上了楼。在楼梯口,又对站在门口的朱明安说了句:"明天到'大东亚'吃饭,把你那两个朋友都请着。"

三

都九点多钟了，郑公馆乳黄色的大门仍是关着的。邢楚之的旧奔驰停在公馆大门口，按了好半天喇叭，刘妈才用围裙擦着手，出来开门。见刘妈出来，邢楚之便把车夫和卫兵都打发回了镇国军驻本埠办事处。

车夫和卫兵临走时问："啥时来接？"

邢楚之手一挥说："不急的，你们在办事处等电话吧！"

正在开门的刘妈却在一旁插话道："还是早些来接好，今日八太太只怕没工夫多陪你们长官呢！"

刘妈的话令邢楚之不悦：他和八太太于婉真是啥关系，刘妈又不是不知道，咋说起这讨嫌的话？！可脸面上却没露出来，只对车夫和卫兵重申道："我和八太太有许多事情要商量，不打电话过去，你们不要来。"

车夫和卫兵钻进破车里走了，邢楚之才把黑色牛皮公文包往腋下一夹，绷着脸孔问刘妈："八太太今日有啥要紧的事？"

刘妈手一拍说："哟，邢副官长，你还不知道呀？八太太的外甥朱明安从日本国回来了，昨个儿谈到半夜。今日朱明安有两个朋友要来。晚上还要在'大东亚'请客……"

邢楚之笑了："我当真有啥了不得的事呢！不就是八太太娘家的那个小男孩回来了么？！"说毕，再不多看刘妈一眼，俨然一副主人的派头进了客厅的正门。

一脚跨进门里，邢楚之两眼便急急地去抓于婉真。他认定于婉真这时该起床了。可不料，没见到于婉真，倒见着穿着睡衣的朱明安坐在客厅沙发上喝咖啡。邢楚之只一愣，便走过去，对朱明安叫道："嘿，这不是明安么？啥时回来了？"

朱明安站了起来："哦，长官是——"

邢楚之嘀嘀笑道："啥长官哟！我是邢楚之啊，原是郑督军的侍卫队长，过去常到这里来……"

刘妈走过来补充说："如今邢先生是镇国军副官长了，还兼办军需呢。"

朱明安记了起来："噢，对了，对了，我们是见过的，我还玩过你的枪。"

邢楚之道："岂但是玩过我的枪？你小子还偷过我的枪呢！"

朱明安笑了："就像是昨儿个的事……"

邢楚之拍着朱明安的肩头感叹道："是呀，是呀，一晃四年过去了，郑督军死了，你小子也长成大人了！"继而又说，"怎么样，小子，到我们镇国军来混个差吧？先做个副官，这个主我做得了。"

朱明安推辞道："我是学金融经济的，你那份差事我只怕干不了呢。"

邢楚之叫道："哎呀，学金融经济就更好了！你就在镇国军里领份干饷，只管帮我炒股票做生意就行了……"

正说到这里，楼梯上响起了脚步声，于婉真从楼上下来了。

于婉真站在楼梯口就说："好你个老邢，用着你的时候找不着你的魂，用不着你了，你倒跑来了！"

邢楚之做出一副委屈的样子道："咋用不着我呀？八太太，今日正是用得着我的时候呢！我既来了，给明安接风的东就是我做的了。"

于婉真抱着膀子走过来，站到邢楚之面前，眉梢一挑说："不

14　国殇

就是吃顿饭么？我们才不稀罕呢！"

邢楚之涎着脸道："你八太太不稀罕，明安却稀罕……"拍了拍朱明安的肩头，"我和明安可是老朋友了——是不是呀，明安？"

朱明安不好意思地笑了笑："邢副官长，总不好让你来破费的……"

邢楚之却大大咧咧地道："不怕的，不怕的，我做东总有出处……"

于婉真说："又能打到镇国军的公账里去，是不是？"

邢楚之哈哈大笑起来："八太太就是聪明！"

于婉真却把粉脸一绷："真心想给我们明安接风，就得你自己实心实意地掏腰包，要不，我们才不去呢！"

邢楚之连连点头："好，好，我掏腰包就是。"

于婉真这才在客厅的沙发上坐下了，也让邢楚之坐下。

邢楚之一坐下就说："八太太，我这次来是公事，到尼迈克公司为镇国军办一批军火，同时，也想把咱江南丝绸交易所的筹备会开起来……"

于婉真懒懒地问："你在这儿能待几天？"

邢楚之说："七八天吧。反正完事就走人，我们那边的学生又为山东交涉闹事了，督军府忙得很。"

于婉真皱了皱眉："山东交涉不是去年五月间的事么？都过去一年了，还闹个啥？"

邢楚之说："这谁知道呢！学生爷后面还不知都有啥人挑唆呢！"

于婉真道："学生闹闹也好，要不，你们的日子也太好过了。"又道，"你反正一两天内不走，还有时间，江南的事咱有空再谈，今天我得帮明安招待两个朋友……"

孽海　15

也是巧，就在这时，门铃响了，朱明安怔了一下，抢着去开门，且扭头对于婉真说："小姨，肯定是孙亚先、许建生他们来了。"

转眼间，朱明安便引着两个年轻潇洒的男人进来了。走在前面的一位一副教书先生的打扮，长衫礼帽，戴着金丝眼镜，显得文文静静的；走在后面的一位则是一身笔挺的西装，一双铮亮的白皮鞋，很有些租界地上买办的派头。

朱明安向于婉真和邢楚之介绍说："长衫便是孙亚先，华光报馆的商讯记者；西服是许建生，早先的革命党，现在是年轻有为的实业家。"

于婉真笑眯眯地道着"久仰"，招呼刘妈沏茶，上茶点。

刘妈跑过来张罗时，于婉真又看着孙亚先和许建生说："昨日明安一回来就不住地念叨你们，倒好像你们这二位朋友比我这姨妈还亲呢！"

孙亚先笑道："哪里呀，明安还是和你这做姨妈的亲！往日给我们写信，每回都谈您呢。是不是呀，建生？"

许建生说："可不是么？明安不服别人，只服你这做姨妈的。"

于婉真格格直笑："才不是呢！你们不知道，实则上是我服他哩！在这公馆里不是我当家，倒是明安当家。就是明安在日本时也是这样，常来信告诉我，该这样，该那样……"

朱明安被于婉真捧得极舒服，便以为自己真了不起了，点了支雪茄很气派地抽着说："我这小姨妈虽是聪明过人，却终是个女人家，有时我就得给她提个醒……"

众人谈得高兴，无意中便冷落了邢楚之。

邢楚之觉得不自在，瞅着空悄悄对于婉真说："八太太，这二位都是明安的客人，就让明安和他们谈，咱还是上楼吧，江南的事我还要和你商量呢!"

于婉真不悦地道:"你先上去吧,虽说是明安的客人,可我总是这里的主人,又是明安的姨妈,也得陪陪的。"

邢楚之无奈,只得和大家打了个招呼,先上楼了。

到楼上的小客厅,邢楚之郁郁不乐地给自己沏了杯龙井,慢慢呷着,又从柜子里取出金漆烟盘,拿起于婉真专用的烟具,吸起了大烟。

这里的一切,邢楚之都熟得很,郑督军没死的时候,他就常来,有时是作为郑督军的侍卫队长,跟郑督军一起来,有时是自己一人悄悄来。打从三年前和八太太于婉真有了那一层关系,他就把这里当作自己的半个家了。

总忘不了三年前的那个风雨夜,想想事情就像发生在眼前。那夜,他奉老督军的命令,给于婉真送两包云南面子,也是刘妈开的门。开门之后,他进了客厅,原想把东西交给刘妈就走的,却不料,于婉真半裸着身子睡眼惺忪从楼上下来,说是天黑雨大,就不走了吧。便没走,便在天快亮时鬼使神差从阳台的窗子钻进了于婉真的卧房。

于婉真睡得正香,一条白白的腿和半截白白的身子都露在红缎被子外边,让他为之激动不已。他自己都不知道是怎么回事,便爬上了于婉真的床,把于婉真压到了身下。于婉真从梦中惊醒,叫了起来,他这才吓得滚到床前跪下了。于婉真真厉害,赤着脚从床上跳下来,打他的耳光,还口口声声说要把这事报告郑督军。他当时觉着自己是大难临头了,不住地给于婉真磕头,还亲于婉真赤裸的脚背,要于婉真饶他这一次。

于婉真出够了气,才说:"就饶你一回吧,下次再敢这样,就一定要去和郑督军说了……"

不料,那夜过后,于婉真偏就和他好上了。一个月后到公馆送螃蟹,于婉真邀他到楼上说话,问他那夜胆咋就这么大?他说,全因着八太太俊。于婉真照着镜子看着自己俏丽的脸,像是问他,又像是自问:"是么?"他说:"是。"于婉真便抬起头妩媚地向他笑,他这才扑上来,把于婉真搂住了……

郑督军死后,邢楚之是想把于婉真纳为自己三姨太的——事情很清楚,于婉真有钱,又有这么座小楼,根本用不着他来养,还能时常倒贴点给他,这样的姨太太实是打着灯笼也找不到的。于是,邢楚之便在分家之后,正式把这事和于婉真说了。

于婉真不干,冷笑着问邢楚之:"难道我天生就是给人家做姨太太的命么?!"

邢楚之没办法,只得先打消了这主意,转而提出要和于婉真合伙做生意,开办丝绸交易所。按邢楚之一厢情愿的设计,于婉真只要同意把分得的家产拿出来做生意,日后的一切就好说了——就算于婉真不做他的三姨太,也逃不出他的手心。

对做生意,于婉真倒是有兴趣,和他很认真地谈了几次,还请了腾达日夜银行的胡全珍参谋过。只是这女人太诡,太精,也太多心,一具体提到钱的事,便不干了,你别想占她一点儿便宜,就是在枕头边哄都不行。

而他呢,又是那样需要钱——尤其是眼下,办江南交易所要股本,欠赵师长的六千赌债要还,还有去年挪用的一笔买军火的款子也不能再拖下去了——再拖下去搞不好要吃军法。因此,邢楚之这次来时就打定了主意:一定要从于婉真手里先弄下几万再说。

于婉真却老不上来,只是和朱明安的两个朋友说个没完。小客厅就在一上楼的地方,门又开着,楼下的说话声听得清清楚楚。开初,邢楚之只握着烟枪打自己的算盘,并没用心去听,也不知下面说的啥。后来等得焦躁,烟瘾也过足了,才注意听了,一听竟吓了一跳:这帮人也在谈交易所,谈股票,连名号都起了,叫什么"远东万国交易所"!

却原来于婉真已做起来了,且有了这许多的合股人,难怪一直对他吞吞吐吐的⋯⋯

邢楚之这便坐不住了,放下茶杯想往楼下去,参加那关乎"远东万国交易所"的筹划。不曾想,起了身,只走到楼梯口,正见得于婉真一步步款款地上楼来找他。这瓷人儿一般的俏女人扶着楼梯扶手向楼上走着,一边还扭身朝楼下朱明安他们说着:"你们就这样筹备起来吧,筹备主任先算何总长了,何总长那里我自会去说⋯⋯"

四

于婉真在邢楚之对面的摇椅上一坐下便道:"老邢,你来得真不是时候,你看看,明安这孩子从日本刚回来,我们有许多事要商量,也顾不上陪你。"

邢楚之酸溜溜地说:"我知道,你是想把我甩了!你不想和我们一帮吃粮的朋友办'江南',却要和你外甥他们办'远东',可我告诉你,'远东'这字号已有了,就在法租界贝当路342号开着呢!"

于婉真一愣:"当真?"

邢楚之说:"这还有假么!你们也不看看今天的《商报》,如今取个名号就这么容易?好名号早让人家取完了,我们这江南的名号,也差点被别人抢去哩⋯⋯"

于婉真听不下去了,从摇椅上站起来,走到门口,对楼下朱明安三人叫道:"哎,名号你们还得再想想,邢副官长说'远东'这字号已有了,咱们登记不上了。"

楼下孙亚先的声音响了起来:"那咱就加个新字吧,叫'新远东'。"

于婉真说:"反正你们再多想想就是……"

重回摇椅中坐下,于婉真又说:"老邢,你别怨我,不是我信不过你的江南,而是得帮明安一把,他是我外甥,又到日本学了经济,更巧的是,现在股票、期货的交易风潮又这么热猛,我总得让明安施展一番才好。"

邢楚之不甘心地问:"这么说,我的江南你是真不管了?"

于婉真笑道:"看你说的,咱们谁跟谁呀?你的事,我哪能不管呢?你们的筹备成立酒会和正式挂牌的创立大会我都要去的!"

邢楚之说:"光是去一下,分摊的股金和开办费就不出么?"

于婉真道:"这我不是早就和你说过了么?我一时是拿不出钱来的,就是明安的'新远东',我也拿不出多少钱给他。"旋即想到昨日才从朱明安那学到的金融证券的知识,又道:"其实,你也别当我不知道,办这种买空卖空的交易所,原就不要多少本金,本所股票卖掉了,来回倒腾的本钱也就有了,是不是?!"

邢楚之做出一副哭笑不得的样子:"好我的个八太太哟,你是真聪明的!照你这个说法,我们江南整个真就是场大骗局了……"

于婉真手一摆:"哎,老邢,我可没这么说噢!"

邢楚之极是郑重地从公文包里取出一叠印制好的江南丝绸交易所的本所股票,又掏出几张银行的收款票,哗哗抖落着说:"八太太,你看看,你看看,这都是假的么?我们的股金已收了十二万了,发起人连你一共四个,你若是把自己的四万出了,咱十六万的本金就算收足了。"

于婉真偏着脑袋问:"我这四万交了,江南就能开张了?"

邢楚之道:"可不,只要本金收齐,咱就挂牌开张。一开张,你就等着咱的本所股疯长吧!翻三五个跟斗那算小的,闹得顺手,一下子就是十个八个跟斗!就像上个月的'合众橡胶',上去了就下不来!"

于婉真瞅着邢楚之笑了,笑得妩媚:"你咋就这么有把握?"

邢楚之胸脯一拍:"他妈的,老子们是干啥吃的?老子们的江南股票有驻在沿江两省的五万镇国军做后盾,不长也得长!一旦势头不好,咱就用连珠枪说话了!"

于婉真软软的小手往摇椅的扶手上一拍:"嘀,这可算得强盗股了。"

邢楚之说:"就是嘛!你不要看我们钱少,我们镇国军的枪杆子值多少钱,那就算不出了,你说对不对?!"

于婉真想了想:"你这话倒有理,眼下做事缺了你们这种不讲理的强盗还真不行!"

邢楚之高兴了:"那你出那四万了?"

于婉真道:"我出了。"

邢楚之喜出望外,跳过去要搂于婉真:"嘿,我的八太太,你可真是个明白人……"

于婉真却一把把邢楚之推开了:"老邢,你别急,我话还没说完呢!我出四万,却是有前提的,那就是把你们的江南和明安他们的'新远东'合到一起办!你本是镇国军司令部的副官长,又不是正经生意人,再说你们又不能常驻这里,还穷折腾个啥?倒不如让明安他们弄着,你们只等着发财便是!"

邢楚之一愣,痴痴地看着于婉真,半天没说话。

于婉真推了邢楚之一把:"怎么了?和我合伙能亏了你么?"

孽 海　21

邢楚之这才讷讷道："江南又不是我一人要办，还……还有赵师长他们呢。也不知赵师长他们乐意不乐意？"

于婉真把绵软的手往邢楚之脖子上一搭，红红的嘴唇噘了起来："只要你乐意，赵师长他们会不乐意？你不和我说过么？这个江南只要办起来，就是你说了算的。"

邢楚之敷衍道："合办也成，可总得和赵师长他们打个招呼的。"

于婉真轻轻地拍了拍邢楚之的脸："你就乖乖地和赵师长他们打招呼去吧，记住，别惹我生气……"

邢楚之苦着脸强笑道："我怎么敢惹八太太您生气呢？只是……只是这事也不好勉强的，若赵师长不乐意合伙……"

于婉真脸一拉："那你从今以后别来见我！"

这一来，邢楚之再也坐不下去了，心里对于婉真又恨又怕：这女人真是厉害，自己想从她手里骗四万没骗到，用作诱饵的十二万军费还差点儿栽进去，于是便说："八太太，你也别让我太为难，我和赵师长说是一定要说的，只是这次怕不行了，尼迈克公司军火的事，我得先办了……"

说着，邢楚之起身想溜。

于婉真却扶着邢楚之的肩头，把邢楚之重新按到沙发上："好你个老邢，又想给我耍滑头？我这儿是客栈啊？你想来就来，想走就走？"

邢楚之不知于婉真要干什么，愣愣地盯着于婉真看。

于婉真手一伸："把那十二万的银行收款票据给我，我给你收着！"

邢楚之不干："我不是和你说过了么？还要和赵师长他们商量……"

于婉真道:"你去商量便是,赵师长要说不干,我就还你。"

说着,径自拿起邢楚之的公文包,取出了那几张收款票据。

邢楚之脸白了,这才吞吞吐吐说了实话:"八……八太太,你……可别乱来,这……这十二万是明日就要交给尼迈克公司的军火预付款……"

于婉真一怔,恨恨地把那几张票据摔到邢楚之身上:"真不要脸!交易所还没开张,你这东西就先从我这儿骗上了……"

邢楚之结结巴巴道:"不……不是骗你,八太太,我只是急了点……"

于婉真再不愿听邢楚之的辩解,连连挥着手说:"你走吧你走吧,我再不想看到你了!"

邢楚之偏不走了,赔着笑脸凑到于婉真面前道:"八太太,你别生气,千万别生气,气坏了身子不值得。"

于婉真转过身子不睬他。

邢楚之又转到婉真对面,去拉于婉真的手:"八太太,我听话了还不行么?我……我不办江南了,就铁心跟着八太太你办'新远东'还不行么?"

于婉真的脸色这才和缓了些,瞅了邢楚之一眼道:"咱说清楚,这可是你自愿的噢!"

邢楚之连声道:"那是,那是!"说毕,搂着于婉真亲了一下。

恰在这时,朱明安上来了,于婉真忙推开邢楚之问:"明安,你们谈得怎么样了?"

朱明安说:"也不是一下子能谈完的,孙亚先说,先做起来再说,最好咱们马上打电话找何总长、白牡丹他们,看看他们的意思。"

于婉真想了想:"那好,吃过午饭我就去找他们——打电话不行,这么大的事,必得当面谈的。"

邢楚之也道:"可不,不面对面哪说得清?!"又讨好道:"八太太,我打个电话,叫我们镇国军办事处的车来一下吧!"

于婉真点点头:"也好,有汽车就方便多了。"

邢楚之见于婉真认可了,这才摇摇摆摆下楼去打电话。

眼见着邢楚之下了楼,连脚步声都听不见了,朱明安才问于婉真:"小姨,你和这个副官长尽说些什么?"

于婉真敷衍道:"没说什么要紧的事,我只要他多给咱们帮忙。"

朱明安又问:"你和这人是啥关系?"

于婉真脸一绷:"这关你啥事?"

朱明安脸涨得通红:"咋不关我的事?还当我是不懂事的小男孩么?!"

于婉真见朱明安认了真,才拉着朱明安的手笑道:"你看你,都想到哪去了?我和他会有啥关系?还不就是老东西没死那会儿,这人来得勤么!"

朱明安仍是疑疑惑惑。

于婉真又说:"好啦,好啦,咱们也下去吧!也该吃午饭了,下午,我还得带你去见见何总长他们呢!"

说毕,于婉真在朱明安肩头上轻轻拍了一下,旋风一般下了楼。

五

坐着邢楚之叫来的破汽车兴冲冲地赶到何公馆,何总长偏不在家。何家五太太说,何总长一大早就被一家五金交易所的人接去了,一直没回来。于婉真和朱明安调转车头,又到"大舞台"去找白牡丹,不曾想,竟也扑了空:白牡丹被人伙着炒股票去了,只留个老妈子看家。于婉真一时间真失望,俏丽的脸上现出了不快。

朱明安试探着说:"要不,咱就到股票交易所找找?"

于婉真眼皮一翻:"哪那么容易找?股票交易所那么多,谁知道她在哪一家?"

重新坐到车里,吩咐车夫往回开时,于婉真拍着朱明安的膝头,若有所失地说:"看看,如今大家都成忙人了,里外只咱们还闲着。"

朱明安道:"咱们也没闲着——咱们的新远东不是已在筹备了么?"

于婉真叹了口气,两眼瞅着窗外说:"终是晚了些。我只怕等咱们的新远东筹备起来,已没咱的世界了。明安,你看看,这租界里都有多少家交易所呀,快变得让人不敢认了……"

汽车正在租界行驶。租界还是往日的租界,街面还是往日的街面,大致的模样没变,招牌却变了许多。一时间,也不知从哪儿就冒出了那么多交易所,实是让人眼花缭乱。

于婉真和朱明安坐在车里,看着道路两旁繁华且喧闹的景象,心头都在打鼓,都觉着就是抓得再紧些,他们的"新远东"还是比人家晚了。光看街上这些已开张的交易所的名号就知道,如今什么行业都有交易所了。不说纱布、面粉这些老行当了,就连烛皂、麻袋也有了两个交易所,一个叫"南洋烛皂交易所",一个叫"大中华麻袋交易所",两个交易所就隔了一条百十步的小巷,招牌于婉真先看到的,马上就指给朱明安看了。

朱明安心里也急,脸面上却尽量的镇静着,还安慰于婉真说:"小姨,你不懂,办交易所不同于办别的实业,不在乎早一天晚一天,关键还是要看实力的。"

孽 海 25

于婉真问："以你看，咱这实力行么？"

朱明安说："咋不行？咱们只要拉住何总长、白牡丹这帮名人撑前台，再有镇国军做后盾，就不愁不红火，这我不担心。我担心的倒是，何总长、白牡丹会不会跟咱干？"

于婉真道："这你放心，他们会跟咱干的。"

朱明安问："你咋这么有把握？"

于婉真道："你不知道，何总长和白牡丹与我的关系都不一般哩！郑督军在世时，我就认了何总长个干爹，还和白牡丹拜过干姊妹……"

也是巧了，正说到这里，于婉真透过车玻璃看见了白牡丹。白牡丹穿一件红旗袍，正急急地往一家挂着"东亚证券交易所"牌子的街面房里走，已快进门里时，向街面这边回了下头。

于婉真隔着车门喊："白姐！白姐……"

白牡丹显然没听见，身影消失在交易所门内不见了。

于婉真这才想起要车夫停车。

车停了，于婉真拖着朱明安钻出汽车门，向交易所房厅里的交易市场奔。

交易市场里乱哄哄的，以房厅中央围着木栅的拍板台为中心，四处拥满了人，人人都在伸臂叫嚷，喧闹的声浪有如雷震，几乎要掀掉屋顶。于婉真注意到，拍板台上正开拍"东亚"本所股票，满屋子只有买进之声，绝少卖出的叫唤，股票便疯涨，于婉真和朱明安在里面站不过十几分钟，东亚的本所股票每股竟涨了三元三角，莫说于婉真，就连朱明安都大觉惊诧。二人原是想找白牡丹的，现在也顾不得找了，都盯着板牌看。

板牌上仍是涨，买进之声益发热烈，如万马奔腾，许多在外围观望的小户也加入了进来,高叫买进,成交量越来越大。于是,东亚股涨势逼人,到将停板时,已从开盘时的十元一股,涨为十八元一股。

待得第二轮开拍,形势突变,一开盘便只有卖出之声,再无买进之气。众人便慌了,纷纷开始往外抛。抛的人越多,股价泻得便越快,从十八元而十六元,而十二元,至停板时,已跌破十元,在七元打住。这一涨一落的前后差价竟是十一元之巨。

不少获利者喜笑颜开,在房厅里四处走动着,准备寻找下一次机会。也有许多人眼睛发红,汗如雨下——更有不少人抹着额上脸上的汗,悄然退场。

于婉真在退场的人群中看到了白牡丹,脆脆地唤了一声,挤了过去。

白牡丹看见于婉真颇感意外,先是一愣,后又以为于婉真也在做东亚本所股,便扯住于婉真的手急急问:"婉真,你咋也来了?哦,你是做空头还是做多头?"

于婉真笑道:"我啥也没做,是来找你。我看你进了这里,一进门却找不见你了。"

白牡丹颓丧地说:"你早找见我偏就好了,我的账上也就不会亏这五百多块。我原以为今日多头势好——我是得了信的,不曾想多头一方猛吸了几下便无了底气,空头狂抛,就把我抛惨了……"

朱明安插上来道:"现在还不能算惨,你若把这多头做下去,或许还能扳些本回来。"

白牡丹看了朱明安一眼,眼睛一亮,嘴角现出两只酒窝很好看地笑了笑,扭头去问于婉真:"婉真,这位先生是——"

于婉真介绍说:"哦,这是我外甥,刚从日本学了经济回来,我们来找你,就是想和你商量办咱自己的交易所。走吧,出去谈吧,

孽海

这里闷死人了!"

白牡丹又扑闪着大眼睛去看朱明安,看了好半天,让朱明安都不好意思了,才点了点头说:"也好,咱出去吧。"

这时东亚本所股第三盘又开拍了,三人只走了几步都又停住了。

泻势仍未扭转,空头一方仍主宰大局,东亚股从开拍时的七元跌到六元,又跌到五元五角,在五元五角上站住了。

朱明安一把拉住白牡丹的手:"机会来了,快买进!"

白牡丹刚吃过苦头,不敢贸然买进,她紧紧拉着朱明安的胳膊,仰脸看着朱明安问:"还买进呀?"

朱明安说:"买呀,多头那边马上要吸了,再不买就晚了!"

于婉真也觉着靠不住,便问:"明安,你有把握么?"

朱明安果决地道:"买进!再赔算我的!"

白牡丹这才狠狠心买了二百股。

真就让朱明安说准了,白牡丹二百股刚买进,多头一方便动作了,八百股、一千股地大口吸入,股价狂跳着回升,一下子又窜到了每股十五元五角的高位。朱明安认定十五元五角的高位是长不了的,又让白牡丹抛掉。白牡丹抛掉后,股价仍在长,竟达到每股十九元。

白牡丹就觉着亏了,说:"要是晚一会儿抛,就又多赚四百。"

朱明安笑道:"这四百就不好赚了,想赚这四百就得冒赔老本的风险。"

白牡丹想了想,也笑了:"是哩,我就是这毛病,老是贪心不足,所以做股票总是赔得多!今日没有你这经济家帮着谋划,不说赚了,连赔掉的那五百也找不回来。"

于婉真觉着朱明安给自己争了脸面,很是高兴,扯着白牡丹的手说:"白姐,你看我这外甥主持办个交易所还行吧?"

白牡丹冲着朱明安飞了个极明显的媚眼,把手一拍道:"咋不行?行呀!交易所哪日开张,我就把姐妹们都拉来唱台戏庆贺!"

于婉真说:"唱不唱戏倒是小事,我是想伙你和何总长一起发起。"

白牡丹笑道:"那自然,你不伙我我还不依你呢!"

三人说说笑笑出了东亚股票交易所的大门,钻进了汽车。

一坐到汽车里,白牡丹便对车夫道:"先去万福公司买点东西。"

于婉真问:"去买啥?"

白牡丹道:"我不买啥,是想给明安买点啥,明安是你外甥,自然也算我外甥了,头回见面,又帮我赚了一千,我这做长辈的总得意思意思呀。"

于婉真说:"这就不必了,明安一来不缺钱花,二来他也不是孩子了。"

朱明安也说:"是哩,你们不能把我当孩子,让我难堪。"

白牡丹伸手在朱明安肩头上拍了一下:"难堪啥哟!有我们这样两个姨,总得让你打扮得体体面面才是,要不,也给我们丢脸呢!"

到了万福公司,白牡丹也不管朱明安愿意不愿意,硬给朱明安挑了身最新款式的法国米色西装,又挑了双三接头的白皮鞋,让朱明安穿起来。朱明安穿起后,一下子变得精神了,像换了个人一般。白牡丹、于婉真上上下下打量着朱明安,就像打量刚买回来的宠物,二人脸面上都是很满意的样子。

到付钱时,于婉真心里不知咋的就热了,突然觉得这崭新的外甥是自己的,和白牡丹并无多少关系,抢先把钱付了。白牡丹不依,

孽海

先是把钱往于婉真手上塞，后又用那钱给朱明安买了块镀金的怀表，还亲手给朱明安系上，装进了朱明安西装上衣的口袋里。

回到郑公馆后，何总长的电话也来了。

何总长在电话里说，中午在五金公司开张的酒宴上多喝了两杯，头有些晕，便没回来，问于婉真可有啥要紧的事？于婉真握着话筒正要和何总长说，白牡丹却抢过话筒道："何总长，我们这里有好事了，你快来吧，晚了可就没你的份啦！"

何总长在电话里嘀嘀笑着说："别蒙我了，真有好事，你们会叫我？我只怕你们又要搬我这老钟馗来打鬼了吧？！"

白牡丹道："才不是呢，我和婉真弄了些钱等你来赚！"

何总长说："你的话我是不信的，你叫婉真接电话。"

白牡丹把电话交给了于婉真，还向于婉真扮了个鬼脸。

于婉真对着话筒，开门见山说："干爹，我们商量着想办个交易所，推了你做筹备主任。"

何总长说："哎呀，婉真，你咋不早说？我已在章大钧的交易所挂了个主任的名，再做你们的筹备主任行么？"

于婉真撒娇道："你把章大钧那头推掉嘛！"

何总长说："这么朝三暮四，恐怕不好吧？"

于婉真道："那我们不管，这筹备主任反正就是你了，你做也得做，不做也得做，我们马上登报纸……"

何总长无奈，只好说："咱们晚上不是还要一起吃饭么？到时再商量吧！"

放下电话，于婉真对白牡丹道："白姐，晚上咱们得多灌老头子几杯，把老头子拉下水……"

白牡丹吃吃笑着说："对付何总长得靠你，你是他干闺女，我不是。"

于婉真道:"好,你就看我的,我得让老头子高高兴兴跟咱们干。"

六

晚上六时许,客人们陆续到了"大东亚",只不见何总长大驾。众人望眼欲穿,等到七时,仍不见何总长的影子,便都焦躁起来。最着急的是于婉真,于婉真怕何总长耍滑头不来,便要邢楚之开车去接。邢楚之倒是听话的,出了酒楼的门厅,正要开车走,何总长的车偏到了。两部车开了个头碰头,都在路边停住了。于婉真和众人隔着门窗看见,忙一窝蜂迎出来搀迎何总长。何总长钻出车门就被自己的五太太搀着,见于婉真过来了,还是把一只肥厚的手伸过来,搭在于婉真的肩上摸捏着说:"婉真哪,来晚了,真是对你不住哩!"

于婉真嗔道:"你是大人物,自是不会早来的,我想到了!"

何总长摆动着肥硕的身躯,很努力地往水门汀台阶上走,边走边说:"不是,不是,你五娘作证,我原倒是想早些来的,六点时正要出门,租界工部局来了人,一扯就是半天……"

花枝招展的五太太也说:"可不是么?工部局的史密斯老不走,我们便只好陪着,后来还是我说起晚上有事,才帮着老头子脱了身的——婉真,你倒是要谢谢我才是呢!"

于婉真道:"那好,五娘就多替我干爹喝杯酒吧!"

到包间里坐下,于婉真把朱明安和朱明安的两个朋友孙亚先、许建生向何总长作了介绍,何总长笑眯眯地看着他们,冲着他们一一点头,还客客气气地夸了他们几句。

何总长一边系着餐巾，一边说："你们办实业，做生意都是很好的，我是一贯主张经济救国的，就是早两年做着陆军总长时，也不相信枪杆子能救国。"

孙亚先和许建生问："何总长是什么时候做的陆军总长？"

何总长愣了一下说："几年前吧？！"

二人还想问下去，于婉真却把话题岔开了，又向何总长介绍起了邢楚之。

何总长却看着邢楚之笑道："这老邢不要介绍了，我们本就认识，我下野后，这小子还拦过我的车！"

邢楚之忙站起来道："这还得请何总长海涵，当时郑督军还在世，郑督军让我去索饷，我不能不去……"

何总长哈哈大笑说："不怪你，不怪你，过去的事根本就说不清！"

其他的人就不要介绍了，何总长都认识，白牡丹是何总长捧红的，腾达日夜银行总经理胡全珍是何总长的老朋友，何总长在腾达日夜银行还有股份。

由于有股份的缘故，何总长对胡全珍的事业很关心，和众人打过招呼后，何总长的眼睛瞅着胡全珍好一会儿却没说话。

胡全珍说："真是怪了，腾达的股票只是疯涨，价位高得都吓人了。"

何总长道："那好嘛！"

胡全珍说："只怕这般疯涨之后必有大跌……"

何总长手一摆："不会——至少年内不会！"将脸孔转向众人，又说，"——已不是光说腾达了，而是说目前的经济形势：我觉得这是一次机会，对我们大家都是机会，就四个字，叫作：机会难得。"

孙亚先恭恭敬敬地问："何以见得呢？"

何总长手一挥说："我这里有个基本分析：大家都知道，欧战刚刚结束，各国列强现在自己国内的事都顾不过来，一时间还无暇插手我们中国的事，我们正可以大胆地谋求发展。眼下的证券、期货交易风潮旺盛，正是这种发展奋进的表征。"

孙亚先表示赞成，颇钦佩地看着何总长说："何总长所言极是，几句话就把问题的实质说清了。"

于婉真笑眯眯地道："那自然，何总长看事情总是一眼看到根底的，要不便也不是何总长了！"

邢楚之也跟上来胡乱吹捧说："其实，何总长真该再做一回财长的。"

何总长摆摆手，笑道："我说诸位呀，你们可别这么捧我，我这人不经捧，一捧就晕，一晕就昏——当初做陆军总长，不是被人捧得又晕又昏，哪有今日下野这一说！"

于婉真知道，何总长那陆军总长其实只是代理了三天，就是次长也只做了十个月，可这老头子打从代理过三天总长之后，架子就再也落不下来了，倒好像真做过十年八年总长似的，老怀念那三天的好风光。

邢楚之也知道何总长的底细，却还是一味地捧："何总长不能说是下野，应该说是主动退隐。别人不知道，我是知道的，我们镇国军的朋友如今还说呢，当时的内阁里，就何总长一个人算得清流。"

何总长高兴了："那倒是。不是吹，兄弟没傲气，却是有傲骨的。兄弟做了总长第二天就在阁议上说过，我做这陆军总长就要秉公办事，谁想把老子当牌玩是不可以的……"

于婉真怕何总长说起来没完，站起来，打断何总长的话头道：

"时候不早了,干爹,我们还是边吃边谈吧。"

何总长点点头:"也好,也好。"扭过头,却又对邢楚之说:"我敢说,我做总长处事还是公道的,这就得罪了段合肥。段合肥这人哪,除了皖系,啥人都信不过……"

于婉真有些不快了,嘴一噘说:"干爹,你看你,说起这些旧事就没个完了!"

何总长这才举起酒杯道:"好,好,不说这些了,喝酒,喝酒——婉真哪,今日是啥名目呀?"

于婉真气道:"干爹,你真是,都坐在这儿老半天了,还不知道是啥名目!今日不是说好给我外甥明安接风么?"

何总长说:"哦,对对,是给明安接风,来,来,大家都喝。"

于婉真又说:"这是接风酒,也算是我们新远东交易所筹备成立的庆祝酒,你这筹备主任还得说点啥。"

何总长把端起的酒杯又放下了:"咋,我这筹备主任真当上了?"

白牡丹娇嗔地用赤裸的白膀子碰了碰何总长:"那还有假?电话里不是说定了么?"

何总长说:"电话里只说再商量嘛!"

于婉真道:"这不就是在和你商量么?我们并不是真要你管什么事,只要你挂个名,难道你这点面子都不给?"

何总长笑了,手一摊,对自己五太太说:"你看,你看,我说婉真这酒不好喝吧?"

五太太知道何总长心里是想做这主任的——做了这主任日后必会有份好处,便道:"这酒好不好喝,你都得喝,咱自家闺女的忙你不帮,还要去帮谁?"又对于婉真说,"老头子的家我当了,这主任就

34 国殇

算他了，他想赖也是赖不掉的！"

何总长这才说："好，好，既然如此，我就恭敬不如从命了。不过，我也把丑话说在前头：现在办交易所虽说是个机会，可日后的风险终还是有的，若是万一有个闪失，诸位可不要怪我呀！"

于婉真道："我们请的你，咋会怪你呢？来，来，干爹，我代表明安和他的两个朋友，还有在座新远东的发起人敬你一杯！"

何总长端起杯，把酒一饮而尽，后又以筹备主任的身份举杯祝酒，众人都喝了——连平素从不喝酒的朱明安也喝得极是豪迈。

接下来，众人又相互敬酒，敬到末了，都脸红耳热了，便狂放起来，都以为新远东已办起来了似的，这个为新远东干杯，那个为新远东干杯，白牡丹还为新远东清唱了一段《红颜娇娘》的戏文。

白牡丹清唱时，于婉真心情很好，不无得意地看着身边腾达日夜银行的胡全珍问："珍老，你看咱这台人马怎么样？"

胡全珍捻着下巴上的几根黄胡须，沉吟了一下："婉真，你要不要我说真话？"

于婉真道："当然要你说真话了。"

胡全珍笑了笑："这台人马倒不错，生旦净丑全有了，演戏行，打仗嘛，也能凑合拉上阵，只是办交易所恐怕……恐怕还欠点火候。"

于婉真不服气："我们明安可是在日本学过金融经济的！"

胡全珍摇摇头："这没用。"

于婉真又说："我们还有五万镇国军压在长江沿线……"

胡全珍偷偷瞅了邢楚之一眼，悄声对于婉真道："这也靠不住。你莫以为拢住了一个邢副官长就行了，我看不行，镇国军不是这位邢副官长说了算的……"

于婉真这才认真了："那珍老你的意思是不办了？"

孽 海 35

胡全珍笑道："我可没说不办。办还是要办——这么好的时候，咱不办交易所，还办什么？！问题是怎么办？首先股本要分摊——不是咱们这些发起人分摊，而是要提前向外面的人摊出去……"

于婉真不懂："这如何摊法？"

胡全珍道："很简单，比方说咱们这些发起人每人两万股，你且不可自己出这两万股的股金，而要把其中的一万股高价卖出去，用卖来的钱交股金，这样，你就没风险了。"

于婉真明白了："你的意思是先卖空？然后白手拿鱼？"

胡全珍点头笑道："对的，这买空卖空里面的学问大了，我日后会慢慢教你的！你要不会这些，迟早非栽不可。"

于婉真服服帖帖地说："珍老，我和明安都听你的就是。"

胡全珍又说："第二，还要小心，比如说，收上来的股金留在别的小银行是很难保险的，搞得不好它会把你的钱抵作头寸……"

于婉真道："这倒不怕，珍老你的腾达日夜银行可以代我们保管的……"

话没说完，已不能说了——白牡丹一曲唱罢，众人一齐拍手喝起彩来，于婉真和胡全珍也跟着拍起了手。

何总长一边拍手一边说："白牡丹，我看你是可惜了，放着这么好的嗓子不好好唱戏，却要炒股票办交易所，真是鬼迷心窍了！"

白牡丹道："你何总长不也在炒股票办交易所么？你做得，为何我就做不得？"

何总长又是摇头又是叹气："你呀，让我咋说呢？我真是白捧你了，捧红了你，你却跑了。"

于婉真笑眯眯地说："也没跑，人家一边办交易所，一边还是能唱戏的。"

白牡丹却白了于婉真一眼:"真办交易所发了财,我才不唱戏呢!你们看我在台上唱戏蛮风光的,就不知道我在台下吃了多少苦,受了多少气……"

何总长点着白牡丹的额头,对于婉真说:"看看,我说我是白捧她了吧?婉真,你说我伤心不伤心!"

于婉真知道何总长是戏迷,伤心也是真实的,便向白牡丹使了个眼色。

白牡丹马上意会了,冲着何总长一笑道:"何总长要听戏就另说了,我就是再发财,也还会为你唱的。"

何总长说:"那好,今日趁你还没发财,就为我再唱一段《哭灵》吧!"

白牡丹不好推辞,清清嗓子,又唱了起来,可唱的时候两眼不看何总长,只看朱明安,就仿佛走进了戏文,正和朱明安倾诉衷肠……

七

其实,白牡丹算何总长捧红的,也算死去的郑督军捧红的。郑督军本是大舞台的起办人之一。三年前大舞台开张的时候,郑督军正气焰熏天,租界外的中国地盘还在郑督军的镇国军手上,连租界当局都让他三分。那当儿,郑督军常到租界公馆小住,其间也偶尔到大舞台走走。

有一次,郑督军带着一帮副官随从到大舞台去听"大眼刘"说书,无意间看到登台献艺的白牡丹,眼睛突然一亮,就改了主张,去听戏了。这一听就着了迷——不是被白牡丹的好嗓子迷住了,倒是被白牡丹的好相貌迷住了。于是,郑督军便为白牡丹大肆叫好,当晚献花,第二晚请酒,第三晚就把白牡丹邀到自家公馆里唱了堂会,还让自己的八太太于婉真与之拜了干姐妹。

白牡丹记得,自己当时是受宠若惊的,站在郑公馆豪华的客厅里为郑督军唱《拷红》,全身上下躁热难当,比立在大舞台上还紧张,唱到后来,竟唱出了一头一脸细密的汗珠子,还跑了调。

郑督军不计较——嗣后才知道,老头子根本不懂戏,老头子说她唱得好,是因为她长相好,身段也好,想纳她做个九姨太。不是郑督军后来死了,这九姨太没准还真就让她做上了呢。

何总长是后来在郑公馆认识的,郑督军老拉着她一起打牌,每次牌桌上都少不了何总长,一来二去,也就熟识了。熟识后,何总长也邀着一帮下野的寓公、政客为她捧场,还买通报馆记者替她造势,在各种小报上发文章,发相片,"一说白牡丹","二说白牡丹",说来说去,就把她的艺名说响了,硬是让她两月之间红遍了租界内外。

然而,麻烦接着就来了。没走红时,总想着能走红,真的走红了,才发现个中的滋味也不好受:平静的生活就此结了,自己再无什么自由可言——郑督军不允她和任何年轻男子来往,且把她青梅竹马的一个相好情人给绑了,弄得至今死活不知。

这让白牡丹很伤心。白牡丹一气之下险些吞了大烟。其后就变了个人似的,再提不起唱戏的兴致,只一味在郑督军和何总长怀里厮混,直混到郑督军一命归天,才算挣出了半截身来。

也是巧,偏在这时碰到了于婉真的外甥朱明安。

在东亚证券交易所厅房里一见面,白牡丹就愣住了,她再没想到于婉真会有这么个年轻英俊的外甥——而且是学经济的——而且头回见面就帮她赚了钱。在浑浑噩噩中沉睡了几年的生命在那当儿苏醒了，白牡丹觉得，这男人实是命运之神送到她手边的，她若是不牢牢把他抓住便是罪过。

然而，当时于婉真就在身边——直到晚上吃酒唱戏时，于婉真都在身边，这就不大好办了。在万福公司给朱明安买西装、皮鞋时，她就看出来了，于婉真想拉她发起新远东，却不想让她和自己的外甥打得火热——就像她了解于婉真一样，于婉真也透骨透心地了解她，她和于婉真同在郑督军的一张大床上厮混过，因此还和于婉真闹出过不快，于婉真再也不会让她纠缠朱明安的。

这段姻缘——如果能算姻缘的话，只是她的一厢情愿，实是没多少希望的。她知道。

然而，当晚酒席散了，带着蒙眬酒意回到家，白牡丹却又禁不住想起了朱明安。咋想都觉着朱明安不错，朱明安穿了米色西服的身影便在眼前晃。心一下子乱了，虽说骨子里仍惧着于婉真，却照旧痴痴地想朱明安，于婉真说朱明安是她的外甥，可他终也是个大男人了，不会事事听自己姨妈的，只要他愿和自己好，于婉真也毫无办法。当然，这里有个很要紧的问题是，不能让婉真说她的坏话，把她往日和郑督军、何总长胡来的事都倒给朱明安。

于是，自那日之后，白牡丹便把对朱明安一见钟情的心意悄悄藏在心底，不敢太嚣张，郑公馆更不常去，只往郑公馆打电话，借着谈新远东，盼着常听到朱明安的声音。只要是朱明安接电话，她便在电话里扯个没完，对朱明安的一切主张都极表赞同。

朱明安也真是能干，事情办得出奇的顺利。

一周之后，《华光报》上新远东交易所的筹备公告便出来了。同一天，朱明安让孙亚先化名"小诸葛"写的文章也出来了。孙亚先以"前总长何某下海从商意图大举，新远东紧张筹备不日开张"为题，在报上大谈新远东雄厚的政治、军事和经济背景。孙亚先本是局中人，可在文章中却做出一副局外人的样子，装模作样故弄玄虚。说是几经访探，方得知新远东来头极大，不但有镇国军背景，且有北京政府要员背景，一期资金欲筹妥百万之巨，一旦挂牌开张，必将给市场带来极大冲击云云。

过了没两天，孙亚先的第二篇文章又出来了，吹得更玄乎，说是新远东内幕深不可测，发起人中有当年攻击制造局的前革命党人许某已属确凿。更有南方某省身份不明者若干，正在进一步访探中。因此，新远东似为北京政府联络南方革命志士的经济和政治的据点，十有八九是在南北两方面都保了险的。

白牡丹看了报纸哑然失笑，就打了电话问朱明安："咱们这帮人中，哪一个算南方的革命志士呀？是你，还是我？"

朱明安在电话里也笑了："这你别当真，我们不过说说而已。"

白牡丹嚷道："你们这帮坏小子老这么骗人我可不干！"

朱明安说："造势也就先造到这一步为止了，下一步我们就要动真格的了，这不，我正要找你谈筹股的事呢。"

白牡丹早巴不得朱明安来，便道："那你来嘛，我也有好多话要和你说呢——咱既办自己的交易所了，我手头还有些人家的股票就想抛出去，你帮我拿拿主意，怎么抛才好？"

朱明安说："我要来只能明天来，明天我小姨才有空。"

白牡丹嗔道："你这人真是的，干啥都要拖着你小姨！你就一人来，今晚就来，我等你！"

朱明安在电话里迟疑了一下，终是答应了。

白牡丹喜出望外，放下电话慌忙和老妈子一起张罗起来，还给老妈子放了假，要老妈子在自家待一夜，次日早上再回来伺候。

老妈子一走，白牡丹就换了身当年郑督军送她的艳丽晚装，且取出脂粉盒，精心地对着镜子描了眉，又在缺少血色的嘴唇上涂了口红。做这一切时，胸腔里的心一直怦怦乱跳，这激荡的感觉已是多年没有过了。打扮过后，看到镜子中的自己再无往日惯有的倦怠和憔悴，心才略微定了些。

这之后，便是让人焦心的等待——电话不敢再打了，怕接电话的是于婉真，弄出意外的麻烦，也怕朱明安接了电话会改变主意，就一次次到门外的巷口去迎。

快到九点时，朱明安才来了，不是一个人来的，却是和那个写文章的孙亚先一起来的，一人坐了一辆洋车。开初白牡丹并不知道孙亚先会一起来，在巷口迎到朱明安后正要走，孙亚先的那辆车已到了。白牡丹虽说心中不快，脸面上却不好摆出来，只是笑笑地问："孙先生也到我那里坐坐么？"

孙亚先一愣："哦，坐坐也好，我和明安还有几句话要说。"

朱明安也说："是我约老孙一起来的，明日我们还要去找咱交易所的房子，已看好了摩斯路上的一家，老孙要去谈……"

孙亚先瞅着白牡丹道："这家的房子在大华公司四楼上，原也是交易所，白小姐可能知道，就是大中华杂粮油饼交易所，我和八太太都看中了。"

白牡丹眉头一皱，问："大中华搬家了？"

孙亚先道："搬什么家呀？大中华杂粮油饼交易所倒了！"

白牡丹叫道："哎呀，那坏了，我手头还有他们的股票呢！"

孙亚先问："有多少股？损失大么？"

白牡丹却不说，只拉着朱明安的手，拍着朱明安的手背道："明安，你可得帮我好好合计合计了，你是行家，我只信得过你！"

孽海　　41

孙亚先不甚高兴："就信不过我么？"

白牡丹说："你写那骗人的文章行，做股票就不行了！"

孙亚先看出来白牡丹只想和朱明安谈，并不想和他谈，似乎也不想让他待在面前，便向朱明安挤挤眼，走了，临走时说了句："明安，人家白小姐只要和你谈，我就告辞了，明天一早再给你打电话吧！"

白牡丹也不留，道了声"走好"，挽着朱明安进了自家的房门。

到家里一坐下，朱明安就问："你买了多少大中华的股票？"

白牡丹这才笑了："我是骗骗孙亚先的，一股也没买。"

朱明安说："那就好。"又说，"你要真买了，那也只好自认倒霉，交易所倒掉了，我也没办法。"

白牡丹说："不谈这个了，先陪我出去吃饭吧！"

朱明安一怔："怎么？你还没吃晚饭？"

白牡丹不无哀怨地白了朱明安一眼："不是等你么？你说了要来，却拖到了这么晚……"

朱明安抬起手在自己的脸上打了一下："该死，让你饿到现在！"

白牡丹说："饿倒是不饿，就是等得心急，还怕你被狼拖去了……"

朱明安道："那好，今日就我请客吧，算是谢罪。"

白牡丹说："还是我请你，你一见面就帮我赚了钱，我得好好谢你呢！明安，你说，咱去哪？是去维多利亚吃西餐，还是到全聚福吃酱鸭？"

朱明安说："随你吧，我反正是吃过饭了，你爱去哪我就陪你去哪！"

白牡丹快乐地道:"那咱就去维多利亚吧,那里终是雅致些,还有舞跳。"

却不料,二人刚要出门,于婉真竟坐着邢楚之的破汽车找上门来了,见他们手挽手往外走,愣了一下,似乎很吃惊。然而,嘴上也没说什么,只道她也有些饿了,正好一起去吃点啥。

这一来,白牡丹便失却了一个激情洋溢的良宵,心里真恨死了于婉真。

八

于婉真觉得自己实在是非常的宽厚,她眼见着朱明安和白牡丹飞快地勾搭上,却能容忍,既不去问朱明安,也不去问白牡丹,就像没这回事一样。不过,她宽厚待他们,自然也希望他们宽厚待她——至少希望朱明安能宽厚待她。可没想到,朱明安竟像没事人似的,再不提那晚去维多利亚的事了,在她面前更无丝毫的愧意。

这就让于婉真宽厚不下去了,几日之后,于婉真和朱明安一起去摩斯路看交易所的房子,回到家终于拐弯抹角地把话头提了出来,以一副长辈的口吻对朱明安说:"明安,你是男子汉,将来要做一番大事业,小姨正可心成全你。你呢,也得争气呀,不能整天和女人厮混。"

朱明安愕然问:"小姨,你说我和哪个女人厮混?"

于婉真不屑地说:"还用我说么!你与白牡丹……"

朱明安叫了起来:"小姨,这……这是哪有的事呀?那晚白牡丹要我去,本想和我谈筹股,赶巧被你碰上了……"

于婉真"哼"了一声:"别瞒了!白牡丹对你要没这份心,你

孽 海 43

抠我的眼！头回见面，她就那样看你，还要给你买衣裳，那意思你会看不出？"

朱明安哭丧着脸，急忙解释："小姨，我……我早就说过的，我心中只有你，就算白牡丹真想和我好，我……我也不会答应的。我敢发誓：我要是有心和白牡丹好，便天打五雷轰……"

于婉真这才笑了，伸手在朱明安肩上打了一下："看你急的，真没有这事就算了，发什么誓呀！"又指着朱明安的额头说，"我这么着也是为你好。你不知道，这个女人早被郑督军、何总长那帮老东西作践过不知多少回了，人也学坏了，你是万万碰不得的。"

朱明安点点头："那我再不睬她了就是。"

于婉真道："睬还得睬，一起办交易所，咋能不睬人家呢？只是不要和她好。"

朱明安"嗯"了声，突然抬起头，愣愣地盯着于婉真，嘴唇哆嗦着："那……那小姨，你和我好么？"

于婉真一怔："又胡说了！"

朱明安一把抓住于婉真的手，说："我……我知道你喜欢我……"

于婉真心中仍是不快，对朱明安也只是烦，便生硬地把朱明安的手甩开了，说："我再喜欢你也是你的小姨，再不会和你这么乱来的！"

这让朱明安很失望……

当晚睡到床上，朱明安便想：小姨实是太那个，自己做着他的长辈，不敢和他好，还不让别人和他好，真是很说不过去的。后来又想，真要和小姨好，没准还就得先和白牡丹好哩！女人都爱吃壶醋，没个和她争夺的主，她就不把男人当作好东西。

这才骤然发现，自己实有必要认真对待白牡丹的那份感情。小姨说得不错，白牡丹对他是有意思的，头次接触，他就蒙眬感到了，后来唱戏时还那么看他，他心里就更清楚了。那晚在她家，不是小姨突然来，还不知要发生什么事呢——这也得说良心话，他并不呆，当时心中是有数的，就在等着那事发生，唯一担心的只是，怕到时候自己不行……

当夜做了个梦，在梦中和白牡丹什么都发生了。还梦见了小姨，小姨突然闯进门来，把他从白牡丹身上揪下来，愤怒地打他，还打白牡丹。

一大早真就见到了小姨，小姨穿着一身粉红色电光绒的睡裙，端着杯热牛奶，两眼脉脉含情地看着他。没遮严的窗帘缝中，有一缕炽白的阳光射进来，正映在小姨的额头上，把小姨俏丽的脸盘衬得亮亮的。

朱明安一下子来了精神，先定定地盯着小姨的脸膛看，看得小姨脸色绯红。后就跳起来，把小姨搂倒在怀里，亲小姨的嘴，小姨的脸，还有小姨细白的脖子。小姨不再拒绝，娇小玲珑的身子变得很软，像被抽去了筋骨。他几乎没费什么力气，只轻轻一托，便把小姨托到了铜架床上。

不过，后来的一切却糟透了，他的老毛病又犯了，撩拨起了小姨的火热欲望，却啥也做不成了。小姨于万般气恼之下，一脚将他蹬下了床。摔得他很疼。

惊醒之后才发现，这又是一个梦，那美妙的早晨并不存在，夜幕正在窗外低垂着，屋里黑乎乎的，闹不清是几点钟……

第二天起来，在饭厅吃早饭见到于婉真时，梦中的情景又真切地记起了，朱明安的脸不禁红了一下，就仿佛一切真的发生了似的。

于婉真不知道朱明安昨夜那美妙而无能的梦，一门心思想着交易所的事，吃饭时就说："明安，孙亚先在报上一吹乎，咱们新远东筹备之中已是万人瞩目了。现在，咱的股资得赶快收齐，都存到胡全珍的腾达日夜银行去，别误了验资登记。"

朱明安敷衍道："误不了，后天大家不是还要在一起聚会么？订个最后的日子就是。"

于婉真又说："还有门面房的事也得敲定了，我看，就把摩斯路上的那层楼面租下来算了。"

朱明安点点头："我也这样想，只是租金还想让孙亚先最后压一压。"

于婉真说："能压下来当然好，就是压不下来也不要紧，我们先租半年，日后发达了再换就是。你和孙亚先今日就把这事办了吧。"

朱明安又咀嚼起梦想中的景状，看于婉真的眼光很温柔："小姨，那咱就一起去……"

于婉真摆摆手说："不行，不行，我得想法把咱那十五万股的股金分摊出去，今天已和胡全珍约好了一帮朋友到腾达日夜银行去谈。"

匆匆吃过早饭，于婉真叫车到腾达日夜银行去了，临走，对刘妈交代了一句："别忘了把我昨晚穿的电光绒睡裙洗了！"

朱明安一听这话就觉得怪：没想到于婉真昨夜还真就穿了电光绒睡裙！如此说来，昨夜的事或许不是梦？或许于婉真真到他房里来过？

整整一上午都想着于婉真和于婉真的电光绒睡裙，还在心里一遍又一遍剥于婉真的衣裙。后来又忆起了白牡丹，幻想风起云涌，满脑袋湿漉漉的念头，目光落在哪里都能看到年轻女人的胸和臀，似乎面前的整个世界都是那软软、白白的肉构成的。这一来便骚动不安，和孙亚先一起去谈定了大华公司四楼的房子后，就在摩斯路口和孙亚先分了手，迷迷瞪瞪去了白牡丹家。

白牡丹懒觉睡得邪乎，都大中午了才起床，见朱明安突然来了，既惊讶又欢喜，忙叫老妈子到外面的馆子叫了许多菜来，还哄着朱明安喝了点酒。

朱明安不会喝酒，两杯酒下肚头便晕了，蒙眬中不知啥时，竟把白牡丹揽在了怀中，忘情地抱着白牡丹亲个不停，还摸了白牡丹的胸脯和大腿。白牡丹并不吃惊，也不躲闪，蛇一般缠在朱明安身上，任由朱明安亲热，也主动去亲热朱明安，把个滚烫的舌头伸到朱明安嘴里动来动去，让朱明安周身的血都热了起来。

可事不凑巧，白牡丹身上正来着，朱明安要去扯白牡丹的衣裙时，白牡丹却把朱明安推开了，说："别……别这样！今日我不方便哩！"

白牡丹的推却是无力的，况且，朱明安的手已插到白牡丹腹下，摸到了那让朱明安为之激动的布带子。

白牡丹知道再推也是无用，便说："明安，别这么急，你快让我洗洗……"

朱明安这才把白牡丹放开了，还自告奋勇要给白牡丹洗。

白牡丹把热乎乎的布带子从大腿根抽出来，在朱明安手背上打了一下，嗔道："滚远点，要洗去给你小姨洗！"

朱明安偏不滚，顺势抓过白牡丹手中的布带子，周身的血一下子涌到了头顶，面前马上现出了当年自己玩弄过的于婉真那同样的东西，就把此时当作了彼时，将还带着白牡丹体温的布带系到身上。

白牡丹见了，觉得惊异，后就格格笑着说："明安，你还想做女人呀？我可是做梦都想做男人呢！"

孽 海　　47

朱明安脸涨得绯红，冲到白牡丹跟前，也不管白牡丹洗好没有，就把白牡丹抱到了里面房间的床上，扑到白牡丹赤裸的身上……

那女人专用的东西给朱明安带来了极大的冲动，梦中和小姨在一起时的无能没有出现。这就给了朱明安很大的信心，朱明安一边在白牡丹身上忙乱地动作着，一边便想，日后有一天和小姨在一起，他决不会丢脸的。他再不是小男孩，他是大男人了。

然而，心里却空落得很，和白牡丹亲热了一回，竟和没亲热差不多，满脑子还是那小姨于婉真，还差点把白牡丹唤作小姨……

九

这期间，租界内外办交易所的风潮仍在势头上，虽说时常已有些来历不明的交易所相继垮台，可总还是新开张的多。不断敲响的开张锣鼓，把那些垮台破产者的饮泣和抱怨全遮掩了。失败跳楼的新闻没多少人相信，一夜暴富的传奇故事却在十里洋场的舞厅、酒楼四处传颂。人人都以为这世界上遍地黄金，都把办交易所，炒股票当作发财的捷径。

如此一来，新远东的进展便极为顺利，预定一百万元的资本总额，一月之间如数收齐，都存进了胡全珍的腾达日夜银行，只等着有关当局验资开张。

与此同时，《华光报》的孙亚先又大造声势，请了个叫杰克逊的洋人提起假诉讼，说是自己早在新远东筹备之初已从伦敦发了快电，答应认股三万，如今却被别人挤占，没得到应得之利权，要求新远东筹备主任何总长做主，归还其三万股权。继而，孙亚先又假借何总长之名，在报上作公开答辩，声称本筹备主任从未接到过伦敦的快电，斥杰克逊是英伦骗子，看新远东资金雄厚，前程不可限量，便要挤进来讨便宜……

报上的假戏演得热闹，私底下的交易便也跟着热闹。交易所尚未开张，新远东的本所股票已被众人炒将起来，一元的票面被炒到了七八元，搞得老谋深算的胡全珍都目瞪口呆，以为这个世界疯掉了。

这就让于婉真和朱明安都后悔了。

于婉真、朱明安听了胡全珍的话，为保险起见，把半数的股票都以翻倍的价码让给了别人，用人家的钱交了自己应摊的股本，白赚了十万股本所股票。现在一见本所股这么疯长，又觉得吃了大亏，再不听胡全珍的劝阻，倾其所有的现金，以六元的价格吞回了三万股，握在手上再不放了。

白牡丹、许建生等人当初没有胡全珍的指点，不明就里，全用了自家的老本加上自己筹来的款交了股金，因此便发了，都赚了三万五万，抑或十万八万。何总长和邢楚之赚得更多——何总长原不想参与集股，后来一看势头好，竟一下子掏出十万认下十万股，转手三下两下一倒腾，便赚了五十万。邢楚之则是故技重演，挪用买军火的款子交了股本，又在半月之后以翻了四五倍的价格卖掉了大半股票，既补上窟窿，又腰缠万贯。

"发财真像做梦似的，"新远东股东代表会开会那日，邢楚之又到郑公馆来了，坐在楼上的小客厅里，对于婉真说，"我看我这副官长也别干了，干脆就脱了这身军装和你们一起办交易所得了！"

于婉真没赚多少钱，正觉得亏，便拉着脸，没好气地道："你要办还是办你的江南去，我和明安是不想和你搅在一起的！"

邢楚之笑道："八太太还为江南的事生我的气么？这就不应该了嘛，我这不是投到你裙下了么？"

孽海　　49

于婉真仍是烦，嘴上却说不出什么。筹办新远东这阵子，邢楚之没啥事对不起她，倒是她对不起邢楚之。她怕邢楚之筹不出自己的股金，又打她的主意，老躲着邢楚之，就连胡全珍为她出的主意也没向邢楚之透一点。

邢楚之又说："八太太，我可不是开玩笑，我是认真的。人生在世，图个啥？不就图个财色二事么？我有你这么个美人儿，日后再赚上个百来万，这辈子也就不再想啥了！"

于婉真以为邢楚之又要提纳她为妾的老话题，便冷笑道："老邢，你以为你碰运气赚了点小钱，就能把我买下了么？"

邢楚之一怔："啥话呀？八太太！我咋会这么轻狂呢？"

于婉真拧着眉梢问："那你是啥意思？"

邢楚之笑了："我的意思是说，你看我做咱新远东的理事长咋样？"

于婉真这才悟到，邢楚之这次不是打她的主意，却是打新远东的主意。这兵痞明明知道她起办交易所是想帮朱明安做一番事情，却还是硬把手伸过来了，实在是很不像话的。按于婉真的设想，这新远东既是她和朱明安起办的，理事长一职就非朱明安莫属。晚上开股东代表会，想来大家也不会有什么异议。

邢楚之似乎看出了于婉真的意思，又说："我知道你想让你外甥朱明安做这理事长，可我想来想去，还是觉得我做比明安做要好，我终是在这世上多混了几年，经的事多。再者，我们是谁跟谁呀？还不像一家人似的！我做也就是你做了！"

于婉真强压着满心的不快，勉力笑道："你做这理事长当然不错，只是你手头的股份并不多，又是行伍出身，终是难以取信于大家，怕是推不上去哩！"

邢楚之头伸得老长，定定地看着于婉真："嘿，这不全靠你么！你要想让我做便做得成！你、我、何总长，还有明安几个朋友的股权加在一起，不就把我推上去了！"

于婉真心中好笑：邢楚之就是这般自作聪明，总以为人家是傻瓜。便不再周旋了，直截了当地说："老邢，我劝你还是别做这梦了！不说推不上你，就算把你推上去了，你也搞不好新远东！你在镇国军里做假账，吃空额行，主持交易所真是不行。到时亏掉了底，你也一样倒霉！"

邢楚之气了，皮球一样从沙发椅上弹起来，鼻子不是鼻子脸不是脸地叫："八太太，你就是信不过我！我知道，打从你那外甥回来以后，你的心便全用到了他身上！今日我把话说在这里，你记住了：你总有哭的一天！"

于婉真也虎起了脸："我就是哭，也不会到你面前哭，你也给我记住了！"

邢楚之很恼火，转身走了，边走边说："好，好，八太太，我不说了，我还要到办事处开会……"

于婉真突然间有了些不良的预感，站起来追到楼梯口道："老邢，你站住，我还有话要说！"

邢楚之在楼梯上站住了，回转身："你说！"

于婉真换了个人似的，微笑着款款走下楼梯，居高临下扶着邢楚之的肩头道："老邢，你看你，气性这么大！你别怨我，我是舍不得你离开镇国军。有层意思我刚才一直没说，怕你又狂。"

邢楚之仰着脸问："啥意思？"

于婉真在邢楚之脸上轻轻拍了一下："你不想想，你还当着你的副官长，对咱交易所能帮多大的忙！用你的话说，五万镇国军值多

孽　海　51

少钱！"

邢楚之愣了一下，脸上有了笑意："这话你还没忘呀？我他妈都忘干净了！"

于婉真说："我日后全靠你呢，这话哪能忘了？"又笑眯眯地推了邢楚之一把："你走吧，记着晚上准时到摩斯路大华公司四楼开股东代表会！"

邢楚之出其不意地在于婉真胸脯上捏了下："我要来开会，今夜就不回办事处了，你可得好好陪陪我……"

于婉真连连摆着手道："哦，不行，不行，晚上这么乱！"

邢楚之只装作没听见，把提在手上的公文包往腋下一夹，昂昂然走了。走到楼下大客厅门口，还回头向于婉真招了招手说："别送，别送，我晚上总要来的。"

于婉真心里恨得很，却也不好说什么了。

当晚的股东会开得不错，起办新远东的朋友们，和那些朋友的朋友们都来了，何总长也来了。另外还来了个别号唤作"西湖居士"的大户王先生——谁也没料到这位王先生手里竟握有四万股新远东的股票。到会的众人都不说自己高价转让了多少股给王先生。于婉真只知道自己通过胡全珍，以翻了一倍的价钱让了一万股给王先生。王先生拖着一根细长花白的辫子，面目慈和，一副与世无争的样子，文绉绉地和大家拱手点头打招呼，挺招眼的。

到会的起办人和那位西湖居士王先生都成了理事，理事长自然是朱明安。是何总长按着于婉真的意思提出来的。何总长说，朱明安年轻能干，又到日本学过经济，懂金融商业之经络，最是合适。于婉真知道自己手操胜券，又想堵住邢楚之的嘴，便提议表决，给各位刚当了理事的代表发了纸条，叫人家按股权正经推举一下。这就如愿推出了朱明安做理事长。

邢楚之仍不死心,提议再设个副理事长,说是万一理事长不能理事,也可有个替代之人。于婉真反对,说是就算万一理事长无法理事,大家都在租界里住着,也可以一起理事的。

胡全珍却说:"设个副理事长总是好的,还是推举一下吧!"

于是又发了纸,又让众人推举——没推出邢楚之,却推出了胡全珍。

胡全珍忙站起来向大家抱拳作揖道:"诸位,诸位,我在新远东股份并不多,又办着个腾达日夜银行,实是不能再做这副理事长了!副理事长么,你们还是另选高明。"

邢楚之说:"珍老实心实意不做这副理事长,我们也不能勉强,我看就再推一个吧!"

便重新推了一回——谁也没想到,竟推出了那位"西湖居士"王先生。

王先生一副惶惑不安的样子,一边不住地搓手,一边讷讷着:"这……这真是,这真是……"长长叹了口气,看看众人,又咕噜了一句:"子曰:如之何?如之何?"

何总长便笑,且学着王先生的声调道:"佛云:不可说。不可说呀。"

王先生便不说了,副理事长便算了王先生。

邢楚之这才泄了气,嗣后再不多说一句话了。

接下来,众人把自己手上的银行收据都向理事长朱明安当面做作了交割,又就招聘训练所员、定制器具、更换填印正式本所股票诸事,议论了一番,定下了一些原则,会议遂告结束。

会后已是午夜十一时了,与会者都饿了,朱明安便以理事长的

孽 海 53

新身份，请大家到对面的"大兴楼"吃了夜酒。席间，由于婉真出面，招来几个妖冶的歌女侑觞，包房里一下子灯红酒绿，笙管嗷嘈。除了于婉真和白牡丹两个女人，其余的男人们大都放肆地笑闹起来，就连何总长和那位王居士也被歌女搞得神魂颠倒，被歌女揪着小辫灌了几杯酒。

邢楚之连副理事长都没当上，心中不快，对于婉真恨恨的，便拥着个年轻漂亮的歌女，不断喝酒，且把当夜要去郑公馆和于婉真共宿的事忘光了，散席时公然带着那歌女去了自己的办事处。

于婉真知道邢楚之是故意气她，却做出无所谓的样子，还笑着和邢楚之打趣，要邢楚之玩乐适当，别坏了身子。然而，在车上一路同行，看到邢楚之的手堂而皇之插到那歌女薄如蝉翼的红纱衣裙里时，于婉真仍禁不住一阵恶心，心里暗骂邢楚之不是人。没到公馆，于婉真在赫德路口就拖着朱明安早早下了车。邢楚之在车里和她打招呼，她也没理……

赫德路上夜风轻拂，灯光灿灿。灯光五颜六色，多且杂；远的近的，明的暗的，闪烁的抑或不闪烁的，像都糅于风中，一股脑儿地向面前涌。于婉真便真切地感到了大上海都市之夜的纷乱。天空也是纷乱的，不太黑的空中有朵朵白云在疾速涌动，当头的月亮时而被云朵裹住，有时半天都露不出脸来。

于婉真拥着朱明安缓缓在街上走着，痴痴地看着天空说："明安，还记得咱们老家的夜晚么？天上也是这么亮，星星比这里要多，有蝉鸣，还有蛙声，可却总让人感到静，不像在城里这么纷乱。"

朱明安颇不经意地说："我觉得到哪都差不多，就是在日本也是一样。"

于婉真叹了口气："你这孩子，离家也好多年了，就一点都不想家么？把你妈他们都忘了？"

朱明安说："没忘，却也不怎么想……"

于婉真道："你咋不想你妈呀？我都想呢！你妈可算是这世上最好的人了，我对她比对你姥姥、姥爷还亲。你妈大我整二十，我出生时她已出阁了，嫁了你爸。我落生那天，她回来了，你姥爷见我是女孩，不想留，就把我放到村头的小河边。是你妈把我抱了回来……"

朱明安说："这我知道，我妈早就和我说过的。"

于婉真又道："给郑督军做八姨太，也是你妈拦的，可没拦住……"

朱明安说："真拦住倒不好了，那就没有你的今天，也没有我的今天了——今天咱混得多好！过两天交易所一正式开张，咱就等着发大财吧！"

于婉真却不谈交易所，只道："过几天咱回趟家吧，看看你妈！"

朱明安迟疑了一下说："小姨，怕不行吧？交易所一旦开了张，你我就都走不了了……"

于婉真想想也对，便道："那就叫你妈到咱这来吧！我们好好孝敬孝敬她，也让她看看你的这盘大买卖！"

朱明安不好意思地说："这盘大买卖哪是我的呀？还不都是小姨你的！没有你一手操持，我能成啥事呀！"

于婉真停住了脚，搂住朱明安亲了一下："你知道就好，在这世界上，小姨心里只有你！"

朱明安这才注意到于婉真嘴里的酒气很重，举止也有些异样，心里怦然一动，搂住于婉真的腰肢，问于婉真："小姨，你心里真的只有我么？"

于婉真点点头，先把一只手放在朱明安脸上抚摸着，后又用手

孽海

指指了指自己的心窝:"你就在这里,白日黑夜你都在这里……"

朱明安情不自禁地紧紧抱住了于婉真,把于婉真的脚跟都抱离了地,口中喘着粗气说:"小姨,我……我知道,我早就知道你喜欢我,你过去不说我也是知道的……"

这时,一辆汽车迎面开过来,车灯的灯光几乎都打到了他们身上,给了他们一个意外的白亮,二人一惊,把紧贴在一起的身子分开了。

汽车过去之后,朱明安马上又把于婉真拥在怀里,一边用汗津津的手去抚弄于婉真圆润的肩头,一边垂首去亲吻于婉真那裸露的脖子和胸脯,嘴里还梦呓一般地喃喃着:"小姨……小姨……我……我日日夜夜都梦着你呢……"

于婉真把鬓发垂乱的脸颊紧贴到朱明安肩上,泪水骤然涌出眼窝,哽咽着说:"小姨又何尝不……不是日日夜夜梦着你呢?可……可我终是你的小姨,我……我想你这样,却……却又怕你这样,真的,我怕……"

朱明安吻去了于婉真眼中的泪:"这有啥可怕的?我们的事自己不说,谁会知道?!"

于婉真仰着蒙眬的泪眼看着云朵飘动的夜空,轻声道:"天知道,地知道,日后大家也都会知道……"

朱明安叫了起来:"那也不怕!如今不是封建时代了,谁也不能拿我们怎么样!我们就是要……"

于婉真用手捂住了朱明安的嘴:"别……别在这大街上又喊又叫的,快回去吧!"

回到家,脱了衣服洗澡时,于婉真的头脑突然清醒了,为方才街上那一幕后悔起来:她这是怎么了?怎么会主动往朱明安怀里送?朱明安是她嫡亲外甥啊,她这么着姐姐和世人还不把她骂做淫妇?!

世上的男人并非只有朱明安一个,她咋就这么糊涂!

在浴盆里泡着,下意识地用手撩着温热的洗澡水,往身上浇着,又恨起邢楚之来,觉得今夜这一幕是邢楚之造成的。不是邢楚之气她,和歌女乱来,也不会勾起她炽热的情思——当然,还有酒。因着股东代表会开得好,她便多喝了几杯,这就差点儿坏事。

值得庆幸的是,方才这一幕是在大街上发生的,她终还没和朱明安做那事,这就好,这就证明她还不是那种乱伦丧德的淫妇。事情还有挽回的希望,她能拯救自己,也能拯救朱明安。

不曾想,于婉真想断然结束此事时,却结束不了了。

于婉真洗澡时,朱明安就在门外焦虑地等着,还隔着一扇门和于婉真调情,口口声声唤着亲小姨,好小姨,要进去给于婉真搓背。

于婉真心突突乱跳,不由自主便把赤裸的身体转了个向,背脊对着门,怯怯地说:"明安,你……你回房睡吧,天不早了!"

朱明安不听,脸贴到门玻璃上,向于婉真央求道:"小姨,我就要给你搓背,人家日本兴的……"

于婉真说:"咱这不是日本,咱不兴。小……小姨也不喜欢。"

朱明安道:"你喜欢。你在街上说过的,你心里日日夜夜装着我。"

于婉真怕朱明安会不顾一切闯进来,再不敢和朱明安啰唆,匆忙往身上打着肥皂,想赶快洗完出来。可一想到出来,却更是怕:朱明安这就在外面,他不会就此罢休的。便又把打了肥皂的身子在浴盆中泡下了。

好在门玻璃上蒙着布,里面的情形外面的朱明安看不见,于婉真心才放定了些,又好声好气地劝朱明安回房睡觉,并认真地说:"你要再不回去睡觉,小姨就生气了。"

朱明安半天没作声。

于婉真以为自己把朱明安吓住了,又说:"小姨最不喜欢男人这么纠缠。"

朱明安这才道:"要我走也行,你……你得把门玻璃上的布撩开,让……让我看看你……"

于婉真骂道:"不要脸的东西,你以为你还十四岁呀?快滚!"

朱明安不滚,竟拿了根铁丝伸进门缝里拨门上的插销。

于婉真慌了,从浴盆里站起身,想去抽伸进门里的铁丝,却不料,朱明安偏把铁丝缩了回去,于婉真没抽到铁丝,忙乱之中却把门帘扯落了,整个赤裸的身子正对着朱明安,让朱明安看了个彻底。

朱明安隔着一方透明的玻璃呆呆地看着于婉真,半天没回过神来,后来,便疯了一般,不顾一切地用胳膊肘猛然捣碎了门上的玻璃,把手伸进门里,拉开插销扑进来。惊得于婉真带着一身的水珠子,软软地瘫在地上。

后来,朱明安怎么抱起了她,怎么给她擦拭身上的水,又怎么把她携到卧房的床上,她一点都不知道。她只记得,楼梯上响过脚步声,好像是刘妈在急急地上楼,她怕这场面被刘妈看见,本能地喊了声:"是谁?别上来!"

玻璃破碎,在那个静夜里造出了惊天动地的响,这响声嗣后便在于婉真耳边回旋,连绵不绝,悠悠荡荡,一直伴随着她走进生命的黄昏。在垂暮的晚年,年轻的心已不复存在,多少世事也都忘却了,唯有那惊心动魄的响忘不了,就像是一种与生俱来的生命回声。

那夜,该发生的都发生了,一个把她唤作小姨,让她又爱又怕的年轻男子,把她放倒在松软的床上,抚摸她,一遍又一遍狂热地亲吻她的面颊,她的眼睛,还有她的身子,让她享有了一次从未享有过的激情。道德的恐惧在那激情中消失了,连一点影子都看不见了。罪恶感也不复存在，蒙眬眼中看到的全是梦也似的美好，在那时刻，自己的整个生命就仿佛要化作一摊水，化作一片云，好像随时会飘起来，随风远去。

后来，天亮了，炽白的阳光从没遮严的窗外射进来，映照着他们两具年轻光润的躯体，他们才不约而同地发现，他们身上都有血痕——昨夜玻璃的碎片划破了朱明安的胳膊肘，他们沉浸在无限温情之中，竟都不知道。

然而，有一点于婉真自认为是知道的，那就是：朱明安没有骗她，这个已成了大男人的小男孩仍是小男孩，仍喜欢把她的那东西当裤衩穿，和她在一起时，一举一动也显得笨拙，若没有她指点，一切便不会做得那么好……

十

新远东万国交易所聘定十数个所员，办好相关手续，于十月的一天顺利开幕。开幕之日热闹非凡，门前张灯结彩，鼓号乐队都请了来，吹吹打打，像大户人家办喜事。从交易市场四楼上悬下的连环爆竹"噼噼啪啪"响了十几分钟，闹腾得大半条摩斯路烟雾弥漫。何总长请了不少嘉宾，工商界名流绅耆来了十几个，租界工部局也来了人。仪式过后，是例行的酒宴，开了整十桌，当晚又借大舞台唱了半夜的戏，白牡丹领衔主演《新红楼》，一帮姐妹颇卖气力，台下一直彩声不绝。宾客们都说，好久没看到这么好的戏了，众口一词夸赞新远东有气派。

然而，甚为荒唐的是，有气派的新远东直到开张那日，还不知道要用手上的一百万股金交易什么。申请注册的报告书和成立公告上做的皆是应景文章，实则没就这件事进行过认真研磋，都以为只要有钱，到时候什么交易都是好做的。现在百万巨款摆在腾达日夜银行，真要做了，大家却茫然了。后来各自回家睡了一觉，一个个又都醒过梦来，这个要做橡胶丝绸，那个要做政府公债并其他有价证券，还有的坚持要投资实业。只胡全珍主张慎重，再三再四地叮嘱朱明安，要朱明安再看看市风行情。

朱明安拿不定主意，和于婉真商量，于婉真也不懂，就劝朱明安照胡全珍的意思再看些时日。于婉真说，咱这一帮人中，真懂生意经络的，还就算胡全珍了，他又入了十万的股，听他的准不错。可拖着长辫子的"西湖居士"王先生偏找上了门，认为不论做什么，都得做起来，这一百万是断然不能长期放在日夜银行的。

王先生提醒朱明安说，如今投机之风遍满城内，表面的繁荣热闹极不可靠，证券交易法上又颇多漏缺，大家都乱发自己的本所股，又相互买卖，这就有了极大的风险。因此，这飘忽不定的时刻，人人都可能发达，人人也都可能垮台，事事皆无定数。若是钱老放在日夜银行不动，被胡全珍用去做投机生意搞垮了，新远东也就完了。

这番话让朱明安警醒，朱明安不再迟疑，和于婉真、何总长几人一商量，没几天便动用三十万股金，把"九六""善后""统一"三种政府公债做了起来。同时，又依着邢楚之的主意，做江南的丝绸期货，南洋的橡胶。

做丝绸期货时，朱明安是充分信任邢楚之的，认为邢楚之做着镇国军的副官长，镇国军又实际控制着长江沿岸的丝绸产区，并且邢楚之本身是新远东的发起人，怎么说也是保险的。他不知道自己和于婉真好上之后，会激怒邢楚之，更不知道邢楚之想当新远东的理事长，控制新远东的美梦没做成，正一肚子恼火。而知道这一切的于婉真没想到邢楚之会这么毒，会在后来灾难性的日子里害人害己，于背后给新远东那么沉重的一击……

其时，灾难还没显出自己可怕的身影，朱明安和于婉真都正处在有生以来最得意的时日，二人相伴相依，来往于郑公馆和新远东之间，眼见着新远东交易市场里天天人头涌动，新远东的本所股票扶摇直上，心中满是盎然的春意。

三种政府公债都是得了何总长的内线消息，在跌到最不值钱的低位上吃进来的，吃进来没三天，便相继回升，先是"善后公债"，紧接着就是"九六公债"和"统一公债"，都升了三四成，转手抛掉，十几万便进了账。后来，何总长又得了消息，让他们大做空头——何总长说，中国目前这政治形势，南北对立，一片混乱，政府公债实际上是最靠不住的，前时的回升是北京政府中有人操纵，现在人家北京那边要抛了，大跌当属必然。果然，何总长这话说了不到十天，"善后公债"带头，三种政府公债都跌了，竟跌到三钱不值两钱的地步。朱明安和于婉真这一把空头，又为新远东赚了四十多万。

江南的丝绸也做得不错，邢楚之那时还没翻脸，手头又有不少股票，就四处放风，暗示自己入盟新远东，便是镇国军入盟新远东。还通过孙亚先的嘴说，镇国军不会让任何人操纵长江沿岸丝绸产区的，也决不会看着新远东的股票下跌。新远东的本所股便疯涨，从上市时的每股七元，三天便涨到十二元，十一月上旬，更涨到每股二十五元，交易所的账面资本额竟达千万之巨。

自然，这期间也跌过几次，只是跌幅都不大，而且每回都迅速反弹了，每反弹一次，价位就奇迹般地上升一截。

十一月中旬——这距新远东股票正式上市只一个多月，新远东为显示自己的气度和信心，在何总长和胡全珍的力主下，第一次发放股息红利，每股付息一元二角。金融工商界因此惊呼，此举为本市开埠以来所仅见，也为各国股市前所未闻之奇观。

新远东的信誉益发坚实，股票也更加抢手，一些银行钱庄开始接受新远东的股票作借贷抵押……

然而，在这狂热时刻，终也有头脑清醒者——一位化名"冷眼居士"的先生，在《商报》上撰文忆旧。别有意味地谈起了十年前兰格志橡皮公司的股票风潮，说是兰格志橡皮公司创办之初，也是气势不凡，三个月后便派发红股，万众为之瞩目。彼时卷入该股票旋涡的资本达白银一千四百万两。而最后破产时竟至许多人家破人亡，跳楼蹈江。

这话没人听得进去——不说新远东的股东们听不进去，就是一般民众也听不进去。迷乱的世界，在人们发财心理的支配下日复一日地迷乱着，把处在旋涡中心的朱明安和于婉真都送到了炫目的高空。

两具年轻的生命在高空中悠然飘着，俯视着自己制造而又造出了自己的世界，都觉得人生的风景美好无比，全无一丝一毫的怯意。滚滚涌来的金钱，和永不满足的肉欲像两只扑动的翅膀，支起了他们生命的全部重量。

那夜之后，朱明安和于婉真近乎公开的同居了，郑公馆的门再不对邢楚之开放，白牡丹也难得再单独见上朱明安一面。开始，邢楚之和白牡丹还以为朱明安和于婉真是忙着交易所的事，后来才发现不是那么回事。白牡丹亲眼见到朱明安和于婉真在交易市场的写字间紧紧搂在一起亲嘴。邢楚之最后一次去郑公馆，在于婉真楼上的卧房里撞到了朱明安。朱明安竟披着浴巾懒懒地躺在于婉真的床上，和于婉真拥在一起缠绵的调情……

十一

于婉真嗣后回忆起来觉得，自己一生中犯的最大的错误就是，三年前因着独守空房的寂寞无聊，一念之差委身邢楚之，又在三年后邢楚之最后一次到郑公馆来时，和邢楚之彻底翻了脸。

那日晚上，当邢楚之出现在她卧房门口，看到她和朱明安躺在床上嬉戏时，场面甚是尴尬，邢楚之呆住了，她也呆住了。后来，倒是她反应快了一步，把朱明安一把推开，穿上衣服要和邢楚之到小客厅说话。

邢楚之不走，倚着门框站着，愣愣地看着她好一会儿，才冷笑着说："八太太，怪不得你这么抬举你外甥，却原来你这小白脸外甥还兼做面首啊！"

朱明安那时尚不知道于婉真和邢楚之多年的关系，一听这话又羞又气，冲着邢楚之叫道："这关你屁事？你他妈的滚！"

邢楚之瞥了朱明安一眼，一把拖住于婉真，指着于婉真的鼻子说："咋不关我的事？你小姨早在三年前就和老子姘上了，不信现在你就问问这骚货！"

于婉真脸一下子涨得通红，从邢楚之这手中挣脱出来，想甩手给邢楚之一个耳光，可手抬到半空中，却又放下了，强压着满腔的恨，对邢楚之说："过去的事你不要再谈了——过去我并不欠你的，你走吧，从今以后再不要登这门了。"

邢楚之"哼"了一声："就是老子日后不来，你也不能跟自己嫡亲外甥这么乱来呀？你们还讲不讲伦常了？还要不要脸呀？"

原本气壮如牛的朱明安，被邢楚之这话问得羞愧了，心虚地看着邢楚之讷讷道："我……我们不是嫡亲的……"

孽海

于婉真却不怕,手一抄,阴阴地对邢楚之说:"就算是嫡亲的,你又能咋啦?姓邢的,你是能抓我们,还是能办我们啊?!我记得这里好像还是租界吧?好像还轮不到你们镇国军来办这种风化案吧?"

邢楚之被激怒了,拔出枪,"咔嗒"一声打开保险,把枪口瞄向于婉真和朱明安,叫道:"老子手指一动,现在就能把你们办了!"

于婉真看了看邢楚之手中的枪说:"好神气呀,你大概是不记得当年咋跪在我脚下舔我脚背的事了!当年我只要有你这一半的黑心,也就叫郑督军把你办掉了!"

邢楚之狞笑道:"谁死谁活都是命!你得认命!"

于婉真拧着眉头问:"我要是不认呢?"

邢楚之枪口一抬:"老子今夜就一枪结果你!"

于婉真格格笑了起来,笑毕,才叹了口气说:"算了,老邢,把枪收起来吧,别演戏了!你心里有数,你从未真心想对我好过;我呢,也从未把你当回事,你断不会为我这么个女人闯这种杀人大祸的!眼下咱们的新远东又这么红火,你也舍不得就这么毁了它!对么?"

邢楚之被于婉真说愣了,脸上的勇气流失了不少,可手上的枪还是指着于婉真。

于婉真又抱着膀子向邢楚之面前走,边走边说:"你呢,把我忘了,我呢,也把你忘了,咱们反正谁也不欠谁的,日后就做个生意上的朋友。"

邢楚之的枪口这才垂了下来。

然而,邢楚之和朱明安都没料到,这时,于婉真走到邢楚之面前,竟趁邢楚之不备,极突然的一把夺过邢楚之手上的枪,后退两步,将枪口瞄向了邢楚之。

邢楚之大惊："你……你这是干什么？"

于婉真厉声喝道："无赖东西，给我跪下！"

邢楚之不跪，还试着想向于婉真面前走。

于婉真枪口一抬，又是一声断喝："跪下！再不跪，我就打死你！"

朱明安怕于婉真真会伤了邢楚之，在于婉真背后叫道："小姨，这……这枪是打开保险的，你……你别走了火！"

这话也提醒了邢楚之，邢楚之再顾不得脸面，软软地跪下了。

于婉真两手握着枪，瞅着邢楚之说："姓邢的，我给你说清楚：今天的事都是你自找的！你纠缠了我三年多，也骗了我三年多，今日竟一点旧情也不记，当着明安的面，啥……啥不要脸的话都说，还敢用枪瞄着我！你……你自己想想亏心不？"

邢楚之苦着脸说："婉真，你……你别生气，我……我是和你闹着玩的。"

于婉真眼里渐渐汪上了泪，说话的声音也哽咽了："对，你闹着玩。你……你一直把我当……当玩物来闹着玩，还有死去的郑督军和……和何总长，也都……都把我当玩物，都以为……以为我只配做姨太太，天生……天生就是给你们这帮臭男人玩的……"

邢楚之说："三年了，我……我对你总……总还是有真心的。要……要不也不会这么气……"

于婉真"呸"了一声，把枪对准邢楚之光亮的脑门："你再说有什么真心，我的枪真要走火了！"

邢楚之不敢说了，连连点头道："好，好，这……这三年就算……就算咱都是做梦吧。"

于婉真这才擦干眼中的泪道："你滚吧！我要说的话都说完

孽海　65

了，我和明安的事你也知道了——其实早一天知道，晚一天知道，你总要知道的，我从心里就没想过要瞒你。——真是的，你算我的什么人？能管我？！"

朱明安也说："邢副官长，我小姨说得对，这地方你是真不能来了，新远东的证券生意我们照做，只是这里你别来，我小姨的性子你不是不知道，别真闹出啥乱子……"

邢楚之极狼狈地从地上爬起来，看看朱明安，又看看于婉真，憋了半天，终于把火发了出来，紫涨着脸说了句："从今往后，哪……哪个驴日的还会再来！"

邢楚之走后，于婉真手上的枪滑落到地上，人也摇摇晃晃立不住了，捂着脸，默默哭着蹲下来。朱明安一见，过来扶起于婉真，让于婉真坐到了卧房的大床上。

于婉真坐在床边仍是哭，方才的狠劲全没了。

朱明安劝道："小姨，都过去了，就别想它了。"

于婉真仰起泪脸问："明安，邢楚之说……说的话你都听见了，你……你恨我么？"

朱明安亲着于婉真的泪脸道："我不恨你，人都有难处。再说你那时又不敢和我好，都把我送到了日本，我能怪你啥？我觉得你当时和邢楚之好，实也是出于无奈。对么？"

于婉真点点头，软软偎依在朱明安怀里，又说："其实，打从你回来的那天，我就想和邢楚之断了这层关系的，可邢楚之总来缠，你也看到了的……"

朱明安抚弄着于婉真的脸庞，轻柔地道："第一天见邢楚之来找你，我就疑惑：我们谈起办新远东，这么重要的事，你咋偏撇下我们上楼去陪他？我上楼后，恍惚还看见他抱你。"

于婉真说:"我怕他会当着你的面说出这层关系,一直怕,对他满心厌烦,还得哄着他,没想到,这东西今日还是当着你的面把啥都说破了……"

朱明安道:"说破也好,这一来,咱就都轻松了。"

于婉真抓住朱明安的手说:"后来,筹办新远东,我又多了一份怕,怕这无赖会仗着镇国军的势力给我们捣乱。"

朱明安笑道:"如今也不怕了,——新远东已办起来了,且办得那么好,邢楚之会和自己捣乱么?再说,凭他一个小小的副官长,就是想捣乱也捣不起来!"

于婉真不同意这话,坐起来看着朱明安,认真地说:"明安,这你却不能大意。邢楚之这人你不了解,我是了解的,今日闹了这一出,他必不会罢休的。"

朱明安道:"那也不怕,新远东终不是我们两人的,还有何总长他们呢!邢楚之敢和何总长捣乱么?"

于婉真叹了口气:"我是怕邢楚之和你捣乱!你不知道,我也没和你说:这无赖最初是想做咱新远东理事长的!"

朱明安耸了耸肩:"好啊,只要能做得好,让我们大家都发达,就是让他做这理事长也行,我不争,我只和他争你,有你这一个小姨我就知足了。"

于婉真打了朱明安一拳,气恼地说:"你真没出息!男子汉大丈夫就是要做一番大事业,你竟这样想,小姨真白疼你了!"

朱明安愣了一下,一把揽过婉真:"好,好,小姨,我听你的,去做大事业,日后把咱的新远东办成租界内外第一流的交易所。"

于婉真这才笑了,在朱明安额头上亲了一下说:"这就对了。你得防着邢楚之搞鬼,不能让他插手交易所的经营。"停了一下,又

孽海 67

说,"另外,还得防着白牡丹。白牡丹得不到你,就会毁你……"

朱明安点点头:"这我知道。"怪不安地瞅了于婉真一眼,又道:"其实……其实,我和白牡丹……"

于婉真问:"你和白牡丹怎么了?"

朱明安垂着头,满脸羞惭:"小……小姨,我……我不骗你,你……你也得原谅我:白牡丹已和我……和我……"

于婉真明白了,长长叹了口气:"好,别说了,我猜到了,必是那骚货硬拉你上了床……"

朱明安抬起头,诚实地道:"也……也不是她拉的,是……是我找的她!我……我当时想,我若不和她好上,你就不会把我当回事,——我当时真是这么想的,私下里还希望白牡丹去告诉你,让你气。这……这都是真心话。小姨,你……你信么?"

于婉真万没想到朱明安会这么想,又会这么做,又恨又怨地瞅了朱明安一眼说:"你呀,你真还是个小男孩!"

朱明安把头埋在于婉真的怀里磨蹭着道:"小姨,在你面前,我……我真就想永远做个小男孩哩!"

于婉真扳着朱明安的脑袋,把朱明安推开说:"歹井,我不要小男孩,只要大男人!"

朱明安却又扑了上来,扒着于婉真的脖子,亲吻于婉真高耸的胸房,甜甜地道:"那你就教我做大男人……"

朱明安激情洋溢,一次又一次触摸亲吻于婉真。于婉真这才把邢楚之和白牡丹都忘了,身子禁不住软了,终于顺势倒在床上,任由朱明安摆布。

朱明安小心地给于婉真脱去了脚上的高跟白皮鞋,把她一双修长秀气的腿放到床上,继而,又温存地去脱她身上的电光绒睡裙,最后，两手在她滑润如同凝脂的躯体上轻抚着，很诱人地笑着问她："小姨，下面该干啥了？"

于婉真沉迷地眯着眼，作势推了朱明安一把："下面你该回你房里睡觉了，早睡早起才是乖孩子。"

朱明安一跃而起，跳到床上："我要小姨搂……"

这夜仍是炽热甜蜜的。于婉真和朱明安都并没有因为邢楚之闹出的一幕而收敛各自的激情。他们仿佛于冥冥之中知道来日无多，都全身心地沉浸在两个人的世界中，尽情享受着生命的无限快乐。身前身后的一切，在那无限快乐的夜里全忘却了，存在的只有亦真亦幻的美好梦景和那灵肉交融而生发出的悠长无际的呻吟……

也就在这夜，新远东的本所股开始暴跌，夜市收盘前三小时，已从每股二十八元四角，跌至二十二元，短短三小时内跌了六元四角，夜里一时整，终以二十一元收盘。

聘来的所务主任田先生甚为紧张，破例于一时二十分打来电话对朱明安说，事情蹊跷，估计有人背后做了手脚，大概于十时前后，在新远东和其他四家交易市场，同时把新远东股票大量抛出了。

朱明安放下电话和于婉真一说，于婉真马上想到了邢楚之，并断言事情尚未结束，明日势必将有一场恶战……

十二

第二日早上天很凉，阴沉沉的空中像灌满了铅，牛毛细雨飘飘洒洒地落，远处近处的景状一派蒙眬。朱明安的心情忧郁，坐在洋车上了，还不时地把头从支起的车篷里伸出来看天——因着一夜没睡，脸色也不好，青且暗。于婉真便忧心起来，怕朱明安于这关键时刻坏事，临时改变和何总长会面的打算，在赫德路口又叫了辆洋车，和朱明安一起出了门。

去交易所的路上，朱明安一直在默默抽烟，翻来覆去想昨日夜市暴跌的缘由，觉得不像是邢楚之所为。邢楚之离开公馆时已近九点，就算他马上赶到镇国军办事处进行安排，也来不及在三小时内同时在四家开办夜市的交易所抛出几万股。必是有人及早做了准备，一直在等待这个时机，想趁着新远东股票涨到如此高位大赚一笔，就此抽身。只是，这人是谁却不知道。因何这般猛抛也不知道。

上了摩斯路，快到新远东交易市场时，两辆洋车走到了并排，朱明安从车篷里探出头，把这番思虑给于婉真说了。

于婉真仍坚持认为是邢楚之所为，说："除了邢楚之，握有几万股的大户差不多都是咱们最初起办交易所的朋友，谁也不会这么使坏。"

朱明安摇摇头说："这话可不能说死，除了咱们的起办人，新的大户必还会有的，不定谁早就在低价位时吃足了，然后便吐……"

于婉真也疑惑了，嘴上却说："不至于吧？"

朱明安叹了口气："不至于就好，真要是邢楚之一人作梗倒不怕了，他有多少本钱？敢和大家对着干？！"

于婉真说："不论咋着，你今日都不要慌！"

朱明安道："有你在，我就不慌。"

到了交易市场，坐到写字间的转椅上了，朱明安仍是不安，可因着于婉真在面前，勇气便足了一些，脸面上也没露出明显的怯意来，且强笑着和赶来禀报的所务主任田先生主动打了招呼。后来，一边听着田先生禀报昨日夜市的情形，一边又不动声色地看着报纸——是一份早上刚到的《商报》。

许多交易所情况都不妙，《商报》头版的通栏标题是："狂飙骤起之前兆乎？霹雳昨日炸响：合众、大中国、华洋三交易所宣告破产倒闭。"又看到第二版的本埠新闻栏里有大幅图片：无数平民百姓围涌在不知是"合众"，还是"大中国"交易市场门前呼天喊地……

朱明安心中一惊，把《商报》合上了，对尚未禀报完的田先生说："好了，好了，先说到这吧！我看没啥了不得！"随口便把报上的新闻说了出来，"田先生，你不要怕，我们终不是合众、大中国！"

田先生走后，朱明安把《商报》递给正站在窗前看景的于婉真，不无忧虑地说："小姨，你看看，大中国都倒了，昨夜新远东的跌风怕也与此有关！"

于婉真接过报纸看，看毕便说："该死，我们真是昏了头，昨夜发生了这么大的事，我们还只顾耍闹……"

朱明安像没听见，愣愣地盯着窗外看。

新远东的交易市场和写字间都面对摩斯路，往常立在窗前能看到大半条繁华热闹的街面和远处满是花园洋房的法租界。今天天上的毛毛雨飘个不停，烟云蒙眬，远处的风景便看不到了，就是近处的街面也无过去的热闹，细雨中没有多少车辆行人，显出几分寂寞冷清。

于婉真又自问道："难道……难道真会跌风骤起么？"

朱明安脱口说了句："小姨，我要也像合众、大中国一样败了，跳楼可比他们方便！"

于婉真一惊，用报纸在朱明安脸上抽了一下，怒骂道："放屁！"

朱明安笑了："我是随便说说，你别当真。"

于婉真仍绷着脸："随便说说也不行！"

朱明安亲了于婉真一下："好，好，我不说了就是！"

于婉真叹了口气，把报纸还给朱明安道："你别忧心，就算真是跌风骤起，我们也顶得住。你刚才和田先生说的是对的，我们不是合众，也不是大中国，我们账面资本有千万之巨呢！再者，你一个大男人，也总要经得起事！"

朱明安终于鼓起了勇气，点点头说："小姨，你别说了，我都知道了，你就睁大眼睛看吧，看我是不是大男人！"

九时整，新远东开市了，朱明安透过写字间外面的腰门看到，不远处的拍板台上，田先生和几个所员已陆续就位。板牌竖起了，台下的围栏旁已聚集了许多面孔熟悉或陌生的经纪人。他们三五成群地在谈着什么，身边时有场务员来回走动。朱明安走到腰门口又看到，交易大厅正门大开，像个巨兽的大嘴，正把越来越多的人往自己肚里吞。渐渐地，大厅里便挤满了人，站在高处望去，总有点让人眩晕，加之人多嘈杂，那眩晕的感觉便更重。

新远东以二十一元开盘，趋势仍是跌——不管邢楚之做没做手脚，今日的交易者受合众、大中国、华洋倒闭的影响，对股市缺乏信心已属确凿。开盘后没多久，便从二十一元跌至二十元，朱明安授意田先生吃进一些，仍是无济于事，停板时，已跌到十九元五角。

第二轮开拍前，何总长打了电话来，是于婉真在写字间接的。昨夜的事于婉真天一亮就告知了何总长，何总长便紧张动作起来，早饭没吃便找了胡全珍和白牡丹几人，分头了解内幕。现在说是弄清了，邢楚之真就捣了鬼，把手头的股票抛光了不说，还把镇国军的八十二万军火款和自己赚来的三十万以化名偷拨到日夜银行，今日要大做空头。

于婉真对着电话说："干爹，那我们就告邢楚之一票，把他挪用军火款的事电告镇国军司令部！"

何总长笑道："婉真哪，我们做那缺德事干啥呀？我这人是最恨告密的了！我们不告他，就让他去抢这只帽子，今日做成这空头！"

于婉真不解："可……可这么一来……"

何总长又笑，笑得电话的话筒都颤抖："这一来要大跌是不是？不要怕，让它跌，跌到一定的时机，我们一起吃进，联手做多头！"

于婉真恍然大悟，叫道："干爹，你好厉害！连镇国军的军火钱都要赚，这一来，只怕邢楚之要破产了！"

何总长说："不但是破产，他是要吃枪子哩！八十多万军火钱赔掉，他还想活呀？做梦吧！"

这一手挺毒的，搞不好真会把邢楚之的命送掉，于婉真先觉得下不了手，可转念一想：这事本是邢楚之挑起的，且在这种跌风已起的时候，邢楚之实是自作孽不可恕，便叫过朱明安，把何总长的意思说了。

朱明安心也软，愣愣地瞅着于婉真道："这……这是不是太狠了点？"

于婉真笑了笑："这是邢楚之逼我们做的，商事如战事嘛，来不得妇人之仁的！"

朱明安又说："可万一受合众、大中国的影响，新远东真就跌掉了底，那咋办？"

于婉真想了想道："那也只好拼，真那样就是天命了！"

于是，朱明安一上午再没做一把多头，只是不动声色地看，并把场内的交易情形随时让于婉真通过电话告诉何总长。然而，也实是提心吊胆，怕这般跌下去，局面会不可收拾。

熬人的上午终于一分一秒挨过去了，十二时整，终场锣鼓敲响，新远东以每股十六元二角的低价收盘。

中午，何总长和胡全珍、白牡丹等人又是一番紧张磋商筹划，还把于婉真从交易所叫了去参与意见，最后一致认为十六元二角已是

孽海　　73

底价了，不能让新远东再跌了，遂决定下午一开市，联手吃进。

二时整，后市开市，交易市场内一下子人如蚁集。新远东昨日夜市和今日上午前市的骤跌，引起了一班民众的恐慌，许多人中午连饭都没吃，就在交易所门外等，门一开，便都涌进来了，潮水一般，人比上午要多得多。朱明安在场内转了一圈，从众人的脸色和议论中已觉察出，场内的抛风已趋形成，如不联手吃进，新远东真就险了。

下午是以每股十六元开拍的。开拍后只几分钟，便有不少人大叫卖出。而与此同时，强有力的买进开始了，何总长和胡全珍派出的经纪人，都挤到拍板台下的围栏前，又是打手势，又是伸臂叫嚷，三千股五千股的大量吃进。许多要抛的人迟疑起来，把已准备抛出的主意先收了，困惑不解地在一旁观望。

新远东的股价开始飞速回升，由十六元转眼间跳到十八元二角，将停板时已破了二十元大关，至每股二十元八角。

第二盘二十一元开拍，卖出之声已荡然无存，拍板台下一片买进的喧声——后来得知，就在这时，在场外指挥的邢楚之看到势头不好，知道何总长这边反击了，自己如再把空头做下去，只有跳楼一途，遂反做多头，大量买进，才没把镇国军的八十二万军费和自己的三十万血本最后赔完。

这一来，上涨的动力更大，后市收市股价竟又回到了二十七元三角的高位，距昨日夜市二十八元二角的价位已相差无几。场内场外，众人便议论纷纷，说是新远东这二日内的暴跌骤涨，是空头集团和多头集团斗法所致，而新远东终是财大气粗，实力雄厚，不论是多头集团抑或空头集团，都撼它不动。

为此，朱明安大为兴奋，把合众、大中国和华洋倒闭的事忘得一干二净，当晚立在写字间的窗前，看着窗外夜都市的万家灯火，心情极是愉快，临离开交易所时，还给于婉真打了个电话，在电话里得意地对于婉真说："小姨，今晚你得好好犒劳我……"

十三

为了庆贺胜利，何总长破例在家里请客，以他和五太太的名义，邀了于婉真、朱明安、胡全珍和白牡丹四人来吃火锅。

最先到的是白牡丹，白牡丹事先不知道何总长都请了谁，一进门，见偌大的客厅里空荡荡的，便问何总长："今日明安来不来？"

何总长说："要来的，我把他和婉真一并请了。"别有意味地看了白牡丹一眼，又拖着长腔说："我知道你喜欢他，敢不请么？"

白牡丹冲着何总长笑了笑，没作声。

何总长扯住白牡丹的手拍了拍："只是我不知道，那小白脸喜欢不喜欢你呀？"

客厅的壁炉已生了火，屋里挺热，白牡丹把手从何总长手里抽出来，又把穿在绿缎旗袍外面的毛线衫脱了，挂到衣帽架上，才叹了口气，对何总长说："谁说我喜欢小白脸？！"

何总长说："孙亚先说的呀。"

白牡丹道："那是孙亚先瞎说，这人是记者，专靠瞎说混饭吃！"又说，"朱明安不是和我，却是和……和谁，何总长，你猜猜看？"

何总长手指往白牡丹额头上一按："不就是和于婉真么？我知道的。"

白牡丹不屑道："真个不像话呢！一个外甥，一个姨妈，竟然……"

正说到这里，朱明安和于婉真被一个老妈子引着进来了。

孽海 75

白牡丹一怔,和何总长一起迎上去,和于婉真、朱明安打招呼。打招呼时,便瞅着于婉真身上的法国线绒外套说:"婉真,你这外套真漂亮,是明安孝敬的吧?"

　　朱明安有些窘,讷讷道:"白小姐又……又开玩笑……"

　　于婉真却扯着白牡丹的手,挺认真地说:"真还就是明安买的呢!是昨天在'大西洋'买的,今日要到何总长这来,明安非让我穿,我倒没觉着哪里好,不想穿,可明安就是不依,便穿上了。白姐,真是很好么?"

　　白牡丹知道于婉真在刺她,心里恨恨的,嘴上却道:"不错,真不错,明安有眼光。"

　　何总长也说:"明安算是被婉真调教出来了,前天和邢楚之斗法斗得好,今天我得好好敬明安几杯酒!"

　　于婉真笑道:"哪里呀?明安做得好,是因为有干爹你撑着哩。"

　　朱明安连连点头,对于婉真的话表示赞同:"是的,是的。没有何总长,我哪经得起这种事呀!"

　　何总长高兴了,哈哈大笑着,默认了自己的不同凡响,挥着手说:"邢楚之哪是我的对手?他实是不自量力呢!"

　　朱明安道:"可这家伙终是滑头,还是逃掉了……"

　　何总长摇摇头说:"没逃掉——我能让他逃了么?昨日我已把邢楚之挪用军费的事电告了镇国军司令部,当天刘督军就下了手令,要抓他,只不知抓到没有。"

　　朱明安舒了口气:"这就好。就算抓不到,这人也不敢再到咱新远东露面了……"

　　何总长和朱明安说话的当儿,白牡丹已拖着于婉真坐到了自己身边的沙发上,说起了悄悄话。

白牡丹指着朱明安穿在身上的米色西装问于婉真："这是那回咱在万福公司给明安买的吧？"

于婉真瞅了朱明安一眼，含糊地承认了："好像是吧。"

白牡丹说："真精神。婉真，你算是有福气。"

于婉真道："我也是没办法，他十四岁跟我，就恋我……"

白牡丹哧哧笑了："今日就恋到了床上……"

于婉真白了白牡丹一眼："那又怎样？"

白牡丹还是笑："不怎样，我……我和他也有过的。"

于婉真淡淡地道："这我知道，明安和我说了。"

白牡丹一怔，挺失望的，可马上又俯到于婉真的耳际说："明安人不错，就是做那事时急了些，像小公鸡，是么？还……还——婉真，我都不好意思告诉你：他还玩我的月经带，那脏兮兮的东西。他也玩你的么？"说毕，又是哧哧地笑。

于婉真心里很气，却不好发作。

正尴尬时，何总长的五太太笑着叫着从楼上下来了，继而，胡全珍又到了，大家不约而同谈起了新远东，这才给于婉真解了围。

吃饭时，白牡丹还想和于婉真坐在一起，于婉真却躲了，硬把五太太让到白牡丹身边，同时也想着要在白牡丹公然作践朱明安时，给予必要的反击。

然而，白牡丹没有给朱明安难堪的意思，酒杯一端起，说起了那夜的事。据白牡丹说，邢楚之决定发难时找过她，她想都没想就回绝了，第二天还把这内情告诉了何总长。

何总长捏着小巧的酒杯，抿了口酒证实道："不错，若不是白牡丹一大早来说，我再怎么也想不到姓邢的会来这一手！我立马顺藤摸瓜，找到了镇国军办事处，后来又让珍老查实了。"

孽海　77

胡全珍说:"可也怪,那日夜市抛出的新远东有八万多股,邢楚之手头没这么多,我知道的。他一开始筹措的股款就是挪用的军费,后来要还,就陆续卖出了……"

朱明安道:"是哩,我也觉得怪。邢楚之手头最多一万股,就算都在三小时内抛出,也不至造成那么凶的跌势,这里面是不是还有别人在暗中使坏?"

何总长摆摆手说:"这事一点都不怪,我看必是邢楚之猛抛那一万股,带动了外面的散股,加上那日又有大中国、合众的倒闭,夜市上的人心便浮动了,这种事在十年前的橡皮风潮中就有过……"

五太太见众人老谈股票,不耐烦了,用筷头敲着桌面道:"好了,好了,事已过去,就别说了!"

胡全珍不无忧虑:"还不能算过去呢!邢楚之捅的娄子还没完,这狗东西一走了之,镇国军那边就瞄上我们了。今日下午,刘督军派了一个军需副官、一个团长坐蓝钢快车从南京赶来了,追讨那八十二万军火款。可邢楚之化名的账上只有三十一万了……"

朱明安道:"那便把三十一万拨给镇国军就是!"

胡全珍说:"若是拨过之后,邢楚之再冒出来要钱咋办?"

何总长说:"邢楚之不敢——镇国军正抓他呢,他还敢往枪口上送?"

胡全珍头直摇:"那也不行,我这日夜银行办在租界里,是在租界注的册,有关手续不办全,我是不能给的!"

何总长认真了,用筷子头频频点着胡全珍:"珍老莫开玩笑,刘督军可不是当年的郑督军,和我并无多少关系,你们若是闹僵了,我可没办法。这笔钱你说啥也得快还给人家,拖下去只怕还会有新的麻烦!你珍老也不想想,刘督军横行霸道,无理都赖三分,有了理还不逼人上吊？！"

于婉真也插上来道："我干爹说得对，珍老，你可不能做这与虎谋皮的事，否则，不但是你的日夜银行，只怕整个新远东都要跟着倒霉。"

胡全珍一声长叹，心烦意乱地说："好，好，我想法还了就是！"

这话谁也没注意：偌大一个日夜银行，竟要为三十一万去"想法"，这实已透出了日夜银行的严重危机，大家竟都没悟到——就连极为世故的何总长都没悟到。

胡全珍也不愧是条滑头的老鱼，短促的失态过后，立马又振作精神，在整个吃酒过程中和众人谈笑自如，还要白牡丹清唱助兴。

白牡丹不愿唱，说："我早就言明的，只要发了财，就再不做任人轻薄的戏子了。"又说，"我打从起办新远东，便退出了大舞台，已是几个月没吊嗓子了。"

何总长不依："你说过还愿为我唱的！"

白牡丹道："我是说过，可我今日真没情致。"

于婉真便劝："就为何总长和珍老唱一回吧！这里没人轻薄你。"

白牡丹对于婉真满是怨恨，觉得于婉真说是没人轻薄，实是故意轻薄她，益发不愿唱了。

何总长说："我知道了，我们都没面子，只一个人是有面子的，倘或这人请白小姐，白小姐便一定唱……"

胡全珍明知故问："这人是谁？"

何总长把油嘴向对过的朱明安一努："我们的理事长嘛！"

朱明安脸一红："何总长开玩笑了。"

何总长笑道："不信你就请一下试试！"

朱明安窘迫地去看于婉真，于婉真摆摆手说："算了，算

孽海　79

了，白姐几个月没吊嗓子，怕唱不好让我们笑她，我们就别逼人家了……"

不曾想，于婉真话没落音，白牡丹偏离座站了起来，清清嗓子，面对众人唱将起来——是《新红楼》里的一段：

未卜三生愿，平添一段愁；
闷来时敛额，行去几回头。
自顾风前影，谁堪月下俦？
蟾光如有意，先上玉人楼。

一曲唱罢，众人拍手喝彩，都道白牡丹天生一副金嗓子，莫说几个月不唱，就是几年不唱，一开腔仍是不同凡响。

只朱明安不说话，坐在那儿夹支烟发呆，烟灰落到西装上，把西装烧了豆大一个洞都不知道，后就一声不响地出去了。

朱明安一出去，于婉真也跟着出去，重坐到酒桌前的白牡丹默默无声地把面前的一杯酒一饮而尽，又让何总长倒满了，没头没脑地说了句："啥都像做梦，这世界还靠得住么？"

何总长想安慰白牡丹几句，朱明安和于婉真却相伴着回来了，何总长只得改口说起新远东。要大家都从心里把新远东当作自己的，不论日后还会有多大的风雨，皆要一同退进，不能只顾自己。众人均点头称是，都声言自己再怎么样也不会做邢楚之第二……

十四

更大的风潮十九日后便到了，报上天天都有大量的坏消息，市面糟到极点，不是这家开幕不久的交易所倒闭，就是那家老字号的银行钱庄关门，硬挺着的也大都岌岌可危。各报本埠新闻栏里尽是自杀、逃跑、吃官司的恐怖新闻：前时倒闭的大中国理事长被债权人逼杀；万福公司职员余某投机失败，偷了公司一票钻石逃到南京，在南京被捕；遗老赵某败尽祖业，羞见儿孙，以六十七岁之高龄悬梁殒命；"呜呼哀哉"四字在报上时常出现，竟成了民国九年冬天上海本埠各报馆主笔记者老爷最常用的词语……

新远东也正是在这时候从炫目的高峰一头栽入致命深渊的，只是谁都没想到，这其中的直接原因竟是胡全珍腾达日夜银行的垮台。那位西湖居士王先生当初说得真不错，胡全珍不但打了新远东股金的主意，把新远东的钱拿出去放高息短债、做投机生意，且把新远东在腾达日夜银行的所存款项弄成了一篇谁也算不清的糊涂账。其时已届年底，银根照例很紧，胡全珍亏掉了底，押出去的款大都收不回，连镇国军那三十一万的军火钱都还不出，哪还有不倒的道理？

这就捅了大娄子，镇国军的便衣把胡全珍从租界里秘密绑了，拥到镇国军办事处，同时在报上发表公告声称：前镇国军副官长兼上海办事处主任邢楚之系镇国军通缉之要犯，所做之股票交易均属无效，邢某挪用之八十二万军费，腾达日夜银行和新远东交易所须负责如数归还，否则后果自负！文告还把新远东称作诈骗民财国帑的乌合团体，点名道姓把何总长骂为"体面无赖"。

镇国军的文告在《华光报》见报前，新远东本所股已受倒闭风潮的影响跌至每股十五元，文告见报后，当天即崩盘，上午前市跌了三元多，下午后市跌了五元多，夜市竟又跌了五元，至夜市收盘，每股仅为一元二角了。

这一日嗣后被人称作"黑色的星期四"，该日不但是新远东，

孽海　81

大部上市股票也都得了命令一般，一体崩盘，全部暴跌。嗣后便是一场规模空前的金融经济大混乱。伴着"黑色的星期四"的阴影，在前后不到一周的时间里，各类证券、期货交易所和相关银行、钱庄纷纷破产倒闭。

灾难的风暴于数度叫嚣后，终于铺天盖地席卷而来了……

十五

黑色的星期四带着灭顶之灾来临时，朱明安却麻木着，他只注意到了镇国军的文告，没注意到胡全珍的去向，更不知道腾达日夜银行已破产，以为这回还是上回，心里并没把镇国军的文告太当回事。

早上看到《华光报》后，朱明安先给报馆的孙亚先挂了电话，想让孙亚先想想办法，火速写篇锦绣文章，挽回些文告造出的不良影响，不曾想却没找到。再找胡全珍，仍未找，接电话的职员结结巴巴，不敢说胡全珍被镇国军的人绑去了，只说被请去了，朱明安没在意。又拨电话给何总长，问何总长可看到了镇国军登在报上的文告？何总长说是看到了，要朱明安莫埋睬，还在电话里骂刘督军是穷疯了！

整个上午，朱明安竟没到摩斯路上的交易所去！

中午，于婉真回来了，见面就说，整个市面情况都不好，新远东跌得凶，怕要出现崩盘。

朱明安这才慌了，连中饭也没顾得上吃，便去了交易所。

到交易所听了田先生的禀报，朱明安头皮直发麻，再不敢掉以轻心，就坐镇写字间，一直抓着电话和何总长保持联系。

然而，就是在这时候，朱明安仍不知道这已是新远东的末日，还在下午一开市时就告诉何总长，要何总长转告诉众人，为力阻跌风,大家手头的本所股都不能抛,还要尽力吃进,争取把股价先稳在十元上下,避免最后崩盘。

何总长赞成,在电话里说:"明安,你是对的,这种时候一定要吃进,都联起手吃,否则,崩了盘大家全完了。"

朱明安又想到胡全珍,又说:"何总长,你还得想想办法找到珍老,让珍老带头吃进,日夜银行终是财大气粗的——当然,能让珍老再拉几家相关银行、钱庄托一下市就更好了。"

何总长连连应诺道:"好的,好的,我会告诉珍老的,也会告诉大家,一起来吃!"又道:"明安,你不要慌,一定不要慌,只要有我在,一切都有办法!"

然而,大家都吃进——于婉真把手头一直没动过的近十万珠宝都押了出去,来吃新远东的本所股,本所股仍是跌,崩盘的局面已经形成,一切真是糟透了。

夜市快收市时,何总长才又打了电话来,对朱明安和于婉真说,坏了,胡全珍的日夜银行已破产,人也被镇国军抓去了,新远东已成烂股,大家都快把股票抛光逃命吧!

朱明安和于婉真一下子傻了眼……

后来朱明安和于婉真才知道:他们二人上当了,在他们大笔吃进时,何总长正在抛,孙亚先、许建生这些人也在抛,朋友本是同林鸟,大难来时各自飞,再没有哪个傻瓜还相信什么友情信义——自然,更没人相信这股灾难的风潮还能被人为的力量遏止住。

只有一人没抛,且在十元的价位上倾其所有吃进了四千股——这人竟是白牡丹,这是朱明安和于婉真都再没想到的!

当夜,朱明安和于婉真失魂落魄回到家,白牡丹便打了电话来,先揭了何总长的底,后就在电话里哭了,说是自己又成穷光蛋了。

孽 海

于婉真也想哭，可硬是咬着嘴唇忍住了，并劝白牡丹道："你还不是穷光蛋，咱……咱新远东今日总还……还没最后倒掉，咱的股票还值一元多呢！明……明日都抛了吧！"

白牡丹惨笑道："还抛得出去么？腾达日夜银行完了，咱和腾达日夜银行的关系人家又不是不知道，只怕明日一开市，股票就一钱不值了！你还看不出么？明日必是咱的末日！"

于婉真握着话筒的手颤抖了，再也说不出话来。

白牡丹要朱明安听电话。

朱明安木呆呆地接过话筒，一开口就大骂何总长和孙亚先他们。

白牡丹倒镇静了，说："明安，你别气，人家也不是存心害咱——人家是想逃命！咱要怪只能怪自己傻！你想想，还有谁会像咱这么傻的？"

朱明安讷讷道："还有……还有那个'西湖居士'王先生怕也是傻的……"

白牡丹在电话里疯笑起来："人家王先生才不傻呢！今日下午我找到了他，想让他吃进些股票，你猜怎么着？人家理都不理，还劝我快抛。人家的四万股早在邢楚之捣乱那佟就抛了，都是二十多块抛的！"

朱明安惊呆了：他再也想不到这个拖着小辫、满口"之乎者也"的老居士竟会这么精明，早在十多天前就嗅出了个中气味，就暗中把四万股全悄悄抛空了！人真是不可貌相的。

白牡丹说："我们都小看王居士了，人家是经过宣统二年兰格志橡皮风潮的，当年也赔过一千多两规银呢。我一见王先生，王先生就说了，他为今日这机会等了整整十年……"

朱明安对着话筒只是叹气。

白牡丹也叹气，边叹气边说："最傻的怕只有我了！王居士和我说得那么清，我也明明知道再吃进也没用，可还是吃进了，你知道这是为谁么？"

朱明安碍着于婉真在面前，握着话筒没作声。

白牡丹又叹了口气："我都是为你这没良心的！"

朱明安眼中聚上了泪，哽咽着说了句："我知道。"

白牡丹最后说："现在事已如此，都别说它了，你也不要急，还有就是，咋着都不能往绝路上想，好么？"

朱明安眼中的泪下来了，"嗯"了一声，挂上了电话。

不料，电话刚挂上，铃又响了，朱明安以为还是白牡丹，便没接。

于婉真接了。是交易所田先生挂来的。

田先生说："八太太，事情不好哩！新远东交易所门口聚满了人，都等着天明抛掉股票，秩序很乱，巡捕房已来了人，要找理事长说话。"

于婉真回道："你就说半夜三更找不到！"

放下话筒，于婉真见朱明安两眼发红，脸色难看，便强压着心中的哀愁，做出满脸笑容，偎依到朱明安怀里说："明安，咱们睡吧，天不早了……"

朱明安却搂着于婉真哭出了声，边哭边道："小姨，我……我害苦了你，害苦了你呀！你除了这座公馆，啥……啥都让我赔光了！"

于婉真用手背轻柔地揩去朱明安眼中的泪说："看你说的！这哪是你赔光的？是我自己赔光的嘛！交易所也……也是我要办的！再说，我现在不但有这座公馆，也还有了个你呀，我知足了！"

朱明安却听不进去，禁不住又去想难挨的明日。马上想到腾达日夜银行倒闭已成事实，新远东的款子成了烂账，便怕债权人会因着他和于婉真的关系拍卖这座公馆小楼，遂吓出了一身冷汗——公馆的小楼真保不住，他挚爱着的小姨就惨了！便推开于婉真，很有主张地道："小姨，新远东完了，你不能再留在这里，你得赶快走，到乡下老家避避风头！"

于婉真一时没明白过来，直愣愣地看着朱明安："为啥？"

朱明安把自己的忧虑说了，并道："明天这一日不好过，万一那些疯了的人闹到这里，你应付不了。"

于婉真这才知道朱明安是为她着想，心中感动着，一把吊住朱明安的脖子说："那……那我更不能走了！你不说过么？只要我在身边，你就不慌。"

朱明安道："小姨，你放心，你不在身边我也不会慌的，这一阵子我也经过点事了！"

于婉真苦苦一笑："怎么着你在我眼里都还是小男孩——永远是小男孩，让你一人应付这么大的事，我不放心！"

朱明安"扑通"一声在于婉真面前跪下了："小姨，就算我求你好么？你先回去住一阵子，风头一过，我就去接你……"

于婉真心头突然涌出一种慈母般的感情，一把把朱明安揽在怀里，抚摸着朱明安的脸腮说："还是你走吧！小姨留在这里顶着，我一个女人家，谅他们也逼不死我！"又说，"你从日本回来也这么久了，竟还没回过家——老说回去，却总没回去，这回也该回去了，看看你妈！好好和她在一起待几天。"

朱明安眼泪涌了下来，一滴滴落到于婉真的绣花拖鞋上："小姨，过去我总听你的，你……你今日就不能听我一次么？"

于婉真轻轻摇起了头……

朱明安狠狠心，猛然把于婉真推倒，自己却爬了起来，厉声道："你得走，说啥也得走！新远东的理事长是我！欠人多少烂账都得我来算，一切与你无关！你若不走，现在我……我就吊死在你面前！"

于婉真上前抱住朱明安的腿，饮泣着："明安，小姨是……是放心不下你呀，你……你终还是……"

朱明安睁着血红的眼睛怒道："又想说我是小男孩？是么？"

于婉真头一次惧怕起朱明安来，不敢作声了。

朱明安这才扶起于婉真说："小姨，这世界终还是男女有别的，我是男人，这种时候就得顶事，让你一个女人家留在这里收风，我日后还能见人么？你心里也会看不起我的！你不是老盼着我成个像模像样的男子汉么？"

于婉真噙着充盈的泪水点点头："明安，你……你真成了大男人了！"

朱明安问："那你答应走了？"

于婉真迟疑了一下，又点点头。

朱明安说："那好，咱们马上收拾东西……"

于婉真却不想马上就走，看看墙上的挂钟，见时针才指到三字上，便偎依在朱明安的怀里道："还早，小姨再陪你一会儿。"

朱明安心神不定地说："总还是早点走好，天一亮还不知是啥情形呢！"

然而，朱明安终是没拗过于婉真，于婉真倒在朱明安怀里，和朱明安摩鬓缠绵，一直拖到快四点钟，仍无一丝要走的意思。

朱明安又催。

于婉真这才在朱明安怀里抬起头来，大睁着泪眼问："明安，你……你就叫我这样走么？你……你不要我了？"

朱明安明白了，无限柔情地抱起于婉真，把于婉真放到床上……

孽 海　87

不曾想，这离别前的温存却是最失败的一次，他越是想做好，越是做不好，最后趴在于婉真身上哭了，羞惭地说："小姨，我……我真窝囊……"

于婉真却说："只要能和你在一起多待一会儿，我就挺满意了……"

一直到蒙眬天亮，快六点钟的样子，于婉真才恋恋不舍地和朱明安在公馆大门口吻别了。

坐到洋车上，于婉真最后向朱明安交代道："明安，不论咋着，你都不能瞎想，钱财本就是身外之物，生不带来，死不带走的……"

朱明安说："我知道，你放心地走吧！我马上也要走了，到交易所去。"

洋车的车轮在又一次吻别后转动了，车轮转动时，朱明安看见，一片挂在闪亮车条上的梧桐树叶，在车轮上旋出了一圈灰黄的色彩。深黄色的车背后，于婉真娇小身躯上的红披风在飘，如同一面鼓荡的旗。

于婉真真走了，真被他坚决劝走了，这简直像梦！一瞬间，朱明安突然觉得失却了依靠，心中悔意顿生，禁不住一阵慌乱。他抬着几近麻木的腿脚，下意识追出大门，想喊洋车停住。可喉咙里像堵了什么东西，喊不出。在街面上追了几步，再想喊时，洋车已远去了，过了老巡捕房门口。上了赫德路。

洋车上的于婉真一直回首看看他，向他招手，他也向车上的于婉真招手。直到洋车在赫德路上拐了弯，再看不见了，他仍独自一人呆呆地立在路上。

十六

痴痴地回到客厅,电话铃响了,响得惊心动魄。朱明安走到电话机旁看着电话机,就像看一只即将爆炸的炸弹,想接,又不敢接。他知道,除了新远东所务主任田先生,没有谁会在早上六点多钟把电话打过来。

刘妈已起了床,正准备去煮咖啡,听到电话响,想过来接,可见朱明安正在电话机旁便不管了,还对朱明安说:"少爷,电话都响破天了,你咋还不接呀?快接吧。"

朱明安这才拿起了话筒。

果然是田先生。

田先生在电话里叫:"理事长,不得了了!外面的人把摩斯路半条街都挤满了,工部局和巡捕房的洋人说,再不开门,出了人命要让我们吃官司的,你看咋办?"

朱明安声音颤抖地问:"你……你说呢?"

田先生说:"理事长,你既要我说,我就得说实话哩,'新远东'完了,早开门早完,晚开门晚完,反正今日要完,我知道……"

朱明安还不死心:"连一线希望都……都没有了么?"

田先生说:"没希望了,昨夜我和会计师已暗中清理了一下新远东的财产,就算本所股还能保住一元二角的现价,放在腾达的款能提出,我们仍亏大约七十万。而你知道的,腾达日夜银行已完了,珍老下落不明,腾达的款我们一分拿不到。再者,新远东的本所股也保不住一元二角的现价,只怕第一盘开拍就会跌得一钱不值。"

朱明安惊恐地问:"那……那我们会亏多少?"

田先生说:"怕不下五百万吧!"

孽 海

朱明安不太相信，又问了一遍："多……多少？"

田先生再次肯定地道："五百万左右！"

天哪，竟是这么大的窟窿！这就是说新远东已破产了，开门不开门都没意义了——只怕开门情况会更坏，本所股跌至一钱不值，他和新远东交易所的负债额就更大！

田先生怕他逃跑，又在电话里嚷："理事长，你可不能害我呀！你得马上来，你要不来，我可负不了这天大的责任！"

朱明安这时虽是万念俱焚，却还没想到逃，双手攥着话筒想了半天，想出了一头汗，攥话筒的手也出了汗，才对田先生说："你先别急，也……也别提前开门，我马上就过去。"

田先生道："好，好，那你就快过来吧，其他的事我就不说了，见面我们再商量。"

放下话筒，朱明安马上想到何总长，觉得何总长咋着也得对新远东负一份责任，事情闹到这个地步，老东西想脱身开溜是不行的。

便把电话挂到何公馆。

接电话的是五太太，五太太说，何总长不在家，昨夜被某议员邀着去了北京，想为国会拟个南北统一约书草案。

朱明安一听就知道五太太在说谎，怒道："你莫骗我，昨夜他还和我通过电话的！"

五太太不急不躁地说："是呀，就是和你通完电话没多久，老东西便走了。那个议员硬拖他，且又是事先约好的，头等车的票也拿来了，不走不行。明安，你不要气，你想想，南北统一，多大的事呀，老头子这种忧国忧民的人，能推么？"

朱明安气得浑身发抖："那……那新远东他就不管了？"

五太太说："哪能不管呢？老头子临走时留下话了，要我转告你，第一，公告社会，以合乎情理之名义，使新远东本所股票交易停板三日，静观其变；第二，作为债权人参加胡全珍腾达日夜银行之财产清理拍卖，力争减少本所损失；第三，他不会袖手旁观，其余的事，待他回来总有办法。"

全是屁话！朱明安愤愤地放下了电话。

再挂电话到《华光报》报馆，找孙亚先，孙亚先仍无踪影。接电话的人说，孙亚先已和一个做实业的什么人一起逃了，还卷走了大发银行的二十余万现款，眼下正在抓，大发已送来公告，宣称，凡提供消息使其抓获者，均赏银洋三千。接电话的人大约想赚那三千的赏格，一劲问他：你是谁！是不是和孙亚先很熟？孙亚先欠不欠你的账？

朱明安一言不发，把电话压死了。

这才想到逃——既然何总长、孙亚先他们都逃了，他为什么不逃呢？他若是现在逃，没准还能在车站追上于婉真，赶上那班蓝钢快车。上了蓝钢快车，这场风潮就与他无关了，一切就算过去了。

这念头令他激动不已，心里想着要不动声色，脸上的神色却掩饰不住，脑门发凉，浑身直抖，腿也发软。跌跌撞撞先在楼下自己早先住过的房里找了两身要穿的衣服，又慌忙跑到楼上收拾其他要用的东西。

一切准备好了，下得楼来，正见着刘妈端着热腾腾的咖啡、鸡蛋过来。

刘妈诧异地问："少爷这是要到哪去？"

朱明安不耐烦地道："你少管！"

刘妈呆了一下，才叹口气说："不管咋着，也得吃饭呀！"

朱明安一夜没睡，早已饿了，点点头，在正对着一排落地大窗的沙发上坐下了，先喝了几口咖啡，又吃煎鸡蛋。

吃饭时，眼圈就红了，别情离绪禁不住涌上心头，想着自己十四岁第一回到公馆来，就是在这大客厅里见的小姨——小姨正在落地窗外的玫瑰丛中赏花，见了他，跨过开着的大窗，走到他面前，搂住他，把一阵玫瑰和法国香水混杂的香味送进他的鼻翼。东渡扶桑的起点也在这大客厅里，是一个夜晚，他死活不想走，到最后时刻了，还梦想小姨会改变主张。小姨却硬把他推走了，他哭，小姨也哭，还不敢让他看见。再就是这次他回来了——他又是在这里以一个男人的名义，向小姨求爱，而最终竟实现了，他因此而拥有了一生中最幸福的时光，梦也似美妙的时光……

朱明安这才发现，这座小楼已成了他和于婉真生命的一部分，不管日后能否回来，又不管日后走到哪里，他和于婉真都永远不会忘记它的。

想到此，心中骤然一惊：他和于婉真今后再不回来了么？五百万的亏空已成事实，他现在再逃走，那些债权人会不会拍卖这座小楼？而真要拍卖这座小楼，于婉真就太惨了！

这座小楼对他朱明安来说，只是一个庞大的爱情信物，可对于婉真来说，还是她卖身给郑督军七年的代价——那是一掐就滴水的青春的代价呀！

走的决心竟动摇了，他咋着也得对得起于婉真，不能再把于婉真这最后的栖身之所都葬送掉！他是大男人，一人做事一人当，他非但不能走，从今天开始还就得住到交易所去，把自己和这座小楼的联系割断，就算——就算是吃官司蹲班房，抑或是被人家撕碎，他也不能再连累于婉真了……

然而，勇敢的念头最终还是熄灭了，吃过早饭，点了支雪茄只抽了两口，还是决定走——于婉真说过的，钱财都是身外之物，生不带来，死不带走，这小楼也一样，也是生不带来，死不带走的。再说，没准他走了反好，账都算到他头上，谁也想不到到这郑公馆里打主意……

却不料，朱明安捻灭手上的雪茄，正要起身出门时，刘妈过来收拾碗碟，神色异样地看着朱明安，再次怯怯地问："少……少爷也要走么？"

朱明安点点头："实是没办法了，我和我小姨只好出去躲一躲，总……总还要回来的，你替我们守好门就是……"

刘妈又问："你们……你们这么一走，新远东交易所咋办呀？还有发出去的那么多股票……"

朱明安苦笑道："刘妈，你别问了，这事与你无关——新远东完了，股票也成废纸了……"

刘妈一惊，手中的碗碟跌落到地上，摔得粉碎，继而，捂着脸呜呜地哭出了声。

朱明安心里烦，没好气地道："哭什么丧呀？这是我和我小姨的事，又不是你的事……"

刘妈却抬起泪水满面的脸说："少爷，你……你说得轻松！这咋不是我的事呢？你哪里知道呀，我……我把这十来年积攒的二百三十块钱都……都拿出来买了你们新远东的股票，是……是二十三块一股买进的，一共十股……"

朱明安呆住了，愣愣地看着老实巴交的刘妈，不知该说什么才好。

刘妈又用衣袖抹着泪说："止园的赵妈，秦公馆的王姨娘，还……还有好些人也信了我的话，都……都买了新远东的股票，你……你今日这么一走，我们这帮买了你们股票的下人可咋办呀……"

孽 海

朱明安更觉羞惭，心都颤了。他再没想到，新远东害得他和于婉真破了产，竟也害得这么多可怜的下人老妈子跟着遭殃。又想到自己十四岁到公馆来时，便是刘妈照应的，便从口袋里掏出二百三十块钱递给刘妈道："刘妈，这……这种炒股票的事哪是你们这种下人做的呀，钱你拿去，日后可别再这么干了！"

刘妈欣喜地接过了钱，却又问："少爷，你不是要走么？身上带的钱够不够？"

朱明安说："你别管我。"

刘妈哪能不管？想了想，还是把钱还给了朱明安："少爷，你先带着路上用吧！这一去，还……还不知啥时回来呢……"言毕，又噙着泪推朱明安快走。

不料，却晚了。

刘妈话刚落音，门铃响了，新远东交易所的一位所员带着巡捕房的两个洋巡捕找上了门，要朱明安立刻到交易所去，结束交易所门前的混乱局面。于是，朱明安的逃亡未及开始已告结束……

十七

新远东被围了一夜，摩斯路街面上人如潮涌，临街直通四楼交易市场的正门已进不去了，朱明安只好从大华公司的物品仓库，辗转到白大律师事务所，才上了电梯，到了新远东的写字间。

满头热汗的所务主任田先生如见救星，一把抓住朱明安的手说："理事长，你可来了，这就好了，你是负责之人，这里的事我就不管了！"

朱明安看了看田先生，苦笑道："逃吧，你们都逃吧！反正我是被推到屠案上去了,今日该挨多少刀算多少刀吧!"

田先生有些惭愧:"理事长,我……我可没有逃的意思,事到这一步,你都不逃,我能逃么?我……我是说,你既来了,就你做主了,我……我不走,听你使唤就是!"

朱明安想了想道:"那好,新远东既已破产,我觉得早市已无再开的必要,这样,正式破产清算时在账面上我们总能少亏点。你马上安排人写文告贴出去,别提破产,只说内部清理,或者说本所理事开会,休市一日,然后便向租界有关当局做破产申报……"

田先生说:"这……这怕不行吧?你不看看下面摩斯路上有多少人!这些人在大冷天里等了一夜,还一直闹,咱不开市,他们还不砸进来?!只怕要出人命呢!"

朱明安不作声,街上的情形他在大华公司门口就看到了,现在听田先生一说,又默默走到窗前看。

田先生说得不错,楼下摩斯路的街面上四处都是人,吵闹声、叫喊声、咒骂声,夹杂在一起,构成了一片漫天海地的喧嚣。许多人手中紧紧攥着新远东的股票,在人丛中挥臂举动着,拼力往街面的门前挤。门前的情形看不清,可有什么铁器砸门的声音隐隐传来,却是听得到的……

朱明安不禁想起了刘妈,觉得摩斯路上的这些人中必有许许多多的刘妈,心中既恐惧又酸楚。

站在朱明安身边的田先生又说:"不开市肯定不行,你听听,他们已在砸楼下的大门了,一旦冲上楼,那就糟了,楼上两边都是木门,更挡不住。"

朱明安从窗前转过身子,呆呆地说:"那就开门吧!反正我是死猪不怕开水烫了……"

孽 海

九时十分，新远东交易所被迫开市，人们一下子涌入交易大厅，占满了大厅的每一寸空间。拍板台下的围栏被挤倒了，后来，竟有不少不堪拥挤之苦的人爬到了拍板台上。整个开拍过程中，至少有十数人被挤伤。

新远东股票以每股一元二角开盘，开盘之后只有雷鸣般的卖出声，无一人买进，便直往下跌，直到跌至每股三角，才有大胆的冒险者小心地试着吃进了些。

朱明安心中又升起了一线悬丝也似的希望，紧张地想了想，让田先生把最后五万多资金投入，以三角的股价，吃进新远东。田先生力主不吃，说是新远东已成烂股死市，这五万投下就等于扔进了水里。朱明安不听，如同吃了死人的疯犬，红着眼睛大吼："这是最后的机会！就是死市我也要赌一下！"

五万投入，几乎对股价毫无影响，新远东仍在跌，中午收市前已跌至一角，且再也无人吃进一股，交易停止。手持股票未能抛出的人愤怒咒骂，几个因此破产的男女当场昏了过去，被场务抬着送进了街对面的教会医院。

秩序顿时大乱，就仿佛无形之中点着了炸药包，交易市场里先是一片号啕大哭声，后就有人不顾场务员的阻止，蜂拥着冲砸拍板台，还扑进了朱明安所在的写字间，抢掠一切能抓到手的东西。

朱明安慌了神，刚想到给巡捕房打电话，电话竟也被一个穿灰棉袍的汉子扯断了电线抱走。一个哭成了泪人的太太把鼻涕眼泪往他身上甩着，非要他买下她手上的一大把股票。还指着朱明安的额头骂："你们这些砍头鬼，咋这样杀人呀！我二十六块买的股票现在怎么只值一角钱了？！"朱明安靠墙立着不敢答话，也不敢动。

田先生的情况也不妙，他是所务主任，认识他的人多，抓他打他的人便多，交易厅里的人一冲进来，第一个就瞄上了他，当时就有人揪住他的衣领，抓他的脸，把他身上的衣服也扯破了。田先生被打急了，指着朱明安叫："新远东的理事长是那个姓朱的，有……有什么话你们找他说！"

屋里人转而都向朱明安扑过来。

朱明安怕极了，还想向后退，可身已靠墙，再无退处，便慌张地叫道："你……你们不要闹，一——一切皆可依法公断……"

那些疯了的人们哪里会听？硬是扑上来，对他又撕又打，还把那只白牡丹送他的镀金怀表抢去了。朱明安没看清谁抢了他的表，只看到一只手——是女人的白手，在他胸前一晃，怀表便消失了。

朱明安又叫："你……你们这样是犯法的……"

这更激怒了众人，许多挥动的拳头砸了过来，同时砸过来的还有一声声绝望的叫骂：

"你开这骗人的交易所就不犯法？！"

"犯法也打死这小赤佬！我们反正是不想活了！"

"打！打！打死这些吃人不吐骨头的东西！"

……

朱明安站不住了，软软地顺墙蹲了下来，两手抱着头，听任拳脚往自己身上落。开始还觉得痛，后来就麻木了，额头、手背流了血都不知道，两眼紧闭着，如同一具僵尸。思维在那一瞬间也停止了，什么恐惧、忧虑，什么死呀活的，全不存在了，脑子里竟是一片空白。

后来，小姨于婉真从那空白的深处翩然飘来，向他招手，向他笑。他号啕叫着，躲开众人的追打，扑向他的救星。小姨却被一阵风吹走了，红披风在风中飘。他死命追，抓住了小姨身上的一个东西——竟是那东西，长长一条，一面是薄薄的红胶皮，一面是绿绸

孽海

布。他正庆幸时，突然不知咋的，一股污秽的血腥味袭来，那东西一下子套到了他脖子上，勒得他再也透不过气来。他眼前一黑，啥也不知道了……

醒来时才发现，一个满脸络腮胡子的中年大汉已把他西装的领带拉到了身后，正用一支左轮手枪顶着他的后腰。面前还站着七八个男人，好像也有枪，只是没拿出来，朱明安看见他们插在衣袋和怀里的手都攥着什么硬东西。

交易大厅里仍是一片喧嚣，写字间却没多少人了。

朱明安挣扎着站了起来，又靠墙立定了，想问那些人是干什么的？

然而，尚未等朱明安开口，为首的一个礼帽已阴阴地走了过来说："还没死掉呀？这就好，没死掉就得还账。我们是镇国军司令部的，今日奉我们刘督军的命令来取那八十二万军费了！"

朱明安这才明白，面前这些人是穿了便衣混入租界讨账的镇国军，遂咽着流到嘴边的血水，张了张口，费力地道："长……长官这就弄错了，我们新远东欠……欠账不错，却……却不欠镇国军的。"

络腮胡子抓紧领带，又要从身后勒朱明安的脖子，礼帽挥手制止了，对朱明安说："邢楚之你可认识呀？啊？这个人在没在你这儿用军费做股票呀？啊？我们的文告登在《华光报》上你看没看到呀？"

朱明安痴痴地道："邢副官长的事，你……你们得找邢副官长和胡全珍，那……那八十二万在胡全珍日夜银行账上……"

礼帽说："这我知道，日夜银行的账我们看过了，上面还有三十一万，我们督军要你还的是剩下的那五十一万！我们不会不讲道理的！"

朱明安疯笑起来："你……你们还讲道理？邢楚之自己把股票

做砸了,你们却找我们要账,这……这是哪国的道理?这里是租界,我们可以到工部局请会审官公断……"

礼帽哼了一声:"老子哪也不去,就找你们新远东要这五十一万!"

朱明安又笑,笑出了泪:"长官,这里的情形你都看到了,新远东已经破产了,就算……就算我愿给你这笔钱,也……也是拿不出的……"

礼帽说:"你拿得出。你不是还有座公馆楼么?我们刘督军说,真拿不出现钱,就用楼抵了!刘督军看中这楼了——当年郑督军要养小老婆,眼下我们刘督军也要养小老婆的!"

朱明安怔了一下,突然疯了似的失声叫道:"不!不!那楼不是我的,是我小姨的!她和这事无关!"

礼帽不管朱明安如何叫喊,仍不动声色地把一纸文书从怀里取出了,拍放在桌上说:"别给老子们来这一套了,我们啥都问清了,胡全珍一进我们的办事处就招供了:你小姨于婉真也是有股份的,还是新远东的起办人之一,对不对?她和你又在一个床上睡觉,对不对?夫债妻还是不是理所当然?识相点,签字画押吧!"

朱明安只觉得天昏地暗,眼前一下子旋起无数金星,脚底下像有双力大无穷的手在拖他的身体,禁不住又顺墙瘫到地板上……

一切都完了,他最不愿看到的情形看到了,最害怕出现的事出现了,他实在是小姨的灾星,他和小姨的这段孽情,把小姨未来的余生全毁了!今日这字只要签了,他就是活下去也无脸再见自己挚爱的小姨了。

这才注意到面前的大窗是打开着的,不知是先前冲进来的人打开的,还是这帮兵匪打开的,反正是打开的。他坐在地上,从打开的

孽海 99

窗子看到了一片湛蓝的天空，空中有缕缕炊烟般轻淡的云丝在诱人地飘……

见朱明安坐在地板上发呆，礼帽向身边的两个汉子努努嘴，两个汉子过去架起了朱明安，把朱明安往放着文书的桌前拖。拖至桌前，礼帽开始念那"自愿"以楼抵债的文书，只念了几句，朱明安便把文书夺了过来，强打精神自己看。看罢，又拿着文书走到窗前，说是要想想。

也是天赐良机，就在朱明安走到窗前时，聚在交易厅里的人又从两边的门往屋里挤，礼帽等人都到门口去阻挡，一时谁也没顾上注意朱明安，朱明安便趁机爬上了窗台。

礼帽发现后，惊叫道："别……别跳下去，楼……楼的事我们再商量！"

朱明安把文书撕成了碎片，雪花般扔下去，狂笑着叫道："没啥好商量的！我告诉你们：于婉真是我小姨，不是我老婆，没有夫债妻还这一说！楼你……你们夺不走！真要讨那五十一万，你们就到阴曹地府找我吧！"

礼帽等人忙往窗前扑。

已来不及了，朱明安仰天大笑着，纵身一跃，跳下了四楼的窗台，跌落在满是人群的摩斯路上……

十八

摩斯路上一片混乱，交通几近断绝。许多挤不进交易大厅的人都涌在街面上，三五成群地围在一起，为新远东，更为自己的命运嗡嗡议论着。不论是说的还是听的，全都满脸愁云。

头上的天却出奇的晴好,丽日高悬,阳光灿烂,天空像被水洗过似的,一片明净。可终是冬日了,虽是无风无雨的好天气,仍是很冷的,有钱的老爷、太太们被裘衣棉袍包裹着,一个个变得臃肿起来;短装布衣者也大都缩着脖子袖着手……

白牡丹也穿着件软缎丝棉小红袄,围着白围巾站在摩斯路上,注视着事态的发展。不同的是,她的心境和街上的人不一样,她不仅仅是来捕寻这最后的机会,更是放心不下朱明安。昨夜虽说挂了电话,和朱明安谈过了,仍是忧心忡忡,怕朱明安会出事,才赶来了。赶来后,交易大厅进不去,就一直立在街上向四楼写字间的窗口看。

朱明安的身影出现在窗口时,白牡丹吓白了脸。那当儿,朱明安还是背对着窗外的,可白牡丹一下子就认出了朱明安——朱明安的身影她是熟悉的,身上穿着的那套米色西装她更熟悉。

白牡丹只一愣,便带着哭腔大声对朱明安喊:"明安,别……别这样!"

街面上已是一片惊呼声,她的叫喊被淹没在人们的惊呼声中,显得那么弱小。站在窗台上的朱明安显然没听到她的喊声,也没看到她,一边向写字间房里叫着什么,一边转过了身子。

这时,白牡丹还不知道写字间里发生的事,以为朱明安只要看到自己,或许会打消这轻生的念头,又推开面前挡着她的人,哭着往窗下跑,边跑边叫:"明安!明安!你千万别……别这样做……"

然而,未待她跑到窗下,一团黄光闪过,朱明安已跳下了楼。

白牡丹眼前一黑,觉得整个摩斯路都为之震颤了,在那震颤中,她腿脚软了,身不由己地要往地上倒……

一个穿裘衣的年轻太太扶住了她。

她偎依着那个年轻太太,站了一会儿,透过泪眼看到,聚在街

孽海　101

面上的人正往朱明安跌下的地方涌,便定了定神,离开了那年轻太太,跟了过去。

撞入眼帘的情形令白牡丹极为震惊,到这地步了,一些绝望的人们仍不放过朱明安。如同一群饿疯了的狼,对朱明安进行最后的索取。他们有的在扒朱明安身上沾着鲜血的西装上衣,有在拽朱明安已跌破的西装裤子;毛衣、领带、皮鞋自然也被快手们麻利地扒走了——就连贴身穿的衬衣也被扒干净了。

白牡丹挂着满面泪水,推搡着面前阻挡她的人,嘶声大叫道:"快住手!你们还……还是不是人呀?他……他都跳楼了,你……你们还这么对他……"

没人理睬她的哭叫,这时刻,人们已丧失了理智。

白牡丹只得不顾一切地往人丛中挤,好不容易拨开人群挤到朱明安面前时,朱明安身上的衣物已被扒光了,上身赤裸着,可还没最后咽气,嘴唇和眼皮还在动。

白牡丹扑倒在冰冷的地上,托起朱明安满是鲜血的脑袋,眼泪汪汪地抬头,看着众人说:"他……他还没死,求你们帮个忙,把……把他送到医院……"

一个满脸横肉的中年太太"哼"了一声问:"你是他的什么人?"

白牡丹说:"我……我是他的朋友,求……求你们了……"

中年太太手里提着朱明安的白皮鞋,把白皮鞋在白牡丹脸前一晃,又问:"你能替他买回我的股票么?"

白牡丹近乎绝望地讷讷着:"先……先要救人……"

另一个绅耆模样的老者认出了她:"你不是大舞台的白牡丹么?"

白牡丹点点头,把一脸泪水洒到了朱明安身上。

老者叹了口气道:"好吧,今日冲着你白小姐,我去医院叫人!"

老者走了，白牡丹才抚着朱明安的脸膛，哽咽着说："明安，你这没良心的东西，竟……竟真走到了这一步！"

朱明安糊满血水的脸膛抽颤着，艰难地对她笑，手还试着想往她面前伸，口中喃喃地叫着她："白……白小姐……白小姐……"

白牡丹一面寸肠万断地连连应着，一面脱下自己的软缎小红袄，想给朱明安穿上——这么冷的天，她怕朱明安会在医院来人前冻死。

她的袄却太小，朱明安根本没法穿。她只好把它盖到了朱明安赤裸的身上。

然而，袄刚盖好，朱明安竟死了，至死两只英俊的眼睛还大睁着，愣愣地看着白牡丹和白牡丹身边这个不可理喻的疯狂世界……

这不可理喻的世界真是疯了——

朱明安刚咽气，楼上交易市场的窗口，又有一个穿蓝棉袍拖小辫的男人跳将下来，"轰然"一声落在距白牡丹和朱明安的尸体不到十步开外的地方，当场殒命。又有几个人扑上去扒那男人的蓝棉袍，偏巧，警笛响了，一伙食尸动物才拔腿逃跑。

警笛越响越凶，转眼间便在摩斯路上响成一片。伴着警笛的，还有英国巡捕、印度巡捕"咔咔"的脚步声和叽里呱啦地叫喊声。街面上的人知道西洋鬼子要抓人了，开始四处逃散。

白牡丹没跑，紧紧抱住朱明安的尸身，像是抱着那个永难释怀的中午。那个中午，这个小男孩一般可爱的男人曾真实地属于她，现在又属于她了，依然那么真实。一时间，她精神恍惚起来，且于恍惚之中见到，刚才那个满脸横肉的中年太太被一个英国巡捕抓住了，被抓住时手上还提着朱明安的白皮鞋……

孽 海

十九

　　节令已是残冬,到处都是凄冷的,公馆里空荡荡冷清清的,大街上也是空荡荡冷清清的。

　　租界内外的路上,四处堆着脏兮兮的积雪,满地流着稀粥样的冰水,街面上少有行人车辆。许多公司店铺都歇了业,开着门的大都是拍卖行,也难得有人光顾,正所谓门可罗雀。西洋电车公司的电车虽还在照常跑,来去的车内却几乎都是空的。于婉真便觉得怪:这当初涌满世界的人哪去了?难不成都被年前的那场风潮卷走了么?!

　　坐在洋车上,沿摩斯路一路望过去,已看不到什么交易所的招牌名号了,那曾喧嚣一时的投机狂潮如旋风一般呼啸着荡过来,又呼啸着远去了,留在摩斯路上的除了遍地哀鸿,便是侥幸逃生者的噩梦余悸……

　　当然,也有少数人——如何总长、王居士之类的大玩家,趁此旋风直上青云,且又平安落地了。可是,他们玩赢了这一次,也能玩赢下一次么?他们就没有跳楼的一天么?

　　她真傻,竟把何总长这种奸猾的人玩家和胡全珍、邢楚之这类害人精,都当作了自己和朱明安的靠山,以至于搞得新远东破产,害得朱明安从交易所的四楼跳下来,在这摩斯路上送了命……

　　朱明安的笑脸在摩斯路两旁的店面景状中显现出来,一忽儿飘到这里,一忽儿飘到那里,有一瞬间好似就在她身边。身下的洋车似乎也变作镇国军办事处的汽车,正鸣着喇叭在繁华热闹的街上跑。满世界都是朱明安的声音,高一声低一声叫着小姨,从奶声奶气的十四岁叫到那夜的生离死别。现在仍在叫,声调甜甜的,却又哀哀的,于这残冬的萧瑟中衍演着他们永无了结的深情孽恋……

泪水渐渐聚满眼眶，于婉真的视线模糊起来，再不忍看摩斯路街两边眼熟的景致，只把一双忧伤的眼睛紧盯着老车夫弯驼的脊背——回来已快一个月了，她一直想再到新远东门前看看，可总也不敢；今日以为自己的心已静下来了，却仍是没有静，真没办法。

实是忍受不住，便叫车夫掉转车往回走。

回去的路上注意到：摩斯路东边一家原本叫作"聚福禄"的小拍卖行改了新名号，唤作"知足庐"了。新招牌悬于门额，似乎还散发着新鲜的油漆味。于婉真心中一震，觉得这名改得好：福禄难聚，知足常乐，她若是早悟出这一点，哪会有今日！没准儿这刻儿正和朱明安相拥着依在床上嬉戏笑闹，或是坐在壁炉前烤着火吃茶聊天呢！

身下，洋车的车轮转动着，"知足庐"从不远的前面，一步步移到身旁，又从身旁渐渐过去了，移到了身后。"知足庐"过去了好远，于婉真还从车上扭过头，冲着四壁挂满衣物杂品的店堂看。

突然间，于婉真发现了什么，眼睛一亮，在洋车上欠起身子，拍着车夫的背，连声叫道："停下，快停下！"

车夫停了车，于婉真从车上下来了，两眼紧盯着挂在"知足庐"店堂门口的一套米色西装，痴呆呆地一步步向店堂走。

那套米色西装在店堂大门的一侧迎风摆动，长袖飞舞，裤腿抖动，就像一个吊在门梁上的活人挣扎着想跳下来。

于婉真认定那挣扎着想跳下来的人是朱明安，心中凄楚难忍，强睁着大眼睛，不让眼眶里的泪落下来。到了店堂门口，并不说话，只用手指了指西装，示意正在门口打瞌睡的小伙计把它拿下来。

打盹的小伙计抹了把嘴上流出的口水，看看于婉真，似乎不相信面前这位坐洋车的漂亮太太会买这没人要的旧西装，便说："太太，你要真想买西装，里面还有好些的……"

孽海 105

于婉真不作声，抖颤的手固执地指着那套米色西装。

小伙计只好把西装取下，递到于婉真面前说："太太，你可看好了，别买回去又后悔。不瞒你说，这料子倒是好料子，地道的法国货。只是这上衣有香烟烧的洞，裤子上还有跌破的洞，当然，都补好了……"

于婉真撩开上衣，看到左襟上刘妈补过的不太显眼的香烟洞，心里已知道，这身西装必是朱明安的了，遂将西装紧紧抱在怀里问："多少钱？"

小伙计说："两块二。"

于婉真给了小伙计三块钱，小伙计到店堂里去找零钱，于婉真却转身走了。

小伙计追到门外喊："太太，我还没找你钱呢！"

于婉真头也不回地说："不……不要了……"

抱着西装重坐到洋车上，于婉真眼中的泪这才骤然滚落下来……

回到家已是中午，刘妈正等着于婉真回来吃饭。

吃饭时，刘妈对于婉真说："八太太，今日上午，何总长打了三次电话过来，又派人给你送了五百块钱……"

于婉真像没听见，只盯着饭碗发呆。

刘妈又小心地说："何总长还要你回电话……"

于婉真这才点了下头，从牙缝里迸出三个字："知道了。"

吃过饭，于婉真没给何总长打电话，倒是何总长又把电话打过来了。

何总长在电话里说："婉真哪，还生我的气呀？我不是和你讲过了么？我当时去了北京，就怕明安出事，才给明安留了几个主张。

没想到明安竟不听我的，竟走到了这绝路上……"

于婉真握着话筒不作声。

何总长又说："婉真哪，你是不是在听呀？我告诉你，刘督军夺不走你的公馆。只要干爹我在总有办法——昨日我见了北京来的徐次长，就是徐眼镜呀！郑督军没死时，他到你们公馆去过的。不知你还记得么？我把这事给徐次长说了，你猜徐次长咋说？徐次长说……"

于婉真干脆把话筒放下了。

何总长还在说，声音也越来越大："……徐次长对你有意思呢！说是自那回见过你，就再也没忘，要我请你吃饭，再打几圈牌。我呢，既是你的干爹，就把这事应了。婉真哪，这徐次长和我这下野总长可不一样，人家现在在任上，又是吴子玉的人，权力大着呢！"

于婉真这才明白，何总长又是送钱，又是打电话，原不是出于亏心内疚，却是在打她的主意。一气之下，把电话挂死了，继而，便是一场痛快淋漓的号啕大哭……

黄昏时分，白牡丹来了，给于婉真送戏票——晚上白牡丹要在大舞台为一个正被绅耆名流捧着的姐妹助演《劫后余花》，请于婉真到戏园里散散心。

于婉真应了，还留白牡丹在家里喝咖啡。

二人面对面坐在楼下客厅沙发上，端着咖啡杯，心都沉沉的，谁都不知说什么好。后来，还是白牡丹长长叹了口气，先开了腔，问于婉真看没看今日的报纸？

于婉真摇摇头。

白牡丹凄然笑着说："那我告诉你：邢楚之也未得好报，已被刘督军抓获，昨日判了死刑，不是枪毙，是绞死的……"

孽海　107

于婉真讷讷说了句:"老天终算还有眼。"

白牡丹又说:"明安的那两个朋友,就是孙亚先和许建生,又做革命党去了,眼下都在广州……"

于婉真问:"也是报上说的?"

白牡丹道:"不是,是听别人说的。"

接下又无话了,空旷的大客厅里静静的,从窗缝里钻进的风不时地撩起窗帘,把一阵阵寒意送进来。壁炉里是生着火的,可两个女人仍禁不住感到冷。白牡丹受不住,便到衣帽钩上拿大衣来披,无意中看到,衣帽钩上竟挂着朱明安的米色西装,不由一惊。

重坐到沙发上,白牡丹想问于婉真西装是从哪找回来的,却没敢,只叹道:"我这人呀,大概天生是做戏子的命了,只恐怕到死都是台下那些看客的玩物呢。"

于婉真说:"别这样想,真心诚意的好男人,终还有……"

白牡丹不无哀怨地看了于婉真一眼:"可你碰到过,我没碰到过,有人真心待过你,却没人真心待我——就是……就是明安都从没真心待过我……"

于婉真一把搂住白牡丹的肩头说:"别说了,怪我不好……"

白牡丹一怔,俯在于婉真肩头上抽泣道:"不……不怪你,倒是怪我……我开初并不知道你和明安会恋上,还……还恋得这么深!"

于婉真咬着嘴唇,先是默无声息地流泪,后就紧紧拥着白牡丹呜呜哭出了声。

白牡丹也放声哭了起来,哭了好一会儿,才抬起头,用手背揩去脸上的泪,做出僵硬的笑脸说:"——婉真,咱……咱们真是的,老说这些过去的事干啥?都别说了吧!说了伤心!"

于婉真噙泪点点头:"是哩,不说也罢!"

这时，电话又响了，依然是何总长打来的，依然是谈徐次长。于婉真挂着满脸泪水，尽量用平和的语调对何总长说，她会去见徐次长，要何总长亲自来接。

白牡丹很惊诧，问于婉真咋还和何总长啰唆？是不是日后也想跳楼？

于婉真冲着白牡丹凄然一笑，没答话。

白牡丹还想问，立在电话机旁的于婉真已默默转过身子，对着客厅里的大穿衣镜，梳起了头。

梳着头，看着穿衣镜里映着的自己姣好俏丽的面容和身影，于婉真心里想：一切终是过去了，朱明安已不可复生，她不能总陷在哀伤里，她得好好活下去，还得和何总长、徐次长并不知啥时还要遇到的花花绿绿的东西们周旋下去。她还年轻漂亮，穿衣镜里映得真切哩！只要假以时日，除却脸上的哀痛，她的姿色风韵想必会不亚于当年的。她要笑眯眯地和这帮男人，也和这个疯狂的世界周旋到底，周旋到死。她就不信自己总是输家，石头也还有翻身的时候呢，何况人了……

作于1995年10月
2017年8月修订

国 殇

上篇

一

山头上那片摇曳着枯叶的丛林被炮火摧毁了，一派萧瑟的暗黄伴着枯叶灰烬，伴着丝丝缕缕青烟，升上天空，化作了激战后的宁静和安谧。残存的树干、树枝在醒目的焦黑中胡乱倒着，丛林中的暗堡、工事变成了一片片凄然的废墟，废墟上横七竖八铺满了阵亡者的尸体。太阳旗在山头上飘，占领了山头的日本兵像蚂蚁一样四处蠕动着。深秋的夕阳在遥远的天边悬着，小山罩上了一层斑驳的金黄。

杨梦征军长站在九丈崖城防工事的暗堡里，手持望远镜，对着小山看。从瞭望孔射进的阳光，斜洒在他肩头和脊背上，灿然一片。他没注意，背负着阳光换了个角度，把望远镜的焦距调了调，目光转向了正对着九丈崖工事的山腰上。

一些头戴钢盔的日本兵在挖掘掩体，天已经挺凉了，许多日本兵却赤裸着上身。小钢炮支了起来，一个个炮口指着九丈崖正面，炮位上几乎没有什么遮饰物。日军的骄横是显而易见的，他们似乎料定据守九丈崖的中国军队已无发动反攻的能力。一个赤身裸体，只包着块兜裆布的家伙居然站在一块凸起的石头上，对着杨梦征军长望远镜的镜头撒尿。他脚下，一片干枯的灌木丛正在燃烧，时浓时淡的白烟袅袅腾起。火不知是占领了山头的日军放的，还是炮火打着的，不大,且因着夕阳光线的照射,看得不太真切。火焰舔过的地方是看得清的,一块块焦黑,恍如受伤躯体上刚结出的血痂。

杨梦征军长脚蹬着弹药箱,默默地瞭望,高大的身躯微微前倾,脑袋几乎触到了瞭望孔布满尘土的石台上。

暗堡挺大,像个宽敞的客厅,原是石炮台改造的。堡顶,一根挨一根横着许多粗大的圆木,圆木和圆木之间,扒着大扒钉。这是新二十二军三一二师的前沿指挥所。眼下,聚在这个指挥所里的,除了军长杨梦征,还有三一二师师长白云森和东线战斗部队的几个旅、团长官。军长巡视时带来的军部参谋处、副官处的七八个校级随从军官也拥在军长身边,暗堡变得拥挤不堪。

白云森师长和三一二师的几个旅、团长在默默抽烟,参谋处的军官们有的用望远镜观察对面失守的山头,有的在摊开的作战地图上做记号,画圈圈。

外面响着冷枪,闹不清是什么人打的。枪声离暗堡不远,大概是从这边阵地上发出的。零星的枪声,加剧了暗堡中令人心悸的沉郁。

过了好长时间,杨梦征把穿着黑布鞋的脚抬离了弹药箱,放到地上,然后转过了身子。军长的脸色很难看,像刚刚挨了一枪,两只卧在长眉毛下的浑眼珠阴沉沉的,发黑的牙齿咬着嘴唇。铺在军长肩头和脊背上的阳光移到了胸前,阳光中,许多尘埃无声地乱飞乱撞。

杨梦征把手中的望远镜递给了身边的一位高个子参谋:

"怎么啦?我们脚下的城防工事还没丢嘛!都哭丧着脸干啥!"

四八八旅旅长郭士文大胆地向杨梦征面前迈了一步,声音沙哑地道:

"军长,兄弟该死!兄弟丢了馒头丘!"

杨梦征几乎是很和蔼地看了郭士文旅长一眼，手插到了腰间的皮带上：

"唔，是你把这个焦馒头给我捧丢了？"

"只怕这个焦馒头要噎死我们了！"

军长身边的那位高个子参谋接了一句。

郭士文听出了那参谋的话外之音，布满烟尘污垢的狭长脸孔变了些颜色，他怯怯地看了杨梦征一眼，慌忙垂下脑袋。郭士文扣在脑袋上的军帽揭开了一个口子，不知是被弹片划开的，还是被什么东西挂破的，一缕短而硬的黑发露了出来。

"军长，兄弟的四八八旅没孬种！守馒头丘的一〇九七团全打光了，接防馒头丘时，一〇九七团只有四百多人，并……并没有……"

站在瞭望孔前抽烟的白云森师长掐灭烟头，迎着阳光和尘埃走到郭士文面前：

"各团还不都一样？四八七旅一〇九五团连三百人都不到，也没丢掉阵地！"

杨梦征挥了挥手，示意白云森不要再说了。

白云森没理会，声调反而提高了：

"郭士文，你丢了馒头丘，这里就要正面受敌，如此简单的常识都不知道吗？你怎么敢擅自下令让一〇九八团撤下来？你不知道咱们军长的脾气吗？"

军长的脾气，暗堡中的这些下属军官们都知道，军长为了保存实力，可以抗命他的上峰，而军长属下的官兵们，是绝对不能违抗军长的命令的。在新二十二军，杨梦征军长的命令高于一切。从军长一走进这个暗堡，东线的旅、团长们，都认定四八八旅的郭士文完了。早年军长还是旅长时，和张大帅的人争一个小火车站，守车站的营长擅自撤退，被杨梦征当着全旅官兵的面毙了。民国十九年，军长升了师长，跟冯焕章打蒋委员长，一个旅长小腿肚子钻了个窟窿，就借口撒丫子，也被杨梦征处决了。

郭士文这一回怕也难逃噩运。

军长盯着郭士文看了好一会儿，慢慢向他跟前走了几步，摆脱了贴在胸前的阳光和尘埃，拖着浓重的鼻音问：

"白师长讲的后果你想过没有？"

"想……想过。"

"那为啥还下这种命令？你是准备提着脑袋来见我喽？"

"是……是的！"

杨梦征一怔，似乎有点不相信自己的耳朵。

"你再说一遍？"

"卑职有罪，任军长处裁。"

暗堡里的空气怪紧张的。

杨梦征举起手，猛劈下去。

"押起来！"

两个军部手枪营的卫兵上前扭住了郭士文。

郭士文脸对着军长，想说什么，又没说。

白云森师长却说话了：

"军长，郭旅长擅自下令弃守馒头丘，罪不容赦。不过，据我所知，郭旅长的一〇九七团确是打光了，撤下来的只是个空番号。军长，看在一〇九七团四百多号殉国弟兄的份上，就饶了郭旅长这一回，让他戴罪立功吧！"

杨梦征捏着宽下巴，默不作声，好像根本没听到白云森的恳求。

白云森看了郭士文一眼：

"咋还不向军长报告清楚!"

郭士文挟在两个卫兵当中,脖子一扭:

"我……我都说清了!"

"说清个屁!明知馒头丘要失守了,为啥不派兵增援!"

郭士文眼里滚出了泪,掩在蓬乱胡须下的面部肌肉颤动着:

"师长,你不知道我手头有多少兵么?!一〇九七团打光了,我再把一〇九八团填进去,这九丈崖谁守?!再说,一〇九八团填进去,馒头丘还是要丢!为了给四八八旅留个种,我郭士文准备好了挨枪毙!我不能把四八八旅最后三百多号人再赶到馒头丘上去送死!要死,死我一个好了。"

白云森别过脸去,不说话了。

杨梦征被震动了,愣愣地盯着郭士文看了半天,来回踱了几步,挥挥手,示意手枪营的卫兵把郭士文放开。他像什么事也没发生过似的,走到郭士文面前,手搭到郭士文的肩头上:

"馒头丘弃守时,伤员撤下来了吗?"

"全……全撤下来了!兄弟亲自带人上去抢下来的,连重伤员也……也没落下,共计四十八个,眼……眼下都转进城……城里了。"

军长点点头:

"好!咱们新二十二军没有不顾伤兵自己逃命的孬种习惯。这么难,你还把四十多个伤兵抢下来了,我这个做军长的谢你了!"

杨梦征后退两步,脱下帽子,举着花白的脑袋,向郭士文鞠了个躬。

郭士文先是一怔,继而,扑通跪下了:

"军长——杨大哥,你毙了我吧!"

军长戴上帽子,伸手将郭士文拉了起来:

"先记在账上吧!若是这九丈崖还打不好,我再和你算账!就依着你们师长话,给你个戴罪立功的机会!"

"谢军长!"

杨梦征苦苦一笑:

"好了,别说废话了,那只焦馒头让他妈的日本人搂着吧,咱们现在要按牢实脚下的九丈崖,甭让它再滑跑了!"

暗堡里的人们这才松了口气。

军长看着铺在大桌上的军用地图:

"白师长,谈谈你们东线的情况。"

白云森走到军长身边,身子探到了地图上,手在地图上指点着:"军长,以九丈崖为中心,我东线阵地连绵十七里,石角头、小季山几个制高点还在我们手里,喏,这里!这里!我三一二师现有作战兵员一千八百余,实则不到一个整编旅。而东线攻城之敌三倍于我。他们炮火猛烈,还有飞机助战,如东线之敌全面进攻,除石角头、小季山可据险扼守外,防线可能出现缺口。石角头左翼是四八八旅,喏,就是咱们脚下的九丈崖,这里兵力薄弱,极有可能被日军突破。而日军只要突破此地,即可长驱直入,拿下我们身后的陵城。"

杨梦征用铅笔敲打着地图:

"能不能从别的地方抽点兵力加强九丈崖的防御?"

白云森摇头:"抽不出来!小季山右翼也危险,一〇九四团只有五百多人。"

杨梦征默然了,眉头皱成了结,半晌,才咬着青紫的嘴唇,离开了地图。

"郭旅长!"

"到!"

杨梦征用穿着布鞋的脚板顿了顿地：

"这里能守五天么?"

郭士文咽了口吐沫，喉结动了一下，没言语。

"问你话呢!九丈崖能不能守五天?"

"我……我不敢保证。"

"四天呢?"

郭士文还是摇头。

"我……我只有三百多号人。"

"三天呢?"

郭士文几乎要哭了。

"杨……杨大哥，您我兄弟一场，我……我又违抗了军令，你……你还是毙了我吧!"

杨梦征火了，抬手对着郭士文就是一个耳光。

耳光激愤有力，颤响灌满了暗堡，几乎压住了外面零零星星的枪声。

众人又一次被军长的狂怒惊住了。

军长今天显然是急红眼了，在近三十年的军旅生涯中，他大概从未像此时此刻在这个暗堡里这么焦虑，这么绝望。从徐州、武汉到豫南，几场会战打下来，一万五千多人的一个军，只剩下不到六千人，刚奉命开到这里，又被两万三千多日伪军包围了。情况是十分严重的，新二十二军危在旦夕，只要九丈崖一被突破，一切便全完了，暗堡里的军官们都清楚地知道这一点。

然而，他们却也同情郭士文旅长，御守九丈崖的重任放在他们任何一个人身上，他们也同样担不了，谁不清楚?九丈崖和馒头丘一样，势在必失。

杨梦征不管这些，手指戳着郭士文的额头骂：

"混蛋！孬种！白跟老子十几年，老子叫你守，守三天！守不住，我操你祖宗！新二十二军荣辱存亡，系此一战！你他妈的不明白么？"

郭士文慢慢抬起了头：

"是！军长！我明白！四八八旅誓与九丈崖共存亡！"

杨梦征的怒火平息了一些，长长叹了口气，拍了拍郭士文的肩头："好！这才像我六兄弟说的话！"

郭士文却哭了："杨大哥，为了你，为了咱新二十二军，我打到底！可……可我不能保证守三天！我只保证四八八旅三百多号弟兄打光算数。"

杨梦征摇摇头，凄然一笑："不行哇，老弟！我要你守住！不要你打光……"

偏在这时，桌上的电话铃响了。一个随从参谋拿起电话，问了句什么，马上向杨梦征军长报告：

"军长，你的电话！"

"哪来的？"

"军部，是毕副军长。"

杨梦征军长走到桌前，接过话筒。

"对！是我……"

军长对着话筒讲了半天。

谁也不知道电话里讲的是什么。不过，军长放下电话时，脸色更难看了，想来那电话不是报喜报捷。大家都想知道电话内容，可又不敢问，都呆呆地盯着军长看。

杨梦征正了正军帽，整了整衣襟，望着众人平静地说：

"弟兄们，眼下的情势，大家都清楚，你们说咋办？"

国殇

众军官你看看我,我看看你,没人说话,最后,眼光集中到了白云森脸上。

白云森道:

"没有军长,哪有新二十二军?!我们听军长的!"

杨梦征对着众军官点了点头:

"好!听我的就好!你们听我的,现刻儿,我可要听中央的,听战区长官部的。我再次请诸位记住,我们新二十二军今儿个不是和张大帅、段合肥、吴子玉打,而是和日本人打。全国同胞们在看着我们,咱陵城二十二万父老乡亲们在看着我们,咱不能充孬种!"

"是!"

军官们纷纷立正。

杨梦征想了想,又说:

"我和众位都是多年的袍泽弟兄了,我不瞒众位,刚才毕副军长在电话里讲:赶来救援我们的新八十一军在醉河口被日军拦住了,眼下正在激战。暂七十九军联系不上,重庆和战区长官部电令我军固守待援,或伺机突破西线,向暂七十九军靠拢。情况就是这样。只要我们能拼出吃奶的劲,守上三天,情势也许会出现转机,即便新八十一军过不来,暂七十九军是必能赶到的!我恳请众位一定要不惜一切代价,守住东线!凡未经军部许可,擅自弃守防线者,一律就地正法!"

"是!"

又是纷纷地立正。

杨梦征挥挥手,在一群随从和卫兵的簇拥下,向暗堡麻包掩体外面走,走到拱形麻包的缺口,又站住了:

"郭旅长!"

"有!"

"军部手枪营拨两个连给你,还是那句话,守三天!"

"军长……"

"别说了,我不听!"

杨梦征手一甩,头也不回地走了。

郭士文下意识地追着军长背影跑了几步,又站下了。他看着军长和随从们上了马,看着军长一行的马队冲上了回城的下坡山道。山道上蔚蓝的空中已现出一轮满月,白白的、淡淡的,像张失血的脸。西方天际烧着一片昏黄发红的火,那片火把遥远的群山和高渺的天空衔接在一起了。

他怅然若失地转身往暗堡中的指挥所走,刚走进指挥所,对面馒头丘山腰上的日军炮兵开火了,九丈崖弥漫在一片浓烈的硝烟中……

二

从九丈崖城防工事到陵城东大门不过五六里,全是宽阔的大道。道路两旁立着挺拔高耸的钻天杨,夏日里,整个大道都掩映在幽幽的绿荫里。现在却不是夏日,萧瑟的秋风吹落了满树青绿,稀疏枝头上残留的片片黄叶也飘飘欲飞,空旷的路面上铺满了枯朽的落叶。风起处,落叶飞腾,尘土四扬,如黄龙乱舞,马蹄踏在铺着枯叶的路面上,也听不到那令人心醉的"得得"脆响了。

杨梦征军长心头一阵阵酸楚。

看光景,他的新二十二军要完了。

这是他的军队呵!新二十二军是他一手缔造的庞大家族,是他用枪炮和手腕炮制出的奇迹。就像新二十二军不能没有他一样，他也不能没有新二十二军。现今，落花流水春去也，惨烈的战争，把他和他的新二十二军推到了陵城墓地。下一步他能做的只能是和属下的残存部属，把墓坑掘好一些，使后人能在茶余饭后记起：历史上曾有过一个显赫一时的新二十二军，曾有过一个叫杨梦征的中将军长。

那个叫杨梦征的军长二十九年前就是从陵城，从脚下这块黄土地上起家的。那时，从九丈崖古炮台到城东门的道路还没这么宽，路面也没有这么平整。他依稀记得，那窄窄的路面上终年嵌着两道深深的车辙沟，路边长满刺槐棵子和扒根草，钻天杨连一棵也没有。窄道上，阴天满道泥水，晴日尘土蔽日。那会儿，他也不叫杨梦征，他是九丈崖东北杨家墟子人，大号杨富贵，可墟里墟外的人都管他叫杨老六。他上面有五个叔伯哥，下面有七个叔伯兄弟。他们杨家是个大家族，陵城皮市街上许多绸布店、大酒楼，都是杨家人开的。老族长满世界吹嘘，说他们杨家是当年杨家将的后人，谁知道呢？！族谱上没这个记载，据老族长说，是满人入关时，把有记载的老族谱毁于兵火了。族人们便信以为真，便认定杨家墟子的杨氏家族是应该出个将军、大帅什么的。

直到宣统幼主登基，杨氏家族都没有出将军、大帅的迹象。那时的他虽说喜好枪棒，将军梦还不敢做。整日勾着腰，托着水烟袋的老族长也没料到他有一个愣头愣脑的重孙儿日后会做上中将军长。

宣统登基的第三个年头，陵城周围闹匪了，最出名的一个叫赵歪鼻，手下的喽啰有百十号，还有几十匹好马，十几杆毛瑟快枪，五响的。赵歪鼻胆大包天，那年春上，绑了杨家的一个绸布店老板的票，接下，又摸黑突进陵城，抢了城里最繁华的举人街。城里巡防营的官兵屁用没有，莫说进山剿匪，连抓住的两个喽啰都不敢杀。赵歪鼻发了话，官府敢杀他手下的人，他就拿巡防营开刀。据说，巡防营管带暗地里放了那两个喽啰，又咋咋呼呼说是那两个喽啰逃了。

官府靠不住，百姓们只得自己保护自己。那年夏天，先是杨家墟子，后是周围的村寨和城里纷纷成立了民团、商团，整日价喝符水念咒，舞枪弄棒。老族长知道他自幼喜好枪棒，工夫不浅，就让他做了二团总，团总自然是老族长。后来，老族长吃参吃多了，竟死了。老族长直到死，都不知道外面的世界已闹得沸反盈天，都不知道革命党人已在广州、香港、上海、武昌四处发动了起义。临死时，还拉着重孙儿的手交代：咱拉民团是护乡保民，就如同当年曾相国一样，是护着大清天下的，咱可不能因着有枪有棒，势力坐大，就不听官府的招呼。

那工夫，他只有三支五响毛瑟快枪，还是老族长通过巡防营管带，私下用一百多两白银买来的，人倒不少，杨家墟子、白土堡加城里，四个民团，合计有近一千多号人，使的都是红缨子枪头和大刀片。就这些枪头子和大刀片，便把赵歪鼻吓住了，整整一个冬季，赵歪鼻和他的喽啰们都没敢在杨家族人身上下手。

过了大年，省城的信息传来了，说是宣统小圣上的龙座保不住了，四处都起义独立了。城里已有了革命党，革命党和赵歪鼻联络，要他带人来打陵城。杨家一个在南京水师学堂念书的秀才也跑了回来，也成了革命党。秀才是他的堂哥。秀才堂哥很严重地告诉他：武昌成立了军政府，各省都督府代表云集上海，通电宣布，承认武昌军政府为统领全中国的中央军政府。秀才堂哥以革命党的名义，劝他带领民团、商团，抢在赵歪鼻一伙的前面，干掉巡防营，接管陵城。

他直到这时才明白，建立武装并不仅仅能保护自己，保护家族的财产势力，而且能够干预政治，改变人们的生活秩序和历史的进程。他的第一个老师,应该说是那位两年后因病谢世的秀才堂哥,他日后渐渐辉煌起来的梦想,也是那位秀才堂哥最先挑起的。

不过,那当儿,他却很犹豫。老族长的谆谆教诲还在耳边响着,巡防营和他们杨家,和民团、商团的关系又一直不错,向巡防营下手他狠不下心。

秀才哥说,你不下手,赵歪鼻就要下手,他要是一宣布起义独立,接管了陵城,不但咱们杨家,连全城都要遭殃。到那时你再打他,革命党人就会帮着他来打你了。量小非君子,无毒不丈夫,要想成大事,就不能讲情面,不能手软心善。

在秀才哥的怂恿下,他干了,当夜扑进了陵城,缴了巡防营的械,占领县道衙门,宣布起义。三天后,赵歪鼻率着喽啰们赶来"造反"时,陵城古都已咸与革命了。

赵歪鼻恼透了,扬言要踏平陵城,血洗杨家墟子。秀才哥和革命党人便从中斡旋,说是大家都是反清志士,要一致对付清廷,不能同室操戈。于是便谈判。赵歪鼻子不做山大王了,改邪归正,投身"革命"了——据他声称,他内心早就倾向革命了,当年抢掠陵城举人街便是革命的确证。他的喽啰并到了城防队里,杨梦征做队总,他做队副。后来,城防队正式编为民军独立团,杨梦征做中校团长;赵歪鼻做少校团副——这家伙好运不长,做了少校没几天,就因着争风吃醋被手下的人打死了。原陵城商团的白云森也做了中尉旗官。

他由此而迈入了军界,开始了漫长而艰险的戎马生活。先是在陵城,后是在皖北、河南、京津,二十多年来马蹄得得,东征西战,走遍了大半个中国,参加了制造中国近代历史的几乎每一场战争。民国二十三年,在名正言顺做了中将军长以后,他还幻想以他的这支杨姓军队为资本,在日后的某一天,决定性地改变民国政治。当年的吴佩孚吴大帅不就是仗着一个第三师改变了北洋政府的政治格局,操纵了一个泱泱大国的命运吗?!

没想到,民国二十六年七月七日,卢沟桥一声炮响,他隐匿在心中的伟大梦想被炸断了。日军全面侵华,两个国家、两个民族的大厮杀、大拼搏开始了。他和他的新二十二军身不由己地卷进了战争的旋涡,在短短三年中,打得只剩下了一个零头。他是有心计,懂韬略的,十分清楚新二十二军的衰败对他意味着什么。可是,在这场关乎民族存亡的战争中,他既不能不打,也不能像在往昔的军阀混战中那样耍滑头、搞投机。他若是还像往昔那样耍滑头,不说对不起自己作为一个中国军人的良心,也对不起真心拥戴他的陵城地区二十二万父老兄弟。

在关乎民族存亡的战争中,是没有妥协选择的余地的。

往昔的战争却不是这样。

民国九年,他率着独立团开出陵城,扯着老段的旗号打吴佩孚的镇守使时,一看情况不妙,马上倒戈,枪口一掉,对着自己的友军开了火。民国十一年四月,直奉战争爆发,他先是跟着同情奉系的督军拥张倒吴,后来一看吴佩孚得势,马上丢下阵地,和直系的一个旅长握手言和。再后来,冯焕章占领京师,赶走了废帝宣统,他又率着家族部下投身国民军行列,且因着兵力雄厚,升了旅长。冯焕章没多久服膺三民主义,他便也信奉了孙总理,贴上了蒋委员长——那时蒋委员长还没当委员长哩!再后来,张宗昌十万大兵压境,他的独立旅支撑不住,摇身一变,又把蒋委员长和孙总理的三民主义踏在脚下,向张宗昌讨价还价,要了一个师的名分,和张宗昌一起打北伐军。狗肉将军张宗昌十足草包,和北伐军没战上几个回合,一下子完了。他当机立断,没让蒋总司令招呼,又冲着张宗昌的一个旅开了火,竟把那个旅收编了，正正经经有了一个整编师。如今的副军长毕元奇就是当时那个旅的旅长，守九丈崖的郭士文是那个旅的团长。民国十九年，冯焕章伙着阎老西打蒋委员长，他二次反叛，在出师训话时，把蒋委员长痛骂了一通，而后气派非凡地率部上了前线。打了没多久，冯焕章、阎老西和蒋委员长谈判修好了，他又名正言顺地变成了国民革命军的少将师长。

从宣统年间拉民团起家，到民国十九年参加蒋、冯、阎大战，十六年间，他真不知道究竟打了多少乱仗，信奉过多少主张和主义，耍过多少次滑头。为了保存实力，为了不让自己的袍泽弟兄送死，在漫长喧闹的十六年中，他几乎没正正经经打过一次硬仗、恶仗。他不断地倒戈，抗命，成了军界人所共知的常败将军，倒戈将军，滑头将军。可奇怪的是，那么多血气方刚的常胜将军都倒下了，这个叫杨梦征的将军却永远不倒。而且，谁也不敢忽略他的存在。更令那些同行们惊讶的是：他的队伍像块无缝的铁板，永远散不了。有时候被打乱了，他的部下和士兵们临时进了别人的部队，可只要一知道杨梦征在哪里，马上又投奔过去，根本不用任何人招呼。仅此一点，那些同样耍枪杆子的将领们就不能不佩服。汤恩伯司令曾私下里说过：杨梦征带的是一支家族军。李宗仁司令长官也说：新二十二军是支扛着枪吃遍中国的武装部落。

李长官的话带着轻蔑的意思。这话传到他耳朵里后，他心里挺不是滋味。那时，他还没见过这位桂系的首脑人物。

民国二十六年四月，台儿庄眼见着要打响了，最高统帅部调新二十二军开赴徐州，参加会战。他去了，也真想好好教训一下日本人，给家乡的父老兄弟脸面上争点光。不曾想，整个五战区的集团军司令们却都不愿接收他，都怕他再像往昔那样，枪一响就倒戈逃跑。

因左右逢源的成功而积蓄了十六年的得意，在四月八号的那个早晨，在徐州北郊的一片树林里，骤然消失了……

第二天，李宗仁长官召见他，把新二十二军直接划归战区长官部指挥，让他对此事不要计较。李长官告诉他：过去，咱们打的是内战，你打过，我也打过，打输了，打赢了，都没意思。你要滑头也能理解。旧事，咱们都别提了。今日是打日本人，作为中国军人，如果再怯敌避乱，那就无颜以对四万万五千万国人了！他知道。他频频点头。最后，拍着胸脯向李长官表示：新二十二军绝对服从李长官调遣，一定打好。

民国二十六年四五月间的徐州，像个被炮火驱动的大碾盘。短短四十天中，日军先后投进了十几个师团，总兵力达四十万之巨；中国军队也相继调集了六十多万人参战，分属两个东方民族的庞大武装集团，疯狂地推动着战争的碾磙，轰隆隆碾灭了一片片生命的群星。先是日军在台儿庄一线惨败，两万余人化作灰烬，继而是国军的大崩溃，几十万人被围困在古城徐州。

日军推过来的碾磙也压到了他的新二十二军身上，三千多弟兄因此丧生碾下。而他硬是用那三千具血肉之躯阻住了碾磙向运河一线的滚动，确保了孙连仲第二集团军的台儿庄大捷。

他和他的新二十二军第一次为国家，为民族打了一次硬仗。

后来，当台儿庄大捷的消息传到陵城，全城绅商工学各界张灯结彩为之庆贺，还不远千里组团前往徐州慰劳……

五月中旬撤出徐州之后，他率部随鲁南兵团退过了淮河，继而又奉命开赴武汉，参加了武汉保卫战。武汉失守，他辗转北撤，到了豫南，在极艰难、极险恶的情况下，和日军周旋了近十个月。

民国三十年初，豫南、鄂北会战开始，新二十二军歼灭日军一

国殇

个联队,受到了最高统帅部通电嘉勉。杨梦征的名字,从此和常败将军、倒戈将军的耻辱称号脱钩了。陵城的父老兄弟因此而认定,从陵城大地走出去的杨梦征和新二十二军天生就是保家卫国的军队,杨梦征军长和新二十二军的光荣,就是他们的光荣。

豫鄂会战结束后,战区长官部顺乎情理地把新二十二军调防陵城了。其时,陵城周围四个县已丢了三个,战区长官部为了向最高统帅部交账,以陵城地区为新二十二军的故乡,地理条件熟,且受本地各界拥戴为由,令他率六千残部就地休整,准备进行游击战。不料,刚刚开进陵城不到一周,从沦陷区涌出的日军便开始了铁壁合围,硬将他和他的子弟兵困死在这座孤城里了……

骑在马上,望着不断闪过的枯疏的树干,和铺满路面的败枝凋叶,杨梦征真想哭。

在反抗异族侵略者的战争中,他成名了——一万多袍泽弟兄用性命鲜血,为他洗刷掉了常败将军、倒戈将军的耻辱,然而,事情却并不美妙。他有力量的时候,得不到尊敬;得到尊敬的时候,力量却作为换取尊敬的代价,付给了无情的战争。

他感到深深的愧疚,对脚下生他养他的土地,对倒卧在鲁南山头、徐州城下、武汉郊外、豫南村落的弟兄们。他不知道现在幸存的这几千部下是否也要和他一起永远沉睡在家乡古城?还有二十二万敬爱他的和平居民。

战争的碾磙又压过来了,当他看到东城门高大城堡上"抗日必胜"四个赤红耀眼的大字的时候,不禁摇了摇头,心想:抗日会胜的,只是眼下这座孤城怕又要被战争的碾磙碾碎了。这里将变为一片废墟,一片焦土,而他和他的新二十二军也将像流星一样,以最后的亮光划破长空,而后,永远消失在漫长而黑暗的历史夜空中,变为虚无缥缈的永恒。

他叹了口气,在城门卫兵们向他敬礼的时候,翻身下了马。在自己的士兵面前,他是不能满面阴云的,他一扫满面沮丧之色,重又把一个中将军长兼家长的威严写到了皮肉松垮的脸上。

军部副官长许洪宝在城门里拦住了他,笔直地立在他面前,向他报告:陵城市府和工商学各界联合组织的抗敌大会,要请他去讲演,会场在光明大戏院,市长、商会会长已在军部小白楼恭候。

这是三天前就答应了的,他要去的。日军大兵压境,陵城父老还如此拥戴他,就冲着这一点,他也得去。他可以对不起任何上峰长官,却不能对不起陵城的父老兄弟。

他点了点头,对许副官长交代了一下:

"打个电话给军部,就说我直接到会场去了,请市长和商会的人不要等了。告诉毕副军长,如有紧急军情,如新八十一军,暂七十九军有新消息,立即把电话打到会场来。噢,还有,令手枪营一连、三连立即到九丈崖向四八八旅郭士文报到,二连和营长周浩留下!"

三

杨梦征在一片近乎疯狂的掌声中走下了戏台子。台下的人们纷纷立起。靠后的人干脆离开座位,顺着两边的走道向前挤,有的青年学生站到了椅子上。会场秩序大乱,闹哄哄像个大兵营。副长官许洪宝害怕了,低声对军部手枪营营长周浩说了句什么,周浩点点头,拔出了驳壳枪,率着许多卫兵在军长和与会者之间组成了一道人墙。

杨梦征见状挺恼火,令周浩撤掉人墙,把枪收起来。他在尚未平息的掌声中,指着楼上包厢上悬着的条幅,对周浩道:

"这是陵城,新二十二军的枪口咋能对着自己的父老乡亲呢?看看横幅上写的什么嘛?!"

横幅上的两行大字是:

"胜利属于新二十二军!光荣属于新二十二军!"

周浩讷讷道:

"我……我是怕万一……"

"陵城没有这样的万一!假使真是陵城的父老乡亲要我死,那必是我杨梦征该死!"

副官长许洪宝走了过来:

"会已经散了,这里乱哄哄的,只怕……军长还是从太平门出去回军部吧!"

杨梦征没理自己的副官长,抬腿跨到了第一排座位的椅子上,双手举起,向下压了压,待掌声平息下来,向众人抱拳道:

"本军长再次向各界父老同胞致谢!本军长代表新二十二军全体弟兄向各界父老同胞致谢!"

话刚落音,第四排座位上,一个剪着短发的姑娘站了起来,大声问:

"杨军长,我是本城《新新日报》记者,我能向您提几个问题么?"

他不知道陵城何时有了一张《新新日报》,不过,看那年轻女记者身边站着自己的外甥女李兰,他觉着得允许女记者问点什么。

女记者细眉大眼,挺漂亮。

他点了点头。

"市面纷传,说是本城已被日军包围,沦陷在即,还说,东郊馒头丘已失守,九丈崖危在旦夕,不知属实否?"

杨梦征挥了挥手：

"纯系汉奸捏造！馒头丘系我军主动弃守，从总体战略角度考虑，此丘无固守之必要！九丈崖有古炮台，有加固了的国防工事，有一个旅防守，固若金汤！"

女记者追问：

"东郊炮声震天，其战斗之惨烈可想而知，九丈崖能像军长讲的'固若金汤'么？"

杨梦征有些火，脸面上却没露出来：

"你是相信本军长，还是相信汉奸的谣言？"停顿了一下，又说："若是本城真的危在旦夕，本军长还能在这里和父老乡亲们谈天说地么？！"

会场上响起一片啧啧赞叹，继而，不知谁先鼓起了掌，掌声瞬时间又响成了一片。

掌声平息下来之后，女记者头发一甩，又问：

"我新二十二军还有多少守城抗敌的兵力？"

杨梦征微微一笑：

"抱歉，这是军事机密，陵城保卫战结束之前，不能奉告。"

"请军长谈谈本城保卫战的前途？"

杨梦征指了指包厢上悬着的横幅：

"胜利属于新二十二军！"

这时，过道上的人丛中，不知是谁说话了，音调尖而细：

"军长不会再弃城而逃，做常败将军吧？"

全场哗然。

众人都向发出那声音的过道上看。

手枪营长周浩第二次拔出了驳壳枪。

杨梦征一笑置之，侃侃谈道：

"民国二十六年以前，自家内战，同室操戈，你打我，我打你，全无道理，正应了一句话：'春秋无义战。'本军长知道它是不义之战，为何非要打？为何非要胜？为何非要我陵城子弟去流血送死？本军长认为，二十六年前之国内混战，败不足耻，胜不足武。民国二十六年'七七事变'以后，本军长和本军长率属的新二十二军为民族，为国家拼命流血，是我同胞有目共睹的，本军长不想在此夸耀！提这个问题的先生嘛，我不把你看做动摇军心的汉奸，可我说，至少你没有良心！我壮烈殉国的新二十二军弟兄的在天之灵饶不了你！"

女记者被感动了：

"军长！陵城民众都知道，咱新二十二军抗日英勇，军长是咱陵城光荣的旗帜！"

"谢谢小姐！"

"请军长谈谈，陵城之围，何时可解？听说中央和长官部已令友军驰援，可有此事？"

杨梦征气派非凡地把手一挥：

"确有其事。我国军三个军已星夜兼程，赶来增援，援兵到，则城围解。"

"如若这三个军不能及时赶到呢？"

"我守城官兵将坚决抵抗！有我杨梦征，就有陵城……"

刚说到这里，副官长许洪宝跳上椅子，俯到杨梦征耳边低语了几句。

杨梦征再次向众人抱了抱拳：

"对不起！本军长今晚还要宴请几位重要客人，客人已到，不能奉陪了！抱歉！"

杨梦征跳下了椅子,在众多副官、卫兵的簇拥和市政各界要员的陪同下,通过南太平门向戏院外面走。刚出太平门,女记者追了上来,不顾周浩的阻拦,拦住杨梦征问:

"军长,我能到九丈崖前沿阵地上探访吗?"

杨梦征面孔上毫无表情:

"不行,本城战况,军部副官处每日会向各界通报!你要探访,就找许副官长!"

外甥女李兰冲过去,站到了女记者身边:

"舅舅,你就……"

杨梦征对外甥女也瞪起了眼睛:

"不要跟着起哄,快回去!"

杨梦征迈着军人的步子,头都不回,昂昂地向停在举人街路边的雪铁龙汽车走去。走到离汽车还有几步的时候,从戏院正门出来了几个商人模样的老人,冲破警戒线,要往他跟前扑。手枪营的卫兵们虽然阻拦,可怕军长责怪,不敢过分粗暴。几个老人气喘吁吁,大呼小叫,口口声声说要向军长进言。

杨梦征喝住卫兵们,让几个老人来到面前:

"诸位先生有何见教?"

一个戴瓜皮帽的老人上前拉住他的手:

"老六!做了军长就不认识我这老朽本家了!我是富仁呀!宣统年闹匪时被绑过,后来,咱杨家拉民团……"

杨梦征认出来了:

"唔,是三哥,我正说着等军务忙完了,到皮市街去看看咱杨家老少爷们,可你看,初来乍到,连营寨还没扎牢实,就和日本人干上了!"

"是喽!是喽!做将军了,忙哩!我到你们军部去了三次都没寻到你……"

"三哥,说吧,有啥事?还有你们诸位老先生。"

戴瓜皮帽的本家道:

"还不是为眼下打仗么!老哥我求你了,你这仗可能搬到别处去打?咱陵城百姓子民盼星盼月似的盼你们,可你们一来,鬼子就来了,老六,这是咋搞的?"

另一个挂满银须的老头也道:

"将军,你是咱陵城人,可不能在咱陵城城里开仗哇!这城里可有二十几万生灵哇!我等几个老朽行将就木,虽死亦不足惜,这一城里的青壮妇孺,走不脱,出不去,可咋办呀?将军,你积积德,行行好吧!可甭把咱陵城变成一片焦土死地哇!"

杨梦征听着,频频点头:

"二位所言挺好,挺好!我考虑,我要考虑!本军长不会让鬼子进城的,也不会把陵城变成焦土的!放心!你们放心!实在抱歉,我还有要务,失陪!失陪!"

说着,他钻进了雪铁龙,未待刚钻进来的许洪宝关闭车门,马上命令司机开车。

车一离开欢送的人群,他便问许洪宝:

"毕副军长刚才在电话里讲的什么?"

许洪宝叹了口气,忧郁地道:

"孙真如的暂七十九军昨日在距陵城八十二里的章河镇一带附逆投敌了!姓孙的通电我军,劝我们向围城日军投降,电文上讲:只要我军投降,日本军方将在点编之后,允许我军继续驻守陵城!如果同意投降,可在今、明两夜的零点至五点之间打三颗红色信号弹。围城日伪军见到信号弹,即停止进攻。据毕副军长讲,电文挺长,机要译电员收译了一个小时,主要内容就是我报告的这些。"

"新八十一军现在情况如何?"

"依然在醉河一线和日军激战,五时二十分电称:将尽快突破重围,向我靠拢!"

"孙真如的暂七十九军投敌,新八十一军知道么?"

"知道。重庆也知道了。六时二十八分,重庆电告我军,宣布暂七十九军为叛军,取消番号,令我继续固守,在和新八十一军汇合之后,西渡黄河,开赴中原后方休整待命。长官部七时零五分,也就是刚才,电令我军伺机向黄泛区方向突围,友军将在黄泛区我军指定地点予以接应。"

"混账话!我们突得出去么?"

"毕副军长请您马上回军部!"

杨梦征仿佛没听见似的,呆呆望着窗外。

汽车驰到贝通路大东酒楼门前时,他突然命令司机停车。

雪铁龙停下,手枪营长周浩的两辆摩托车和一部军用卡车也停了下来。

周浩跳下车斗,跑到雪铁龙车门前:

"军长,不是回军部么,为什么停车?"

杨梦征道:

"请客!今天你做一次军长,找一些弟兄把大东酒楼雅座全给我包下来,好好吃一顿,门口戒严,不准任何人出入。把牌子挂出来,扯上彩灯,写上:杨梦征军长大宴嘉宾!十一时前不准散伙。"

"是!"

"要搞得像真的一样!"

国殇　133

"明白。这带出的两个排,我留一个排护卫军长吧!"

"不必!再说一遍,这是陵城!"

杨梦征连雪铁龙也摔下了,自己跳上了一辆摩托车,许洪宝跳上了另一辆,一路呼啸,向位于陵城风景区的军部小白楼急驰……

四

情况越来越坏,一顿丰盛的晚餐都被糟蹋了。从在餐桌前坐下来,到晚餐结束,离开餐桌,杨梦征几乎被电话和报告声吵昏过去。一顿饭吃得极糊涂。东线九丈崖告急,西线在日军强大炮火的攻击下军心浮动,三一一师副师长,杨梦征的侄子杨皖育,请求退守城垣。城中机动团(实际不到三百人)十三个士兵化装潜逃,被执法处抓获,请示处置。半个小时前,在光明大戏院还慷慨激昂的总商会会长,现在却低三下四地打电话来,恳请新二十二军以二十二万和平居民为重,以古城池为重,设法和日伪军讲和。总商会答应为此支付八十万元法币的开拔费。城北矿业学院的大学生则要新二十二军打下去,并宣称要组织学生军敢死队前往东线助战,恳请军长应允。

杨梦征几乎未经考虑,便接二连三发出了命令:从机动团抽调百余人再次填入九丈崖。把侄子杨皖育臭骂了一通,令其三一一师固守西线。十三个逃兵由执法处押赴前沿戴罪立功。对商会会长则严词训斥云:本军军务,本城防务,任何人不得干预,蓄意扰乱军心者,以通敌罪论处。对矿院大学生代表,则好言相劝,要他们协助军政当局,维持市内秩序,救护伤员。为他们的安全计,不允许他们组织敢死队,擅自进入前沿阵地。

晚饭吃完,命令发布完,已是九点多钟了,毕元奇副军长,许洪宝副官长才满面阴郁在他面前坐下。

毕元奇把暂七十九军孙真如的劝降电报递给了他,同时,似乎很随便地问了句:

"看军长的意思,我们是准备与陵城共存亡喽?"

他接过电报,反问了一句:

"你说呢?"

"我?"

毕元奇摇摇头,苦苦一笑,什么也没说。

许洪宝也将几张红红绿绿的纸片递了上来:

"军长,这是刚才手枪营的弟兄在街上捡来的,不知是日军飞机扔的,还是城内汉奸散发的,您看看,上面的意思和孙真如的电报内容相同。鬼子说:如果我新二十二军不走暂七十九军孙真如的路,他们明日就要用飞机轰炸陵城市区了。"

"逼我们投降?"

"是的,您看看。"

杨梦征翻过来掉过去将电报和传单看了几遍,突然,从牛皮蒙面的软椅上站起来,将电报和传单揉成一团,扔进了身边的废纸堆里。

"孙真如真他妈的混蛋!"

"是呵,长官部不派他增援我们反好,眼下,他可要掉转枪口打我们了!"

毕元奇的话中有话。

杨梦征似乎没听出来,站起来在红漆地板上踱着步:

"情况确实严重,可突围的希望么,我看还是有的!新八十一军不就在醉河附近么?若是他们突破日军阻隔,兼程驰援,不用三天,定能赶到本城。新八十一军的赵锡恒,我是知道的,这家伙是条恶

国殇　135

狼，急起来又撕又咬，谁也阻不住的！还记得二十七年底在武汉么？这家伙被日本人围了大半个月，最后还不是率部突出来了么？！"

毕元奇摇了摇头：

"问题是，陵城是否还能守上三天以上？今日下午六时以后，日军一反常态，在东、西两线同时发动夜战，八架飞机对东线进行轮番轰炸，我怀疑这其中必有用意。"

"用意很明显，就是迫降么！他们想在我部投降之后，集中兵力回师醉河，吃掉新八十一军！新八十一军不像我们这样七零八落的，赵锡恒有两个整师，一个独立旅，总计怕有两万五六千狼羔子哩！"

"军长，难道除了等待新八十一军，咱们就没有别的路子可走了么？咱们就不该做点其他准备么？"

杨梦征浑黄的眼珠一转：

"做投降的准备么？"

投降这两个字，只有军长敢说，毕元奇见杨梦征说出了这两个字，便大胆地道：

"是的！事关全军六千多号弟兄的生死存亡，我们不能不做这样的准备！况且，这也不算投降，不过是改编。我们是不得已而为之，一俟形势变化，我们还可弃暗投明么，就像民国二十六年前那样。"

杨梦征摇摇头："我不能这样做！这是陵城，许副官长、白师长，还有三分之二的弟兄，都是陵城人，咱们和日本人拼了整三年，才拼出了新二十二军的抗日英名，作为新二十二军的军长，我不能在自己父老兄弟面前做汉奸！"

毕元奇不好说话了，他不是陵城人，他已从杨梦征的话语中听出了责怪的意思。

副官长许洪宝却道：

"军长!我们迫不得已这样做,正是为了我陵城二十二万父老乡亲!在光明大戏院门口,还有方才的电话里,乡亲们讲得还不明白么?他们不愿陵城变为一片焦土哇!他们也不愿打呀!打输了,城池遭殃,百姓遭殃,就是幸免于战火的乡亲,在日本人治下,日子也不好过。而若不打,我军接受改编,不说陵城二十二万百姓今日可免血火之灾,日后,有我们的保护,日子也要好过得多。"

杨梦征叉腰站着,不说话,天花板上悬下来的明亮吊灯,将他的脸孔映得通亮。

毕元奇叹了口气,接着许洪宝的话题又说:

"梦征大哥,我知道,作为抗日军人,这样做是耻辱的。您、我、许副官长和我们新二十二军六千弟兄可以不走这条路,我们可以全体玉碎,尽忠国家。可如今城里的二十二万百姓撤不出去哇,我们没有权利让这二十二万百姓陪我们玉碎呀!梦征大哥,尽管我毕元奇不是陵城人,可我也和大哥您一样,把陵城看作自己的家乡,您如果觉着我说这样的话是怯战怕死,那兄弟现在就脱下这身少将军装,扛根汉阳造到九丈崖前沿去……"

杨梦征红着眼圈拍了拍毕元奇圆圆的肩头:

"老三,别说了!大哥什么时候说过你怕死?!这事,咱们还是先搁一搁吧!至少,今夜鬼子不会破城!还是等等新八十一军的信儿再说!现在,咱们是不是先喝点什么?"

许洪宝知道军长的习惯,每到这种抉择关头,军长是离不开酒的。军长的酒量和每一个豪饮的陵城人一样,大得惊人,部属们从未怀疑过军长酒后的选择——军长酒后的选择绝不会带上酒味的。

几个简单的拼盘和一瓶五粮液摆到了桌上,三人围桌而坐,喝了起来。气氛压抑而沉闷,毕元奇一支接一支地抽烟,往天从不抽烟的许洪宝也抽了起来。只有杨梦征一杯接一杯地喝酒。末日感和危亡感夹杂在烟酒的雾气中，充斥着这间明亮的洋房。军参谋长杨西岭已在豫鄂会战中殉国了，杨梦征却一再提到他，后来，眼圈都红了。毕元奇和许洪宝都安慰杨梦征说：就是杨参谋长活着，对目前新二十二军的危难也拿不出更高明的主意。二人一致认为，除了接受改编，已没有第二条路可走了。看杨梦征不作声，毕元奇甚至提出：今夜就该把三颗意味着背叛和耻辱的红色信号弹打出去。杨梦征不同意。

一瓶酒喝到三分之一的时候，门口响起了急促的脚步声，一个机要译电员赶来报告了：

"杨军长、毕副军长，刚刚收到新八十一军赵锡恒军长急电，渡过醉河向我迂回的新八十一军三〇九师、独立旅和军部被日军压回了醉河边上，伤亡惨重，无法向我部靠拢，发报时已沿醉河西撤。尚未渡过醉河的该军三〇一师，在暂七十九军孙真如劝诱下叛变附逆。电文尚未全部译完。"

"什么？"

杨梦征被惊呆了，塑像般地立着，高大的身躯不禁微微摇晃起来，仿佛脚下的大地都不牢实了。

完了，最后一线希望也化为乌有了。

过了好半天，杨梦征才无力地挥了挥手，让译电员出去，重又在桌前坐下，傻了似的，低着花白的脑袋，眼光直直地看着桌上的酒瓶发呆。

"梦征大哥！"

"军长！"

毕元奇和许洪宝怯怯地叫。

杨梦征似乎被叫醒了，仰起头，两只手颤巍巍地按着桌沿，慢慢站了起来，口中讷讷道：

"让我想想！你……你们都让我想想……"

他摇摇晃晃离开了桌子，走出了大门，拖着沉重的脚步上了楼。许洪宝望着杨梦征的背影，想出门去追，毕元奇默默将他拦住了。

"我……我再去劝劝军长！"

毕元奇难过地别过脸：

"不用了，去准备信号弹吧！"

电话铃偏又响了，东线再次告急。毕元奇自作主张，把城内机动团最后二百余人全部派了上去。放下电话，毕元奇看了看腕子上的手表，见手表的指针已指到了十字，心中一阵悲凉：也许两小时或三小时之后，陵城保卫战就要以新二十二军耻辱的投降而告结束了。他走到窗前，望着夜空下炮声隆隆的东郊，两行浑浊的泪水滴到了窗台上……

五

晚上十点四十五分，李兰闯进了军长的卧室，发现这个做军长的舅舅阴沉着脸，趴在大办公桌上写着什么。她一进门，舅舅就把手中的派克笔放下了，把铺在桌上的几张写满了字的纸草草叠了叠，塞进了抽屉里。她以为舅舅在起草作战命令、安民告示之类的文稿，便没疑心，只随便说了句：

"舅，都这么晚了，还写个啥？赶明儿让姜师爷写不行？！"

往日，新二十二军的重要文告大都出自姜师爷之手。姜师爷是晚清的秀才，从杨梦征做旅长时，就跟杨梦征做幕僚了。

国殇　139

杨梦征笑笑说：

"师爷老了，身子骨一天不如一天，眼下的事又这么多，这么急，光指望他哪成呢?!"

李兰拍手叫道：

"那，我给舅舅荐个女秀才，准保比姜师爷高强百倍！舅，就是今晚你见过的那个《新新日报》的记者，叫傅薇。她呀，在上海上过大学堂。"

杨梦征挥挥手，打断了李兰的话头：

"好了，兰子，别提那个女秀才了，舅舅现在没心思招兵买马！来，坐下，我和你谈点正经事！"

"你不听我的话，我也不听你的正经事！人家傅薇对你敬着哩！甭看她说话尖辣，心里可是向着咱新二十二军！会一散，她就写文章了，明日《新新日报》要登的！"

"我也没说她不好嘛！"

"那，你为啥不准她到东郊前线探访?!舅，你就让她去吧，再给她派两个手枪营的卫兵！昨儿个，我都和周浩说过了，他说，只要你一吐口，莫说两个，十个他也派！"

杨梦征叹了口气：

"好吧，别搅了，这事明天——咱们明天再谈，好不好？"

"明天你准保让她去？"

杨梦征点了点头，又指了指办公桌对面的椅子，要李兰坐下。

李兰坐下了。直到这时，她都没发现舅舅在这夜的表现有什么异样。自从随陵城慰劳团到了徐州之后，三年中，她一直跟在舅舅身边，亲眼见着舅舅在一场场恶战中摆脱噩运，渡过难关。舅舅简直像个神，无所不能，军中的官兵敬着舅舅，她也敬着舅舅。她从未想过把死亡和无所不能的舅舅连在一起。

她大意了。

舅舅显得很疲惫：

"兰子，自打民国二十七年五月到徐州，你跟着舅舅南南北北跑了快三年了，劝也劝不走你，甩也甩不掉你，真叫我没办法。如今，你也二十大几了，也该成个家了。我知道你这三年也不都是冲着我这舅舅来的，你对白云森师长的意思我明白，往日我阻拦你，是因为……"

她垂着头，摆弄着衣襟，怪难堪的。

"过去的事都甭提了，眼下看来，白师长还是挺好的，四十七岁，妻儿老小又都死于国难，若是你没意见，我替你过世的母亲做主，答应你和白师长的这段姻缘，也不枉你跟我跑了一场！"

她过了好半天，才抬起头：

"白……白师长也……也许还不知道我……我有这意思！"

杨梦征摇摇头：

"白师长是新二十二军最明白的人，你的意思，他会不知道?笑话了！"

过后，杨梦征又唠唠叨叨向外甥女讲了白云森一大堆好话，说白云森如何有头脑，有主见，如何靠得住，说是嫁给白云森，他这个做舅舅的就是死也能放心瞑目了。

舅舅明白地提到死，她也没注意。她根本没想到舅舅在安排她婚事时，也安排了自己和新二十二军的丧事。

她告退的时候，大约是十一点多钟，出门正撞上手枪营营长周浩赶来向杨梦征报告。

周浩清楚地记得，他跨进军长卧室大门的时候，是十一点二十分，这是不会错的。从位于贝通路口的大东酒楼到军部小白楼，雪铁龙开了十五分钟。他是严格按照军长的命令，十一点整撤除警戒返回军部的。下了车，他在军部大院里见到了许副官长，打个招呼，说了几句话，而后便进了小白楼门厅，上了三楼。他知道，在这激战之夜，军长是不会在零点以前睡觉的。

果然，军长正在落地窗前站着，他一声报告，军长缓缓转过了身子：

"回来了？"

"哎！"

他走进屋子，笑嘻嘻地道：

"军长，替你吃饱喝足了。"

军长点点头：

"好！回去睡吧！"

他转身要出门时，军长又叫住了他：

"回来！"

"军长，还有事？"

军长走到办公桌前拉开抽屉，取出一把勃朗宁手枪：

"浩子，你往日尽偷老子的手枪玩，今天用不着偷偷摸摸的了，老子送你一把！"

他有点不相信自己的眼睛和耳朵，望着军长甩在桌上的枪不敢拿，眨着小眼睛笑道：

"军长，您又逗我了？！我啥……啥时偷过您的枪玩？您可甭听许副官长瞎说！这家伙说话靠不住哩！那一次……"

军长苦苦一笑：

"不想要是不是？不要，我可收起来了，以后别后悔！"

"哎，军长!别……别!军……军长不是开玩笑吧?"

"不是开玩笑，冲着你小子今天替我吃得好，本军长奖你的!"

周浩也没料到军长会自杀，一点也没想到爱玩手枪的军长把心爱的勃朗宁送给他，是在默默和他诀别。他十六岁投奔军长，先是跟军长当勤务兵，后来进手枪营，由卫兵、班长、排长、连长，一直到今天，当了营长。他曾三次豁出性命保护过军长。两次是对付刺客，一次是对付日军飞机投下的炸弹，为此，他膀子上吃过一枪，大腿上的肉被炸弹掀去了一块。

姜师爷在快十二点的时候，听到了走廊上的脚步声。脚步声沉重而凝缓，在寒意渐进的秋夜里显得很响。姜师爷那刻儿也没歇下，正坐在太师椅上看书，听得脚步声响到门前，摘下老花眼镜，向门口走，刚走到门口，杨梦征便进来了。

"老师爷还没歇觉?"

"没歇，揣摩着你得来，候着你呢!"

杨梦征在姜师爷对面坐下了，指着书案上一本发黄的线装书，不经意地问:

"又是哪个朝代的古董?"

姜师爷拿起书，递到杨梦征手上。

"算不得古董，前朝王秀楚的《扬州十日记》，不知军长可曾看过?"

杨梦征看了看书面，随手翻了翻，把书还给了老师爷。

"扬州我没去过，倒是听说过的。有一首诗讲过扬州的，'烟花三月下扬州'，是不是?说是那里美色如云哩!"

姜师爷拍打着手上的书:

"王秀楚的这本《扬州十日记》，却不是谈烟花，谈美色的，军长莫搞错了！"

"哦?那是谈什么?"

"清朝顺治年间，大明倾覆，清兵一路南下，攻至扬州。明臣史可法，不负前朝圣恩，亲率扬州全城军民人等，与异族满人浴血苦战。后满人在顺治二年四月破扬州，纵火烧城，屠戮十日，致一城军民血流成河，冤魂飘飞，是为史称之'扬州十日'也！"

杨梦征一惊：

"噢，这事早年似乎是听说过的！"

姜师爷拉动着枯黄的面皮，苦苦一笑：

"同在顺治二年，离'扬州十日'，不过三月余，清兵越江而下，抵嘉定。嘉定侯峒曾，亦乃忠勇之士也，率义兵义民拼死抵挡。殊不料，天命难违，兵败城破，两万生灵涂炭城中。十数日后，城外葛隆、外冈二镇又起义兵，欲报前仇，旋败，复遭清兵杀戮，此谓二屠，第三次乃朱瑛率属的义兵又败，嘉定城再破，清兵血洗城池。"

杨梦征呆呆地看着姜师爷，默不作声。

"后人叹云：史可法、侯峒曾、朱瑛三位其志可嘉，其法则不可效也。大势去时，风扫残叶，大丈夫岂能为一人荣辱，而置一城生灵于不顾呢?自然，话说回来，当时的南明小朝廷也实是昏得可以。史可法拒清兵于扬州城下之际，他们未予策应，徒使可法孤臣抗敌，最终落得兵败身亡，百姓遭殃。后人便道：可法等臣将若不抵死抗拒，那'扬州十日''嘉定三屠'或许都不会有的！"

杨梦征听罢，慢慢站了起来：

"老师爷，时辰不早了，您……您老歇着吧，我……我告辞了。"

姜师爷抚须叹道：

"唉!老朽胡言乱语,军长切不可认真的!哦,先不忙走吧,杀上一盘如何?"

杨梦征摇摇头:

"大敌当前,城池危在旦夕,没那个心思了!我马上要和毕副军长商讨一下军情!"

六

其实,已没什么可以商讨的了,为了二十二万和平居民,为了这座古老的城池,新二十二军除了向日军投降,别无出路。杨梦征明白,毕元奇也明白,因此,他完全没必要再多费口舌向毕元奇解释什么了——这位副军长比他明白得还早些。

杨梦征把拟好的投降命令从办公桌的抽屉里取出来,递给了毕元奇:

"看看吧,同意就签字!"

毕元奇看罢,愣愣地盯着他:

"决定了?"

"决定了。"

"是不是把团以上的军官招来开个会再定呢?这事毕竟关系重大呵!"

"不必了!正因为关系重大,才不能开会,才不能让他们沾边。在这个命令上签字的只能是你我,日后重庆方面追究下来,我们承担责任好啦!"

毕元奇明白了杨梦征的良苦用心,长长叹了口气:

"梦征大哥,这责任可不小哇,闹不好要掉脑袋的!六十九军军长石友三去年十二月就被重庆方面处了死刑……"

杨梦征阴阴地道：

"那我们只好做石友三第二、第三喽！"

"我的意思是说，是不是再和三一二师的白云森和三一一师的杨皖育商量一下呢？这么大的事，我们总得听听他们的意见才是。皖育是你的侄儿，咱们不说了，至少白师长那里……"

杨梦征火了：

"我已经说过了，不能和他们商量！这不是他妈的升官发财，是卖国当汉奸呵！你我身为军长副军长，陷进去是没有办法，我们怎能再把别人往里拖呢？投降是你和许副官长最先提出来的，你若不敢担肩胛，那咱们就打下去吧，我杨梦征已打定主意把这副老骨头葬在陵城了！"

毕元奇无奈，思虑了好半天，才摸过杨梦征的派克笔，在投降命令上签了字。

毕元奇总归还是条汉子，杨梦征接过毕元奇递过的派克笔时，紧紧握住了毕元奇的手：

"元奇兄，新二十二军交给你了，一切由你来安排吧！改编之后，不愿留下的弟兄，一律发足路费让他们走，千万不要难为他们。"

"我明白。"

"去吧，我要歇歇，我太……太累了……"

杨梦征未待毕元奇离开房间，就颓然倒在办公桌前的椅子上了……

杨梦征无论如何也忘不了民国二十七年四月八日的那个黎明。

那个黎明是从槐树林的枝叶梢头漏下来的，稀稀啦啦，飘忽不定，带着露珠的清凉，也带着丝丝缕缕的惆怅。那夜，他一直没睡，就像今夜一直未睡一样。他当时就有一种预感，觉着在自己生命的旅途中要发生点什么事。新二十二军开到徐州北郊整整三十六小时了，五战区长官部在三十六小时中，至少下达了四道命令，一忽儿把他划归汤恩伯军团，一忽儿又调给孙连仲的第二集团军……最终，哪儿也没让他去，而是要他和他的新二十二军原地待命。他当时并不知道那些集团军司令们不愿要他，还以为战局发生了变化，李司令长官要把新二十二军派到刀口上用哩！

他焦虑不安地等待着，有几个小时干脆就守在电台和电话机边上。等到后来，他觉着有点不对头了，走出帐篷，到槐树林里去散步。直到天蒙眬发亮的时候，毕元奇从徐州五战区长官部赶来，才沮丧地向他们讲明了真情。

他一下失了态，狂暴地大骂李宗仁，大骂汤恩伯，大骂那些集团军司令们……

那是他和新二十二军耻辱的日子。

他永远也忘不了。

今天，同样的命运又落到了新二十二军头上。他刚刚签署了一个耻辱的命令，新二十二军万余弟兄的血白流了，他杨梦征也在签署这个命令的同时，又回到了民国二十七年四月八日悲哀的原地。新二十二军从此之后，将被重庆中央宣布为叛军，取消番号，他这个中将军长又成了倒戈将军。

他知道，重庆方面绝不会宽恕他和他的新二十二军的。新二十二军在往昔的内战中两次反叛，委员长都是耿耿于怀的。日后抗战胜利，委员长绝不可能因为他曾使一座古城免于毁灭，曾使二十二万居民得以和平生存，而认可他的投降。由此想到：暂七十九军的孙真如率全军投敌,依附汪伪,也不是没有道理的。孙真如也和他杨梦征一样,靠民间武装起家,也和蒋委员长干过。不同的只是,他杨梦征投降是被迫的,而孙真如怕是谈不上被迫;此人早年就和周佛海、任援道有联系,如今南京伪政府成立,和平建国军竖旗,他早晚总要投过去的。

新二十二军走到如今这一步,都是他一手造成的,新二十二军的弟兄们对得起他,他却对不起他们。他知道,弟兄们大都是不愿当汉奸的,他不但背叛了中央,也背叛了他们。尽管他为了弟兄们的将来留了一手,可内心的愧疚却还像乌云一样驱赶不散。万余弟兄用鲜血和性命洗刷着他的耻辱,而他却在最后关头下令投敌附逆,就冲着这一点,他也没脸活在这个世界上了。

木然地拉开抽屉,从抽屉里摸出手枪,他吃力地站了起来,推开椅子,走到窗前。

窗外,古老的陵城在枪炮声中倒卧着,黑乎乎一片,因为灯火管制,昔日那壮观的万家灯火看不见了,战争改变了这个夜城市的面孔。

哦!战争,战争……

战争原本是男子汉的事业,是男子汉用枪炮改变世界、创造历史的事业,这事业是那么令人着迷,使人们一投身其间就兴奋不已,跃跃欲动。

他就这么兴奋过,跃动过。他把近三十年光阴投入了战争的血光炮火。他穿过一片片硝烟,踏过一具具尸体,由中校、上校、少将而做到了中将军长。然而,直到今天的这一刻,直到用手枪抵着自己太阳穴的时候,他才悲哀地发现,三十年来,他并没有改变什么、创造什么,而是被世界和历史改变了。他双鬓斑白,面孔上布满皱纹,他老了,早已不是原先那个虎虎有生气的男子汉了,举起手枪的那一瞬间,他甚至觉着自己的心脏已停止了跳动,周身的热血在脉管中凝固了。

世界还是那个世界。

历史依然在如雾如嶂的硝烟中流淌着。

他站在窗前默默流泪了,泪眼中的世界变得一片恍惚。身体摇晃起来,两条麻木的腿仿佛支撑不住沉重的躯体了。他怕自己会瘫倒。

在生命的最后时刻,他想到了已做了副师长的侄子杨皖育,想到了他留给陵城父老乡亲的最后的礼物——和平。他承担了投降的耻辱,而杨皖育们和二十二万陵城民众可以免于战火了。

他还给新二十二军留下了种。

是夜零时四十五分,中国国民革命军陆军新编第二十二军中将军长杨梦征饮弹自毙。零时四十七分,三颗红色信号弹升上了天空。一时十五分,陵城东西线日军停止了炮击,全城一片死寂。

耻辱的和平开始了。

中篇

七

随着雪铁龙车轮的疯狂滚动,小白楼跌跌撞撞扑入了白云森眼帘。那白生生的一团在黑暗中肃然立着,整座楼房和院落一片死寂。街上的交通已经断绝,军部手枪营的卫兵们三步一岗,五步一哨,从大街上一直排到小白楼门厅前。卫兵们头上的钢盔在星光和灯光下闪亮。雪铁龙驰入院落大门,还没停稳,黑暗中便响起了洪亮的传呼声。

"三一二师白师长到!"

白云森钻出轿车,一眼看到了站在门厅台阶上的手枪营营长周浩,疾走几步,上了台阶:

"出什么事了?深更半夜的接我来?"

周浩眼里汪着泪,哽咽着道:

"军……军长……"

"军长怎么啦?"

"军长殉国了!"

"怎么回事?快说!"

门厅里响起了脚步声,一个沉沉的黑影骤然推到了白云森和周浩面前。周浩不敢再说,急忙抹掉了眼窝里的泪,笔直立好了。

"白师长,请,请到楼上谈!"

来人是副官长许洪宝。

"老许,究竟出了什么事?"

许洪宝脸色很难看,讷讷道:

"军长……军长殉难了。哦,上楼再说吧,毕副军长在等你呢!"

白云森一时很茫然,恍若在梦中。好端端一个军长怎么会突然死了?七八个小时前,他还在九丈崖前沿指挥所神气活现地发布命令呢,怎么说死就死了?这么一头狡诈而凶猛的狮王也会死么?他不敢相信这是事实。他认定,在整个新二十二军,没有谁敢对这个叫杨梦征的中将军长下手。可眼前的阵势又明明白白摆在这里,他深更半夜被军部的雪铁龙从东线前沿接到了小白楼,周浩和许洪宝也确凿无误地证明了军长的死亡,他还能再怀疑什么呢?那个叫杨梦征的中将军长死了——甭管是怎么死的,反正是死了。这头狮王统治新二十二军的时代结束了,尽管结束得很不是时候。他说不出是应该欣慰还是应该悲哀,只觉着胸中郁郁发闷,喉咙口像堵着什么东西似的。

楼梯口的壁灯亮着,红漆剥落的扶手上跃动着缕缕光斑。他扶着扶手,一步步机械地向三楼走,落满尘土的皮靴在楼梯木板上踩出了一连串单调的"咔咔"声。

"想不到军长会……唉!"

声音恍惚很远,那声叹息凄婉而悠长,像一缕随风飘飞的轻烟。

"凶手抓到了吗?"

他本能地问,声音却不像自己的。

"什么凶手哇?军长是自杀!"

"自杀?军长会自杀?"

"是的,毕副军长也没想到。"

他摇摇头:"唉!军长咋也有活腻的时候?!"

这一切实际上都无关紧要了。不管是自杀还是被杀,反正军长不会再活过来了。从他跨进军部小白楼的时候开始,新二十二军将不再姓杨了,这才是最重要的。他当即在心中命令自己记住:军长死了!死了、死了、死了……

然而,楼梯上,走道上,乃至整个小白楼都还残留着军长生前的气息,仿佛军长的灵魂已浸渗在楼内的每一缕空气中,现在正紧紧包裹着走进楼里的每一个人,使每一个人都不敢违拗军长的意志而轻举妄动。

军长一定把自己的意志留下来了,他被接到这里,大约就是要接受军长的什么意志的。军长自毙前不会不留下遗言的。这头狮王要把新二十二军交给谁?他是不会交给毕元奇的,毕元奇统领不了这帮陵城子弟,能统领这支军队的,只能是他白云森。

国殇　151

新二十二军要易手了。

白云森摸了摸腰间的枪套,悄悄抠开了枪套上的锁扣。

可能要流点血——或者是他和他的三一二师,或者是杨皖育和杨皖育的三一一师,也或者是毕元奇和他的亲信们。

自然,在这种时候,最好是不要发生内乱,最好是一滴血都不流。大敌当前,新二十二军的每一个官兵都必须一致对外,即便要流血也该在突围之后,到看不见日本人的地方去流,免得叫日本人笑话。

他决不打第一枪。他只准备应付任何人打出的第一枪。

胡乱想着,走到了三楼军长卧室门口。门半开着,一个着军装的背影肃然立着,他对着那肃然的背影,习惯地把靴跟响亮地一碰,笔直的一个立正:

"报告军长……"

话一出口,他马上觉出了自己的荒唐,军长已经死了,那个肃立者绝不会是军长。

肃立者是副军长毕元奇。

毕元奇转过身子,向门口迎了两步。

"哦,云森兄,请,里面请。"

他走进房间,搭眼看到了军长的遗体,遗体安放在卧室一端的大床上,齐胸罩着白布单,头上扣着军帽,枕头上糊着一摊黑血。

他扑到床前,半跪着,俯在军长的遗体上,不知咋的,心头一阵战栗和酸楚,眼圈竟红了。

"军长,军长!"

他叫着,两行清泪落到了白布单上……

一切都过去了,一切都消逝了,他和倒下的这头狮王在二十几年中结下的诸多恩恩怨怨,全被狮王自己一枪了结了。他不该再恨他、怨他，而且，只要这头狮王把新二十二军交给他，他还应该在新二十二军的军旗上永远写下这头狮王辉煌的名字。

他慢慢站了起来，摘下军帽，垂下头，默默向狮王告别。

"云森兄，别难过了，军长走了，我们不能走！我们还要生存下去！新二十二军还要生存下去！我请你来，就是要商量一下……"

他转过身，直直地盯住毕元奇：

"毕副军长，军长真是自杀么？"

"是的，谁也没有想到。听到枪声后，我跑到这里，就见他倒在这扇窗下了，手里还攥着枪，喏，就是这把，当时的情形，姜师爷、周浩和他外甥女李兰都看到的。"

他点燃了一支烟，缓缓抽着。

"军长为什么在这时候自杀？"

"很简单，仗打不下去了。"

"什么？"

"哦，你还不知道，暂七十九军叛变附逆，新八十一军沿醉河西撤，我们没指望了。"

他手一抖，刚凑到嘴唇边的香烟掉到了地板上。他没去捡，木然地将烟踩灭了。

"这么晚请你来，就是想商量一下这事。梦征大哥眼一闭，撒手了，这烂摊子咱们要收拾，是不是？"

他默默点了点头，心中却发出了一阵冷笑：好一头狮王，好一个爱兵的军长！大难当头，知道自己滑不掉了，竟这么不负责任！竟能不顾数千部属官兵，不顾一城二十几万百姓父老，自己对自己的脑门搂一枪！混账！

"军长临终前留下什么话没有？"

国殇 153

"留下了一道命令,是自杀前亲手草拟,和我一起签署的。"

"什么内容?"

毕元奇迟疑了一下:

"投降。接受日军改编。"

他又是一惊,脱口叫道:

"不可能!今日傍晚,他还在九丈崖口口声声要三一二师打到底哩,怎么转眼又……"

毕元奇没争辩,掏出命令递给了白云森。

白云森匆忙看着,看罢,眼前一片昏黑,踉踉跄跄走了几步,在大桌前的椅子上坐下了。他万没想到,这头狡诈而凶猛的狮王在踏上黄泉之路的时候,还会给新二十二军留下这么一道荒唐无耻的命令:他在命令中只字未提新二十二军的指挥权问题,只让他们投降。他自己死了,不能统治新二十二军了,就把它作为礼物送给了日本人。直到死,这位中将军长的眼里都没有他白云森,也没有新二十二军的袍泽弟兄,更甭说有什么国家利益,民族气节了。而面前这位姓毕的也不会是什么好人,至少他是同意叛变附逆的——也说不准是他力主投降的。事情很清楚,只要由毕元奇出头接洽投降,伪军长一职便非他莫属,看来,军部今夜戒备森严的阵势,决不仅仅因为那个叫杨梦征的中将军长的毙命,也许是面前的这位副军长要用武力和阴谋解决新二十二军的归属问题。

白云森发现,自己掉进了毕元奇设下的陷阱。

毕元奇逼了过来:

"云森兄意下如何?"

他想了想,问:

"新八十一军和暂七十九军的消息属实么?"

毕元奇努了努嘴,默立在一旁的副官长许洪宝将七八份电文递到了白云森面前。他一份份看着,看毕,长长叹了口气,垂下了脑袋。

"妈的,这帮混蛋!"

许洪宝说:

"不是逼到了这份上,军长不会自杀,也不会取此下策,实在是没有办法呀!白师长,你是明白人,想必能理解军长一片苦心!"

白云森这才想起:他从前沿指挥所离开时,日军停止了轰炸和炮击,随口问道:

"这么说,信号弹已经打出去了?日军已知道我们投降的消息了?"

毕元奇点了点头。

"为什么不和我们商量一下?"

"我提出了要和你们商量,军长不同意。现在,我还是和你商量了嘛!说说你的主张吧!"

白云森愣了半天:

"既然走到了这一步,又有你们军长、副军长的命令,我……我还有什么话说?!只是,三一一师杨皖育那里,还有两个师的旅团长那里怕不好办吧?"

毕元奇笑了笑:

"三一一师杨副师长马上就来,只要你们二位无异议,旅、团长们可召集紧急会议解决!我们必须在拂晓前稳住内部,出城和日军谈判洽商!"

一个卑鄙的阴谋。

他强压住心中的厌恶:

"挺好!这样安排挺好!稳住内部最要紧,估计三一一师问题不

国殇 155

大。三一一师有杨皖育,头疼的还是我手下的旅、团长们,我同意接受改编,可我不能看着我手下的人流血。"

"你说咋办?"

"是不是容我回去和他们商量一下,陈明利害!"

毕元奇摇着头道:

"不必了吧?我想,他们总不会这么不识时务吧?军长都走投无路了,他们还能有什么高招?再说,时间也来不及呀,我已通知东西线旅、团长们来开会了。云森兄,你是不是就在这儿找个房间歇歇,等着开会?"

他当即明白了,起身走到毕元奇面前,拍了拍腰间的枪套:

"要不要我把枪存在你这儿?"

毕元奇尴尬地笑着:

"云森兄多虑了!我这不是和你商量么?又不是搞兵变!"

"那好,兄弟告辞!"

许洪宝在前面引路,将他带到了二楼一个房间门口。这时,楼下传来了雪铁龙汽车的刹车声,一个洪亮的声音响了起来:

"三一一师杨副师长到!"

许洪宝交代了一句:

"白师长,你先歇着,我去接杨副师长!"

说罢,匆匆走了。

白云森独自一人进了屋,反手插上门,沉重的身体紧紧倚在门上,两只手摸索着,在黑暗中急速地抽出了枪,打开了保险……

——看来是得流点血了。

八

屋子很黑,开初几乎什么都看不见,连自己是否存在都值得怀疑,白云森像挨了一枪似的,身子软软的。身体的某个部位似乎在流血,他觉着那瀑涌的鲜血正一点点淹没他的生命和呼吸。他汗津津的手紧握着枪,眼前老是闪出毕元奇阴冷的面孔。他认定毕元奇打了他一枪,就是在这嗄不透的黑暗中打的。他受伤了,心被击穿了。他得还击,得瞄准毕元奇的脑袋实实在在来他几梭子。厮杀的渴望一时间像毒炽的火焰一样,腾腾地燃了起来。

他和新二十二军都处在危亡关头,他们被死鬼杨梦征和汉奸毕元奇出卖了,如果不进行一场奋力格杀,新二十二军的一切光荣都将在这个阴冷的秋夜黯然死去。他白云森也将成为丑恶的汉奸而被国人永远诅咒。天一亮,毕元奇和日本人一接上头,事情就无法挽回了。

最后的机会在天亮之前。

他必然在天亮之前干掉毕元奇、许洪宝和那些主张投降的叛将们,否则,他宁愿被他们干掉,或者自己对自己的脑门来一枪,就像杨梦征干过的那样。杨梦征这老东西,看来也知道当汉奸不是好事,可既然知道,他为什么还要逼他们做汉奸呢?这混账的无赖!他把新二十二军当作自己的私产了,好像想送给什么人就能送给什么人似的。

够了,这一切他早就受够了,姓杨的已经归西,新二十二军的弟兄们该自由了,他相信,浴血抗战三年多的弟兄们是决不愿在自己的父老乡亲眼皮底下竖白旗的,他只要能抓住最后的时机,拼命扳一扳,说不准就能赢下这决定性的一局。

响起了敲门声。微微颤响传导到他宽厚的脊背上,他敏捷地闪开了,握枪的手缩到了身后。

"谁?"

"白师长,许副官长让我给你送夜宵。"

他摸索着,拉亮了电灯,开了门。

门外站着一个端着茶盘的矮小卫兵,脸很熟,名字想不起来了。他冲他笑笑,叫他把茶点放在桌上。

"白师长还有什么吩咐?"

"没啦,出去吧!"

那矮小卫兵却不走。

"许副官长吩咐我留在这里照应你!"

"哦?"他不经意地问,"许副官长还给你交代了什么?"

卫兵掩上门悄悄说:

"副官长说,马上要开一个重要会议,要我守着您,不让您出去。白师长,究竟出什么事了?军长是自杀么?莫不是被谁算计了?"

他莫测高深地点了点头。

看来毕元奇的布置并不周密,军部手枪营的卫兵们对这一切还蒙在鼓里。他确有扳一卜的机会。

白云森脑子里突然闪出一个大胆的念头。

"你们营长周浩呢?"

"在楼下大厅里。"

"叫他到我这来一下!"

"可……可是许副官长说……"

他火了,把藏在身后的手枪摔到桌上:

"姓许的总没让你看押我吧?"

卫兵讷讷地道:

"白师……师长开……开玩笑了!好!我……我去,我去!"

他交代了一句:

"注意避着那个姓许的。"

"噢!"

片刻,卫兵带着周浩进来了。

"白师长,您找我?"

他用眼睛瞥了瞥那个卫兵。

周浩明白了:

"出去,到门口守着!"

卫兵顺从地退出了房门。

"白师长,究竟有什么事?"

他清楚周浩和军长的关系。

"知道军长是怎么死的么?"

"自杀!枪响之后,我第一个上的楼!"

他怔了一下。

"真是自杀?"

"不错。"

"知道军长为什么自杀么?"

周浩摇了摇头。

"知道马上要开什么会么?"

"不知道!"

他向前走了两步,站到周浩面前,双手搭在周浩肩头上,将周浩按在椅子上坐下来。

"我来告诉你!如果你能证实军长是自杀的话,那么军长是被人逼上绝路的。副军长毕元奇一伙人暗中勾结日本人,准备投降。军长不同意，可又无法阻止他们。不过，我还怀疑军长不是自杀，可能是被人暗杀。现在，军长去了，他们动手了，想在马上召开的军事会议上干掉那些跟随军长多年的旅、团长们，发动兵变，宣布投降，他们说这是军长的意思！"

周浩呆了：

"军长怎么会下令投降？！肯定是他们胡说！下午在光明大戏院演讲时，军长还……"

他打断了周浩的话：

"他们这一手很恶毒！军长死了，他们还不放过他，还让他背着个汉奸的臭名！还想以此要挟我们，要我们在自己的父老兄弟面前做汉奸，周浩，你干么？"

周浩反问：

"白师长，你干？"

"我干还找你么？"

"那您说，咋办？"

他压低声音道：

"我走不脱了，你立刻把九丈崖手枪营的两个连调到这里来，相机行事。"

"是！"

"设法搞支手枪给我送来，万不得已的时候，我得亲自动手！"

"行！"

周浩突然想起，自己的口袋里就装着军长的勃朗宁，当即抽了出来：

"给，这里现成的一把。"

他接过勃朗宁，掖进怀里。

"事不宜迟，快去吧!"

周浩走了。

送周浩出门的时候，白云森发现，守在门口的那个卫兵不见了，心里不由一阵紧缩。

好在周浩争取了过来，而且已开始了行动，对扳赢这一局，他有了一半的把握。毕元奇，许洪宝就是现在发现了他的意图，也没有多少办法了，前线的弟兄不明真相，一时半会又调不过来，军部的一个手枪营就是都站在毕元奇一边，毕元奇也未必能稳操胜券。

他头脑清醒多了，自知靠自己的声望不足以号令新二十二军，不管他怎么仇恨杨梦征，怎么鄙视杨梦征，在这关键的时刻，还得借重这头狮王的恩威才行。莫说手枪营，杨皖育的三一一师，就是他的三一二师，杨梦征的影响怕也不在他白云森之下，他得最后一次充分利用这个老无赖生前的影响，决定性地改变自己的也是新二十二军的命运。

这颇有些阴谋的意味，可这阴谋却是正义的，他不应该为此而感到不安。有时，正义的事业也得凭借阴谋的手段来完成，这是没办法的事，他既不是第一个这样干的，也不是最后一个这样干的。

一切还要怪杨梦征。

杨梦征充其量只是个圆滑的将军，却绝不是一个聪明的政治家，而他是。他的眼光要比杨梦征远大得多，深邃得多。他有信仰，有骨气，能够凭借敏锐的嗅觉，捕捉到一个个重要信号，认准历史发展的大趋势。如若他处在杨梦征的位置上，是决不会取此下策的。

二十九年前陵城起义建立民军时，他和杨梦征处在同一起跑线上。尽管那时候杨梦征是中校团长，他是中尉旗官，可他们身上带有同等浓烈的土腥味。而后来，他身上的土腥味在连年战乱中一点点脱

国 殇

去了，杨梦征则带着土腥味一直混到了今天。这是他们的不同之处，这不同，造成了民国十五年底他们之间的第一场公开的冲突。

那时，吴佩孚委任张宗昌为讨贼联军司令，大举进攻国民军，从军事上看，冯焕章的国民军处于劣势，依附于国民军的陵城独立旅压力挺重。当时还是旅长的杨梦征昏了头，贴上了张宗昌，讨价还价要做师长。而他却清楚地看到，真理并不在张宗昌手里，却在冯焕章手里。冯焕章五原誓师，率部集体参加国民党，信奉了三民主义。而三民主义的小册子，他看过许多，真诚地认为它是救国救民之道，必能行之于天下。他劝杨梦征不要跟张宗昌跑，还劝杨梦征读读国民党人散发的这些小册子。杨梦征不干，逼着他们团向友军开火，他第一次耍了滑头，在向友军进攻前，派人送了信。杨梦征事后得知，拔出枪要毙他。他抓住了杨梦征的投机心里，侃侃而谈，纵论天下大势，预言：国民革命军将夺得天下，他们应该为避免了一场和真理的血战而庆幸。

此话被他言中，转眼间，张宗昌大败，杨梦征为了生存，不得不再次打起三民主义的旗帜。

民国十九年，蒋、冯、阎开战，土腥味十足的杨梦征又按捺不住了，第二次反叛。他力劝无效，当即告假还乡，一去就是十个月，直到杨梦征再次意识到了选择上的错误，他才被接回军中。

打那以后，杨梦征对他是高看一等了，可心中的猜忌和不信任却也是明摆着的。二十四年改编为新二十二军的时候，杨梦征提出两个职务让他挑：做副军长，或做三一二师师长，杨梦征自己却做了军长兼三一一师师长，他非但没让他做副军长兼师长，还在他选择了三一二师师长一职时，要把自己的侄子杨皖育派来当副师长。他一气之下，提出自己来做副师长，这才逼着杨梦征让了步，没派杨皖育到三一二师来。

今夜，这鸡肚心肠的杨梦征总算完蛋了，他又一次背叛了自己的人格和良心，又一次看错了天下大势，稀里糊涂给自己描画了一副叛将、汉奸的脸孔，这是他自找的。他今夜打出他的旗号，绝不是为了给他刷清脸上的油彩，而是为了新二十二军往昔的光荣和未来的光荣。

吃夜宵的时候，他已不再想那个叫杨梦征的中将混蛋了，他要谋划的是如何完成马上就要开场的这幕流血的反正。

杨皖育的态度不明。也许他会跟毕元奇走的，如果他和他手下的旅、团长们真死心塌地跟毕元奇一起投敌，他就把他们也一起干掉！这是没办法的事。他相信每一个有良心的爱国将领处在他今夜这个位置上，都会这样做的。

门又敲响了，他开门一看，是那个矮小的卫兵。卫兵进门后，紧张地告诉他，毕元奇发现周浩不见了，正四处寻找。他不禁一怔，不祥的预感瞬时间潮水般漫上了心头。

鹿死谁手，现在还很难说，也许——也许他会为这场反正付出身家性命。

九

天蒙蒙发亮的时候，东西两线的旅、团长们大都到齐了。副军长毕元奇赶到他房间，陪同他到楼下会议厅去。一下楼，他便看到：会议厅门口和走廊上站着十余个手枪营的卫兵，对过的休息室门口放着一张大桌子，桌上摆满了各种型号的手枪，走到桌前，毕元奇率先掏出手枪交给了守在桌边的卫兵，还对他解释说：这是听从了他的劝告，为了避免流血被迫采取的措施。他心下明白，没让毕元奇再说什么，也掏出了腰间的佩枪摔到了桌上。恰在这时，副官长许洪宝陪着三一一师副师长杨皖育走过来了，他们也逐一将手枪交给了卫兵。

他想和杨皖育说点什么，摸摸他的底，可手刚搭到杨皖育肩头，只说了句"节哀"，毕元奇便跨进了会议厅的大门。会议厅里一片骚动之声，旅、团长们，军部的校级参谋、副官们纷纷起立立正。他只好放弃这无望的努力，也和许洪宝，杨皖育一起，鱼贯进入会议厅。

手下三一二师的旅、团长们大都用困惑的眼光看着他，四八八旅旅长郭士文还向他捏了捏拳头。他只当没看见，径自从他们身边走过去，在紧挨着毕元奇和许洪宝的座位上坐下了。毕元奇打了个手势，屋里的人也坐下了。

六张条案拼起来的大长桌前是两个师二十余个旅团军官，他们身后靠墙的两排椅子上安置着军部的参谋、副官，门口有握枪的卫兵，阵势对他十分不利。不说门口的卫兵，就是那些参谋、副官们怀里怕也揣着枪，只要桌前的旅、团长们敢反抗，他们正可以冲着反抗者的脑袋开火。还有一个不利的是，毕元奇手里攥着一份杨梦征亲自起草并签署的投降命令，只要这命令在与会者手中传阅一遍，他就无法假杨梦征之名而行事了，而杨皖育究竟作何打算，他又一点底也没有。

很明显，这一切都是精心安排好的。

毕元奇揭下军帽放在桌上。

"诸位，在战局如此险恶之际，把你们从前沿招来，实在是迫不得已。你们大概都知道了，军长已于四小时前在这座楼的三楼上自杀殉国……"

"毕副军长，是不是把军长自杀详情给诸位弟兄讲清楚点，免得大伙儿起疑。"

他正经作色地提醒了一下。

毕元奇向他笑了笑。

"好!先向大家讲一讲军长自杀的情况。军长取此下策,莫说你们没想到,我这个副军长也没想到。今日,——唔,应该是昨日了,昨日晚,暂七十九军孙真如率全军部属在章河镇通电附逆,其后,新八十一军急电我军,声称被敌重创,无法驰援……"

无论如何,他还是得干!他决不相信这一屋子的抗日军人都愿意做汉奸。三年,整整三年,他们新二十二军南北转进,浴血奋战,和日本人打红了眼,打出了深仇雪恨,今日让他们把这深仇雪恨咽进肚里,他们一定不会答应的。他们当中必然有人要反抗,既然如此,他就应该带着他们拼一拼。

毕元奇还在那里讲。

"军长和我谈了许久,军长说,'为了本城二十二万和平居民,为了给咱新二十二军留点种,仗不能再打下去了。'后来,他回到卧房起草了和日军讲和,接受改编的命令,自己签了字,也要我签字……"

毕元奇终于摊牌了。

"这就是军长的命令,白师长和杨副师长都看过了,他们也同意的。"

毕元奇举着命令展示着,仿佛皇帝的御旨。

命令一传到众人手里就啰唆了!他不能等周浩了,如果命令被旅、团长们认可,周浩带人赶来,怕也无法挽回局面了,他把右手伸进口袋里,攥住了那把小号勃朗宁:

"毕副军长,是不是把命令念一下?"

毕元奇淡淡地道:

"还是让众位传着看看吧!"

国 殇　165

毕元奇将命令递给了许洪宝，许洪宝越过他传给了他旁边311师的杨参谋长。杨参谋长刚接过命令，还未看上一眼，他一把把命令夺了过来，顺势用胳膊肘打倒了许洪宝，口袋里的勃朗宁掏出来，对准了毕元奇的脑门：

"别动！"

一屋子的人全呆了。

门口的卫兵和靠墙坐着的参谋、副官们纷纷摸枪。他们摸枪的时候，白云森急速跳到了毕元奇身后，枪口抵到了毕元奇的后脑勺上。

"命令他们放下武器！退出会议厅！"

毕元奇也傻了，从惊恐中醒转过来后，无可奈何地挥了挥手：

"退……退出去吧！"

拔出了枪的卫兵和参谋、副官们慢吞吞往外退。七八个手里无枪的参谋、副官们坐着没动。

他又是一声命令：

"非三一二师、三一一师作战部队的军官，通通出去！"

毕元奇再次挥了挥手。

余下的参谋、副官们也退出去了。

他这才松了口气，大声对不知所措的旅、团长们道：

"弟兄们，命令是伪造的！毕元奇勾结日本人，阴谋叛变附逆，杀死了军长，缴了我们的械，要逼我们去当汉奸，你们干么？"

"不干！"

四八八旅旅长郭士文第一个跳起来，往白云森身边冲，刚冲了没几步，窗外飞进一颗流弹，击中了他的肩头，他一个趔趄歪倒了。另一个赶来搀扶郭士文的副旅长也被击倒在地。

手无寸铁的旅、团长们都缩起了头。

毕元奇冷笑了：

"白师长，不要这样么！我这不是在和大家商量么？不愿干的，可以回家，我并不勉强，再说，命令是军长下的，我也是执行军长的命令！"

"胡说！"

毕元奇想扭过头，他又用枪在他脑袋上点了一下，毕元奇不敢动了，嘴上却还在说：

"白师长，我不想流血，今日新二十二军自家火并，可是你造成的！这会议厅外的窗口、门口都是卫兵，你要是蛮干，这一屋子人可走不出去！"

三一一师的一个老军官慌了神：

"白师长，别这样，有话好商量！"

坐在距他和毕元奇没多远的杨皖育却冷冷一笑：

"你别管！且看这出戏如何收场！"

他额上渗出了汗：

"皖育，你也相信你当军长的叔叔会下令让我们附逆么？"

杨皖育脸色铁青：

"我不知道！"

完了。

他不知咋的，食指一动，手中的勃朗宁就抠响了，面前的毕元奇哼了一声，"扑通"栽倒在地。他顾不上去看毕元奇一眼，枪口一掉，对着歪倚在墙根的许洪宝又是两枪，而后，将枪口瞄向了自己的脑门：

"既然你们他妈都想认个日本爹，这场戏只好这么收场了……"

国殇　167

不料，就在他要抠响这一枪的时候，杨皖育扑了过来，一头撞到他胸口上，将他手中的枪撞离了脑袋，继而，夺下了他的枪。

门外的卫兵们拥了进来，扭住了他。

会议厅里一片混乱。

杨皖育跳到桌上，冲着天花板放了一枪，厉声道：

"军部手枪营什么时候姓毕了？都给我住手！毕元奇，许洪宝谋害军长，伪造命令，图谋附逆，罪不容赦！谁敢动白师长一下，老子毙了他！"

杨皖育话音刚落，一声爆响，窗外又飞进一粒子弹，击中了他的胳膊，他跳下桌子，捂着伤口，继续对卫兵们喊：

"把参谋处、副官处的家伙们全抓起来！"

拥入会议厅的卫兵们这才悟出了什么，放开了白云森，纷纷往门外冲。而这时周浩也带着两个连的卫兵扑进了楼。卫兵们在周浩的指挥下，当即全楼搜捕，将十八九个参谋、副官一一抓获。

毕元奇、许洪宝的尸体被抬走了，医官给杨皖育、郭士文几人包扎好伤口，两个师的旅、团长们才各自取了佩枪，重在桌前坐下。

混乱结束了，弥漫着血腥味的会议厅庄重肃穆。直到这时，白云森才悟到：他成功了。

他和杨皖育在毕元奇、许洪宝坐过的位子上坐下，他让杨皖育说说下一步的打算。杨皖育不说，暗暗在桌下握了握他的手，要他说。他说了，声称，新八十一军西撤和暂七十九军附逆都是毕元奇和围城日伪军造出的谣言。目前，这两个军正在西部迂回，伺机向陵城靠拢，新二十二军应利用毕元奇擅自叛变造成的短暂和平，突破西线，挺进醉河，和新八十一军汇合，而后西渡黄河。他命令东线三一二师守军渐次后撤，一路抵抗，在三一一师打开西线缺口之后，随之突围。杨皖育也重金悬赏,令三一一师组织敢死队,在上午十时前打响突围之战。

会议开了不到半小时,七时二十分,白云森宣布散会,两个师的旅团长们各返前沿。他和杨皖育留在军部,代行军长、副军长职。七时三十五分,散发着油墨气味的《新新日报》送到了,头版通栏标题醒目扎眼:

"本城各界昨晚举行抗敌大会,杨将军梦征称云:陵城古都固若金汤,新二十二军誓与日寇殊死决战。"

十

把报纸拍放在桌上,白云森的眉头皱成了结,脸孔上的得意被忧郁的阴云遮掩了。他烦躁地端起桌上的茶杯喝了一通水,手扶桌沿站立起来,对正吊着受伤的胳膊在面前踱步的杨皖育喊:

"看这混账报纸,瞧军长说了些什么?到啥辰光了,还'固若金汤'哩!"

杨皖育摇头叹气:

"他玩这一套也不是一次了,谁想到他会栽在陵城呢?!这老爷子谁不唬?不到最后关头,他跟我这个亲侄子也不说实话的!"

白云森抓着报纸挥着:

"眼下你我咋向陵城父老交代呢?"

"哎呀!嘴是两片皮么,咋翻不行?谁还会来找咱对证不成?还是甭在这上面烦心啦!"

白云森把报纸揉成一团,摔到地下:

"事到如今,想烦也烦不了了。军部必须马上撤到西关去,随主力部队突围，啥东西丢了都行，电台得带上，以便突围之后和长官部联系，你看呢？"

杨皖育点点头：

"我都听你的！"

这回答是真诚的，就像他刚才在会议厅里对他的支持一样真诚。他受了些感动。心头油然升起了神圣的责任感和使命感。他既然敢把新二十二军从附逆投敌的道路上拉回来，也就该对全军弟兄负责到底，领着他们突出去。这是一着险棋，可他必须走。他不能像杨梦征那样不负责任，一忽儿"固若金汤"，一忽儿又在"金汤"上来一枪。他做什么事情都义无反顾，认准了，就一头扎到底。

他揣摩，至少在眼下杨皖育是不会和他一争高下的，不说他比他大了十二三岁，名分上比他长一辈，就是单凭气魄，凭能力，凭胆量，这场即将开始的恶仗他也打不下来。

他会听他的。

他相信杨皖育的真诚。

他和杨皖育商量了一下，叫来了周浩和两个师的参谋长，发布了几道命令，派三一一师杨参谋长到西池口落实突围战的最后准备。派三一二师刘参谋长火速与总商会联系，疏散医院中的伤病员。叫周浩派人把关在三楼上的那帮原军部的参谋、副官们押到西线的三一一师敢死队去，并明确下达了军部在九时前撤退的命令。

两个师参谋长匆匆走了，周浩也随即上了楼，安排撤退事宜。不一会儿，楼上楼下便乱作一团，"咚咚"的脚步声在天花板上擂鼓般地响，悬在半空中的吊灯也晃了起来。

那帮倒霉的参谋、副官们被武装卫兵押到了院子里，有几个家伙冲着他所在房间的窗户大叫冤枉。他也知道这其中必有受了冤枉的,但时间紧迫,来不及一一审问甄别了。这不能怪他,只能怪战争的无情。

他和杨皖育也忙活起来,收拾焚烧军部文件。

这时,周浩又赶来报告:

"白师长,姜师爷咋办?是不是还派四个弟兄用担架抬走?往日军长……"

"抬吧!按往日办!"

说话时,他头都没抬。

"慢!"杨皖育把一叠燃着了的文件摔到地下,对白云森道:"这老僵尸留着何用?他和姓毕的是一个道上的!姓毕的向我劝降时,他也在一旁帮腔,尽讲什么'扬州十日''嘉定屠城',硬说那命令是军长的意思!我看——"

白云森点点头:

"好!甭管他!日本人破城后,能活下来,算他的造化!"

"他知道的可是太多了,只怕……"

白云森一怔,想了想,走到杨皖育面前,从杨皖育的枪套里拔出手枪,取出多余的子弹,只留下一颗压进了枪膛。

"杨副师长说的也是。把这个给姜师爷送去吧,就说是杨副师长赏他的。"

"这……这……"

周浩似乎要哭。

"这是为了军长,执行命令!"

周浩看看白云森,怯怯地垂下了脑袋:

"是!"

杨皖育拍了拍周浩的肩头:

"军长没白栽培你!记着,好生教教老僵尸咋着使枪,别浪费子弹,眼下子弹精贵着哩!"

周浩点点头,拿着杨皖育的手枪走了。

一个卫兵又进来报告,说是李兰带着一个《新新日报》的女记者求见。

白云森一听李兰,脸孔上的阴云一下子消失了许多,顺手把几份机要文件装进军用皮包里,转身对卫兵道:

"让她们进来!"

李兰和《新新日报》记者傅薇一前一后进来了。李兰的眼泡红肿着,头发有些凌乱,步履沉重而迟钝。白云森想,她大概已经知晓了这座小白楼里发生的噩梦,也许还没从噩梦中醒来。

李兰进门就扑到杨皖育面前:

"二哥,受伤了?"

杨皖育笑了笑:

"我受伤不要紧,白师长没伤着就行!"

李兰瞥了白云森一眼:

"你们都在,我就放心了!方才楼下枪声乱响,我吓坏了,我要下去看,卫兵们不许。"

傅薇随即问道:

"听说毕副军长,许副官长暗杀了杨将军,施行兵变,是吗?"

白云森反问道:

"怎么,为这事来的?要把消息印到《新新日报》上吗?"

李兰忙道:

"不!不是!这事是我刚告诉她的。她原说好要到九丈崖前沿探访,昨晚,我也和舅舅说过的,可现在舅舅……"

白云森点了点头：

"这消息无论如何不能泄露出去！大敌当前，我们不能动摇军心，傅小姐你说呢？"

"是的！"

"为了不使陵城毁于战火，我军决定今日突围，九丈崖守军已奉命后撤，小姐无探访之必要了！"

傅薇一惊，这才注意到了房间里的凌乱。

"昨日在光明大戏院，军长不是还说：陵城古都固若金汤么，今天怎么又……"

杨皖育不耐烦地打断了她的话：

"军情瞬息万变！姓毕的一伙又勾结日军，战况恶化了……好了！说了，军事上的事，说了你们也不懂！"

白云森尽量和气地道：

"杨副师长说得不错，情况恶化了，我们要马上突围，军部现在也要撤退，小姐还是回家安置一下吧！我军一走，鬼子就要进城了。"

傅薇抿着嘴待了一会儿，突然道：

"白师长，杨副师长，我也随你们一起突围！"

李兰兴奋得脸色绯红：

"太好了，二哥！白师长！就带上她吧！这样，我又多了个伴！"

杨皖育未置可否，只用眼睛盯着白云森看。

白云森皱着眉头来回踱了几步，在傅薇面前站住了：

"小姐，这很危险呵！如果……"

"我不怕！"

白云森终于点了头。

"好吧，你就和李兰一起，随那几个女译电员一起走，几个女同胞在一起,也好有个照应!"

"谢谢白师长!"

"李兰,带她到三楼电台室去吧!记住,不管发生什么情况,都不要离队!还有,不要穿军装,你们是随军撤离的难民,不是军人!"

李兰点点头,看了白云森一眼,说了句保重,随后带着傅薇出了门。

两个女人刚走,桌上的电话响了,城北矿业学院的学生又打电话来,声言已组织了四百人的学生军,即刻要到小白楼请愿参战。白云森告诉他们军部已从小白楼撤出,要他们立即解散。他们还在电话里争辩,白云森不愿再听,"啪"的挂上了电话。

刚挂上电话,周浩一声"报告",又进来了:

"白师长,杨副师长,姜师爷死了!"

"哦?!"白云森怔了一下:"咋没听到枪响?"

杨皖育脸一黑:

"莫不是你放跑了他?"

周浩眼圈红红的:

"不!不是!我……我走到他的房间,见……见他已睡死过去了,好像刚咽气。"

周浩递上杨皖育的手枪,又把几张折叠得整整齐齐的纸捧到了白云森面前:

"这是老师爷留下的。"

"哦?!"

白云森展开纸要看,杨皖育却说:

"甭看了,这老僵尸不会留下什么好话的,咱们快收拾一下,准备走吧!"

周浩眼中汪上了泪：

"二位长官还是看看吧！这是……是为咱新二十二军留下的文告。"

杨皖育不相信，挤到白云森身边看。

果然，那是份《泣告全城各界民众书》。老师爷似乎拿出了一生考科举的看家本领，临终还做出了一篇绝好的文章，文章用笔不凡，一开头就气势磅礴地纵论天下大势，历数新二十二军抗日的光荣，而后，笔锋一转，谈到了艰难的陵城之役，谈到了新二十二军和陵城父老兄弟的骨肉之情，随之泣曰："身为华夏民族正义之师，降则大辱，虽生犹死；战则古城遭殃，生灵涂炭。新二十二军为求两全只得泣别父老，易地而战。"文告最后一页的空白处，写了几行蝇头小楷，那才是他简短的遗言，遗言说，他跟随军长半生，得其知遇之恩，未能报答，如今，也随军长去了。他既然不能救陵城二十二万生灵于水火倒悬，只得留下这一纸文告，对新二十二军的后继者或许有用。

白云森和杨皖育都默然了。

半响，白云森才感叹道：

"一个尽职尽忠的幕僚！"

杨皖育刚点了下头，旋即又摇起了脑袋：

"幕僚的时代毕竟结束了！"

白云森把文告重新叠起来：

"也是。军长糊涂，姜师爷也糊涂。"

周浩脸上挂着泪，大胆地争辩道：

"师爷不糊涂！他许是算准了我……我们要杀他，才……"

白云森没作声，心头却恍惚骤然掠过一阵阴风，直觉着浑身发冷。不错，老师爷是明白人，也算是个正派的好人，死也死得干净，不拖累别人。这不是每一个人都能做到的，也许他就做不到。

国 殇　175

拍了拍手里的文告,他转脸对杨皖育道:

"我看,这文告还有用,咱们不能拍拍屁股就走,至少得和'金汤'里的父老兄弟打个招呼嘛!"

"是该这样!"

白云森将文告上老师爷的简短遗言用刀子裁下来,把文告还给了周浩:

"去,派人送到《新新日报》馆,让他们在报上登一下!"

周浩抹掉脸上的泪,应了一声,拿着文告跑步出去了。

……

八点多钟,在手枪营的护卫下,军部撤离了小白楼,矿业学院的学生们赶到小白楼时,小白楼已空无一人了,只有二楼和三楼的几个大房间里飘飞着文件的灰烬和丝丝缕缕青烟。没多久,城东城西同时响起了枪炮声,突围战打响了。

十一

情况比白云森预料的要糟,从上午九点多到下午四点,城西的三一一师两个旅近两千号人在机枪重炮的配合下,发起了三次集团冲锋,均未能突破日军防线,东线的三一二师边打边退,至下午三时左右陆续放弃了九丈崖、石角头,小季山几个险要的城防工事,缩入了城中,被迫据守城门、城墙与敌苦战。四时之后,白云森在作为临时军部的西关小学校里和杨皖育并两个师参谋长商量了一下,决定暂时停止西线的出击,扼守现有阵地,待夜幕落下来后再做新的努力。

日军却并不善罢甘休,继续在东西两线发动攻击,七八架飞机和几十门大口径火炮毫无目标地对城里狂轰滥炸。繁华的皮市街和举人街化作了一片火海,巍巍耸立了八百七十余年的钟鼓楼被炸塌了半边;清朝同治年间建成的县道衙门被几颗重磅炸弹崩得七零八落,只剩下一个摇摇欲倒的门楼;那座曾作为军部的小白楼也中弹变成了废墟。有些街区变得无法辨认了,坑洼不平的青石大道上四处都是瓦砾、砖石,残墙断垣。负责东、西两线联络的传令兵几次跑迷了路。

日本人简直发了疯,他们似乎打定主意要把陵城从民国地图上抹掉,把城中的军民捣成肉泥。各处报来的消息都令人心惊肉跳:位于城市中央的博爱医院挨了十几发炮弹,未及疏散的重伤员大部死难,据目击者说,摊在着弹点上的伤病员们被炸得血肉横飞。残缺不全的胳膊、腿伴着弹片抛到了大街上。医院铁栅门的空当上嵌着血肉模糊的人头。一颗挂着黏膜的眼珠硬挤进了断垣的墙缝里。举人街上到处倒卧着尸体,向四处漫延扩张的大火已无人扑灭。许多人往光明大戏院方向拥,而光明大戏院已着了火,先进去的人正往外挤,戏院门口的大街上充斥着绝望的哀号。日军飞机一颗炸弹扔下来,便有几十上百人死亡。有些被吓昏了的人往死人堆里钻,往排水沟的臭水里钻。奉命引导疏散的百余个新二十二军士兵已无法控制这绝望导致的混乱了。

古老的陵城在炮火硝烟中痛苦地挣扎着,呻吟着……

白云森的心也在呻吟。几个小时前,他还没料到战争会进行到眼下这种地步,他原指望借和平的假象、借日军等待投降接洽时的松懈,一举突破日军防线,冲出城去。这样,不论是对新二十二军,还是对脚下这座古城,对城里的百姓,都是最好的出路,不料,竟失算了,日军早已想到了他前头,而且,因为上当进行了疯狂的报复。他无可奈何地把这座生他养他的古城,和二十二万民众推进了血火爆涌的地狱。

听着那些报告,他真想哭,后来,他按捺不住了,睁着血红的眼珠对他们吼：

"滚开，都滚开！既然走到这一步了，老子就要打到底！"

站在西关小学一幢校舍的房顶上用望远镜向烟火起处瞭望时，他力图说服自己。无论如何，他是正确的，他的选择并没有错。即便整个陵城都被战争的铁拳打碎了，也不应后悔，城池毁了，可以重建，而一个民族的精神崩溃了，一切便全完了。他做出这样痛苦的选择，不仅仅是为了一个人的或一个军的荣辱，而是为了整个中华民族的尊严。老师爷不是和杨皖育谈起过史可法么？史可法就是他的榜样。当年的扬州，十日血雨飘过，只留下了清军的残暴恶名，扬州没从大地上滑走，史可法人亡魂存，光昭日月，为后世传颂。他没错，就是蒋委员长也讲过焦土抗战的。无此决心，也就不会有抗战的最后胜利。

自然，他并不希望陵城真的变成昔日的扬州，变成一片焦土。他得尽快突出去，让战火尽早在陵城熄灭。为了陵城，为了二十二万父老乡亲，夜间的突围必须不惜一切代价取得成功。

谋事在人，成事在天，能否成功他也说不准。天已蒙眬黑了，日军攻击的炮火依然十分猛烈。安放在学校校长室的电话不停地响。几乎每一个电话都是告急报丧，东城墙北段危急，四八七旅一〇九五团团长、团副相继阵亡，南段一〇九四团已使上了大刀，团长重伤。三一二师副师长老赵捂着被打出的肚肠，嘶哑着嗓门向他哭诉，要求派兵增援。西边的三一一师情况也不妙，旅、团干部伤亡过半，从前沿阵地上抬下来的伤兵已排满了三大间校舍。

他对着电话不断地吼叫，骂人，一味命令各部坚持，直到入夜以后，日军攻击的炮火渐渐平息下来，他才抓住时机，把城东三一二师的四八七旅悄悄调了过来，和三一一师合为一处，准备星夜出击。整个城东防线只留下了郭士文四八八旅残部三百多人掩护撤退。

日军没再发动猛烈攻击,他揣摩,日军或许是认为此夜无法破城,才不那么迫不及待了。

十一点四十分,四八七旅一千余人跑步赶到了西关小学,向他报到。与此同时,三一一师又一支五百人的敢死队组成了。一个个背负大刀,全副武装的敢死队员也云集到小学校的操场上。

在几支火把的照耀下,他和杨皖育登上了操场前的砖石台,对分属于两个师的官兵们训话。

白云森率先挥着胳膊喊:

"弟兄们,我新二十二军生死存亡在此一战,这不是我白某人说的,是我们殉国的军长说的。军长为了不让我们做汉奸,被毕元奇一伙谋害了!我们为了军长,也得打好这一仗!弟兄们,对不对?"

"对!"

台下齐呼,气氛悲壮。

"我们新二十二军是军长一手创建的,你们每个人身上都寄托着军长的希望,你们只有拼着性命,不怕流血,冲出重围,才是对军长最好的报答!你们活着,把新二十二军的军旗打下去,军长九泉之下也可以瞑目了,我白云森就是死了,也有脸去见军长了!"

他走下砖台,从一个敢死队员手里取过了一把大刀片,旋又走到台上,把大刀举过了头顶:

"弟兄们,新二十二军就是靠它起家的!辛亥首义后,军长和我,就是用它铲了陵城巡防营,攻占了县道衙门!今儿个,我们还要用它去砍鬼子的脑袋!谁敢怯阵不前,本师长也用大刀剁他的头!记住,鱼死网破就在今夜,从本师长到你们诸位都得下定决心,不成功则成仁!举起枪来,跟我发誓:'不成功,则成仁!'"

"不成功,则成仁!"

台下的士兵们举枪齐吼,其声如雷。

"好!下面请杨副师长训话。"

杨皖育愣了一下,嘴唇嚅动了半天,才缓缓开口道:

"我没有多少话说了!该说的白师长都说了。我们都是凡夫俗子,都不愿死,可是,鬼子逼着咱拼命的时候,咱也得拼!若是怕了,就多想想倒在徐州郊外,武昌城下的弟兄们吧,不说为了军长了,就是为了那些殉国的弟兄,咱们也不能充孬种!"

"为殉难弟兄报仇!"

有人跳出队列高喊。

"为殉难弟兄报仇!"

"一切为了军长!"

"一切为了军长!"

台下呼声又响成一片。

待呼声平息下来之后,杨皖育又道:

"我和白师长就率着军部跟在你们后面突围,你们都倒下了,我和白师长顶上去,哪怕我新二十二军全部打光,也不能……"

响起了轰隆隆的爆炸声。两发炮弹落在东墙角,把小学校的围墙炸塌了一截。离爆炸点很近的一些弟兄及时卧下了。没人伤亡。

杨皖育不说了,手一挥,命四八七旅和三一一师敢死队士兵们跑步出发,到西池口集结。

整齐而沉重的脚步声轰轰然响了起来,震得砖石台都瑟瑟发抖。没有月。惨淡的星光下,操场上那由一千五百多号官兵构成的巨蟒渐渐伸直了盘蜷的躯体,一段段跃出了校门,消融在凄惨的黑暗中。

是夜零时二十分,三一一师四八五旅开始向西南杨村方向佯攻。零时二十五分,白云森令三一一师敢死队、三一二师四八七旅汇合四八六旅由西池口向西北赵墟子一线强行突围。零时四十五分，在军部已准备撤离西关小学时，四八六旅旅长郭士文挂来了最后一个电话说：东城墙已被日军炮火炸塌多处，日军在轻重机枪的掩护下，从炸开的缺口突进城内，整个城东只有城门楼还在我军手中。最后，郭士文大喊了一声："师长保重！"电话里便没了声音。

白云森抓着话筒呆站了半天，眼中的泪水不知怎么就流了下来。

他知道，郭士文这最后一声"师长保重"，实际上是临终遗言了，他苦心经营了许多年的四八八旅终于不存在了。他在新二十二军的一个可以托之以性命的忠实部下和他永别了。

他放下电话，脸上滚着泪，对杨皖育道：

"四八八旅完了……"

"这么说，鬼子进城了？"

他点了点头。

"快！上马，我们也得走了！"

新二十二军终于向苦难的陵城告别了。

走出西关小学校门的时候，他骑在马上勒着缰绳，对着东方火光冲天的城池，对着那一片片残墙断垣，举起了沉重的手，敬了一个庄严的军礼。

十二

马背上的世界恍恍惚惚，飘移不定。掩映在夜色中的残败城墙方才还在火光中闪现着，转眼间便不见了。宽阔的城门洞子在他策马穿过时还巍巍然立着，仿佛能立上一千年似的，出了城，跃上一个土丘回头再看时，门楼子已塌下了半截。炮火震撼着大地，急剧改变着眼前的一切，使他对自己置身的世界产生了深刻的怀疑，生死有命，今夜，他和手下弟兄的一切都得由上天安排了。

枪声、炮声不绝于耳。一团团炽白的火光在他身后的黑暗中爆闪。夜幕被火光撕成了无数碎片，在喧闹滚沸的天地间飘浮。他有了一种飘起来的感觉，似乎鞍下骑着的不是一匹马，而是一股被炮火造出的强大气浪。

根本听不到马蹄声。激烈的枪声、炮声把马蹄声盖住了。他只凭手上的缰绳和身体的剧烈颠簸、摇晃，才判定出自己还在马上，自己的马还在跑着。道路两边和身边不远处的旷野上，突围出来的士兵们也在跑，黑压压一片。有的一边跑，一边回头放枪。各部建制被突围时的炮火打乱了，在旷野上流淌的人群溃不成军。

他勒住缰绳，马嘶鸣起来，在道路上打旋：

"杨副师长！杨副师长！"

他吼着，四下望着，却找不到杨皖育的影子，身边除了手枪营押运电台的周浩和十几个卫兵，几乎看不到军部的人了。

周浩勒住马说：

"杨副师长可能带着军部的一些人，在前面！"

"去追他，叫他命令各部到赵墟子集结，另外，马上组织收容队沿途收容掉队弟兄！告诉他，我到后面看看，敦促后面的人跟上来！"

"白师长，这太危险，我也随你去！"

周浩说罢，命令身边的一个卫兵去追杨皖育，自己掉过马头，策马奔到了白云森面前，和白云森一起，又往回走。

一路上到处倒卧着尸体和伤兵，离城越近，尸体和伤兵越多，黄泥路面被炸得四处是坑，路两边的许多刺槐被连根掀倒了。炮火还没停息，从城边的一个小山坡上飞出的炸弹呼啸着，不时地落在道路两旁,把许多簇拥在一起拼命奔突的士兵们炸得血肉横飞。一阵阵硝烟掠过,弥漫的硝烟中充斥着飞扬的尘土和浓烈的血腥味。

他心中一阵悲戚,进一步明白了什么叫焦土抗战。陵城已变成焦土了,眼下事情更简单,只要他被一颗炸弹炸飞,那么,他也就成了这马蹄下的一片焦土,也就抗战到底了。

他顾不得沿途的伤兵和死难者,一路往回赶,他知道这很险,却又不能不这样做。今夜这惨烈的一幕是他一手制造的,他又代行军长之职,如果他只顾自己逃命,定会被弟兄们耻笑的,日后怕也难以统领全军。不知咋的,在西关小学操场上对着弟兄们训话时,他觉着新二十二军已完全掌握在他手里了。他讲杨梦征时,就不由地扯到了自己。其实,这也不错,当年攻占县道衙门时,他确是一马当先冲在最头里的,当时他才十六岁。新二十二军是他和杨梦征共同缔造的,现在杨梦征归天了,他做军长是理所当然的。

到了方才越过的那个小土坡时,周浩先勒住了马,不让他再往前走了。他揣摩着日本人大概已进了城,再往前去也无意义了,这才翻身下马,拦住一群正走过来的溃兵:

"哪部分的?"

一个脸上嵌着大疤的士兵道:

"三一一师四八五旅的!"

他惊喜地问:

"打杨村的佯攻部队?"

"是的!一〇九一团!"

"你们旅冲出多少人?"

"冲出不少,快两点的时候,传令兵送信来,要我们随四八六旅向这方向打,我们就打出来了。"

国殇　183

"好!好!快跟上队伍,到赵墟子集合!"

"是!长官!"

溃兵们的身影刚消失,土坡下又涌来了一帮人。他近前一看,见是李兰、傅薇和军部的几个译电员。她们身前身后拥着手枪营的七八个卫兵,几个卫兵抬着担架。

他扑过去,拉住了李兰的手:

"怎么样?没伤着吧?"

"没……没!就是……就是傅薇的脚脖子崴了,喏,他们架着哩!"

"哦!我安排!你上我的马!快!早就叫你跟我走,你不听!"

李兰抽抽搭搭哭了。

他扶着李兰上了马,回转身,用马鞭指着担架问:

"抬的什么人?"

一个抬担架的卫兵道:

"军长!"

"什么军长?"

"就……就是杨军长哇!是周营长让我们抬的!"

周浩二脚两步走到他面前:

"哦,是我让抬的!"

他猛然举起手上的马鞭,想狠狠给周浩一鞭子,可鞭子举到半空中又落下了:

"都什么时候了,还抬着个死人!"

"可……可军长……"

他不理睬周浩,马鞭指着身边一个担架兵的鼻子命令道:

"把尸体放下,把傅小姐抬上去!"

抬担架的卫兵们顺从地放下了担架,一人抱头,一人提脚,要把杨梦征的尸体往路边的一个炮弹坑抬。

周浩愣了一下,突然"扑通"一声在他面前跪下了:

"白师长,求求你!你可不能这么狠心扔下咱军长!"

刚刚在马背上坐定的李兰也喊:

"云森,你……你不能……"

白云森根本不听。

"活人重要,还是死人重要?这简单的道理都不明白么!军长爱兵,你们是知道的,就是军长活着,他也会同意我这样做!"

周浩仰起脸,睁着血红的眼睛:

"傅小姐不是兵!"

傅薇挣开搀扶她的卫兵扑过来:

"白师长,我能走!你……你就叫他们抬……抬军长吧!"

白云森对傅薇道:

"你在我这里,我就要对你负责!这事与你无关,你不要管!"

说这话时,他真恨,恨杨梦征,也恨周浩,恨面前这一切人。他们不知道,这个叫杨梦征的老家伙差一点就把新二十二军毁了!而他又不好告诉他们,至少在完全摆脱日军的威胁之前,不能告诉他们。更可恨的是,死了的杨梦征竟还有这么大的感召力和影响力!难道他这一辈子都得生存在杨梦征的阴影下不成?就冲着这一点,他也不能再把这块可怕而又可恶的臭肉抬到赵墟子去。

"不要再啰唆了,把傅小姐抬上担架,跑步前进!"

他推开周浩,翻身上了马,搂住了马上的李兰。

李兰在哭。

几个卫兵硬把傅薇抬上了担架。

杨梦征的尸体被放进了弹坑,一个卫兵把他身上滑落的布单重

国殇　185

新拉好了，准备爬上来。

他默默望着这一切，狠下心，又一次命令自己记住，杨梦征死了！死了死了死了！从此，新二十二军将不再姓杨了。

不料，就在他掉转马头，准备上路的时候，周浩从地上爬起来，冲到弹坑边，跳下弹坑，抱起了杨梦征的尸体。

"周浩，你干什么？"

周浩把杨梦征的尸体搭到了马背上：

"我……我把军长驮回去！"

他无话可说了，恨恨地看了周浩一眼，在马屁股上狠抽了一鞭，策马跃上了路面。

这或许是命——他命中注定甩不脱那个叫杨梦征的老家伙。老家伙虽然死了，阴魂久久不散，他为了反正，又不得不借用他的名义。这样做，虽促成了他今夜的成功，却也埋下了日后的危机，脱险之后如不尽早把这一切公之于众，并上报长官部，只怕日后的新二十二军还会姓杨的。身为三一一师副师长的杨皖育势必要借这老家伙的阴魂和影响，把新二十二军玩之于股掌。

事情没有完结，他得赶在杨皖育前面和自己信得过的部下们密商，尽快披露事情真相，让新二十二军的幸存者们都知道真相。他不怕他们不信，他手里掌握着这个中将军长叛变投敌的确证。

也许还得流点血。也许同样知道事情真相的杨皖育会阻止他把这一切讲出来。也许他的三一二师和杨皖育的三一一师会火拼一场。

他不禁打了个冷战，迫使自己停止了这充斥着血腥味的思索。

在这悲壮的突围中，倒下的弟兄难道还不够多么，自己在小白楼的会议厅里大难不死，活到了现在，难道还不够么？他还有什么理由再挑起一场自家弟兄的内部火并呢！不管怎么说，杨皖育是无可指责的,他在决定新二十二军命运的关键时刻站到了他这边,拼命帮他定下了大局。

他不能把他作为假设的对手。

天蒙蒙亮的时候,他在紧靠着界山的季庄子追上了杨皖育和四八七旅的主力部队,杨皖育高兴地告诉他,新二十二军三个旅至少有两千余人突出了重围。

他却很难过,跳下马时,淡淡地说了句:

"那就是说还有两千号弟兄完了?"

"是这样,可突围成功了!"

"代价太大了!"

东方那片青烟缭绕的焦土上,一轮滴血的太阳正在升起。那火红的一团变了形,像刚被刺刀挑开的胸膛,血腥的阳光迸溅得他们一脸一身。

"代价太大了!"

他又咕噜了一句,不知是对自己,还是对杨皖育,也不知是愧疚,还是哀怨。

太阳升起的地方依然响着零零星星的枪声。

下篇

十三

这村落名字很怪,叫蛤蟆尿。

村落不大,总共百十户人家,坐落在界山深处一个叫簸箕峪的山包包上。簸箕峪的山名地图上是有的，蛤蟆尿的村名却没有。杨皖育找到村中一个白须长者询问，也没问出个所以然。那白须长者说，打从老祖宗那阵子就叫蛤蟆尿了，如今还这么叫，地图上为啥偏没这泡尿，那得问画图的人。长者为偌大的一泡尿没能尿上官家的地图愤愤不平，打躬作揖，恳求杨皖育出山后，申报官家，在地图上给他们添上。杨皖育哭笑不得，好不容易才甩开了长者。不料，没屁大的工夫，那长者又在几个长袍瓜皮帽的簇拥下，气喘不歇地赶到军部驻扎的山神庙，口口声声要找方才那个白脸长官说话。杨皖育躲不掉，只得接见。长者和那帮长袍瓜皮帽们说新二十二军的士兵们抢他们的粮食，要求白脸长官做主。长者引经据典，大讲正义之师爱民保民的古训，杨皖育便和他们讲抗日救国要有力出力，有粮出粮的道理。双方争执不下，后来，杨皖育火了，拉过几个受伤的士兵，又指着自己吊起的胳膊对他们吼："我们抗日保民，身上钻了这么多窟窿，眼下没办法，才征你们一点粮食，再啰唆，枪毙！"直到杨皖育拔出了手枪，长者和瓜皮帽们才认可了抗日救国的道理，乖乖退走了。他们走后，杨皖育想想觉着不妥，又交代手下的一个军需副官付点钱给村民们。

这是吃晚饭前的事。

吃过晚饭，杨皖育的心绪便烦躁不安了，他总觉着这地方不吉利，偌好的一个村落，为甚偏叫蛤蟆尿？难道好不容易才从陵城突出来的弟兄们又要泡到这滩尿里不成？昨天上午九点多赶到赵墟子时，他原想按计划在赵墟子住下来，休整一天。白云森不同意，说是占领了陵城的日军随时有可能追上来。白云森不容他多说，命令陆续到齐的部队疾速往这里撤，赵墟子只留下了一个收容队。到了这里，白云森便寻不着了，连吃晚饭时都没见着他。他怀疑白云森是不是掉在这滩尿里溺死了。

做军长的叔叔死了,一棵大树倒了,未来的新二十二军何去何从是个问题。昔日叔叔和白云森的不和,他是清楚的,现在对白云森的举动,他不能不多个心眼。白云森确是值得怀疑:他急于修复电台,想向长官部和中央禀报什么?如果是急于表功,那倒无所谓,如果……他真不敢想下去。

看来,叔叔的死,并没有消除他们之间的怨恨。突围途中的事情,他已听周浩说了。白云森要遗弃的决不仅仅是叔叔的尸体,恐怕还有叔叔的一世英名。如斯,一场新的混乱就在所难免,而新二十二军的两千多号幸存者们再也经不起新的混乱了。

他得向白云森说明这一点。

山神庙里燃着几盏明亮的粗芯油灯,烟蛾子在扑闪的火光中乱飞,他的脸膛被映得彤亮,心里却阴阴的。那不祥的预感像庙门外沉沉的夜幕,总也撩拨不开。快九点的时候,他想起了表妹李兰,叫李兰到村落里去找白云森。

李兰刚走,手枪营营长周浩便匆匆跑来了,他当即从周浩脸上看出了那不祥的征兆。

果然,周浩进门便报丧:

"杨副师长,怕要出事!"

"哦?!"

他心里"咯噔"跳了一下。

"白云森已和三一二师的几个旅、团长密商,说是军长……"周浩的声音压得很低。

他明白了,挥挥手,让庙堂里的卫兵和闲杂人员退下。

"好!说吧!别躲躲闪闪的了!"

他在香案前的椅子上坐下来,也叫周浩坐下。

国殇　189

周浩不坐：

"杨副师长，白云森说军长确是下过一道投降命令，他要把命令公之于众。"

"听谁说的？"

"三一二师刘团长说的，刘团长和我是一拜的兄弟。刘团长嘱我小心，说是要出乱子。"

他怔了一下，苦苦一笑：

"说军长下令投降你信么？"

周浩摇摇头：

"我不信，咱军长不是那号人！"

"如果人家拿出什么凭据呢，比如说，真的弄出了一纸投降命令？"

"那也不信！我只信咱军长！命令能假造，咱军长不能假造！我周浩鞍前马后跟了军长这么多年，能不知道他么？"

他真感动，站起来，握住周浩的手：

"好兄弟，若是两个师的旅、团长们都像你这样了解军长，这乱子就出不了了！新二十二军的军旗就能打下去！"

周浩也动了感情，按着腰间的枪盒说：

"我看姓白的没安好心！想踩着军长往上爬，他对刘团长说过：从今开始新二十二军不姓杨了！不姓杨姓啥？姓白么？就冲着他这忘恩负义的德行，也配做军长么？婊子养的，我……"

他打了个手势，截断了周浩的话头：

"别瞎说，情况还没弄明白哩！"

"还有啥不明白的？刘团长是我一拜的二哥，从不说假话，我看，为军长，咱得敲掉这个姓白的！杨大哥，只要你点一下头，我今夜就动手！"

他怔了一下，突然变了脸，拍案喝道：

"瞎说啥！白师长即便想当军长，也不犯死罪！没有他，咱能突得出来么？"

"可……可是，他说军长……"

周浩脸上的肌肉抽颤着，脸色很难看。

他重又握住周浩的手，长长叹了口气：

"好兄弟！你对军长的情义，我杨皖育知道！可军长毕竟殉国了，新二十二军的军旗还要打下去！在这种情势下，咱们不能再挑起一场流血内讧呀！"

周浩眼里汪上了泪：

"杨大哥，你心肠太软了，内讧不是咱要挑的，是人家要挑的，你不动手，人家就要动手，日后只怕你这个副师长也要栽在人家手里！人家连军长的尸身都不要，还会要你么？！杨大哥，你三思！"

他扶着周浩的肩头：

"我想过了，新二十二军能留下这点种，多亏了白师长，新二十二军可以没有我，却不能没有白云森！"

周浩睁着血红的眼睛瞪着他：

"你……你还姓杨么？！还是杨梦征的亲侄子么？"

"周营长，不要放肆！"

"你说！"

他不说。

周浩怔了半天，突然阴阴地笑了起来：

"或许军长真的下过投降命令吧？"

这神态，这诘问把他激怒了，他抬手打了周浩一个耳光：

"混账!军长愿意投降当汉奸还会自杀么?他是被逼死的!是为了你我,为了新二十二军,被人家逼死的!"

周浩凝目低吼:

"军长为咱们而死,咱们又为军长做了些啥?军长死了,还要被人骂为汉奸,这有天理么?!"

他摇了摇头,木然地张合着嘴唇:

"白师长不会这样做!我去和他说,他会听的。这样做对大家没有好处,他是明白人。"

"如果他狗日的不听呢?"

"那,我也做到仁至义尽了,真出了什么事,我就管不了了。"

周浩脸一绷:

"好!有你这句话就行了!日后,谁做军长我管不了,可谁他妈败坏杨梦征军长的名声,老子用盒子枪和他说话!"

周浩说毕,靴跟响亮地一碰,向他敬了个礼,转过身子,"咔嚓、咔嚓",有声有色地走了。

他目送着周浩的背影,直到他走出了大门,走下了庙前的台阶,才缓缓转过脸,去看香案上的油灯。

灯蛾子依然在火光中扑闪着,香案上布满星星点点的焦黑,像趴着许多苍蝇。跃动的灯火把他的身影压到了地上,长长的一条,显得柔弱无力。

他不禁对自己的孤影产生了深深的爱恋和凄怜。

"蛤蟆尿,该死的蛤蟆尿!"

他自语着,眼圈潮湿起来。

发现自己的柔弱是桩痛苦的事情,而这发现偏又来得太晚了,这更加剧了发现者的痛苦。叔叔活着的时候,他从没感到自己无能。他的能力太大了,路子太顺了,二十二岁做团副,二十四岁做团长,二十八岁行一旅之令,三十四岁就穿上了少将军装,以副师长的名义,使着师长的权柄。新二十二军上上下下,一片奉承之声,好像他杨皖育天生就是个将才,是天上的什么星宿下凡似的。他被大树底下的那帮猢狲们捧昏了头,便真以为自己很了不得,少将副师长当得毫不羞惭。如今,大树倒了,他得靠自身的力量在风雨中搏击了,这才发现,自己是那么不堪一击;这才知道,自己生命的一部分是依附在叔叔这棵大树上的。大树倒下的时候,他的那部分生命也无可奈何地消失了。

细细回想一下,他还感到后怕:从陵城的军部小白楼到现在置身的蛤蟆尿,他真不知道是怎么走过来的。

那夜,雪铁龙突然把他接到军部,他看到了躺在血泊中的叔叔,看到了叔叔留下的投降命令。他惊呆了,本能地抗拒着这严酷的事实,既不相信叔叔会死,更不相信叔叔会下投降命令。有一瞬间,他怀疑是毕元奇和许洪宝害死了叔叔。后来,毕元奇拿出了一份份令人沮丧的电报,说明了叔叔自毙的原委,他才不得不相信,一切都是可能的。叔叔在孤立无援的情况下,为了城池和百姓,为了新二十二军的五千残部,完全可能下令投降。这样做合乎他爱兵的本性,他与生俱存的一切原都是为了新二十二军。自毙也是合乎情理的,他签署了投降命令,自己又不愿当汉奸,除了一死,别无出路。他的死实则透着一种献身国难的悲壮,非但无可指责,反而令人肃然起敬。

然而,肃然的敬意刚刚升起,旋又在心头消失了。他想到了自己,想到了新二十二军的未来——难道他真的得按叔叔的意愿,投降当汉奸么?他不能。三一一师的官兵们也不会答应。毕元奇和许洪宝

国 殇　193

的答案却恰恰相反，他们手持叔叔的投降命令，软硬兼施，逼他就范。他的柔弱在那一刻便显现出来。他几乎不敢做任何反抗的设想，只无力地申辩了几句，便认可了毕元奇耻辱的安排。当时，他最大胆的奢望只是，在接受改编之后，辞去伪职，躲到乡下。

不曾想，毕元奇一伙的周密计划竟被白云森一举打乱了，白云森竟然在决定新二十二军命运的最后一瞬拔出了勃朗宁，强悍而果决地扣响了枪机，改变了新二十二军的前途。

当白云森用枪威逼着毕元奇时，他还不相信这场反正会成功。他内心里紧张得要死，脸面上却不敢露出点滴声色。这既透出了他的柔弱，也印证了他的聪明。后来，白云森手中的勃朗宁一响，毕元奇、许洪宝一死，他马上明白自己该站在什么位置上了。他毫不迟疑地扑了上去，在胜利的一方压上了决定性的砝码。

这简直是一场生命的豪赌。他冲着白云森的一跃，是大胆而惊人的。倘或无此一跃，白云森或许活不到今天，他和新二十二军的幸存者们肯定要去当汉奸的。

然而，这一跃，也留下了今日的隐患。

他显然不是白云森的对手。白云森的对手是叔叔，是毕元奇，而不是他。和白云森相比，他的毛还嫩，如果马上和白云森摊牌，失败的注定是他。聪明的选择只能是忍让，在忍让中稳住阵脚，图谋变化。他得忍辱负重，用真诚和情义打动白云森铁硬的心，使得他永远忘掉叔叔的那张投降命令，维护住叔叔的一世英名。只要能做到这一点，他就获得了大半的成功，未来的新二十二军说不准还得姓杨。叔叔的名字意味着一种权威，一种力量，只要叔叔的招牌不被砸掉，一切就都可能产生变化。从陵城到这里的一切已经证明了这一点，未来的历史还将证明这一点。

他打定主意,马上和白云森谈谈,把新二十二军交给他,让他在满足之中忘却过去。

一扫脸上的沮丧和惶惑,他扶着落满灯蛾子的香案站了起来,唤来了三——师的两个参谋,要他们再去找找白云森。

十四

白云森显得很疲惫,眼窝发青,且陷下去许多;嘴唇干裂泛白,像抹了层白灰。他在破椅上一坐下,就把军帽脱下来,放到了香案上。杨皖育注意到,他脑袋上的头发被军帽箍出了一道沟,额头上湿漉漉的。他一口气喝了半茶缸水,喝罢,又抓起军帽不停地扇风。杨皖育想,这几小时,他一定忙得不轻,或许连水也没顾得上喝。

"电台修好了吗?"

他关切地问。

"没有,这帮窝囊废,一个个该枪毙!"

白云森很恼火。

"李兰呢?见到了么?我让她找你的。"

"见到了,在东坡上,我安排了她和那个女记者歇下了。"

"那么,咱们下一步咋办?"

白云森对着油灯的灯火,点燃了一支烟,美美地吸了一口:

"我看,得在这儿休整一两天,等电台修好,和长官部取得联系后,再确定下一步的行动,你看呢?"

他笑了笑:

"我听你的!"

白云森心满意足地喷了口烟,又问:

"赵墟子的收容队赶到了么?"

他摇摇头。

白云森拍了下膝头:

"该死,若是今夜他们还赶不到,咱们就得派人找一找了!说不准他们是迷了路。"

"也许吧!"

过了片刻,白云森站了起来,在香案前踱着步:

"皖育,明天,我想在这里召集营以上的弟兄开个会,我想来想去,觉着这会得开一开。"

他本能地警觉起来,眼睛紧盯着白云森掩在烟雾中的脸庞,似乎很随便地道:

"商量下一步的行动计划么?"

"是的,得商量一下!不管电台修好修不好,能不能和长官部取得联系,我们都要设法走出界山,向黄河西岸转进。自然,陵城突围的真相,也得和弟兄们讲一下的。"

他的心吊紧了:

"你的意思我不太明白,真相?什么真相?两千余号弟兄冲出来了,新二十二军的军旗还在咱手中飘,这不就是真相么?"

"不对呀,老弟!"白云森踱到香案的一头,慢慢转过身子,"这不是全部真相。新二十二军的军旗至今未倒,是因为有你我的反正,没有你我,新二十二军就不存在了。这一点你清楚。你叔叔杨梦征的命令,你看过,命令现在还在我手上,你我都不能再把这个骗局遮掩下去了!"

白云森踱到他面前,手搭在他肩上,拍了拍他的肩头。

他将那只手移开了,淡淡地道:

"有这个必要吗?事情已经过去了,翻旧账能给你我和新二十二军带来什么好处呢?再说,当初假话也是你讲的,并不是我讲的!"

"这不是突围的需要嘛!不客气地讲,皖育,你要学着点!"

他软软地在椅子上坐下了:

"明白了,今天我算明白了!"

白云森的手再次搭到他肩头上:

"皖育,我这不是冲着你来的!没有你,就不会有咱们今儿个突围的成功,也没有我白某人的这条性命!这些,我都记着哩,永生永世也不会忘!可我眼里容不得沙子,我不能不道出真相!"

他挺难受,为自己的军长叔叔,也为白云森。

"白师长,你再想想,我恳求你再想想!这样做对你我,对新二十二军究竟有多少好处?宣布军长是叛将,长官部和中央会怎么看?幸存的弟兄们会怎么看?"

"杨梦征叛变,与你我弟兄们无涉,况且,我们又施行了反正,没有背叛中央,重庆和长官部都不能加罪我们,至于军中的弟兄……"

"军中的弟兄们会相信吗?假话是你说的,现在,你又来戳穿它,这会不会造成混乱?酿发流血内讧?你也知道的,叔叔在军中的威望很高,我们反正突围,也不得不借重他的影响和名声!"

白云森激动地挥起了拳头:

"正因为如此,真相才必须公布!一个叛将的阴魂不能老罩在新二十二军队伍中!"

他这才明白了白云森的险恶用心:他急于公布真相,是为了搞臭叔叔,打碎关于叔叔的神话,建立自己的权威。怪不得叔叔生前对此人高看三分,也防范三分,此人确是不凡,是一个有头脑的政治

国 殇 197

家。他想到的，白云森全想到了，他没想到的，只怕白云森也想到了。他真后悔：当初他为啥不设法乘着混乱把叔叔签署的命令毁了?!现在，事情无法挽回了。

然而，这事关乎叔叔一生的荣辱，也关乎他日后的前程，他还是得竭尽全力争一争。

"白师长，你和叔叔的恩恩怨怨，我多少知道一些，你这样做，不能说没有道理。可如今，他毕竟死了，新二十二军眼下掌握在你手里的，新二十二军现在不是我叔叔杨梦征的了，今儿个是你白云森的了，你总不希望弟兄们在你手里发生一场火并吧?!"

他这话中隐含着忍让的许诺，也夹杂着真实的威胁。

"我杨皖育是抗日军人，为国家，为民族，我不能当汉奸，所以我支持你反正。可我还是杨梦征的亲侄子，我也得维护一个长辈的名声!我求你了，把那个命令忘掉吧!过去，我听你的，往后我还听你的!"

他的声音有些哽咽。

白云森呆呆在他面前立着，半晌没作声。

"咱新二十二军没有一万五六千号兵马了，再也经不起一场折腾了!白师长，你三思!"

白云森嘴唇动了动，想说什么，又没说出来，铁青的脸膛被灯火映得亮亮的，额头上的汗珠缓缓向下流。

显然，这事对白云森也并不轻松。

沉默了好半天，白云森才开口了：

"皖育，没有你，我在小白楼的会议厅就取义成仁了，新二十二军的一切你来指挥!但是，事情真相必须披露!我不能看着一个背叛国家，背叛民族的罪人被打扮成英雄而受人敬仰!我，还有你，我们都不能欺骗历史，欺骗后人啊！"

白云森棋高一着，他杨皖育施之以情义，白云森便毫不吝啬地还之以情义，而且，还抬出了历史。历史是什么东西！历史不他妈的就是阴谋和暴力的私生子么？

敢这样想，却不敢这么说，他怕激怒面前这位顽强的对手。这个对手曾经使无所不能的叔叔惧怕三分，曾经一枪击碎毕元奇的周密阴谋，他得识趣。

"这么说，你非这么做不可了？"

白云森点点头：

"不是我，而是我们！我们要一起这样做！杨梦征下令投降，是杨梦征的事，与你有什么关系！你参加了反正，还在反正中流了血，理应得到应有的荣耀！"

好恶毒！

他进一步看出了白云森的狡诈，这家伙扯着他，绝不是要他去分享什么荣耀，而是要借他来稳住三一一师，稳住那些忠于叔叔的军官，遏制住可能发生的混乱。看来，周浩的报告是准确的，为这场摊牌的会议，白云森进行了周密的布置。

他被耍了——被昨日的盟友，今日的对手轻而易举地耍了。

他羞怒难当，憋了好半天，才闷闷地道：

"既然你铁下心了，那你就独自干吧！我再说一遍：我是抗日军人，也还是杨梦征的亲侄子，让我出来骂我叔叔是汉奸，我不干！"

白云森阴阴地一笑，讥问道。

"你就不怕在会上发生火并？"

他无力地申辩道：

"真要发生火并，我也没办法！该……该说的，我都向你说了……"

白云森手一挥：

"好!那明天的会我负责!谁敢开枪，叫他冲我来!可你老弟必须到会，话由我白某人来说!"

他无可奈何地被白云森按入了精心布置好的陷阱，就像几天前被毕元奇按进另一个陷阱一样。这一回只怕没有什么人能帮他挽回颓局了。

他再一次觉察到了自己的柔弱无能。

接下来，白云森又和他谈起了下一步的西撤计划和电台修好后，须向中央和长官部禀报的情况，快一点的时候，他才和白云森一起在大庙临时架起的木板床上和衣歇下。白云森剥夺了他最后的一点机会，他连和手下的部属见见面商量一下的可能都没有了。

昏头昏脑快睡着的时候，他想起了周浩。明晨要开的是营以上军官会议，周浩是手枪营营长，他要到会的。如果周浩在会上拔出了枪，只怕这局面就无法收拾了，闹不好，自己的性命也要搭上去。尽管他并没有指使周浩如此行事，可周浩和他们杨家的关系，新二十二军是人所共知的，只要周浩一拔枪，他就逃不脱干系了。

忧上加惊，这一夜他根本没睡着。

十五

渐渐白亮起来的天光夹杂着湿漉漉的雾气，从没掩严的门缝里，从屋檐的破洞下渗进了大庙，庙里残油将尽的灯火显得黯然无色了。光和雾根本无法分辨，白森森，一片片，在污浊的空气中鼓荡，残留在庙内的夜的阴影，一点点悄然遁去。拉开庙门一看，东方的日头也被大雾吞噬了,四周白茫茫的,仿佛一夜之间连那莽莽群山也化作雾气升腾在天地间了。

好一场大雾!杨皖育站在被露水打湿的石台上,悲哀地想,看来天意就是如此了,老天爷也在帮助白云森。白云森决定今天休整,山里山外便起了一场大雾,日本人的飞机要想发现隐匿在雾中的新二十二军是万难了。决定未来的会议将在一片迷雾之中举行,他自己也化作了这雾中的一团。他不开口讲话,三一一师的部属们就不会行动,而他若是奋起抗争,就会响起厮杀的枪声。白云森是做了准备的,他只能沉默,只能用沉默的白雾遮掩住一个个狰狞的面孔。然而,只要活下去,机会总还有。这一次是白云森,下一次必定会是他杨皖育。一场格杀的胜负,决定不了一块天地的归属,既然天意决定白云森属于今天,那么,他就选择明天吧!

为了明天,他不能不提防周浩可能采取的行动。吃过早饭,他和白云森商量了一下,派周浩带手枪营二连的弟兄沿通往赵墟子的山路去寻找收容队。

白云森对这安排很满意。

九点多钟,营以上的军官大部到齐了,大庙里滚动着一片人头。《新新日报》的女记者傅薇也被拽来了,手里还拿着小本本和笔,似乎要记点什么。他起先很惊诧,继而便明了:这是白云森又一精心安排。白云森显然不仅仅想在军界搞臭叔叔,也要在父老乡亲面前搞臭他。在陵城,白云森一口答应带上这个女记者,只怕就包藏着祸心。

大多数与会的军官并不知道马上要开的是什么会。他们一个个轻松自在,大大咧咧,彼此开着玩笑,骂着粗话。不少人抽着烟,庙堂里像着了火。

大门外是十几个手枪营的卫兵，防备并不严密，与会者的佩枪也没缴，这是和陵城的小白楼军事会议不同的。由此也可以看出，白云森对会议的成功胸有成竹。

快九点半的时候，白云森宣布开会，他把两只手举起来，笑呵呵向下压了压，叫与会者们都找个地方坐下来。庙堂里没有几把椅子，大伙儿便三个一伙，五个一堆，席地而坐。那女记者，白云森倒是特别的照顾，他自己不坐，倒把一把椅子给了她。

他坐在白云森旁边，身体正对着大门，白云森的面孔看不到，白云森的话语却字字句句听得真切。

"弟兄们，凭着你们的勇气，凭着你们不怕死的精神头儿，咱新二十二军从陵城坟坑里突出来了！为此，我和杨副师长向你们致敬！"

白云森两腿一并，把手举到了额前。

他也站起来，向弟兄们行礼。

"有你们，就有了咱新二十二军。不要看咱今个儿只有两千多号人，咱们的军旗还在嘛，咱们的番号还在嘛，咱们还可以招兵买马，完全建制，还会有一万五、两万五的兵员！"

响起了一片掌声。

"胜败乃兵家常事，胜不能骄；败不能馁，更不能降！今日，本师长要向众位揭穿一个事实：在陵城，在我新二十二军生死存亡的紧要关头，在民族需要我们握枪战斗的时候，有一个身居高位的将军，竟下令让我们投降！"

白云森果真不凡，竟如此诚恳自然地把紧闭的天窗一下子捅亮了。

庙堂里静了一阵子，继而，嗡嗡营营的议论声响了起来。白云森叉腰立着，并不去制止。

四八四旅的一个副旅长跳起来喊：

"这个将军是谁,是不是长官部的混蛋?咱们过了黄河,就宰了这个龟孙!"

"对,宰了这个王八蛋!"

"宰了他!"

"宰了他!"

可怕的仇恨情绪被煽惑起来了。他仰起头,冷眼瞥了瞥白云森,一下子捕捉到了白云森脸上那掩饰不住的得意,尽管这得意一现即逝。

白云森又举起了手,向下压了压:

"诸位,这个将军不在长官部,就在咱们新二十二军!知道这件事的人并不多,我是一个,杨副师长是一个。我们昨晚商量了一下,觉着真相必须公布。我说出来,诸位不要吃惊。这个下令投降的将军就是我们的军长杨梦征。"

简直像一锅沸油里浇了瓢水,会场乱了套。交头接耳的议论变成了肆无忌惮的喧叫,三一一师的杨参谋长和几个军官从东墙角的一团中站了出来,怒目责问:

"白师长,你说清楚,军长会下这混账命令么?"

"你不说命令是毕元奇、许洪宝伪造的么?"

"你他妈的安的什么心?"

"说!不说清楚,老子和你没完!"

杨参谋长已拔出了枪。

那些聚在杨参谋长身边的反叛者们也纷纷拔枪。

情况不妙,白云森的亲信,三一二师的刘参谋长率着十几个效忠白云森的军官们,冲到香案前,把他和白云森团团围住了。

情势一下子很难判断,闹不清究竟有多少人相信白云森的话,有多少人怀疑白云森的话；更闹不清究竟是过世的军长叔叔的影响大，还是白云森的魔力大。但有一点是清楚的：新二十二军确有相当一批军官和周浩一样，是容不得任何人污辱他们的军长的。

他既惊喜，又害怕。

白云森大约也怕了，他故作镇静地站在那里，搭在腰间枪套上的手微微抖颤，似乎还没拿定拔不拔枪的主意。他紧绷的嘴角抽颤得厉害，他从白云森腋下斜望过去，能看到他泛白的嘴唇灰蛾似地动。

心中骤然掠过一线希望：或许今天并不属于白云森，而属于他？或许他过高地估计了白云森的力量和影响？

会议已经开炸了，那就只好让它炸掉了！反正应该承担罪责的不是他杨皖育。直到现刻儿，他还没说一句话呢！白云森无可选择了，他却有从容的选择余地。如若白云森控制了局势，他可以选择白云森；倘或另外的力量压垮了白云森，他自然是那股力量的领袖。

真后悔，会场上少了周浩……

没料到，偏在这剑拔弩张的时候，那个女记者清亮的嗓音响了起来。他看到那贱女人站到椅子上，挥起了白皙而纤弱的手臂：

"弟兄们，住手！放下枪！都放下枪！你们都是抗日军人，都是咱陵城子弟，你们的枪口怎么能对着自家弟兄呢？你们有什么话不可以坐下来好好商量？！我……我代表陵城父老姐妹们求你们了，你们都放下枪吧！放下枪吧！我求你们了，求你们了……"

没想到，一个女人的话语竟有这么大的影响力，一只只握枪的手在粗鲁的咒骂声中缩回去了。他真失望，真想把那个臭女人从椅子上揪下来揍一顿，这婊子，一口一个陵城，一口一个父老乡亲，硬把弟兄们的心叫软了。

白云森抓住了这有利的时机，率先取出枪摔到香案上：

"傅小姐说得对,和自家兄弟讲话是不能用枪的!今日这个会,不是小白楼的会,用不着枪,弟兄们若是还愿意听我白云森把话讲完,就把枪都交了吧!不交,这会就甭开了!三一二师的弟兄们先来交!"

三一二师的军官们把枪交了,杨参谋长和三一一师的人们也一个个把枪交了,卫兵们把枪全提到了庙堂外面。

那女记者站在椅子上哭了,一连声地说:

"谢谢!谢谢你们!陵城的父老乡亲谢谢你们!"

他恶狠狠地盯了她一眼,别过了脸。

会议继续进行。

白云森重新恢复了信心,手扶着香案,接着说:

"我说杨梦征下令投降,不是没有根据的,我刚才说了,杨副师长知道内情,你们当中参加过小白楼会议的旅、团长们也清楚,没有杨副师长和我,新二十二军今日就是汪逆的和平建国军了!诸位不明内情,我不怪罪,可若是知道了杨梦征通敌,还要和他站在一道,那就该与通敌者同罪了!诸位请看,这就是杨梦征通敌的确证!这是他亲手拟就的投降命令!"

白云森从口袋里掏出了命令,摊开抚平,冷酷无情地展示着。几十双眼睛盯到纸片上。

"诸位可以传着看看,我们拥戴一个抗日的军长,却不能为一个叛变的将军火并流血!"

话刚落音,三一一师的一个麻脸团长冲了上来:

"我看看!"

白云森把命令给了他,不料,那麻脸团长根本没看,三下两把把命令撕了,边撕边骂:

"姓白的,你狗日的真不是玩意!说军长殉国的是你,说他通敌的还是你！你狗日的想蒙咱爷们，没门！爷们……"

白云森气疯了，本能地去摸枪，手插到腰间才发现，枪已交了出去。他把摸枪的手抬了起来，对门外的卫兵喝道：

"来人，给我把这个混蛋抓起来！"

冲进来几个卫兵，把麻脸团长扭住了。

麻脸团长大骂：

"婊子养的白云森！弟兄们不会信你的话的！你狗日的去当汉奸，军长也不会去当汉奸！你……你今日不杀了老子，老子就得和你算清这个账！"

卫兵硬将麻脸团长拖出了庙堂。

白云森又下了一道命令：

"手枪营守住门口，不许任何人随便进出，谁敢扰乱会议，通通抓起来！"

白云森奇迹般地控制了局面。

三一二师的刘参谋长把被撕坏的命令捡了起来，放到了香案上，拼成一块，白云森又指着它说：

"谁不相信我的话，就到前面来看看证据！我再说一遍，杨梦征叛变是确凿的，我们不能为这事火并流血！"

随后，白云森转过身子，低声对他交代了一句：

"皖育，你和刘参谋长掌握一下会场，我去去就来！"

他很惊诧，闹不清白云森又要玩什么花招。他站起来，想拉住白云森问个明白，不料，白云森却三脚两步走出了大门。这时候，一些军官们拥到香案前看命令，他撇开他们，警觉地盯着白云森向门口走了两步，眼见着白云森的背影急速消失在台阶下。

怕要出事。

四八五旅副旅长赵傻子向他发问：

"杨副师长，白师长说，你是知晓内情的，我们想听你说说！"

"噢！可以！可以！"

肯定要出事！

他又向前走了两步，焦灼的目光再次捕捉到了白云森浮动在薄雾中的脑袋，那只脑袋摇摇晃晃沿着台阶向山下滚。

"军长的命令会不会是毕元奇伪造的？"

"这个……唔……这么么，我想，你们心里应该清楚！"

那个摇晃的脑袋不动了。

他走到门口，扶着门框看见白云森在撒尿，这才放了心。

恰在这时，不知从哪里冒出了一个提驳壳枪的人，从台阶一侧靠近了白云森。

他突然觉着那身影很熟悉。

是周浩！他差点儿叫出来。

几乎没容他做出任何反应，周浩手中的枪便响了，那只悬在半空中的骄傲的脑袋跌落了。在那脑袋跌落的同时，周浩的声音飘了过来：

"姓白的，这是你教我的：一切为了军长！"

声音隐隐约约，十分恍惚。

他不知喊了句什么，率先冲出了庙门，庙堂里的军官们也随即冲了出来。

杨参谋长下了一道什么命令，卫兵们冲着周浩开了枪，子弹在石头上打出了一缕缕白烟。

却没击中周浩。周浩跳到一棵大树后面，驳壳枪对着他和他身后的军官们：

"别过来！"

国殇　207

他挥挥手,让身后的军官们停下,独自一人向台阶下走。他看见白云森歪在一棵酸枣树下,胸口已中了一枪。

"周浩,你……你怎么能……"

"站住,你要过来,老子也敲了你!"

"你……你敢!你敢开……开枪!"

他边走边讷讷地说,内心却希望周浩把枪口掉过去。

周浩真善解人意,真是好样的!他把枪口对准了白云森。

他看见白云森挣扎着想爬起来,耳里飞进了白云森绝望的喊声:"周浩,你……你错了!我……我白云森内心无……无愧!历……历史将证明!"

周浩手里的枪又连续炸响了,伴着子弹射出的,还有他恶毒的咒骂:

"去你妈的历史吧!历史是他妈的能当饭吃,还是能当屎操?!"

白云森身中数弹,烂泥似的瘫倒了,倒在一片铺着败草腐叶的山地上。地上很湿,那是他临死前撒的尿。尿骚味、血腥味和硝烟味混杂在一起,烘托出了一个铁血英雄的真切死亡。

死亡的制造者疯狂大笑着,仰大长啸:

"军长!姓白的王八蛋死了!死了!我替你把这事说清了!军长……军长……我的军长……"

周浩将枪一扔,跪下了……

谁也没料到,会议竟以这样的结局而告终,谁也没想到周浩会在执行任务的途中溜回山神庙,闹出这一幕。连杨皖育也没想到。而没死在陵城的白云森因为一泡尿在这里了却了悲壮的一生,更属荒唐。

时也。命也。

其时其命,使白云森精心布置的一切破产了。下令押走周浩之后，杨皖育把那张已拼接起来的命令再次撕碎。纸片在空中飘舞的时候，他对身后那群不知所措的军官们说：

"谁也没看到军长下过这个命令，我想，军长不会下这种命令的，白师长猜错了！可我们不能怪他，谁也不能怪他！没有他，我们突不出陵城！好……好了！散了吧！"

他弯下腰，亲自将白云森的尸体抬到了台阶上，慢慢放下，又用抖颤的手抹下了他尚未合拢的眼皮。

十六

周浩被关押在簸箕峪南山腰上的一个小石屋里，这是手枪营二连郑连长告诉他的。郑连长跪在他面前哭，求他看在周浩对军长一片忠心的情分上，救周浩一命。他想了半天，一句话没说，挥挥手，叫郑连长退下。

中午，他叫伙夫杀了鸡，炒了几样菜，送给周浩，自己也提着一瓶酒过去了。

他在石屋里一坐下，周浩就哭了，泪水直往酒碗里滴：

"杨大哥，让你作难了！可……可我没办法！军长对我恩重如山，我不能对不起军长哇！"

"知道！我都知道！来，喝一碗，我替叔叔谢你了！"

周浩顺从地喝了一大口。

"杨大哥，你们要杀我是不是？"

他摇摇头：

"没，没那事！"

周浩脸上挂着泪珠笑了：

"我知道你要保我的!白云森死了,新二十二军你当家,你要保我还保不下么?"

"保得下!自然是保得下的!"

他似乎挺有信心。

"啥时放我?"

"得等等,得和刘参谋长和三一二师的几个人商量定!"

周浩把筷子往桌上一放:

"咱们不能把他们全收拾了么?!这帮人都他妈的只认白云森,不认军长,咱们迟早总得下手的!"

他叹了口气:

"老弟,不能这么说呀!咱新二十二军是抗日的武装,要打鬼子,不能这么内讧哇!来,喝酒,说点别的!"

自然而然谈起了军长。

"杨大哥,我和军长的缘分,军长和你说过么?"

"啥缘分?"

"民国八年春里,咱军长在陵城独立团当团长的时候,每天早晨练过功,就到我家开的饭铺喝辣汤。那时我才十岁,我给军长盛汤、端汤……"

"噢,这我知道的,你家那饭铺在皮市街西头,正对着盛记洋油店,对么?"

"对,我也见过你,有时军长喝汤也带你来,那年你也不过十五六岁吧?正上洋学堂,也喜好练武,穿着灯笼裤,扎着绸板带,胸脯儿一挺一挺的,眼珠子尽往天上翻。"

他酸楚地笑了:

"是么?我记不起了!"

周浩蹲到了凳子上：

"我可都记着哩！军长喝完汤，就用胶粘的手拍我的脑瓜，夸我机灵，说是要带我去当兵！我娘说：好儿不当兵。军长也不恼，军长说：好儿得当兵，无兵不能护国。"

"我倒忘了，你是哪年跟上我叔叔的？"

"嘿！军长当真没和你说过我的事么？你想想，独立团是民国九年秋里开拔到安徽去的，当时，我就要跟军长走的，军长打量了我半天，说：'来，掏出鸡巴给我看看'。"

"你掏了？"

"掏了。军长一看，说：'哟！还没扎毛么，啥时扎了毛再来找我！'我又哭又闹，军长就给我买了串糖葫芦。军长走后，有一年春上，我瞒着爹娘，揣着两块袁大头颠了，找了十个月，才在山东地界找到了军长。"

"那是哪一年？"

"民国十五年！那当儿咱军长扯着冯玉祥国民军的旗号，已升旅长喽！"

"那年，我还没到叔叔的旗下吃粮哩！我是民国十六年来的。"

"噢，那你就不知道了。我找到了旅部，把门的不让我进，把我疑成叫花子了。我硬要进，一个卫兵就用枪托子砸我。我急了，大叫：你们狗日的替我禀报杨旅长，就说陵城周记饭铺有人奔他来了！扎毛了，要当兵！"

"有趣！我叔叔还记得扎毛不扎毛的事么？"

"记得，当然记得！军长正喝酒，当下唤我进来，上下看了看，拍了拍我的脑瓜：'好小子，有骨气，我要了！'打那以后，我就跟了军长，一直到今天。军长对我仁义，我对军长也得仁义，要不，还

国殇　211

算个人么?!"

"那……那是!那是!来,喝,把……把这碗干了!"

"干!干!"

"好!再……再满上!"

他不忍再和周浩谈下去,只一味劝酒,待周浩喝得在凳子上蹲不住了,才说:

"打死了白师长,新二十二军你……你不能待了,你得走!"

周浩眼睛充血,舌头有点发直:

"走?上……上哪去?"

"随便!回陵城老家也行,到重庆、北平也罢,反正不能留在军中!"

"行!我……我听你的!你杨……杨大哥有难处,我……我知道,我不……不拖累你,啥……啥时走?"

他起身走到门口,对门外的卫兵使了个眼色,卫兵会意地退避了。

他回到桌前,掏出一叠现钞放在桌上:

"现在就走,这些钱带上,一脱身就买套便衣换上,明白么?"

"明……明白!"

"快!别磨蹭了,被刘参谋长他们知道,你就走不脱了!"

"噢!噢!"

周浩手忙脚乱地把钱装好,又往怀里揣了两个干馍。

"那……那我走了!"

"废话,不走在这儿等死?!一直向前跑,别回头!"

周浩冲出门,跑了两步,又在院中站住,转身跪下了:

"杨大哥,保……保重!"

他冲到周浩面前,拖起了他:"快走!"

周浩跌跌撞撞出了院门,沿着满是枯叶的坡道往山下跑,跑了不过十七八步的样子,他拔出手枪,瞄准了周浩宽厚的背脊。

枪在手中爆响了,一阵淡蓝的烟雾在他面前升腾起来,烟雾前方一个有情有义的汉子倒下了。

手枪落在了地上,两滴浑浊的泪珠从他的眼眶里滚了出来……

他没有办法。刘参谋长和三一二师的众多官兵坚持要处决周浩,就连三一一师的一些忠于杨梦征的旅、团长们,也认为周浩身为军部手枪营营长向代军长开枪,罪不容赦。他们这些当官的日后还要带兵,他们担心周浩不杀,保不准某一天他们也会吃哪个部下一枪。他要那些军官部属,要新二十二军,就得这么做,这是无可奈何的事。

十七

两个墓坑掘好了,躺在棺木中的杨梦征和白云森被同时下葬了,簸箕峪平缓的山坡上耸起了两座新坟。无数支型号口径不同的枪举过了头顶,火红的空中骤然爆响了一片悲凉而庄严的枪声。山风鸣咽,黄叶纷飞,肃立在秋日山野上的新二十二军的幸存者们,隆重埋葬了他们的长官,也埋葬了一段他们并不知晓的历史。杨皖育站在坟前想:历史真是个说不清的东西,历史的进程是在黑暗的密室中被大人物们决定的,芸芸众生们无法改变它,他们只担当实践它、推进它或埋葬它的责任,过去是这样,现在是这样,未来也许还是这样。然而,作为大人物们却注定要被他们埋葬,就像眼下刚刚完成的埋葬一样。这真悲哀。

夕阳在远方一座叫不出名的山头上悬着,炽黄一团,热烈火爆,把平缓的山坡映衬得壮阔辉煌,使葬礼蒙上了奢侈的色彩。两千多名士兵像黑压压一片树桩,参差不齐地肃立着,覆盖了半个山坡。士兵们头发蓬乱，满脸污垢，衣衫拖拖挂挂，已不像训练有素的军人。他们一个个脸膛疲惫不堪，一双双眼睛迷惘而固执，他们的伤口还在流血，记忆似乎还停留在激战的陵城。他们埋葬了新二十二军的两个缔造者，却无法埋葬心中的疑团和血火纷飞的记忆。

他却要使他们忘记。陵城的投降令不应该再被任何人提起，它根本不存在。那个叫杨梦征的中将军长，过去是抗日英雄，未来还将是抗日英雄。而白云森在经过今日的显赫之后，将永远销声匿迹。他死于毫无意义又毫无道理的成见报复。真正拯救了新二十二军的是他杨皖育，而不是白云森，怀疑这一点的人将被清除。既然周浩为他夺得了这个权力，他就得充分利用它。

想起周浩他就难过。周浩不但是为叔叔，也是为他而死的。他那忠义而英勇的枪声不仅维护了叔叔的一世英名，也唤起了他的自信，改变了他对自身力量的估价。周浩驳壳枪里射出的子弹打倒了他的对手，也打掉了他身上致命的柔弱，使得他此刻能够如此有力地挺立在两个死者和众多生者面前。

他今生今世也不能忘记他。

然而，他却不能为他举行这么隆重的葬礼，不能把他的名字刻在石碑上，还得违心地宣布他的忠义为叛逆。

是他亲手打死了他。

是他，不是别人。

昏黄的阳光在眼前晃，像燃着一片火，凋零的枯叶在脚下滚，山风一阵紧似一阵，他军装的衣襟被风鼓了起来，呼啦啦地飘。

缓缓转过身子，他抬起头，把脸孔正对着他的士兵们，是的，现在这些士兵们是他的！他的！新二十二军依然姓杨。他觉着，他得对他们讲几句什么。

他四下望了望，把托在手中的军帽戴到头上，扶正，抬腿踏到了一块隆起的山石上。旁边的卫兵扶了他一把，他爬上了山石。

对着火红的夕阳，对着夕阳下那由没戴军帽的黑压压的脑袋构成的不规则的队伍，对着那些握着大刀片、老套筒、汉阳造、中正式的一个个冷峻的面孔，他举起了手。

"弟兄们，我感谢你们，我替为国捐躯的叔叔杨梦征军长，替白云森师长感谢你们！如今，他们不能言语了，不能带你们冲锋陷阵打鬼子了，他们和这座青山，和这片荒野……"

他说不下去了，眼睛有些发湿。

山风的喧叫填补了哀伤造出的音响空白。

他镇定了一下情绪，换了个话题：

"我……我总觉着咱军长没死！就是在一锨锨往墓坑里填土的时候，我还觉着他没死，他活着！还活着！看看你们手中的家伙吧！喏，大刀片，老套筒，汉阳造……不要看它们老掉了牙，它是军长一生的心血呀！过去，大伙儿都说：没有军长就没有新二十二军，这话不错。可现今，军长不在了，咱新二十二军还得干下去！因为军长的心血还在！他就在咱每个弟兄的怀里，在咱每个弟兄的肩头，在咱永远不落的军旗上！"

他的嗓音嘶哑了。

"今天，我们在这里埋葬了军长，明天，我们还要从这里开拔，向河西转进。或许还有一些恶仗要打，可军长和咱同在，军长在天之灵护佑着咱，咱一定能胜利！一定能胜利！"

"胜利……胜利……胜利……"

山谷旷野回荡着他自豪而骄傲的声音。

他的话说完了，浑身的力气似乎也用完了，两条腿绵软不堪。

他离开山石时，三一二师刘参谋长又跳了上去，向士兵们发布轻装整顿，安置伤员，向河西转进的命令。刘参谋长是个极明白的人，白云森一死，他便意识到了什么，几小时后，便放弃了对白云森的信仰。

对此，他很满意，况且又在用人之际，他只能对这位参谋长的合作态度表示信任。他很清楚，凭他杨皖育是无法把这两千余残部带过黄河的。

清洗是日后的事，现在不行。

不知什么时候，《新新日报》的女记者傅薇和表妹李兰站到了他身边。傅薇面色阴冷，闹不清在想什么。李兰披散着头乱发，满脸泪痕，精神恍惚。他知道这两个女人都为白云森悲痛欲绝。他只装没看见，也没多费口舌去安慰她们，她们是自找的。

这两个女人也得尽快打发掉，尤其是那个女记者，她参加了上午的会议，小本本上不知瞎写了些什么，更不知道白云森背地里向她说了些什么……

正胡乱地想着，女记者说话了，声音不大，却很阴：

"杨副师长，把杨军长和白师长葬在这同一座山上合适么？"

他扭过头：

"什么意思？"

"你不怕他们在地下拼起来？"

他压住心中的恼怒，冷冷反问：

"他们为什么要拼？"

"为生前的宿怨呀！"

"他们生前没有宿怨！他们一起举义，一起抗日，又一起为国捐躯了！"

"那么，如何解释上午的会议呢？如何解释那众说纷纭的命令呢?白师长临终前说了一句,历史将证明……历史将证明什么?"

他转过脸,盯着那可恶的女人:

"什么也证明不了,你应该忘掉那场会议!忘掉那个命令!这一切都不存在!不是么?!历史只记着结局。"

"那么,过程呢?产生某种结局总有一个过程。"

"过程,什么过程?谁会去追究?过程会被忘记。"

"那么,请问,真理、正义和良心何在?"

他的心被触痛了,手一挥:

"你还有完没完?!你真认为新二十二军有投降一说?告诉你:没有!没有!"

"我只是随便问问,别发火。"

这口吻带着讥讽,他更火了,粗暴地扭过女记者的肩头,手指着那默立在山坡上的衣衫褴褛的士兵:

"小姐,看看他们,给我好好看看他们!他们哪个人身上没有真理、正义和良心?他们为国家民族而战,身上带着伤,军装上渗着血,谁敢说他们没有良心?!他们就是真理、正义和良心的实证!"

刘参谋长的话声给盖住了,许多士兵向他们看。

他瞪了女记者一眼,闭上了嘴。

刘参谋长继续讲了几句什么,跳下山石,询问了一下他的意见,宣布解散。

山坡上的人头开始涌动。

他也准备下山回去了。

然而,那可恶的女人还不放过他,恶毒的声音又阴风似的刺了过来,直往他耳里钻:

"杨副师长,我是不是可以这样理解:无论杨梦征军长、白云森师长和你们这些将领们干了些什么，新二十二军的士兵们都是无愧于民族和国家的，对吗？对此，我并无疑意。我想搞清楚的正是：你们这些将领们究竟干了些什么？！"

他再也忍不住了，猛然拔出手枪：

"混账，我毙了你！"

女记者傅薇一怔，轻蔑地笑了：

"噢，可以结束了。我明白了，你的枪决定历史，也决定真理。"

枪在他手中抖，抖得厉害。

"杀……杀人了！又……又要杀人了！"

站在傅薇一侧的李兰望着他手上的枪尖叫起来，摇摇晃晃几乎站不住了。

直到这时，他才发现表妹的神色不对头，她的眼光发直，嘴角挂着长长的口水，脚下的一只鞋子掉了，裤腿也湿了半截。

他心中一沉，把枪收回去，走到李兰面前：

"别怕，兰妹！别怕，谁也没杀人！"

"是……是你杀人！你杀了白云森，我知道！都……都知道！"

李兰向他身上扑，湿漉漉的手在他脖子上抓了一下。

他耐着性子，尽量和气地解释：

"我没杀人。白师长不是我杀的，是周浩杀的。周浩被处决了！别闹，别闹了！"

李兰完全丧失了理智，又伸手在他脸上抓了一把，他被激怒了，抬手打了她一个耳光，对身边的卫兵道：

"混蛋！把她捆起来，抬到山下去！那个臭女人也给我弄走！"

卫兵们扭住李兰和傅薇，硬将她们拖走了。

这时，电台台长老田一头大汗赶来报告，说是电台修好了。

他想了一下,没和刘参谋长商量就口述了一份电文:

"向中央和长官部发报,电文如下:历经七日惨烈血战,我新二十二军成功突破敌军重围,日前,全军两师四旅六千七百人已转进界山,休整待命。此役毙敌逾两千,不,三千,击落敌机三架。我中将军长杨梦征、少将副军长毕元奇、三一二师少将师长白云森,壮烈殉国。"

台长不解,吞吞吐吐地问:

"毕元奇也……壮烈殉国?"

他点了点头:

"壮烈殉国。"

台长敬了个礼走了。

他转身问刘参谋长:

"这样讲行么?"

刘参谋长咧了咧嘴:

"只能这样讲。"

他满意地笑了,一时间几乎忘记了自己刚刚主持了一个隆重悲哀的葬礼,忘记了自己是置身在两个死者的墓地上。他伸手从背后拍了拍刘参谋长的肩头,抬腿往山下走。

山下,参加葬礼的士兵们在四处散开,满山遍野响着沓杂的脚步声。山风的叫嚣被淹没了。夕阳跌落在远山背后。夜的巨帏正慢慢落下。陵城壮剧的最后一幕在千古永存的野山上宣告终场。

明天一切将会重新开始。

他将拥有属于明天的那轮辉煌的太阳。

这就是历史将要证明的。

作于1987年7月
2017年8月修订

军　歌

　　早就知道有个徐州喽。我们营有个大个子连长是徐州人，老和我谈徐州，还背诗哩："九里山前古战场，牧童拾得旧刀枪。"说那里自古便是兵家必争之地。没想到，还真的争上了呢！和日本人争。民国二十七年三月，最高统帅部一声令下，咱五六十万人马"呼啦"上去了，先在徐州郊外的台儿庄打了一仗，揍掉日本人两三万兵马。哦，这就是轰动一时的"台儿庄大捷"。接下来，糟啦，被九个师团的日本人围住了。徐州防线崩溃，成千上万的弟兄成了日本人的俘虏。这大多数俘虏的情况我不清楚。只知道其中有千把号人被日本人押到一个煤矿挖煤，那个煤矿在苏鲁交界的地方，离徐州城也许百十里吧？

　　那年，我二十九岁，被俘时的军职是第二集团军二十七师机枪连连长，战俘编号是"西字第一〇一二号"……

第一章

　　哨子响了，尖厉的喧叫把静寂的暗夜撕个粉碎。战俘们诈尸般地从铺上爬起，屁股碰着屁股，脑瓜顶着脑瓜，手忙脚乱地穿衣服、趿鞋子。六号大屋没有灯，可并不黑，南墙电网的长明灯和岗楼上的探照灯，穿过装着铁栅的门窗，把柔黄的光和雪白的光铮铮有声地抛入了屋里。铁栅门"哗啦"打个大开，战俘们挨在地铺跟前，脸冲铁门笔直立好，仿佛两排枯树桩。

六十军五八六旅一〇九三团炮营营长孟新泽立在最头里，探照灯的灯光刺得他睁不开眼，耳旁还老是响着尖厉的哨音。每当立在惨白的灯光下，他总会产生一种错觉，以为那哨音是探照灯发出的。他的身影拖得很长，歪斜着将汤军团的一个河南兵田德胜遮掩了。田德胜一只脚悄悄勾着铺头草席下的鞋子，两手忙着扎裤子。不知谁放了一个屁，不响，却很臭，立在身后的王绍恒排长骂了声什么。

狼狗高桥打着贼亮的电棒子，引着两个日本兵进来了。电棒子的灯柱在弟兄们脸上一阵乱撞。后来，高桥手一挥，两个日本兵把一个弟兄拉了出去。孟新泽认出，那弟兄是耗子老祁。老祁在川军里正正经经做过三年排长，民国二十七年四月在台儿庄打得很好，升了连长，五月十九日徐州沦陷，做了俘虏。他那连长前后只当了十八天。

孟新泽头心一阵发紧，突然想尿尿，身后的王绍恒排长扯了扯他的衣襟，压低嗓门说了句：

"怕……怕要出事！"

声音仿佛是从遥远的天边飘来的。

孟新泽没作声，只把一只脚抬起，用脚跟在王绍恒脚尖上踩了一下。

高台阶上，高桥在叫：

"六号的，通通出来站队！"

孟新泽看看站在另一排头里的汤军团排长刘子平，二人几乎同时机械地迈着脚步，跨出了六号大屋的窄铁轨门槛。

院子里已站满了人。一号到五号的弟兄，已在他们前面排好了队，他们也驯服地走到固定的位置上站好了。孟新泽站在斜对着高台阶的水池旁边，前方三步开外的地方立着一个端三八大盖的矮胖鬼子，那鬼子在吸烟，一阵阵撩人的烟雾老向他鼻孔里钻。

军歌　221

院落一片明亮，不太像深夜。高墙电网上的一圈长明灯和岗楼上的四只探照灯，为这二百多名马上要下井干活的战俘制造了一个不赖的白昼。

高台阶上站着狼狗高桥，高桥一手扶着指挥刀的刀柄，一手牵着条半人多高的膘壮的狼狗。狼狗不住声地对着弟兄们吼，身子还一挣一挣的。台阶下，站着许多端枪的日本兵，其中，有两个日本兵夹着耗子老祁，嘴里叽里咕噜咒骂着什么。老祁驼着背，歪着扁脑袋，嘴角在流血，显然已挨了揍。

高桥不说话，塑像似的。这个痨病鬼喜欢用阴险的沉默制造恐怖，战俘们对他恨个贼死。

狼狗疯狂地叫。

狼狗的叫嚣加剧了溢满院落的恐怖气氛。

每到这时候，孟新泽便觉着难以忍受，他宁愿挨一顿打，也不愿在这静默的恐怖中和高桥太君猜哑谜。

一只黑蚂蚁爬上了脚面，又顺着脚面往腿杆上爬，他没看到，是感觉到的。他挺着脖子，昂着光秃秃的脑袋，目视着高桥，心里却在想那只黑蚂蚁。他想象着那只黑蚂蚁如何在他汗毛丛生的腿上爬，如何用黑黢黢的身子拱他腿上的汗毛，就像他被俘前在坟头林立的刺槐林里乱冲乱撞似的。刺槐林是他三十五岁前作为一个军人的最后阵地，他就是在那里把双手举过了头顶，轻而易举地完成了一个军人很难完成的动作。这个动作结束了他十八年军旅生涯的一切光荣。他从此记下了这个耻辱的日子。这个日子很好记，徐州是二十七年五月十九日失守的，他二十日上午便做了俘虏。

简直像梦一样，五十万国军说完便完了，全他妈的垮下来了。陇海、津浦四面铁路全被日本人切断，事前竟没听到一点风声，战区长官部实在够混账的！长官们的混账，导致了他的混账；他这个扛了十八年大枪的中国军人竟在日本人的刺刀下举起了双手。

完成这个动作时，他几乎没来得及想什么。蹲在坟头后面的王绍恒排长把手举了起来，他便也举了起来。那时，他手里还攥着打完了子弹的发热的枪。

耻辱、愧疚，都没想到，他当时想到的只是面前那个日本兵的枪口和刺刀。生的意念在那一瞬间来得是那么强烈，那么自然，那么不可思议。他举起了手。他在举起手的时候，看到那日本兵黢黑的刀条脸上浮出了征服者高傲的微笑，半只发亮的金牙在阳光下闪了一下。

他自己杀死了自己。

他由此退出了战争，变成了战俘营里的苦力。

他由此陷入了无休无止的悔恨中……

小腿肚上痒痒的。黑蚂蚁还在爬，他想抬起腿，抓住黑蚂蚁将它捻个稀烂，可抬腿抓了一下没抓住。他又极力去想黑蚂蚁，借以忘掉高桥太君和他的狼狗。

高桥太君得了痨病是确凿的，没病没伤，他的长官不会把他派到这里来。到这里看押战俘的，除了一小队日军，大都是从作战部队里剔下来的废物。高桥有肺痨，那战俘营最高长官龙泽寿大佐也断了一条胳膊，据说是在南京被守城国军的炮弹炸飞的。龙泽寿今夜没露面。没有大事，龙泽寿不会露面。

孟新泽由此断定：他们的计划日本人并不知道，倘若知道了，眼前的阵势决不会这么简单。

身后的王绍恒却吓得不轻，他又扯了扯孟新泽的衣襟，似乎想说什么，孟新泽悄悄地但却是狠狠地将王绍恒的手甩脱了。

军 歌　　223

面前那个矮胖的鬼子兵把一支烟抽完了，烟屁股摔到了身边的水池里，发出了一声"刺啦"的响声。立在高台阶上的高桥以一阵按捺不住的咳嗽，结束了这刻意制造出的沉寂。

"你们的，要逃跑，我的知道，通通的知道！有人向我报告的有，我的知道！"

高桥抽出指挥刀，刀尖冲着台下的耗子老祁：

"他的，就是一个！我的明白！我的，要给你们一点颜色瞧瞧！"

高桥牵着狼狗从台阶上走下来，把狗交给孟新泽面前的矮胖子牵着，独自大踏步走到老祁跟前，用指挥刀挑起了老祁的下巴：

"你的说：要逃跑的还有什么人？"

老祁被雪亮的指挥刀逼着，仰起了脑袋，脖子上的青筋凸得像蚯蚓：

"我没逃！没！"

"你的昨夜在井下，哪里去了？"

"拉……拉屎！"

"拉屎的，一个钟头？嗯？大大的狡猾！"

孟新泽心中一惊，一下子断定：他们当中确有告密者！否则，高桥不会了解得这么清楚。昨夜，老祁确是从煤窝里出去了一趟，他是去寻找那条秘密通道的，出去的时间确有一个多钟头。他出去的时候，刚放落大顶上的第一茬煤，回来时，这茬煤已装了一大半。

"我……我没逃！拉过屎，我在老洞里迷糊了一会儿！"

高桥恼了，指挥刀在手中打了个滚，刀刃逼到了老祁的脖子下："你的逃跑，我的明白！你们的逃跑，我的通通的明白！抵赖的不行！说，你的和什么人的联系？"

刀刃割破了老祁的脖子，一股鲜红的血像出洞的蛇似的，缓缓爬到了指挥刀的刀面上。老祁向后倾斜的身子抖动起来,身上那件破军褂的衣襟像旗一样"呼达""呼达"的飘。

孟新泽又想尿尿。

小腹中的液体几乎要从那东西里迸出来。红蛇在他眼前动,一股夹杂着汗气的淡腥味直往他鼻孔里钻。他闭上眼,又认真地去想黑蚂蚁——真他妈的怪,黑蚂蚁不见了,他感觉不到黑蚂蚁的存在了。

闭合的眼睛依然亮亮的,仿佛一片沸沸腾腾的红雾,高桥的面孔在红雾中时隐时现。

"说!通通地说出来!要逃跑的还有什么人!嗯?"

高桥话音刚落,狼狗又凶恶地狂叫起来。

老祁依然在徒劳地狡辩。

眼前的红蛇变成了浑身血红的大蟒,大蟒恶狠狠地向他跟前扑。他听到了老祁骤然爆发出的哀号。他的精神顷刻间几乎要崩溃了,他一下子竟悲观地认定:老祁完了。他们蓄谋已久的计划又要泡汤了。

这时,老祁却叫了起来:

"我日你祖奶奶!大爷就是想逃!想……逃!你……你狗日的杀了大爷吧!"

高桥一见老祁认了账,反倒把指挥刀从老祁的脖子下抽了回来。

"你的,要逃跑的?"

"大爷活够了,杀不死就逃!"

"就你一个?"

"就我一个!"

"嗯!明白!明白!"

高桥手一挥,狼狗狂吠着扑向了老祁,老祁惊恐地转过身往后

军歌　225

跑，没跑出两步就被狼狗压倒在地上。

老祁屁股上的一块肉被狼狗撕了下来，惨叫着昏死了过去，身下一摊血。

高桥又走到高台阶上训话。

"你们的听着，逃跑的，通通的一个样！你们的，逃不出去！乔锦程和何化岩的游击队通通完蛋了，你们的，只有好好挖煤，帮助帝国政府和皇军早日结束东亚战争，才能得到自由！现在，通通的下井干活！"

青石门楼下的钢板门拉开了，在刺刀和枪口的威逼下，战俘们幽灵似的通过门外的吊桥，踏上了通往四号大井的矸石路。从他们栖身的这座阎王堂到四号大井的工房门口，共计是一千三百多步，孟新泽数过。

在四号井工房门口，阎王堂的鬼子看守和矿警队进行了交接。上井的七至十二号的二百余名弟兄被鬼子看守押走了。他们却在几十个矿警的严密监视下，领了柳条帽和电石灯，排队在罐笼前站好，等候下井。

孟新泽和他身后六号大屋的弟兄排在最后面，他在跨进泥水斑驳的罐笼时，听到了西严炭矿锅炉房深夜报时的汽笛。这是半个月以来他在地面上听到的唯一的一次夜笛。狼狗高桥突然制造出的恐怖，使今夜下井晚了半个钟头，使得他们在地面上度过了中华民国二十九年六月十七日的零点。

开采方法是陷落式的。这种开采法不需要大量的坑木支架，不需要精心设计，更不需要高昂的成本，只要有充足的人肉便行。黑乌乌的煤窝子，像野兽贪婪的大嘴，平均三五天嚼掉一个弟兄。煤层下的洞子是他们自己打的，野兽的贪婪大嘴是借他们的手造出的，而它嚼起他们来竟毫不留情！近两年来，有一百二十多个弟兄被冒落的煤顶砸死、砸伤。在井上是狼狗、皮鞭、刺刀，在井下是冒顶、瓦斯、透水、片邦，简直看不到生路在哪里。从今年三月开始，便有几个弟兄尝试着逃跑。在井上逃的两个，一个被挂在电网上电死了；一个被狼狗咬断了喉咙。三个在井下逃的，两个出去后又被抓住，一个钻进老洞子里被脏气憋死了。

弟兄们没被吓住，他们还是要逃，于是酿出了一个集体逃亡的计划。里外一个死，与其在这阴暗的煤洞里一个一个慢慢地死，倒不如轰轰烈烈地闹腾一番，痛痛快快的死。大家都赞成逃，串连在秘密进行着。然而，谁都不知道领头的是哪一个，还不敢问，怕别的弟兄怀疑自己不安好心。也是，人落到这种份上，没一个靠得住！谁不想活？保不住就有人为了自己活，不惜让许多弟兄死。

王绍恒排长也想活。在被俘之前自由自在活着的时候，他没意识到活着是件难事，进了战俘营，才明白了，为了活下去，他必须躲避一些东西，争取一些东西，付出一些东西。眼睛变得异常灵活，鼻子变得异常敏锐。他能迅速捕捉到不利于自己生命存在的环境、气氛、场合，机警而又不动声色地逃得远远的。他变成了一个好窑工，他凭着自己的谨慎、细心和超人的感觉，躲过了一次又一次灭顶的灾难。

集体逃亡的计划他是知道的。是营长孟新泽告诉他的。他张口喘气激动了几天。他当然要逃的，他做梦都在想着收回自己生命的主权。只要能成功，他一定逃。他认为这一回有成功的希望，听说有外面游击队接应哩！可当耗子老祁被拉出去时，他一下子又觉得逃亡计划完了。他怕老祁供出孟新泽，孟新泽再供出他。他怕高桥的指挥刀也架到他的脖子上。他知道，只要高桥的指挥刀架到他的脖子上，一切秘密他都会供出来的,他受不了那种折磨,他压根儿不是条硬汉子。若不是抗日口号烧沸了他的热血,若不是他表姐夫在一〇九三团当团长,他不会投笔从戎的。

走过坑木支架的漫长井巷,又爬了大约三百米上山的洞子,那张着大嘴的野兽又出现在他的面前了。矿警孙四把枪往怀里一搂,擦着洋火点了一支烟。悬在棚梁上的大电石灯太阳般的亮,孙四额上的每一条皱纹都被照得彤红。

孙四吐着烟圈对弟兄们结结巴巴地嚷:

"干……干活!都……都他姥姥的干……干活!完……完不成定额,日本人教……教训你们!"

转脸瞅见了刚爬上来的监工刘八爷,孙四又嚷:

"八爷,你……你他姥姥的还……还到窝里去……去看着,有……有事给我讲……讲一声!"

刘八爷显然不高兴,手里玩蛇也似的玩着鞭子:

"孙四,你也太舒服了吧?按皇军的规定可该你进窝管人,老子管筐头、管出炭!"

孙四挺横,小眼睛一瞪:

"皇……皇军要日你姨,你……你狗日的也……也叫日?!"

一个弟兄憋不住笑了。

又短又粗的刘八爷操起鞭子在那弟兄胸前甩了一鞭,气恨恨地骂:

"笑你娘的屄!干活!通通进窝干活!谁他娘要滑头,八爷就抽死他!"

都进去了。

王绍恒排长不动声色缩在最后头,每向窝里走一步,眼睛总要机灵地转几圈,把窝子上下左右的情况迅速看个遍。他的耳朵本能地竖了起来,极力捕捉着夹杂在纷乱脚步声、浓重喘息声和工具撞击声中的异常声响。手中的灯拧得很亮,雪白的光把一层层黑暗剥掉了抛在身后。鼻子不停地嗅,仔细分辨着污浊空气中的异常气味,他知道,瓦斯气味有些甜,像烂苹果。

一切都正常。

他放心了。

这煤窝的代号是二四二〇,为什么叫二四二〇,王绍恒不清楚。弟兄们也都不清楚。在二四二〇窝子里干活的弟兄,共计二十二人,全是六号的,正常由五个弟兄装煤,十几个弟兄拉拖筐。窝口,短而粗的刘八爷监工;煤楼边,矿警孙四验筐。一切都是日本人精心安排好的,他们的一举一动,都逃不脱日本人的眼睛。但是,矿警孙四不错,据说这小子当年也当过兵,日本人过来,队伍散了,才干了矿警。他对弟兄们挺照应的,不像那个刘八爷!刘八爷偏又怕他,八爷使皮鞭,孙四使枪,就凭这一条,八爷也没法不怕。孙四爱睡觉,八爷也爱睡觉;孙四自己睡,也怂恿八爷睡;两人常倒换着睡。一人睡上半班,一人睡下半班,反正日本人也瞧不着。刘八爷一睡觉,弟兄们的日子就好过了,一些密谋便半公开地在煤窝中酝酿了。

王绍恒记得很清楚,昨日耗子老祁出去探路时,刘八爷已到避风洞的草袋堆上睡觉去了,孙四不会向日本人报告的,那么,向日本人报告的,必是窝中的弟兄。可又奇怪:既然向日本人告密了,为什么不把集体逃亡的计划都端给日本人呢?为什么只告了一个老祁?

斜歪在煤窝里,机械地往拖筐里装着煤,王绍恒还不住地想。

不知装了几筐煤之后,他突然想通了:这告密者是个狡猾的家伙!他不一下子把所有的秘密都出卖给日本人,是有心计的。他是在投石问路，看看告密以后，日本人能给他什么好处。好处给得多，他就全卖；好处给得少，他就和弟兄们一起逃，里外他不吃亏！

卑鄙的混蛋，应该设法找到他，掐死他！他在拿弟兄们的生命和日本人做交易哩！

他王绍恒不会这么干，他希望自己活下去，活得尽可能好一些，可却决不会主动向日本人告密。

这个告密者是谁？是谁？

几乎人人都值得怀疑。

窝子里的浮煤快装完的时候，营长孟新泽将拖筐向他脚下一摔，用汗津津的膀子碰了他一下，悄悄说：

"弄清楚告密的家伙了！"

"谁？"

"听说是张麻子！"

"听……听谁说的？"

他很吃惊。

"这不用问，回头等刘八睡觉时，咱们——"

孟新泽做了一个凶狠的手势。

没等他再说什么，孟新泽营长又从他面前闪过去，往别的弟兄面前凑。

王绍恒吃惊之余，觉出了自己的冒失。最后那句会引起孟新泽怀疑的话，他不该问。孟新泽从哪儿弄来的消息，他不应该知道。这里的事情就是如此，一切来得都有根据，一切又都没有个来源，谁也不能问，谁也不敢问，孟新泽向他讲什么，都是"听说"，鬼知道他听谁说的！

这听说的消息都蛮可靠的。三月里，听说八路乔锦程的游击大队从鲁南窜过来了,四月下旬的一天夜间,日本西严炭矿的炸药库升了天,轰轰隆隆的爆炸声响了大半夜。后来又听说点炸药库的事不是乔锦程的游击大队干的,是原国军团长何化岩的游击总队干的,说是何化岩司令手下的人马有一千三,光机枪就有十几挺哩!他们由此知道了,这矿区周围的山区里还有乔锦程和何化岩的游击队。他们由此酝酿了集体逃亡的计划,决定分头和乔锦程、何化岩的游击队取得联系,里应外合,一举捣毁四号井和阎王堂两座战俘营,挣脱日本人的魔爪。

偏偏在这时,张麻子向日本人告了密。除掉张麻子是极自然的。他们不除掉张麻子,下一步,张麻子一定会借日本人的手除掉他们!

有关杀人的热辣辣的念头闪过之后,冷静下来一想,王绍恒又本能地感觉到事情有些不对头。他突然发现,自己又站在一个陷阱边缘上了,只要一不小心,他就可能落入这个陷阱中被日本人吃掉!日本人不是傻瓜,昨天有人向他们告了密,今天告密者突然死掉了,他们不会不怀疑!孟新泽他们干得再漂亮、再利索,日本人也要追查的!他不能逃跑不成,先把自己的命送掉,更不能在高桥滴血的刀刃下供出逃亡的秘密。

他从心里感到冷。

他揣摩了半天,还是决定不参加这次正义的谋杀。

刘八爷到煤窝外的避风洞迷迷糊糊搂婊子的时候,他弯着腰,捂着肚子,跑出了煤窝,对坐在煤楼守护洞里的孙四说,要去拉屎。

田德胜拉完最后一筐煤,把电石灯灭了,拖筐往煤帮一竖,身子一缩,双手抱膝,猴儿似的蹲到筐里去了。这是他自己发明的安全打盹法。他得趁着弟兄们用钢钎放落煤顶上一茬煤的工夫,美美眯上一会儿。眯觉之前,照例蛮横无理地摔了一句话在筐外:

"都听着噢,谁要向日本人告状,爷爷就砸断他狗日的腿!"

那口气,仿佛他不是日本人的苦力,而是什么了不得的大英雄似的。

"哎,田老二,今儿个该你放顶!"

田德胜被俘前的排长刘子平提醒说。

刘子平是个高高瘦瘦的山东人。

田德胜压在胳膊上的冬瓜头抬了起来,两只肉龙眼一眨,不怀好意地笑了:

"哦,该我放顶?难为你刘排骨想得起!既然想起了,你狗日的就辛苦辛苦吧!"

刘子平极委屈地叫:

"凭什么?老子凭什么代你放顶?!老子是你的排长!想当初……"

田德胜邪火上来了,"腾"地从竖着的拖筐里弹将出来,炮弹似的。

"排长?屌毛!这里还有长?呸!通通都他妈的屌毛!"

竟然从破裤裆里摸出了两根,放在嘴边吹了口气,在手上捻着:

"喏,就是这种撸不直、带弯儿的!"

"你……你……你田老二又是什么东西!"

"我?嘿嘿,我——"

田德胜咧着螃蟹似的大嘴,展露着一口东倒西歪的黄板牙,无耻地道:

"我他妈的是屌,单操你娘!"

刘子平闭了气,不敢作声了。他知道,再骂下去,田德胜这畜生就要动武了。他退到了煤帮的另一侧,将电石灯的灯火捻小,悄悄蹲下了。

身边的桂军排长项福广低声安慰了他一句:

"老刘,别理他!越理他,他越犯邪!"

刘子平不理田德胜,田德胜却还不罢休,他又悻悻地走到刘子平面前,抬腿踢了踢刘子平的屁股:

"咦,爷爷刚才不是说了么?今日放顶的差使你顶了!你狗日的咋坐下了?起来!起来!"

刘子平仰着长方脸,大睁着一双细小的眼睛,费力地咽着唾沫:

"我……我凭什么替你干?"

田德胜胳膊一撸,拳头一攥,胳膊上的肌肉聚到了一起,凸暴暴的,仿佛趴着一只蛤蟆,他胳膊一曲一伸,那蛤蟆便在皮下兴奋地搏动起来,似乎要从胳膊上跳将下来。

"凭什么?你说呢?"

又撩开小褂,将灯笼也似的拳头死命在厚实的胸肌上砸,砸得"咚咚"响。

"凭什么!爷爷就他妈的凭这个,你狗日的不服气,就和爷爷比试一下!日他娘!还排长,团长也他妈的屌毛!"

煤窝中的弟兄都愣愣地看着,没有人劝阻,也没有人出面应战。田德胜的这套把戏他们看得多了,见惯不惊了,田德胜瞄上了谁,谁只好认倒霉。田德胜有力气,又邪得吓人,自然有资格称爷爷的。

今日,算刘子平倒霉。

刘子平却赖在地上死活不起身。

"咦,你狗日的咋闭气了!起来!妈的,起来!"

灯笼也似的拳头在刘子平脑袋上方晃,刘子平屁股上又吃了两脚。

孟新泽过来了,向刘子平使了个眼色:

军歌　233

"老刘，去吧！我们一起去！老田累了，让他歇一会儿吧，都是自家弟兄！"

刘子平这才慢吞吞地站了起来。

田德胜却眼皮一翻：

"歪子，你瞎扯什么？我不累，就他妈的犯困，想眯一会儿！"

敢叫孟新泽歪子的，六号里只有田德胜一个。孟新泽的嘴确有一些歪，且一抽一抽的，据说是在徐州战场上被大炮震的，谁知道呢？！

孟新泽并不介意，又对田德胜道：

"困了就睡一会儿吧！刘八过来时，我们喊你！"

田德胜笑了，大模大样地拍拍孟新泽的肩头：

"行！还是孟哥体贴人！"

说毕，将小褂一掖，将胸前那两块绝好的肌肉掩了，旁若无人地往自个的拖筐跟前走，到了跟前，身子一缩，又进去了。

得意自不必说的。汤军团的普通大兵田德胜凭着一身令人羡慕、又令人胆怯的肌肉，赢得了又一次生存竞争的胜利。

田德胜算个极地道的兵油子，三年之中卖过四次丁，最后一次，进了汤恩伯军团的新兵团，台儿庄会战爆发之后本想拔腿的，不料，没逃成，差一点挨枪毙。大撤退的时候，他又逃了一次，运气更糟，竟被日本人活拿了，押到阎王堂当牲口。在阎王堂里，他发现了自己的价值，一阵乱拳，把国军军营里固有的一切秩序都砸了个稀烂，他所憎恶的那些长儿们、官儿们，通通毫无例外地变成了屌毛！他从不掩饰他对这些长儿们、官儿们的蔑视，他也不怕他们的报复。有一次，刘子平、孟新泽几个人抱成团教训他，按在煤窝里揍他，也没把他揍服。他倒是单对单地让他们都领教了他的老拳，逼着他们承认了他的权威。

六号里的弟兄们认定他是畜生。

他认定弟兄们都是屌毛。

弟兄们对他自然是信不过的,一切秘密都尽可能地瞒着他,他也不去问,似乎根本没想过要从这座地狱里逃出去,他仿佛找到了最合乎自己生存的土地,打算一辈子待在这儿!

蹲在拖筐里,沉重的大脑袋压在抱起的手臂上,他想睡,可却睡不着。他不傻,他知道弟兄们正酝酿着一个什么计划,只瞒着他一人。他有些不平,感到不合理。他不去问,可心里极想知道它。他要闹清楚:这计划是否会触犯他的利益,他关心的只是这一点,他是为自己活着的,只要不触犯他的利益,他便不管,反之,则不行。

今日的事有些怪。孟歪子一会儿蹭到这个人面前叽咕两句,一会儿挪到那个人面前叽咕两句,大约又要玩什么花头了,尤其可疑的是:他竟怂恿他去睡觉,那必是想趁他睡着时干点什么!

他突然想到了自己:

他们该不是要对我下手吧!

不敢睡了。两只肉龙眼一下子睁得很大,脑袋在胳膊上偏了过来,透过拖筐的破洞和缝隙向煤窝深处看。煤窝深处一片昏黄迷蒙的灯光,灯光中飞舞着的煤屑、粉尘像一团团涌动的浓雾。钢钎捅煤顶的声音和煤顶塌落的声音响个不停。

没发现什么异常情况。

没有人向他这里摸。

他还是不放心,悄悄将拖筐边的电石灯点了,拧亮灯火,对着煤窝照。

他这才发现了一个秘密——

几个弟兄压着一个什么人在满是煤块的地下扑腾,另几个弟兄

军歌 235

装模作样在那里捅煤顶,其实是想把煤尘扬得四处飞舞,遮掩住煤窝深处杀人的内幕!

妈的,他们要杀人!

他们今日敢杀那人,明日必然敢杀他田德胜。他不能不管。他得显示一下自己的力量。

他悄悄将柳条帽带了起来,把电石灯咬在嘴上,操起身边的一把大铣,狼一般蹿了过去。

"妈的,你们干什么?!"

压在那受害者身上的孟新泽转过了铁青的脸,歪斜的嘴角下意识地抽颤了一下,极严厉地低吼了一声:

"没你的事,走开!"

他不走。

几个弟兄扑了上来。

他操起煤铣,抡了一个大圈儿。

几个弟兄全站住了。

那个受害者在地下挣,挣了半天,从一个弟兄的手指缝里憋出了一句话:

"二哥,救……救我!"

是张麻子!

"放开麻子!"

"没你的事,走开!"

孟新泽再次重申。

"放开!"

他又喊。

就在这时,一个挪到他身后的弟兄,恶狠狠地搂住了他的后腰,他手中的铁锹落到了地下。

几个弟兄一拥而上,把他压倒了。

他突然意识到:他完了。

一只汗津津的臭牛皮似的手死命捂住他的嘴,几只拳头冰雹也似的落到他头上、腰上、大腿上。他叫不出,也挣不动。

这时,孟新泽又说话了,他叫大伙儿住手。

孟新泽半蹲半跪着俯在他身边,对他说:

"老田,你听着:今日的事与你无关!你什么也没看见!什么也不知道!张麻子是自作自受!懂吗?!"

他睁着迷茫的眼睛,身子向上挣:

"张……张麻子怎么了?"

"他向日本人报告,说耗子老祁要逃跑,老祁才被高桥折腾得死去活来!"

"妈的,你……你们咋不早和我说一声!"

按在他身上的手松了,他"腾"地爬起来,操起锨,蹿到张麻子面前,将压在张麻子身上的人拨开,狠狠对着被掐个半死的张麻子的脑袋砸了一锨。

张麻子身子向上一挺,死了。

一个人死起来竟这么容易。

田德胜把沾着鲜血、脑浆的铁锹在煤堆里搓了几下,又打了个嘹亮的哈欠:

"孟大哥,你们忙你们的,我他妈的真得眯一会儿了!咱啥也不知道,啥也不知道!"

又旁若无人地走了。

仿佛刚才只是捻死了一只蚂蚁。

军歌 237

再一次蹲到拖筐里，没几分钟，煤顶轰隆隆落了下来，咆哮的煤尘像黑龙一样向窝外冲。田德胜身边的电石灯灭了。

就在这工夫，田德胜看到，一盏晃动的灯从窝子外面钻了进来。近前一看，提着那盏灯的，是王绍恒排长。

发生这一切的时候，王绍恒排长不在现场，他闹肚子，拉屎去了，矿警孙四可以作证。

这一班很正常，包括煤顶冒落，砸死一个苦力，通通属于正常——正常的生产事故。大日本皇军的圣战煤，每万吨支付十三条性命的成本，今日只是把应该支付的成本支付进了去，一点也不值得惊奇。

事故发生的时候，是六月十七日三时四十五分。矿警孙四做了当班记录，并在十七日十二时上井交接时，把那具砸得稀烂的尸体在井口工房里完整无缺地交给了阎王堂的日本人……

阎王堂的名是我们给起的。我们还编了顺口溜唱："上井阎王堂，下井鬼门关，圣战瞎屌扯，皇军快完蛋……"这类顺口溜编了不少哩，日本人都不知道，他们要是知道，我们就得吃苦头喽！

当时，千余号弟兄被分押在两处，阎王堂一处，四号井护矿河内还有一处。这四号井原是西严炭矿——早先叫中国煤矿股份有限公司——开拓的，后来，徐州沦陷，开矿的资本家炸了西严镇的主井跑了，日本人才接收过来，在护矿河外又筑了高墙把它和外面隔开了。

西严镇距我们阎王堂只有四里地，距四号井也不到五里，听说镇西的山里有咱游击队，弟兄们都梦想着搞一次暴动。不管日本人盯得多紧，还是有人在暗中活动，主事人是谁，至今我也不知道……

第二章

狼狗高桥歪斜着身子依在竹凉椅上吃刨冰，铁勺把搪瓷茶缸里的刨冰屑搅得沙沙响。两个日本兵没吃，他们电线杆似的立着，上了刺刀的三八大盖对着弟兄们的胸脯子。高桥瘦弱的身子完全浸在高墙投下来的一片阴影中，他脸上、脖子上没有一丝汗。两个日本兵也站在阴影的边缘，只有头顶微微晒了些太阳。

是中午一点多钟的光景，太阳正毒。

六号大屋的弟兄全在火毒的太阳下罚站，仿佛一群刚从地狱里爬出来的黑鬼。他们回到阎王堂，连脸也没捞着洗，就被高桥太君瞄上了。

高桥太君不相信张麻子死于煤顶的冒落，认定这其中必有阴谋。

在高桥太君的眼里，这个被高墙电网围住的世界里充满了阴谋，每个战俘的一举一动，一言一行，都带有某种阴谋的意味。而他的责任，就是通过皮鞭、刺刀、狼狗等一切暴力手段，把这些阴谋撕碎、捅穿、消灭！

张麻子昨日向他告密，今日就被砸死了，这不是阴谋还会是什么？他们怎么知道告密者是张麻子呢？谁告诉他们的？他要找到这个人，除掉这个人，他怀疑战俘中有一个严密的组织，而且在和外面的游击队联系，随时有可能进行一场反抗帝国皇军的暴动。

这怀疑不是没有根据的。四月里，西严炭矿的火药库炸了，战俘中间便传开了一些有关游击队的神奇故事，一些战俘变得不那么听话了。这迫使他不得不当众处决一个狂妄的家伙。那家伙临死前还狂呼："你们这些日本强盗迟早得完蛋！乔锦程、何化岩的游击队饶不了你们！"他们竟知道矿区周围有游击队，竟能叫出乔锦程和何化岩的名字！这都是谁告诉他们的？！

吃完了刨冰，身子倚在凉椅上换了个姿势，阴阴的脸孔正对着那群全身乌黑，衣衫褴褛的阴谋家们，高桥太君脸上的皮肉抽动了一下，极轻松地规劝道：

"说嘛！哎？统统地说出来，我的，大皇军的既往不咎！说出来，你们的，通通回去睡觉！"

没人应。

站立在暴烈阳光下的仿佛不是一个个有生命的人，而是一根根被大火烧焦了的黑木桩。

高桥太君从凉椅上欠起了身子，按着凉椅的扶手，定定地盯着众人看。看了一会儿，慢慢站了起来，驼着背，抄着手，向阳光下走。

他在王绍恒排长面前站住了：

"你的说，张麻子的不是被冒顶砸死的，是有人害他，嗯？是不是？你的，大胆说！"

王绍恒垂着脑袋，两眼盯着自己的脚背，喃喃道：

"太君，我的不知道！窝子里出事时，我的不在现场，跟班矿警可以作证！"

"你的，以后也没有发现什么可疑的事吗？你的不知道有谁向你们通风报信吗？哎？"

王绍恒艰难地摇了摇头：

"我的不知道！什么也不知道！太君明白。井下冒顶，经常发生。昨夜，是张麻子放顶，想必是他自己不小心……"

"八嘎呀路！"

高桥太君一声怪叫，一拳打到王绍恒的脸上，王绍恒身子晃了晃，栽倒在地上，鼻孔里出了血。

高桥两只拳头在空中挥舞着，一阵歇斯底里的咆哮：

"你们的阴谋，我的通通的明白，你们的不说，我的晒死你们！饿死你们！困死你们！"

高桥太君又回到凉椅上躺下了。

一场意志力的较量开始了。高桥太君要用胜利者的意志粉碎战俘们的阴谋。战俘们则要用他们集体的顽强挫败高桥的妄想。

战争在他们中间以另一种形式进行着。

他们做了战俘却依然没有退出战争。

刘子平排长希望这一切早些结束。

当高桥走到王绍恒面前，逼问王绍恒时，他的心骤然发出一阵狂乱的跳荡。他忘记了悬在头上火炉般的太阳，忘记了身边众多弟兄的存在。他觉着自己是俯在一间密室的门口，窃听着一场有关自己生死存亡问题的密谈。王绍恒站在孟新泽后面，距他只有不到一大步。他斜着眼睛能瞥到王绍恒半边脸膛上的汗珠，能看到王绍恒小山一样的鼻梁，他甚至能听到王绍恒狗一样可怜的喘息。高桥的脚步声在王绍恒身边停下时，他侧过脸，偷偷地去瞧高桥脚下乌亮的皮靴，他希望这皮靴突然飞起，一脚将王绍恒踢倒，然后，再唤过凶恶的狼狗，那么，今日的一切便结束了，他的一桩买卖就可以开张了。

他知道王绍恒的怯弱，断定王绍恒斗不过高桥太君和他的狼狗。他佩服高桥太君的眼力。高桥这王八别人不找，偏偏一下子就瞄上了王绍恒，便足以证明他窥测人心的独到本事。

他不恨王绍恒，一点也不恨。他和王绍恒没有冤隙，没有成见，在很多时候，很多场合，他甚至可怜他。他决不想借日本人的手来折

军歌 241

磨一个怯弱无能的弟兄。当那个恶毒的念头突然出现在脑际的时候，他自己都感到吃惊！其实，按照他的心愿，他是极希望高桥太君好好教训一下田德胜的。田德胜那畜生不是玩意，依仗着力气和拳头经常欺辱他。可他很清楚，田德胜是个不怕死的家伙，高桥太君和他的狼狗无法粉碎他顽蛮的意志！高桥太君从那畜生嘴里掏不出一句实话！

突破口在王绍恒身上！

王绍恒应该把那个通风报信者讲出来！

他揣摩王绍恒是知道那个通风报信者的。王绍恒和孟新泽都是一〇九三团炮营的，素常关系很好，孟新泽的一些谋划和消息来源必然会多多少少暴露在王绍恒面前的，他只要把这个人供出来了，事情就好办了……

王绍恒竟不讲。

愚蠢的高桥竟用一个拳头结束了这场有希望的讯问。

王绍恒混账！

高桥更混账！

这一对混账的东西把本应该结束的事情又没完没了地延续下去了，他被迫继续站在这杀人的烈日下，进行这场徒劳无益的意志战。

身上那件沾满煤灰的破褂子已被汗水浸透了，黑糊糊的脸上，汗珠子雨似的流。汗珠流过的地方露出了白白的皮肉，像一条条弯弯曲曲的小河沟。脚下干燥的土地湿了一片。头上暴虐的烈日继续烘烤着他可怜的身躯，仿佛要把他躯体内的所有水分全部榨干，使他变成一条又臭又硬的干咸鱼。那种生了黑虫的干咸鱼他们常吃，有时会连着吃一两个月呢。

够了！

他早就受够了！

他不愿做干咸鱼,也不愿吃干咸鱼!他要做一个人,做一个自由自在的人,以人的权利,享受生活中应有尽有的一切。

咽了口唾沫。

身后"扑通"响了一声,闷闷的。

他判定,是一个弟兄栽倒了。

响起了皮鞭咆哮的声音。他大胆地扭头一看,栽倒的弟兄被皮鞭逼着摇摇晃晃立了起来。

那弟兄没有开口的意思。

看来,高桥太君今日要输。高桥太君知道有阴谋,却不知道阴谋藏在哪里。他为高桥太君惋惜,也为自己惋惜。

逃亡计划刘子平是知道的,他认定不能成功。在地面逃,有日本人的电网、机枪、狼狗。在井下逃,更属荒唐,竖井口,风井口,斜井口,日夜有矿警和日本人把守,连个耗子也甭想出去。说是有游击队,他更不相信。共产党乔锦程的游击队不会冒着覆灭的风险来营救国军战俘的——尽管国共合作了,他们也不会下这种本钱。何化岩究竟有多大的可能前来营救,也须打个问号。高桥不是一再说游击队全被消灭了么?!五月之后,不是再没听说过游击队的事情么?退一步讲,即使有游击队,有他们的配合,弟兄们也未必都通逃出去。倘或双方打起来,最吃亏的必是他们这些手无寸铁的弟兄!如果他吃了一颗流弹,送了命,这场逃亡的成功与否,便与他一点关系也没有了。

世界对他刘子平来说,就是他自己。他活着,呼吸着,行动着,这个世界就存在着,他死了,这个世界就不存在了,这是个极明确极简单的道理。

得知大逃亡的秘密,他心中就萌发了和日本人做一笔买卖的念头。他认为做这笔买卖担的风险,要比逃亡所担的风险小得多。他只

军歌　243

要向日本人告发了这一重大秘密，日本人就会把他原有的自由还给他，他的生命就将得到最大限度的升值。

这念头使他激动不已。

希望像一缕诱人的晨曦，飘荡在他眼前。

然而，他是谨慎的，他要做的是一笔大买卖，买卖成交，他能赚回宝贵的自由；买卖做砸了，他就要输掉身家性命。他不能急，他要把一切都搞清楚，把一切都想好了，在利箭上弦的一瞬间折断箭弓，这才能在日本人面前显出自己的价值。

张麻子竟走到了他前面，竟把耗子老祁告了。他感到震惊：原来，想和日本人做这笔人肉买卖的并不是他一个！他拿别人的性命做资本，别人也拿他的性命做资本哩！

张麻子该死。他参加了处死张麻子的行动。在田德胜砸死张麻子之前，他和两个弟兄死死压在张麻子身上。他用一双手捂着张麻子的嘴。他对张麻子没有一点怜悯之情，——事情很清楚，张麻子是他的竞争对手。

过后想想，却觉出了张麻子的可怜。张麻子是替他死的。如若他刘子平在张麻子前面先走了一步，那么，死在田德胜铁锹下的就该是他了。

他吓出了一身冷汗。做这笔大买卖也和逃亡一样要担很大的风险哩！一时间，他打消了向日本人告密的念头。他不愿死在日本人的枪口下，自然，也不愿死在自己弟兄的铁锹下。

任何形式的死，对生命本身来说都是相同的。

他原以为日本人对张麻子的死不会过问，不料，日本人竟过问了。站到了烈日下，那死去了几个小时的告密念头又顽强的浮出了脑海，他希望日本人找到那个通风报信者，为他的买卖扫清障碍。

这个通风报信的家伙会是谁呢？矿警孙四？监工刘八？送饭的老高头？井口大勾老驼背？都像，又都不像。其实，送饭的老高头，井口的老驼背，与他都没有关系。他告密也不会去找他们。他要知道的，是矿警孙四和监工刘八是不是靠得住？他没有机会向日本人直接告密，却有机会向孙四和刘八告密。只要这两个人靠得住，他的买卖就能做成功……

脑袋被纷乱的念头搅得昏沉沉的。

这时，西严炭矿的汽笛吼了起来，吼声由小到大，持续了好长时间。炽热的空气在汽笛声中震颤着，身边的弟兄都不约而同地抬头看太阳。太阳偏到了西方的天际上，是下午四点钟了。这不会错，西严炭矿的汽笛历来是准确的。西严炭矿的窑工们是八小时劳作制，每日的早晨八点，下午四点，深夜零点放三次响，这三次放响，唯有深夜零点的那次与他们有关。他们是十二小时劳作制，深夜零点和中午十二点是他们两班弟兄交接的时刻。

不错，是放四点响。

这就是说，他们在六月的烈日下暴晒了三四个钟头！这就是说，一场徒劳无益的意志战快要结束了，是的，看光景要结束了。

刘子平排长一厢情愿地想。

王绍恒斜长的身影被牢牢压在脚下的土地上动弹不得。四点钟的太阳依然像个脾气暴烈的老鳏夫，挥舞着用炽热的阳光织成的钢鞭在王绍恒和他的弟兄们头顶上啸旋。阳光开始发出嗡嗡营营的声响，王绍恒觉着自己挺不住了，脑门上一阵阵发凉，眼前朦蒙眬眬升起旋转飞舞的金星。

仍没有结束的迹象。

军歌　245

高桥躺在竹凉椅上吃第三茶缸刨冰,他干瘦而白皙的脸上依然没有一丝汗迹,几个日本兵将三八大盖斜挎在肩上,悠然自得地抽着烟。南面一至五号通屋里的弟兄已发出阵阵鼾声。

这一切强烈地刺激了他,他一次次想到:这太不合理!他不该在这六月的烈日下罚站!出事的时候,他不在现场嘛!日本人不该这么不讲道理!他感到冤枉,感到委屈,真想好好哭一场。

高桥是条没有人性的狼,是个该千刀万剐的混蛋,如果有支枪,他不惜搭上一条性命,也要一枪把这混蛋崩了。

其实,他早就知道高桥不讲道理,早就知道这电网、高墙围住的世界里不存在什么道理,可他总还固执地按照高墙外那个自由世界的习惯思维方式进行思维,还固执地希望高墙外的道理能在这片狭小的天地里继续通行。狼狗高桥的思维方式和战俘营里的野蛮秩序,他都无法适应。他不断地和他们发生冲突,又不断地碰得头破血流,每当碰得头破血流时,他就变得像落入陷阱中的狼一样,绝望而烦躁,恨不得猛然扑向谁,痛痛快快咬上几口。

只有这疯狂的一瞬,他才是个男子汉。然而,这一瞬来得快,退得也快,往往没等他把疯狂的念头变成行动,涌上脑门的热血就化成了冰冷的水,他也就顺理成章地变成了怯弱的娘儿们。

他时常为自己的怯弱感到羞惭,高桥站到他身边时,他怕得不行,两眼瞅着自己的脚背,不知咕咕噜噜说了些什么。仿佛鼻子下的那张嘴不是他自己的,仿佛他的大脑已丧失了指挥功能。高桥的拳头落到他脸上,把他打倒在地了,他才意识到:他并没讲什么对弟兄们不利的话,才感到一阵欣慰。

他不能出卖弟兄们,不能把逃亡的计划讲出来!他出卖了别人,也就等于出卖了自己!逃亡计划流产,对他没有任何好处,他生命的希望,自由的希望是和那个逃亡计划连在一起的。

他却无法保证自己不讲出来。拖着疲惫不堪的身子走到阳光下,已是三四个钟头了。这三四个钟头里,他不止一次地想到,他挺不住了!挺不住了!他两条干瘦的腿发木、发麻,青紫的嘴唇裂开了血口,体内的水分似乎已被太阳的热力蒸发干净。被高桥打倒在地时,他真不想再爬起了,他真希望就这样睡着,直到高墙外的战争结束……

恍惚之中,两团旋转的黄光扑到了他身边,两只从半空中伸下来的铁钳般的手抓住他肩头,抓住他胳膊,将他竖了起来,他听到了高桥野蛮无理的叫喊:

"……晒死你们!饿死你们!困死你们!"

不!他不死!决不死!活着,是件美好的事!再艰难,再屈辱的活也比任何光荣的死更有意义,更有价值!活着,便拥有一个世界,拥有许多许多美好的希望和幻想,而死了,这一切便消失了。

他要活到战争结束的那天。

面前的金花越滚越多,像倾下了一天繁星,高墙、房屋和凉椅上的狼狗高桥都他妈腾云驾雾似地晃动起来。耳鸣加剧了,仿佛有成千上万只蜜蜂同时飞动起来,嗡嗡的声音响成一片……

眼前骤然一黑,维系着生命和意志的绳索终于崩断了,他"扑通"一声,再一次栽倒在被阳光晒热了的地上,沉沉地睡了过去。

扑来了两个日本兵。

他们试图把他重新竖起来。

却没有成功。

"抽!用鞭子抽!装死的不行!"

高桥吼。

军歌　247

两条贪婪噬血的黑蛇一次次扑到了他的脊背上,他不知道。昏迷,像一把结实可靠的大锁,锁住了他心中的一切秘密。

他挺住了。

后来,从昏睡中醒来,他自己都有点不相信:他竟熬过了这顿毒打,竟做了一回硬铮铮的男子汉。

他感动得哭了……

最终下令结束这场意志战的,是阎王堂最高长官龙泽寿大佐。

龙泽寿大佐是在王绍恒排长被拖到六号通屋台阶下的时候,出现在弟兄们面前的。他显然刚从外面的什么地方回来,刻板而威严的脸膛上挂着汗珠,皮靴上沾着一层浮土,军衣的后背被汗水浸透了,一只空荡荡的袖子随着他走动的身体,前后飘荡着。

他走到高桥面前时,高桥笔直地立起,靴跟响亮地一碰,向他鞠了一个躬。

他咕噜了一句鬼子话。

高桥咕噜了一串鬼子话。

孟新泽听不懂鬼子话,可能猜出高桥和龙泽寿在讲什么。他脑子突然浮出了一个大胆的念头:拼着自己吃一顿皮肉之苦,立即把面前的一切结束掉。

不能再这么拼下去了,再拼下去,他们的逃亡计划真有可能在烈日下晒得烟消云散!这僵持着的每一分钟、每一秒钟都潜浮着可能爆发的危险。

他要向龙泽寿大佐喝一声:"够了!阴谋是莫须有的!逃亡是莫须有的,大佐,该让你的部下住手了!"

在整个阎王堂里,孟新泽只承认龙泽寿是真正的军人,龙泽寿不像管他们的高桥那么多疑、狡诈，又不像管七号到十二号的山本那么阴险、毒辣。龙泽寿喜欢用军人的方式处理问题。有一桩事情给孟新泽的印象极深：去年五月间，龙泽寿刚调到阎王堂时，有一次和孙连仲集团军某营营长章德龙谈高墙外的战争。谈到后来，双方都动了真情，都忘记了自己的身份，章德龙竟毫无顾忌地把龙泽寿和帝国皇军痛骂了一通。龙泽寿火了，冷冷抛过一把军刀，要和章德龙决斗。决斗就是在他们脚下的这块土地上进行的，弟兄们都扒着铁栅门向外看。章德龙是条汉子，军刀操在手里，马上变成了一个地地道道的军人。他挥着刀，扑向龙泽寿，头一刀就划破了龙泽寿的独臂，龙泽寿凶猛反扑，终于在一阵奋力地拼杀之后，将章德龙砍死。后来，龙泽寿在高墙内为章德龙举行了葬礼，他对着那些日本兵士，也对着站成一片的战俘们说了一通话：

"他不是俘虏！不是！他是一名真正的军人，他死于战争！献身战争，是一切军人的最终归宿！"

龙泽寿大佐脱下帽子向章德龙营长的遗体鞠了躬。

那些日本士兵也鞠了躬。

孟新泽从那开始，认识了龙泽寿。他恨他，却又对他不无敬佩。龙泽寿敢于把军刀抛给章德龙，让章德龙重新投入战争，便足以说明他的胆识、勇气和军人气质！其实，他完全可以用高桥的手法，像掐死蚂蚁似的将章德龙掐死，他没有这样做。

高桥还在那里用鬼子话啰唆。

龙泽寿的眉头皱了起来，极不耐烦地听。一边听，一边在高桥面前来回踱步，间或，也用鬼子话问两句什么。

后来，事情发生了奇迹般的变化。

没等孟新泽从人群中站出来，高桥绷着铁青的脸走到了弟兄们

军歌　249

面前，很不情愿地喊道：

"通通的回去睡觉！以后，哪个再想逃跑，通通的枪毙！回去！回去睡觉！"

直到这时候，孟新泽才长长吐了口气，那颗悬在半空中的心放到了实处，他不无自豪地想：他和他的弟兄们又胜利了。

回到屋中，见到了耗子老祁。老祁血肉模糊的屁股已不能着铺了，他像条被打个半死的狗，曲腿趴在地铺的破席上，身上叮满了苍蝇。

孟新泽俯到老祁面前，老祁费力地昂起了脑袋，昂了一下，又沉沉地落下了。

老祁显然有话要说。

孟新泽嘱咐弟兄们看住大门，把耳朵凑到了老祁的嘴边：

"老祁，你要说啥？"

老祁低声问：

"和……和外面联系上了么？"

孟新泽摇了摇头。

"得……得抓紧联系！不能再……再拖下去了！咱们中间有鬼！"

孟新泽悄悄说：

"鬼抓到了，被弟兄们送到阴曹地府去了！"

"是谁？"

"张麻子！"

老祁点点头，又说：

"今日下窑，再派个弟兄到……到上巷看一下，我估摸那个露出的洞子能……能走通！我……我进去了，摸了几十米，感觉有风哩！"

"老祁，你吃苦了，弟兄们谢你了！"

老祁脸上的皮肉抽动了一下，说不上是笑还是哭：

"这些话都甭说了！没……没意思！"

这时，守在门口的弟兄大叫起来：

"饭来了！饭来了！弟兄们，吃饭了！"

老祁和孟新泽都住了口。

送饭的老高头将一筐头高粱面饼子和一铁桶剩菜汤提进了屋，弟兄们围成一团，狼吞虎咽吃了起来。

咬着铁硬的高粱饼子，喝着发酸的剩菜汤，弟兄们都在想着那条洞子……

"那是一条什么样的洞子？它的准确位置在什么地方？它能把井下和地面沟通么？"

躺在地铺上的刘子平排长一遍又一遍问着自己。他凭着两年来在地层下得到的全部知识和经验，竭力想象着那洞子存在的意义和价值。那洞子的存在，是毋容置疑的了，耗子老祁已道出了一个秘密：洞口在上巷。然而，上巷有五六个支支叉叉的老洞子，究竟哪个洞口能通向自由？这是急待搞清的。另一个急待搞清的问题是：这条有风的洞子，是否真的通向地面？倘或它只是沟通了别的巷道，老祁的努力就毫无意义了……

兴奋和欣喜是不言而喻的，被囚禁着的生命在这突然挤进来的一线光明面前变得躁动不安了。他怎么也睡不着，睁着眼睛看灰蒙蒙的屋顶。

屋顶亮亮的。夏日的太阳把黄昏拉得很长，已是六点多钟的样子了，挂在西天的残阳还把失却了热力的光硬塞到这间青石砌就的长通屋里来。屋顶是一根根挤在一起的大圆木拼起来的，圆木上抹着洋灰、盖着瓦，整个屋子从里看，从外看，都像一个坚固的城堡。黄昏

军歌　251

的阳光为这座城堡投入了一线生机，给刘子平排长带来了许多美好的联想。他想起了二十几年前做木材生意的父亲带他在长白山原始森林里看到的一个湿漉漉的早晨。做了俘虏，进了这间活棺材，那个早晨的景象他时常忆起。那日，他和父亲从伐木厂的木板屋中钻出来，整个大森林浸泡在一片白茫茫的雾气中，突然间，太阳出来了，仿佛一只调皮的兔子，一下子跃到了半空中，银剑似的光芒透过参天大树间的缝隙，齐刷刷地照到了远方那一片密密麻麻、城墙般的树干上。他惊奇地叫了起来，仿佛第一次看到太阳！

那是永远属于他的自由的太阳！

升起那轮太阳的地方，如今叫满洲国了。

作为一个中国军人，作为一个有血气的男子汉，他在国民政府最高统帅部的指令下，在众多长官的指令下，也在自己良心的指令下，参加了这场由"满洲国"蔓延到中国腹地的战争。随整个军团开赴台儿庄会战前线时，他从未想过会做俘虏，更没想过，有一天，他会向日本人告密。在台儿庄会战中，他和他所在的队伍没打什么硬仗，但，台儿庄的大捷却极大地鼓舞了他，他认定他和他的民族必将赢得这场正义的战争。

然而，接踵而来的，是灾难的五月十九日。那日半夜，徐州西关大溃乱的情景，给了他永生难忘的、刻骨铭心的记忆。

那日夜里，一切都清楚了，可怕的消息一个接一个传来，日军业已完成对徐州的大包围。徐州外围的宿县、黄口、萧县全部失守。丰县方面的日军攻势猛烈。津浦、陇海东西南北四面铁路被日军切断。最高统帅部下令撤退……五十余万国军相继夺路突围，溃不成军，徐州陷入了空前混乱之中。堆积如山的弹药、粮秣在轰轰烈烈的爆炸声中熊熊燃烧，火光映得大地如同白昼。日本人的飞机在天上狂轰滥炸,一颗炸弹落下,弟兄们倒下一片。突然而来的打击,把一切都搅得乱七八糟,各部的建制全被打乱了,连找不到营,营找不到团,团找不到师。从深夜到拂晓,崩溃的国军组成了一片人的海洋,一股脑向城外涌……

他也随着人的海洋向城外涌。长官们找不到了,手下的弟兄们找不到了,他糊里糊涂出了城,糊里糊涂成了俘虏。

他被俘的地方在九里山。那是徐州城郊外的一个小地方,据说是历史上著名的古战场。和他同时被俘的,还有孙连仲第二集团军的一百余名弟兄。

民国二十七年五月十九日,是他的精神信念大崩溃的日子。从这一日开始,战争对他来讲已不存在什么实际意义了,求生的欲念将他从一个军人变成了一条狼。

他要活下去,活得好一些,就得做条狼。

五月十九日夜间,当那个和他一起奔逃了几个小时的大个子连长被飞起的弹片削掉半个脑袋时,他就突然悟到了点什么,他要做一条狼的念头,大约就是从那时候开始萌发的。谁知道呢?反正他忘不了那个被削掉半个脑袋的苍白如纸的面孔。那时,他一下子明白了:对自己生命负责的,只能是他自己!他决不能去指望那个喧闹叫嚣的世界!那个被许多庄严辞藻装饰起来的世界上,充满了生命的陷阱。

为了对自己的生命负责,不管是做一条狼还是做一只狗,都没有什么不合情理的。这是一条世人之间彼此心照不宣的密约和真理。

脑子里又浮现出那一串固执的问号:

"那条洞子走得通么?它是不是通向一个早年采过的老井?老井有没有出口?"

是的,要迅速弄清楚,要好好想一想。告密并不是目的,告密

军 歌

只是为了追求生命的最大值,如果不告密也能得到这个最大值,他是不愿去告密的!他并不是坏人,他决不愿有意害人,他只是想得到他应该得到的那些东西。

外面的天色暗了下来,夕阳的余晖像潮水一样,渐渐退去了。漫长的黄昏被夜幕包裹起来,扔进了深渊。高墙电网上的长明灯和探照灯的灯光照了进来,屋子里依然不太黑。

他翻了个身,将脸转向了大门。

他看到了一个日本看守的高大背影。

这背影使他很不舒服,他又将身子平放在地铺上,呆呆地看圆木排成的屋顶。他还想寻到那个混漉漉的布满自由阳光的早晨。

却没寻到。

在靠墙角的两根圆木中间,他看到了一个圆圆的蜘蛛网,蜘蛛网上布满了灰,中间的一片软软地垂了下来,要坠破似的。挂落下来的部分,像个凸起的乌龟壳。他又很有兴致地寻找那只造成了这个乌龟壳的蜘蛛,寻了半天,也未寻着。

几乎失去希望的时候,却在蜘蛛网下面发现了那只蜘蛛,它吊在一根蛛丝上,一上一下地浮动着,仿佛在做什么游戏。

他脑子里突然飞出一个念头:

"蜘蛛是怎么干那事的?"

没来由地想起了女人,饥渴的心中燃起了一片暴烈的大火,许多女人的面孔像云一样在眼前涌,一种发泄的欲望压倒了一切纷杂的念头……

他将手伸到了那个需要发泄的地方,整个身子陶醉在一片美妙的幻想之中。他仿佛不是睡在散发着霉臭味的破席上,而是睡在自家的老式木床上,那木床正发出有节奏的摇晃声,身下那个属于他的女人正呻呻吟吟地哼着。

手上湿了一片。

没有人发现。

将手上黏糊糊的东西往洋灰地上抹的时候,他无意中看到,靠墙角的铺位上,两个挤在一起的身影在动。遮在他们身上的破毯子悄无声息地滑落到脚下,半个赤裸的臀在黑暗中急速地移来移去。

他明白他们在干什么。

他只当没看见。

不知过了多长时间,他睡着了。他在梦中看到了耗子老祁说的那个洞子,那个洞子是通向广阔原野的,他独自一人穿过漫长的洞子,走到了原野上,走到了自由的阳光下,他又看到了二十几年前长白山里的那个湿漉漉的早晨。

被尖厉的哨音唤醒的时候,他依然沉浸在幸福的梦境中,身边的项福广轻轻踢了他一脚,低声提醒了他一句:

"老刘,该你值日!"

他这才想起了:在出工之前,他得把尿桶倒掉。

他忙不迭地趿上鞋,走到了两墙角的尿桶边,和田德胜一人一头,提起了半人高的木尿桶。

倒完桶里的尿,田德胜照例先走了。

他到水池边刷尿桶。

就在他刷尿桶的时候,狼狗高桥踱着方步从北岗楼走了过来,仿佛鬼使神差似的,告密的念头又猛然浮了出来,他大声咳了一声。

高桥在他身边站住了,定定地看他。

他几乎未加思索,便低声叫道:

"太君,高桥太君……"

正要说话时,三号的两个弟兄抬着尿桶远远过来了。他忙把要说的话咽到了肚里。

高桥产生了疑惑:

"嗯,你要说什么?"

那两个弟兄已经走近了。

没有退路了。他做出失手的样子,猛然将湿淋淋的尿桶摔到了高桥面前。

"八嘎呀路!"

高桥一个耳光极利索地劈了过来。

显然,高桥已悟出了些什么,打完之后,高桥将他带进了北岗楼。

一进北岗楼,他跪下了:

"太君,高桥太君!我的,我的有事情要向你报告!"

高桥笑了:

"明白!明白!你的说!说!"

他想了想,却不知该怎么说,一瞬间,他觉着很惶惑。他是怎么了?他原来并没想到要告密,怎么一下子竟主动找了高桥,他该讲些什么呢?那个洞子他是不能说的,那个洞子是属于别人,也是属于他的,别人的东西,他可以拿来送给日本人,他的东西,却是不能送给日本人的。他要说的,应该是与他无关的事——与他无关,而又能使他获得好处的事!一时间,这种事却又想不出来。说弟兄们要逃跑?怎么逃?有什么证据?

他无疑犯了一个聪明的错误。他一直寻求一种稳妥的告密方式,却忘了自己在逃亡的弟兄身上押下的赌注。

他有些后悔。

"嗯!你的说,快说!"

"太君！太君！他……他们……他们要逃！我知道，我听到了他们的议论。"

他含含糊糊地说。

高桥很高兴，搓着手，踱着步。

"说，说下去！"

"具体情况，我……我、我还没弄清楚，只是听他们议论过，说……说是要和外面的游击队联系，在……在通往井口工房的路上逃！"

他编了一个逃亡的方案。

"哦？谁在和游击队联系？"

"不……不……知道！"

高桥端着瘦削的下巴，想了一下：

"好！你的大大的好！你的回去，弄清楚，向我报告！嗯，明白？"

"明白！明白！太君！"

他站起来，正要向高桥鞠躬的时候，高桥一脚将他踢到了门外……

捂着被踢疼的肚子，站在出工的队伍中，他不再后悔了，他兴奋地想：今日这突然而来的机会，他利用得不错，他没暴露逃亡的真正秘密，为自己留下了一条退路，又向日本人讨了好，如果那条洞子走不通，他就甩开手做这笔大买卖。

院子中，月光很好。

高桥太君照例在月光下的高台阶上训话。

一切全和往常一样……

军歌　257

身陷囹圄，我却老是想着二十七年五月间徐州战场上的事，做梦也尽做这样的梦，有一次，在井下依着煤帮打了个盹，一个噩梦就跳出来了。我梦见日本飞机扔的炸弹把我炸飞了，脑袋像红气球一样在空中呼噜噜地飘。我吓醒了……

人呀，落魄到那种地步，真没个人模样了。要说不怕，那是瞎话！要说没有点别的想法，那也是瞎话！那工夫，有的人真当不了自己的家哩！脑瓜要混蛋不知哪一会儿。日本人越是发狠，弟兄们就越想逃，可能不能逃出去，都挺犯嘀咕的。逃不成怎么办，半道送了命怎么办？命可只有一条哇！有人想告密，想讨好日本人，也是自然的。

这时候，弟兄们都听说了那条洞子的事，都一口咬定那洞子是通向地面的，那个洞子给弟兄们带来了多少热辣辣的希望哟，可没想到……

第三章

和往常一样，出完了第一茬煤，监工刘八爷到避风洞睡觉去了，矿警孙四睁着红丝丝的眼睛守着煤楼直打哈欠。

这照例是一天之中最懈怠的时候，弟兄们活动筋骨的机会又到了。

孟新泽营长将二四二〇窝子里的弟兄拢到身边说：

"都知道了吧？咱们这窝子上面有一个老洞子，老祁摸着了，说是有风，估摸能走通……"

孟新泽未说完，蹲在孟新泽对面的田德胜就低声嚷了起来：

"老孟，你们真要逃？！"

孟新泽瞪着田德胜：

"能逃为啥不逃？你不想逃么？你想一辈子在这儿做牲口么？"

田德胜冬瓜脑袋一歪，黄板牙一龇：

"歪子，你小子说话甭这么盛，你们逃？你们逃得了么，老子只要不逃，你们他妈的一个也甭想逃！老子说不准也学学那张麻子，向日本人报告哩！"

"你敢？"

黑暗中，一个弟兄吼。

田德胜把披在身上的破小褂向身后一摔，灯笼似的拳头攥了起来，胳膊一伸一曲的，又玩起了那吓唬人的把戏。

"不敢？我操！这世界什么都有卖的，还没听说有卖不敢的哩！爷爷迟早逃不了一个死字，爷爷就是告了你们，死在你们手里，也没啥了不起的！"

孟新泽忍不住吼了起来：

"姓田的，你他妈的还像中国人么，你是不是我们的弟兄？！"

"咦，我姓田的还是你们的弟兄，你们他娘的还知道这一点？"

田德胜眼睁得很大，面前的灯火在他红红的眼睛里燃烧着、跳跃着：

"你们什么时候把我看作你们的弟兄了，你们什么事都瞒着我一人，你们不瞒张麻子，光瞒着爷爷！你们狗眼看人低！"

孟新泽一下子明白了田德胜愤怒的原因，笑道：

"我们什么事瞒你了！这不都和你说了么？！"

田德胜依然不满，眼皮一翻：

"你们给我说啥了！里外不就是一条破洞子么！这还要你孟歪子说！老祁在号子里说时我就听到了！"

"我们想摸通这个洞子，逃出去，明白么？"

军歌　259

"算不算我？"

"当然算！"

田德胜又问：

"听说有游击队接应，真么？"

孟新泽点了点头：

"有这事！"

"他们什么时候来？"

"不知道，还没联系上哩！"

田德胜并未泄气，冬瓜头向孟新泽面前一伸，大拳头将厚实的胸脯打得"蓬蓬"响，两只肉龙眼极有神采：

"不管咋说，我干！日他娘，里外逃不了一个死，与其在日本人手里等死，不如逃一回看看！"

竟恭恭敬敬叫了声营长：

"孟营长，你甭信不过我，我田德胜坏，可就有两条好处：不怕死，不告密！不像那王八蛋张麻子，看起来斯斯文文，人五人六的，可他妈的一肚子坏水！"

孟新泽受了感动，攥住田德胜的手说：

"老田，说得好！弟兄们信得过你！"

"那，老孟，你说咱咋办吧！"

孟新泽放开田德胜的手，将目光从田德胜脸上移开去，对着弟兄们道：

"今儿个，咱们得把那个老洞子的情况摸清楚。"

田德胜自告奋勇道：

"好！老孟，我去摸吧！"

孟新泽想了一下，应允了：

"要小心,时间不能耽误得太长。听老祁说,老洞子的洞口在咱窝子上面三百米开外的地方,洞口有红砖砌的封墙,墙下有个缺口,墙上还挂着带人骷髅的危险牌。"

"知道了!"

田德胜披上小褂,要往外走。

孟新泽将他叫住了:

"等一下,这样出去不行!"

看了看煤顶,孟新泽交代道:

"刘子平、项福广,你们准备好,用炸药炸煤顶,其余的弟兄通通随我出来,到煤楼避炮!"

借着避炮的混乱,田德胜溜了,顺着二四二〇窝子,爬到了上巷,上巷方向没有出井口,阎王堂的日本人没设防。日本人不知道那条令战俘们想入非非的老洞子。

炮闷闷地响了两声,巷道里的污浊空气骤然膨胀了一下,一股夹杂着煤粉、岩粉的乳白色气浪从窝子里涌了出来。鼓风机启动了,吊在煤楼旁的黑牛犊似的机头,用难听的铁嗓门哇哇怪叫起来。黑橡胶皮的风袋一路啪啪作响的凸胀,把巷道里的风送进了二四二〇煤窝。

弟兄们在矿警孙四的催促下,没等炮烟散尽,便进了窝子。几个当班弟兄站在炸落的煤块上,用长长的钢钎捅炸酥了的煤顶,让一片片将落未落的煤落了下来。

放炮不是经常性的,日本人对炸药的控制也极为严格,能用钢钎捅落的煤顶,决不许使用炸药。用完的炸药纸和带编号的封条还要向矿警孙四交账,上井之前必得搜身。想在炸药上做文章实属妄想。

孟新泽却老是想着要搞一点炸药。炸药总是情不自禁地把他引入了另一个境界。听到煤炮的爆炸声,他就想起战场上的火炮声,他眼前就耸起了一门门怒吼的火炮,那首他和许多弟兄一起高唱过的军歌就会隐隐约约在他耳畔响起。

窝里捅放煤顶时,他和一帮拉煤拖的弟兄倚在煤帮上看,蒙眬之中,他把窝子里那跃动的电石灯灯火,想象成了闷罐军列上马灯的灯火。他总以为自己不是蹲倚在狭长黑暗的巷道里,而是蹲倚在狭长、黑暗而又隆隆前进着的军列上。

耳畔的军歌声越来越响了。仿佛由远而近,压过来一片隆隆呼啸的雷声……

　　我们来自云南起义伟大的地方,
　　走过了崇山峻岭,
　　开到抗日的战场。
　　弟兄们用血肉争取民族的解放,
　　发扬我们护国、靖国的荣光。
　　不能任敌人横行在我们的国土,
　　不能任敌机在我们领空翱翔。
　　云南是六十军的故乡,
　　六十军是保卫中华的武装!

民国二十七年春天,他就是唱着这支军歌,由孝感、武昌开赴台儿庄会战前线的。据孟新泽所知,最高统帅部原已把他们军编入了武汉卫戍部队系列,准备让他们在武昌、孝感训练一个时期,参加保卫大武汉的会战。不料,民国二十七年四月中旬,台儿庄一战之后,日军大举增兵鲁南,图谋攻取战略重镇徐州,驻守徐州的五战区吃紧。五战区司令长官李宗仁电请最高统帅部并蒋中正委员长，要他们军火速增援。最高统帅部遂调他们开赴陇海线的河南民权、兰封一带集结待命，暂归程潜的一战区指挥，情况紧急时，向徐州靠拢，增援五战区。四万多人的队伍，四月十九日分乘军列向民权、兰封开拔，嘹亮的军歌声响了一站又一站……

军列抵达民权以后，站台上突然拥来了一些五战区的军官士兵。孟新泽清楚地记得，一个白白净净的年轻军官跑上前来，向他敬了一个漂亮的军礼：

"六十军的吗？"

他点了点头。

那年轻军官口齿清楚地向他传达了最高统帅部的命令：

"奉蒋委员长电令，贵部直开徐州，向五战区报到，中途一律不许下车！"

他斜着眼睛盯着年轻军官白白净净的脸孔看了一眼，冷冷说：

"最高统帅部的命令是下给军部的，我得知道我们团长、军长的命令！"

那年轻军官立即呈上了军长的命令。

他接过来一看，见上面写着：

"我军所属各部直开徐州，中途不得下车，此令！"

下面，是他熟悉的签名。

徐州这个古老的城市，就这样和他的命运、和他们军的命运紧紧连在一起了。

河南民权车站月台上的那一幕，是他一生道路上的一个转折点。他当时并没有意识到这一点。他更没想到，他会在军列前方那个叫作徐州的北方古城结束他作为一个中国军人的战斗生涯。

军歌

他问那个年轻的军官：

"台儿庄不是大捷么？李长官会真吃不消么？"

那年轻军官叹了口气，附在他耳边低声道：

"情况不妙哇！老兄！台儿庄一战之后，日军又集中八九个师团的兵力在鲁南，板垣的五师团、矶谷的十师团、土肥原的十四师团，都来了；另外还有刘桂堂、张宗援等部的伪军，总计投入兵力估计已有二十万以上。台儿庄再次吃紧，老兄，看光景要大战一场了，蒋委员长这一回是下大决心了。"

他的热血一下子冲到了脑门，脱口叫道：

"妈的，早该好好打一仗了！伙计，瞧我们怎么用大炮轰他们吧！"

站在缓缓启动的列车上，他还在向那个年轻军官招手哩。

军车开到车福山车站停下了，那是四月二十二日深夜。拂晓，部队奉命渡过运河，其时，东南方向枪声大作。随即，他们团在一个叫陈瓦房的小村前不期与攻入之敌相遇。由于没有准备，仗打得不好，弟兄们伤亡不少。后来，他才知道，那工夫，汤恩伯军团所属各部已在日军攻势之下向大良壁东南溃退，左翼陈养浩部已退到了岔河镇，整个正面防线形成了一个大缺口。为了堵住这个缺口，继陈瓦房之后，邻近之邢家楼、五圣堂又展开激战。

激战初期，他和他的弟兄们情绪是高昂的，他们都下定了作为一个中国军人以死报国的决心。因为，他们知道，他们进行的这场战争，是关乎国家命运、民族命运的大搏斗。

他曾在陈瓦房看到过一个牺牲了的连长的遗书，那遗书上的话使他久久不敢相忘。

遗书是写给新婚妻子的，其中写道：

"倭寇深入我中华国土，民族危在旦夕，身为军人，义当报国，如遭逢不幸，望你不要悲伤。如我们已有孩子，不论男女，取名抗抗；只要我中华民族众志成城，万众一心抵抗下去，则中国不亡，华夏永存！纵然是打上五十年，一百年，最后的胜利必是我们的！"

血与火的考验就这样开始了。

从四月二十二日的遭遇战打响，到五月十九日徐州失守，他们团在几场激战中死亡过半，死神两次扑到了他身边。一次是在禹王山，一颗炸弹落到了前沿火炮阵地上，在前沿指挥所指挥战斗的一位连长在他身边壮烈殉国，他被炸起的黄土埋了起来，侥幸没有中弹。一次是在那个被俘的刺槐树林，日本人的机枪组成了一道密不透风的火力网，呼啸的子弹雨点般地飞，身边许多弟兄都倒下了，他军帽和裤腿上被弹头穿了两个洞，竟又没有中弹！

民国二十七年的五月十九日对于参加徐州会战的五十万中国军人来说，是一个灾难的日子，而对他个人来说，则又是一个侥幸的日子。

其实，五月十九日他不该留在徐州，他们军也不该留在徐州。在台儿庄、禹王山一线的长达二十七天的战斗结束之后，他们军伤亡惨重，从云南拉出的四万多人，只剩了两万人，部队必须休整。五战区长官部下令交防，五月十四日，全军撤出防线，由贵州新编第一四〇师接防。不料，五月十八日，五战区长官部突然下令，要他们奔赴徐州，参加守城之役，并掩护鲁南兵团撤退。就这样，他们陷入了日军的重围。

他们是五月十九日拂晓进入徐州的，这一日，战争机器在徐州古老的土地上高速运转着，千万人的性命在这部机器的辗压下化作了尘埃。空中是日军飞机的轮番轰炸，地面是火炮、机枪、坦克的铁壁合围，聚在徐州的所有部队全陷入了一片混乱之中。五月十九日的阴影从他们踏入徐州市区就朦朦胧胧感觉到了。

军 歌

这是一个地地道道的战争陷阱。五战区长官部已经撤退，徐州处于弃守状态，鲁南二十几万大军挤在徐州市区至宿县的公路上、麦地里汹涌南流，像泛滥的黄水。市区的路边到处扔着废弃的火炮，砸坏的枪支，烧焦的被服，发臭的死尸，整个徐州古城都在轰轰烈烈的爆炸声中震颤。

五战区司令长官李宗仁，为了向最高统帅部做最后的交代，令他们于徐州失守时进行游击战，并将徐州中央银行未能搬走的钞票二十二万元法币拨给他们作为军饷。长官部声称徐州防线固若金汤，徐州九里山国防军事坚不可摧。不料，实地探视的结果令人失望，军部决定弃守徐州，减少无谓的牺牲。他们的军长在徐州近郊的一个村庄找到了未及撤走的第二集团军总司令孙连仲。这时，孙连仲和他的随行人员已换上了便衣，准备撤离。孙连仲说："撤吧！局势已坏到了这样，徐州反正是守不住了！"他们这才遵命突围。

后来，他从武汉之役后被俘的弟兄那里，听说了孙连仲的情况。这位曾指挥着千军万马取得了台儿庄大捷的集团军总司令，是在徐州失守的当天下午化装成商人，从东线雇民船到淮阴，其后，又由江苏省主席韩德勤设法护送到上海，辗转香港，才回到武汉向最高统帅部报到。

战争是个神奇的魔术师，任何显赫的元帅、将军在它手里都只是道具。战争制造奇迹，也制造幻觉，它是最大的赐予者，又是最残忍的剥夺者。

他对着乌黑的煤壁曾这样感慨地想。

而他的命运远远不及这位集团军总司令。他成了俘虏，变成了战争的垃圾，战争的弃儿，他们生命的主权已被胜利者没收了。

五月十九日是一团乌云，是一片黑烟，是一群停落在坟头上的乌鸦……

然而,也就是这个灾难的五月十九日,使他对战争有了刻骨铭心的认识,他的生命,他的悟力才突然跨到了一个高度。这个高度是他十八年行伍生涯都没有跨越过的。十七岁那年的秋天,一个细雨蒙蒙的早晨,他穿着一身土布衣衫跨进了云南讲武堂的门槛,成为一名军人。在其后的十余年中,他打过许多仗,甚至负过两次伤,可战争的真实气氛却从未领悟到,他是在五月十九日的徐州市区懂得战争的。

战争原来可以打成这个样子!

从事战争的军人原来可以变得这么无可奈何!

也许这令人沮丧的心理从根本上影响了他,最终促使他在那个刺槐林举起了握枪的手。谁知道呢!

带着纷杂的思绪,他迷迷糊糊睡了过去,在那匆忙、短暂的梦中,他又把那场逝去了的灾难重度了。

他的记忆永远停在了五月十九日这个普普通通的日子上。

五月十九日对他来说是永恒的。

田德胜又怎能忘记五月十九日呢?那日,他不是发了昏,就是中了魔,迷迷糊糊跑了快一天,在十九日夜里进了徐州。他们的汤恩伯司令那时并不在徐州,汤司令一看战况不妙,一溜烟颠了,连师长都不知道他颠到了什么地方。

他跑到了徐州。他是趁日本飞机的一次轰炸溜掉的,他怕不溜掉,迟早要被那猴脸刘连长枪毙。日军的空袭过后,他躲到了齐腰深的麦地里,硬是在麦地里趴了一上午,等到蝗虫般的队伍全过完了,才爬起来搓些麦穗吃,吃完稀里糊涂上了路。

一路上没瞅着多少人,只见队伍像决了口的水一样,一阵阵往

军歌　267

他走过的大路上漫，只要一碰上队伍，他就躲到河沟旁、麦地里，反正不和他们照面。凭他三次成功的和一次不成功的逃跑经验，他认定和大部队反方向走，不会有大错。在他看来，日军和国军对他的性命都存在着威胁，来自国军方面的威胁似乎更大一些，这一回若是被抓住，猴脸刘连长一定不会饶他！两个月前，他已逃过一次，被抓住了。他打定主意搞一套便服，化装成老百姓，拔腿回河南老家。

肩上的枪没扔，他要靠它换钱。

在徐州近郊王庄的一条小河边，他大枪一横，把一个蹲在河边解手的老头给吓个半死，老头差一点儿栽到了河里。

"老头，把褂子脱了！"

老头从河边爬起来，规规矩矩脱了。

"裤子！"

借着昏暗的星光，发现老头只穿了一条大裤衩。

老头直向他作揖：

"脱了裤衩，我可咋回家见人，老总……老总，您行行好，饶了我吧！"

裤衩不要了，军褂扔给了老头，自己将老头的褂子穿上了：

"喂，老头，要枪不，三块钢洋就卖！"

老头直拱手：

"老总，你白送我，我也不敢要！"

他火了，枪栓一拉：

"妈的，老子想卖，你就得买！三块大洋，多了不要，回家拿钱去！老子在这儿候着！"

老头极不情愿地道：

"我……我回家商量一下。"

"快去快来！"

"好！好！"

老头一走，他马上觉着不对头！这老王八说不准回村叫人，他独自一人，闹得不好准吃亏！

不敢等了，自愿舍弃了一笔军火生意，枪一夹，继续赶路。

这是五月十九日晚上九点多钟的事。

十一点多，他从西关段庄进了徐州城，徐州城里的国军大部分已撤走了，他站在西关大街上转，依然想着找个地方弄点盘缠。

就在这时，六十军的一个当官的和几个弟兄把他叫住了：

"哪部分的？"

"我……我……自家弟兄！自家弟兄！"

"和队伍走散了？"

"哎！哎！"

"到底是哪部分的！"

他装傻，翻着白眼，很卖力地说：

"我们连长姓王，脸上有麻子！"

"饭桶！哪部分的都不知道么？"

他眼睛一闭，信口开河道：

"第二集团军三十五师的！"

第二集团军有没有三十五师，他根本不知道，他料定那帮云南兵也不会知道。

果然，那帮云南兵被他唬住了。

"走吧，跟我们走，徐州守不住了，大部队都转进了！"

他只好跟着那帮云南人走，走到一家炸塌了门面的饭馆门口，黑暗的空中突然响起了轰轰作响的飞机马达声。他刚趴到地上，一颗

军 歌　269

颗炸弹就在他身旁炸响了,他眼前一黑,失去了知觉。

醒来的时候,已是二十日中午,他听到了一声尖厉的枪声,仿佛就是对着他脑门打的,他本能地抓起了枪。

手却被一个沉沉的东西压住了,他趴在地上,抬起头,看到了一双沾着黄泥巴的黑皮靴。压着他那握枪的手的,就是那沾着黄泥巴的黑皮靴!他顺着皮靴往上看,又看到了一只悬在空中的指挥刀的刀鞘,那刀鞘在悠悠地晃,刀鞘的顶端包着黄铜皮。

是个日本官!

他叫了起来:

"太……太君……我的……我的……我的老百姓!良民的!良民的大大的!"

日本官一脚将他踢了个仰面朝天,操在手中的刀举了起来,腥湿的刀刃上跃动着一缕五月的阳光。他身子缩成一团,又叫:

"我投降!我……我的投降!"

那缕凝聚在刀刃上的五月的阳光终于没跳到他的身上,日本官手腕一转,指挥刀在半空中划出了一个漂亮的弧。

不知从什么地方跑来了两个端长枪的日本兵。

日本官将指挥刀插入刀鞘中,向两个日本兵讲了几句鬼子话,两个日本兵用长枪上的刺刀逼着他,要他站起来。

他摇摇晃晃站起来了,当天下午被押到了邻近的一个小学校里,后来,又被押到郊外一个战俘营里,最后,进了日本西严炭矿的阎王堂,成了给日本人挖煤的牲口。

他的胸前从此便佩上了一个战俘标记:"西字第〇五一四号"。

这是他一生五次逃跑中最悲惨的一次,比根本没成功的第四次逃跑还要悲惨!第四次逃跑虽说没有成功,虽说吃了一顿军棍,可总还保住了一个自由的身子,这一回,一切都完了,落入了日本人手中,而且又是手中抓着枪被日本人活拿的!这实在是不幸之中的大不幸。他不是在十几个小时前就退出战争了么?他不是已将军褂换作粗布小褂了么?咋又想来抓枪?如若不去抓那杆值三块大洋的钢枪,日本人或许不会把他编为"〇五一四号"战俘。

这他妈的都是命!

如今想来,最后一次丁,无论如何不该卖的,为了八十块大洋,顶着人家田德胜的名字,到日本人手里送死,实在是太不划算了!这笔买卖从一开始就不公道,现今是彻底做砸了!

一条命卖八十块大洋,真他娘笑话!

得扳本!无论如何也得把本扳回来!得把这条值八十块的性命从日本人手里偷走!否则真他妈的赔血本了!自打进了阎王堂,他就在井上、井下悄悄算计了,随时随地准备拔腿走人。然而,严酷的现实令他沮丧,高墙、电网、刺刀、狼狗,把他那想入非非的念头一个个粉碎了,他几乎看不到偷盗的机会。以往逃跑的经验完全用不上了,他像个第一次做贼的傻里傻气的新手,根本不知道该怎么把自己颤抖的手插入人家的腰包。

突然,机会送到了面前,耗子老祁竟探到了一个老洞子!孟新泽竟将再度摸索这条老洞子的差使交给了他!他一爬上上巷,脑子里就及时地爆出了一个热辣辣的念头:日他娘,现在不走,更待何时?!

那些弟兄们他管不着了,他只能管他自己,只能保证自己在这笔人肉买卖中不亏本!他独自一人悄悄逃,人不知,鬼不觉的,成功的把握就大;而若是和孟新泽他们一起逃,动静闹大了,搞不好准会一败涂地,甚至连命都送掉!他可不是傻瓜,才不上这个当哩!

他想得入情入理,坦荡大方,心头根本没有丝毫的愧疚。在他

军歌

看来，面前这个混账的世界上根本不存在愧疚一说！有力气，有本事，你打垮他，没力气，没本事，他压扁你！谁对谁都说不上什么愧！在军营里挨军棍，他活该！给猴脸连长倒尿壶，也他妈的活该！在阎王堂他揍了谁，谁认倒霉，如今，他骗了孟新泽这帮杂种，他们也只能认倒霉！

这世界，这年头，谁顾得了谁？！

踩着泥泞的风化页岩路面，张口气喘地向巷道的顶端爬，眼前已升起了一轮飘荡的太阳。他仿佛看到那轮太阳悬在白云飘浮的空中，火爆爆地燃着，村头成熟的高粱地上环绕起一片蒸腾的雾气。

想起了家乡的高粱地。

想起了在高粱地里和他睡过的嫂子。

嫂子图钱。他几次卖丁的钱，一多半被嫂子的温存哄去了。

买来的温存也他娘的怪有滋味的！他睡在阎王堂的地铺上不止一百次地想起过嫂子，大手只要往那东西上一放，嫂子黑红亮堂的笑脸准他妈的从高粱地里窜出来。

日他娘，只要能逃成，能逃到家中去，第一个目标：高粱地！

——自然，得拉着嫂子！

一脚踩入了个脏水凹里，身体突然失重，扎扎实实跌了一跤，头上的柳条帽沿着坡道往下滚，在身后的一根长满霉毛的棚腿前停住了，电石灯摔落到地下，灯火跳了一跳，灭了。

还好，没摔伤。

他从满是泥水的地上爬起来，先从灯壁的卡子上取下用油纸包着的洋火，将灯点了，然后，又被迫转身向下走了几步，拾起沾着泥水的破柳条帽戴到头上，继续向上爬。

上面是死头，不通风，整个巷道温吞吞的。

一路爬上去，他看到了两个挂着骷髅标志的密封墙，那墙都是砖石砌的，墙下没有洞。他记得孟新泽说过的话：那条要找的老洞子密封墙下是有洞的。

他一直找到尽头，也没找到那个老洞子，他只好往回走。往回走时，他变得不那么自信了，他被迫将许多奢侈的念头排除到脑外，一心一意去寻他的自由之路。

他估摸自己摸出来有二十分钟了。

又往下走了不到三十米，他在巷道的另一侧发现了那条令人神往的洞子。那洞子的密封墙下面果然有一个半人高的缺口，缺口处有一股哗哗作响的水在向巷道里流，他想，那堵密封墙可能是被洞子里的老水冲破的。

他的心一阵狂跳，几乎没来得及做更仔细的判断，便将脑袋探入了密封墙的缺口里，手举着灯，对着老洞子照。

灯光照出了五步开外，他看到了一条布满褐黄色沉淀物的弯弯曲曲的水沟，看到了一堆堆冒落下来的煤块和矸石，看到了顶板上的淋水在水沟里溅起的水花。老洞子又窄又矮，像一条用了许多年没有打扫过的歪斜的烟囱。

他像狗一样钻了进去。

他把电石灯噙在嘴上，用长满老茧的手掌和被矸石磨硬了的膝头在洞子里爬。他爬得极为小心，每向前爬一步，总要先上上下下看一下，他怕冒落的顶板和倒塌的煤帮把他压在地下。他的蒜头鼻子不停地嗅，小心翼翼地防范着那不动声色的杀人凶手——脏气。

现在，他不急了。他认为至少已把大半个生命掌握在自己手中了，他的偷窃已有了八分成功的把握。他不能输在日本人手里，也不能输在这条深不可测的老洞子手里，他要把他们都打垮，而不能被他

军歌

们压扁!

希望在前面,在上面,在那重重黑暗的后面!越向里爬,他的信心越足了。这条一路上坡的老洞子无疑是通向地面的。它是向上的!不是向下的,这一点至关重要!

浑身都湿透了,汗水、淋水、身下的流水,把他变成了一个水淋淋的两栖动物。不断碰到水星的灯火在噼噼啪啪炸,他那湿漉漉的眉毛,被爆起的灯火烧焦了一片。

爬了有三四十米,洞子依然弯弯曲曲向前上方伸着。他不敢爬了。他想起了风,他觉着这条老洞子里似乎没风。

没有风准有脏气!

脏气能把人憋死!

他依着煤帮坐下来,大口喘着气,脸上、额上的汗珠雨一样地落。

就这么坐了一会儿。

他没感到头昏,也没看到面前的灯火一窜一窜地跳,他判断至少到这个地段为止,洞子里的脏气不重。

又向前爬。爬了大约二三十步,他呆了!他爬到了头。爬到了一个平坦的地段上。一个接着洞顶的水仓切断了他的求生之路。他身下的水就是从那个漫顶的水仓里溢出来的。

混账的老祁骗了他,孟新泽这杂种骗了他,命运之神骗了他,他一下子从幻觉的天堂跌入了现实的地狱。他的高粱地,他的渺小的春梦,他的自由,全他妈的闷在这个翻腾着黑水的水仓里了。

价值八十块钢洋的生命依然不属于他自己,依然属于大日本皇军,他依然是"西字第〇五一四号"战俘。

这是一次不成功的偷窃。

他狼嗥似地哭了起来，哭得放肆，大胆，无拘无束，几乎失去了人腔。

他要尽情地发泄，他要把自己的怨愤、不满、绝望通通摔在这个老洞子里，然后再去寻找新的偷窃机会。

哭了一阵子，他连滚带爬往下摸，"〇五一四号"战俘的身份又明确地记了起来，他不敢懈怠，他要赶在混账的刘老八进窝之前，赶回二四二〇煤窝。

一身泥土溜到煤楼旁时，看到刘子平和几个弟兄正拖着沉重的煤筐从窝子里挣出来，矿警孙四正在叽叽咕咕说着什么。他灭了灯，闪在黑暗中向刘子平和那几个弟兄打了个手势，几个弟兄把拖筐里的煤往煤楼里一倒，围着孙四讨筐牌，他借这机会急速溜进了窝子。

他刚进窝子，孙四也进来了。

孙四扯着嗓门结结巴巴喊：

"弟……弟兄们，得……得抓紧点啦！现在八……八点了，定额可还没……没完成一半，日本人那儿，我……我可交不了差呀！你们挨了罚，可甭……甭怪我孙某人！"

孟新泽说：

"四哥，你放心！弟兄们不会让你为难！"

孙四哼哼唧唧走了。

弟兄们这才一下子将他围住了：

"怎么样？"

"能走通么！"

"那老洞有多长？"

他把头上的破柳条帽向地上一摔，吵架似的恶狠狠地道：

"走他娘的屁！那洞子是死的！"

喧闹的煤窝陷入了死一般的沉寂中。

许多凶恶的眼睛在盯着他看,一盏盏聚到他脸上的灯光照得他睁不开眼,他突然有了一丝怯意,又叹了口气道:

"老祁上次没走到头,我他娘的爬到了头,是死洞子!迎头是个水仓,大许是日本人开巷时存老塘水的。"

"你不会走错吧!"

孟新泽问。

他又莫名其妙地烦躁起来:

"怕我走错,你屄操的自己再去摸一趟!"

彻底绝望了。孟新泽铁青的脸膛剧烈地抽动起来,歪斜的嘴角几乎要扯到耳朵根。

刘子平脸变得苍白,两眼痴痴地望着手上的灯发呆,仿佛刚挨了一闷棍。

不知是谁在黑暗中呜呜咽咽地哭……

前一阵子看了一部电影,日本的,叫什么名字想不起了。电影说到了徐州,那些横枪列队开进徐州的日本兵在唱:"徐州,徐州,好地方。"我看了怪心酸的!当年的徐州对几十万参加会战的弟兄,对我们这些战俘,可不是好地方啊!

我说到哪了?噢,说到了那条老洞子,那条老洞子不通,又派人摸了一次,还是不通,弟兄们只好另想办法。约莫三四天之后,又一个消息传来,说是和外面山里的游击队联系上了,井上井下一齐暴动。井下的弟兄通过风井口冲向地面,上面有游击队接应;井上的弟兄在游击队炸毁了高墙后往外突。两个战俘营的千余号弟兄又一次紧急串连起来,只等着那个谁也不知道的指挥者确定暴动时间……

第四章

"这烟不坏!"

刘子平想。

坐在棕褐色猪皮蒙面的高靠背椅上,刘子平贪婪地抽着烟,两只眼睛眯成了一道缝。眼前的景状因此变得模糊起来,大桌案后的高桥太君,太君身后墙上的太阳旗,桌上的电话机,都和他拉开了距离,仿佛一个遥远的旧梦中的景物。

他一口接一口地抽烟,那支和三八步枪子弹差不多长的小白棍,从放到干裂的嘴唇上就再也没拿下来过,灰白的烟灰竟没有自己掉下来。

这烟确实不错。

刘子平抽完了一支,将烟头扔到了地下,用趿着破布鞋的脚踩灭了,一抬头,又看到了放在桌上的那盒烟。他的眼睛不自觉地在那盒烟上多停了一会儿。

托着下巴坐在桌后的高桥太君笑了笑,很友好地说:

"抽吧,你的,再抽一支,客气的不要!"

他冲着高桥太君哈了哈腰,点了点头,又哆嗦着手去摸烟。

第二支烟点着的时候,他不无得意地想:自由对他来说,只有一步之遥了,只要他把那桩巨大的秘密告诉面前这位日本人,这位日本人定会把应有的报偿支付给他,以后,他想抽什么烟,就能抽什么烟,想抽多少,就能抽多少,想什么时候抽,就能什么时候抽。

秘密在他心中。这无疑是一笔财富,是一笔任何人也抢不走的财富。他要靠这笔财富换取生命的自由。在做这笔交易之前,他得弄清两点：第一点是买主的诚意，第二点是能索取的最高价钱。

对第一点，他不怀疑。面前这位高桥太君无疑是有诚意的，高桥太君一直在这高墙下面搜索阴谋，他出卖给他的，正是他所需要的阴谋，这交易他自然愿意做。高桥一般不会卸磨杀驴的，若是他卸磨杀驴，日后谁还会和他合作？！自然，必要的提防也是少不了的，得小心谨慎，水过河似的，一步步试着来。

第二点很难说。闹得好，日本人或许会将他放掉，再给他一笔钱；闹得不好，他还得留在阎王堂里给日本人当差。给日本人当差他不能干，那样，迟早要把性命送在自家弟兄手里。张麻子留给他的教训是深刻的。

他打定主意，不到最后关口，决不把真正的秘密端出来！卖东西就要卖个俏，卖得不俏，没人要。他要做的是一笔一回头的大生意，一锤头砸下去，没有反悔的可能，他不得不慎而又慎。他要和自己的弟兄们斗，也得和日本人斗哩！

第二支烟抽了一半的时候，高桥太君说话了：

"你的，搞清楚了？有人要逃？"

他慌忙点点头，极肯定地道：

"是的，太君！他们要逃！好多人要逃！"

"有人在战俘里面，哎，串联？"

"有的！有的！"

这都是些无关紧要的话，是买卖开张前的吆喝，旨在吸引日本人来和他做这笔买卖，根本不涉及买卖本身，说多说少，说轻说重都是无害的。

高桥像乌龟似的，把瘦脖子伸得老长，小眼睛炯炯有神：

"谁在串连？"

想了一下，决定先把那秘密扳下一点给高桥太君尝尝：

"是孟新泽，六号大屋的！"

高桥太君皱了皱眉头：

"孟——新——泽？孟……"

太君站了起来，走到身边的柜子旁，顺手拉开了一个抽屉，取出一叠战俘登记册和卡片。

他知道高桥太君要干什么，讨好地道：

"太君，孟新泽的战俘编号是'西字第〇五四二'号！"

高桥太君一下子将那张〇五四二号卡片抽了出来，看了看，用手指弹着说：

"姓孟的，做过连长？"

"不！他是营长，是六十军一〇九三团炮营营长！被俘时，他欺骗了太君，现在又是他在战俘中串通，唆使战俘们不给皇军出煤，通通的逃跑！"

高桥攥起拳头，在桌上猛击一下：

"我的，今夜就让狼狗对付他！"

他慌忙扑到桌前：

"太君，高桥太君！这……这样的不行！"

"嗯？"

高桥太君瞪大两眼盯着他看。

他更慌了，探过身子，低声下气道：

"太君，据我所知，战俘中有个反抗大皇军的组织，我只知道一个孟新泽，其他人还没弄清楚，这些人还在和外面联系哩，那个联系人也没找到。我……我想都弄清楚了，再向太君报告！"

高桥太君点了点头，鸡爪似的手压到了他肩头上：

军歌

"你的,大大的好!你的,帮助我的,我的,不会亏待你!我的,把他们一网打尽,把你放掉!放掉!明白?"

"明白!明白!太君!"

这点秘密渣儿,高桥太君一尝,就觉着不错哩!

高桥太君慷慨出了价。出了价,自然想看看下面的货色,高桥太君又开口了:

"他们的,串连了多少人,四号井的战俘,他们串没串过?他们要什么时候逃?"

这些问题,他确乎不知道,但,他不能说自己不知道,做买卖不能这么老实:

"太君,他们串连了不少人,各个号子都串了,四号井也串了!什么时候逃,外面的游击队什么时候来,我还不知道!估摸就在这几天吧!"

高桥太君吃惊了,叫道:

"这不是逃跑,是暴动!我的,要把他们通通枪毙!"

"是的,太君,是该通通枪毙,不过——"

高桥太君笑道:

"你的放心,现在的,我的不会动他们,皇军要把他们和外面的游击队一网打尽!"

"太君高明!高明!"

高桥又问:

"来接应暴动的,是哪一支游击队?是共产党乔锦程?还是那个何化岩?"

"这个……这个,我的不知道!"

"和外面游击队联系的人是谁?你的,也不知道吗?"

他想告诉高桥太君：他怀疑井下二四二〇窝子的矿警孙四，甚至想一口咬住孙四，然而，转念一想，又觉着不妥：倘或孙四真是秘密联络员，那么，抓了孙四，暴动就不会按计划进行了，游击队就不会来了，他的秘密也就卖不出好价钱了。

他痛苦地摇了摇头：

"太君，我的，真的不知道！"

高桥太君显然很失望，但脸上却堆着笑。

"回去以后，你的，要把这个联络人找到！要尽快把暴动的时间告诉我，明白？"

"明白！明白！太君！"

他转身回去了，临走时，又向桌上的烟看了一眼。

高桥太君让他把烟拿着，他想了想，还是忍住没拿。那一瞬间，他猛然想起了一句挺高明的话："小不忍则乱大谋"……

刘子平被提走时，六号大屋的弟兄们都在睡觉；刘子平回来时，六号大屋的弟兄们依然在睡觉。孟新泽却没睡，他眼看着刘子平心慌意乱被提走，又眼看着刘子平满面愁容地走进来。刘子平在地铺上躺下时，孟新泽轻轻咳了一声。

刘子平立即在黑暗中轻轻叫了起来：

"老孟，孟大哥！"

孟新泽应了一声：

"老刘，爬过来！"

他们的地铺是并排的，当中隔着条一米左右的过道，已是晚上九点多钟的光景了，过道上没有灯光，黑乎乎一片，刘子平狗一样爬过来了，两只脚一下子伸到孟新泽面前，自己的身子贴着孟新泽的身子躺下了。

刘子平没敢将头凑到孟新泽面前，他怕孟新泽嗅出他嘴里的烟味。

孟新泽只得把身子曲起来，头抵着刘子平的膝头，低声问：

"怎么回事？日本人突然把你提出去干啥？"

刘子平极忧虑地道：

"老孟，怕是有人告密啊，日本人仿佛知道了点啥！高桥老逼问我：张麻子是怎么死的？谁给我们通风报信的？他说，有人向他报告了，说咱们要组织逃跑！"

"这痨病鬼是唬你的！他要真知道了，还问你干啥？！"

"我没说，啥也没说！高桥让我再想想，说是给我两天的时间，两天以后，就要用狼狗对付我！老孟，孟大哥，可得快拿主意了！"

正说着，铁门又响了一下，靠门边的项福广被提走了，提人时，日本看守竟没注意孟新泽的铺上挤着两个人。

"看，老项又被提走了！保不准又是问那事的！孟大哥，咱们得行动了！说啥也得行动了！不是和外面联系上了么？咋还不把日子定下来！"

孟新泽道：

"这事不能急，得准备充分些，要不，没把握！"

"具体日子你不知道么？"

"不知道！这日子要是我能定，我他妈今夜就干！"

刘子平叹了口气：

"完了，两天以后，我非落个老祁的下场不可！"

"你也得像老祁那样挺住！"

刘子平怯弱地道：

"我……我……我不敢说这硬话……"

孟新泽恶狠狠地道：

"你想做张麻子么！"

刘子平狡猾地撇开了话题，近乎哀求道：

"孟大哥，快逃吧！再拖下去，弟兄们可都他妈的完了！"

竟嗡嗡嘤嘤哭了两声。

孟新泽开始安慰他，两人又悄悄讲了许久，刘子平才又溜到自己的铺位上睡了。

这夜，一切正常，十一点钟，哨子照例响了，号子里的弟兄照例匆匆忙忙地趿鞋，穿衣。十一点二十分，高桥训话。十一点半，门楼下的钢板门拉开了，十一点五十五分，阎王堂二百多名战俘和四号井的二百多名战俘全挤进大罐下了井，他们当中的绝大多数人都不知道：暴动将在今夜举行……

这一切来得都很突然。

最初，煤窝子好像有人叫，声音短促，尖厉，矿警孙四警觉地从煤楼边的守护洞里钻了出来，支着耳朵听。那短促尖厉的声音却消失了。通往煤窝的洞子是黑沉沉的，静悄悄的。孙四以为是幻觉，又把枪往怀里一搂，缩到了守护洞里。

坐在笆片支起的铺上，他还是不放心，总觉着今夜有些怪。战俘们的神气有些不对头哩！他们似乎是酝酿着什么重大事情，从东平巷往二四二〇窝子爬的时候，有些人就在那里交头接耳，尤其是〇五四二号孟新泽，一会儿走在前面，一会儿拖到后面，老和人叽咕什么。

他们莫不是想闹事吧？

他不禁打了个寒战，搂在怀里的枪一下子横了过来，枪口正对着黑乌乌的煤洞子。

他想：只要有人从煤洞子里扑出来，他就开枪，他知道，枪一响，守在东平巷的日本人和矿警就会赶来救援，任何捣乱的企图都会被砸个粉碎！

其实，不到万不得已，他真不愿开枪。他对这些战俘蛮同情的，平常对他们也并不坏。他和刘老八不一样，从未向日本人报告过什么，也从未打过哪个弟兄，他认定他们没有理由和他为难。

往好处一想，脑瓜中那根绷紧了的弦又松了下来，长枪往肩上一背，挂在棚梁上的灯往手上一提，径自向洞子里走去。

他得看看，煤窝子里究竟发生了什么没有。

弯着腰在通向煤窝的洞子里走了二三十米，两盏晃动的灯迎着他跳过来了。他停住脚，把灯往地上一放，枪横了过来：

"谁，干什么！"

迎面传来一个惊慌的声音：

"不好了！炸帮了！埋进去三个，刘八爷也埋进去了！"

"哦？快去看看！"

孙四说着，提起灯，加快步子往煤窝里去，刚走到煤窝里，就看到了刘老八摊在地上的血肉模糊的脸。他突然觉着不对劲，刚要把枪从肩上取下来，几个人已拥到他身边，一下子将他摔倒在地上，枪也被夺走了。

他吓慌了，挣扎着喊：

"干……干什么！你……你们要干……干什么？"

〇五四二号孟新泽蹿到了他面前：

"四哥，你甭怕！弟兄们不会害你的，弟兄们要逃，要逃，懂吗！"

"逃……逃……逃？你……你们逃了，我……我咋向日本人交……交账！你……你们甭害我……我了！我……我可从没做对……对不起你们的事哇！"

孟新泽极热情地道：

"四哥，你也和我们一起逃吧！"

孙四越急，结巴得越厉害了：

"逃……逃得……得掉……掉……掉吗？日……日本人在……在上面，咱在……在……在下面！"

孙四提出了一个反建议：

"老……老孟，还……还、还是甭……甭逃了吧！你……你们甭……甭逃，我……我也不……不向日本人报……报告！咱……咱们还是好……好弟兄！刘八死……死了活该！"

孟新泽脚一顿，恶狠狠地否决了孙四的反建议：

"我们弟兄受够了！这一回，非逃不可！"

王绍恒也在孟新泽身后嚷：

"老孙，别怕，上面有咱们游击队接应哩！"

孙四还是不同意，他认定孟新泽他们不会杀他，便躺在洞口道：

"你……你们真……真要逃，就……就先……先杀……杀了我吧！你们不……不杀我，日……日本人也……也要杀我的！"

不曾想，孙四话刚落音，黑暗中突然有人扬起煤镐，恶狠狠一镐头砸到了孙四的脸上，孙四一声惨叫，身子剧烈地抽颤起来，砸开了花的脸上，白糊糊的脑浆和殷红的血搅成了一片。

他两腿拼命一蹬，身子一挺，死了。

"谁？谁干的？"

孟新泽吼。

黑暗中的杀人者慢慢站到了孟新泽面前。孟新泽借着灯光一

军歌　285

看，那人竟是刘子平！

"老刘，你……你咋能这样干？"

刘子平有些惶恐地道：

"我……我也不知道！我……怕耽误时间，老孟，快……快行动吧！晚了，日本人知道就麻烦了！"

"对，孟大哥！快干吧！不能磨蹭了！"

"孟营长，你快说，咱们怎么走？"

"……"

身边的弟兄们也跟着嚷。

孟新泽这才将目光从孙四血肉模糊的脸上收回来，对着众人道：

"弟兄们，事情已经闹到这个份上了，逃是个死！不逃也是个死！今夜，咱们拼死也得逃！咱们走风井口，风井口有乔锦程和何化岩的游击队接应，约好的时间是夜里三点。"

孟新泽将抓在手上的那块原本属于刘八爷的怀表举到灯前看了看，又说：

"现在是一点十五分，离约好的时间还有一小时四十五分钟，咱们二四二〇窝子距风井下口只有二十分钟的路，时间很宽裕，现在咱们要帮助其他窝子的弟兄，把矿警队除掉，把井下的电话线全掐断，封锁暴动消息。那些在生产区的日本人、矿警，一个也不能让他们溜到井口去！只要咱们能将消息封锁到三点，大伙全聚到风井下口，事情就算成功了！听明白没有？"

"明白了！"

黑暗中响起了一片闷雷般的应和声。

"下面，我来分一下工：项福广、王绍恒你们带三个弟兄去对付东平巷的那两个矿警和一个日本人！田德胜、赵来运、王二孩跟我一起到二四二二、二三四八两个窝子去!"

刘子平自告奋勇地道:

"老孟,不是要掐电线么?我去!干掉东平巷的那三个小子后,我就把通往井口的电话线掐了!"

孟新泽想了一下:

"再给你配两个人!钱双喜,李子诚,你们跟着老刘去!"

分完工后,孟新泽再次交代:

"记住,要小心谨慎,无论如何都不能开枪!也不能让鬼子和矿警开枪!不要怕,咱们有一个半小时,有四五百号人,生产区的矿警、鬼子,统共不过二三十,他们不是咱们的对手,千万不要怕!"

煤窝里的弟兄们纷纷抓起煤镐、铁锹,三五成群地沿着下坡道向东、西两个平巷摸,蓄谋已久的暴动开始了。

这是民国二十九年六月二十九日深夜一点二十三分。

一时三十五分,守在东平巷口的两个矿警和一个日本人被利利索索地干掉了。担负此项任务的项福广挺聪明,他把孙四的矿警服套到了身上,又提上了孙四的大电石灯,电石灯的灯光很亮,照得巷口的那个日本人睁不开眼。那日本人没怀疑,他知道用这种大电石灯的都是监工、矿警,又见来人穿着矿警服,背着枪,就更没在意。不料,走到近前,项广福突然枪一横,枪上的刺刀捅进了他的胸膛,没费劲就敲掉了一个。两个矿警是在东平巷口的防风洞里堵住的,他们根本没来得及把枪抓起来,就被突然拥到洞里的弟兄压倒了,一人头上吃了几镐。

东平巷的警戒线被破除……

刘子平是在东平巷的警戒线破除之后,冲出东平巷的。

在东平巷口,刘子平对手下的两个弟兄说:

"你们往里跑,把里面的电话线全扯了,我扯外面的!"

两个弟兄应了一声,去了。

刘子平却站在东平巷口愣了一会儿,他不知道自己究竟该往哪里走!狡猾而又混账的孟新泽把他的一切计划都打乱了:把他和高桥太君谈妥了的一笔买卖搞砸了!

孟新泽的狡猾是确凿的,他明明知道今夜暴动,在井上却偏偏不和他说,硬是把他裹到了这场可怕的旋涡中,逼迫着他和他们一起干!他认定孟新泽是这场暴动的指挥者和策划者!他刘子平不管怎么聪明,怎么机警,最终还是被孟新泽骗了!

这真可怕!

这些叫作人的玩意儿真可怕!

现在,他要做最后的选择了,或者继续去和高桥太君做买卖,或者铁下一条心,和孟新泽他们一起干。他得最后揣摩一下,把赌注压在哪头上算?

现在看来,暴动有成功的希望了,地下四五百号弟兄全动起来了,上面又有游击队接应,铁着心干下去,也许能捡得一条命来!地下的情况看来不错,地上怎么样呢?游击队不会变卦吧?日本人不会加强防范吧?

突然有了些后悔,他真不该在地面上向高桥太君讲这么多!倘或高桥听了他的话,加强了地面防范,调来了驻防西严镇的日军大队,那么,今夜的暴动必败无疑!他自己就把自己卖掉了!他不死在日本人的枪弹下,也得死在高桥的指挥刀下。

和高桥做买卖的念头固执而顽强地浮了出来……

恰在这时,躺在巷道口水沟盖板上的那个日本人动了一下,他跑过去一看,发现那日本人竟没死。他胸前湿漉漉一片,手上,脖子上糊着血,他弯下腰时,那日本人挺着上身想往起爬。

他灵机一动,打定了主意:还是和高桥太君做这笔买卖。他要用这个受了伤的日本兵来证实他做买卖的诚意。

"太君!太君!"

他看看巷道两头都没有人,急切地叫了起来,一边叫,一边扶起了日本兵:

"太君!太君!他们的暴动了!暴动了!我的,我的送你上井!"

那日本兵点了点头,咧嘴笑了一下。

他架着日本兵,疾疾地向主巷道走。

不料,刚走了大约百十米,他就听到了身后的脚步声。他心中一紧,知道不好,认定是几个窝子的弟兄把矿警和日本看守干掉后,赶来封锁巷道了,他带着一个行走不便的日本兵,非落到他们手里不可!

心中一慌,把那日本兵一下子推倒在巷道一侧的水沟里,拔腿便往井口跑。

生命比诚意更重要!

跑到井口时,是二时零五分,井口的日本总监工吉田正为和里面的煤窝联系不上而犯疑。

他扑到吉田面前,张口气喘地道:

"太君!太君!他们……他们的暴动了!我的……我的要见高桥太君!要见龙泽寿大佐太君!"

吉田呆了,怪叫一声,狂暴地用一双大手抓住他的肩头摇撼着:

"暴动?你说他们的暴动?他们的敢暴动?!多少人!什么时候?"

他执意要见高桥太君和龙泽寿大佐,他要把这桩秘密卖给他们,卖出一个公道的价钱:

"太君,我的……我的要向高桥太君和龙泽寿大佐太君报、报

军 歌

告……"

一个沉重的大拳头很结实地击到了他脸上,他身子一歪,几乎栽倒在地。可没等他倒到地上,又高又胖的吉田再次抓住他瘦削的肩头:

"说!快说!"

鲜红的血从鼻孔和嘴里流了出来,嘴里还多了一颗硬硬的东西,他吐出一看,是颗沾着血水的牙齿。

他不说。

吉田像个疯狂的狗熊,围着他转来转去,用拳头打他,用脚踢他,用鬼子话骂他,他凄惨地号叫着,就是不说。他是硬汉子,他不能把自己拼着性命搞出来的秘密拱手让给面前这个大狗熊!

他固执地大叫:

"我要见高桥太君!哎哟!我要见龙泽寿大佐!哎哟!你……你打死我,我也要见高桥太君!"

吉田没办法了,只好先让井口料场、马场的几十名战俘和十几名矿警、日本兵撤离上井,同时挂电话给井上的高桥和龙泽寿。

这时,是二时十二分。

十分钟后,迅速升降的罐笼将大井下口的人全拽到了大井上口,吉田总监工和两个日本兵押着浑身是伤的刘子平挤进了最后一罐。

在大井上口,先见到了龙泽寿大佐。刘子平结结巴巴向龙泽寿大佐报告的时候,高桥太君也从阎王堂赶来了。他马上向高桥扑去,扑到高桥面前,他自己也不知道怎么竟哭了。他中断了极为重要的报告,满脸是泪,指着吉田对高桥说:

"高桥太君,他……他打我,我……我要向你,向龙泽寿大太君报告,他……他就打我!"

龙泽寿大佐鄙夷地看着他,仿佛看着一条落魄的丧家狗:

"嗯,你的,说!接着说下去!"

他可怜巴巴地看了看高桥太君。

高桥阴沉沉地点了点头:

"你的,大大的好!我的明白。说,暴动的,多少人?游击队什么时候来?他们的,从哪里上井?"

他想都没想,便滔滔不绝道:

"井下的战俘全暴动了!全暴动了!——除了我!总共有四百多人,他们想从风井口出去,游击队三点钟在风井口接他们,井下的皇军和矿警全被他们干掉了,他们手里有了枪,太君,大太君,我们的,要赶快赶到风井去,晚了就来不及了!"

龙泽寿吼道:

"你的,为什么早不报告?嗯?"

他慌了,脸孔转向高桥:

"我的……我的向高桥太君报告过!"

高桥以怀疑的目光打量着他,不怀好意地道:

"暴动时间,你的没说!"

"太君,高桥太君!下井前我……我不知道啊!他们信不过我,他们没告诉我!太君,这件事……太君……"

他急于想把事情解释清楚,可却终于没能解释清楚,龙泽寿大佐冷冷扫了他一眼,走了,到井口电话机旁摇电话去了。高桥也抛下他,跑到那帮闻讯赶来的日本兵面前,哇里哇啦讲起了鬼子话。

他们都忘记了他的存在。

他一下子感到很悲凉,有了一种坠入地狱的感觉,他的聪明、机警全用不上了,他的命运从此开始,不是他自己能够支配的了。他

军 歌　　291

一下子明白了，在和日本人做这笔人肉交易的时候，他把生命的能量全挥霍干净了，他在短短几天里走完了遥远而漫长的人生路，现在，他正慢慢死去……

龙泽寿大佐和高桥太君在忙活……

二时五十二分，驻守在西严镇的两个中队的日军开了过来，守住了风井井口和大井井口，二时五十五分，两个战俘营里的探照灯全打亮了，岗楼上的机枪支了起来……

暴动在短短一小时内陷入了绝境。

这意外的变化事前谁也没料到！后来，弟兄们才知道有人告密！告密的那家伙听说是个排长，山东人，姓啥叫啥记不得了。暴动过后，再也没有看见过他，有人说被日本人砍了，也有人说被日本人放了，当了韩老虎伪军大队的小队长，民国三十二年春上，被何化岩游击队打死了……

窝在地底下的四五百口子弟兄可遭大罪了，要吃的没吃的，要喝的没喝的，硬饿也得饿死！想冲上井？没门！日本人架着机枪候着哩！不过，刚暴动那一阵子，弟兄们并不知道，都以为顺着风井口能冲上去哩！都以为风井口有咱抗日武装接应哩……

第五章

东平巷车场挤满了人，无数盏跃动的灯火从各个煤窝汇拢来，沿着双铁道的宽阔巷子，组成了一条光的河流。沉重的喘息，兴奋的叫嚣，疑虑重重的询问和毫不相干的歇斯底里的咒骂，嗡嗡营营混杂成一团。骚动的气浪在灯光的河床上，在众人头顶上啸旋着、滚动着，把一轮希望的太阳托浮在半空中。

地层下的整个暴动过程异乎寻常的顺利，从一时十五分二四二〇煤窝动手，到二时二十分二三四八煤窝的弟兄们走出来，暴动只用了一个小时十五分钟。在这一小时十五分钟里，四名矿警和五名日本兵被击毙，余下的十八名矿警和五名日本兵做了暴动者的俘虏。四百七十余名被迫从事奴隶劳动的战俘们重新成为军人，再度投入了战争。

行动中，矿警们还是开枪了，三个参加暴动的弟兄在矿警的枪口下毙命，另外还有几个受伤。

然而，不管怎么说，暴动是成功了，现在，那十八名矿警和五名日本兵被捆了起来，他们手中的枪，已转到了暴动者手中。

缴获的枪共计三十二支。

一〇九三团炮营营长孟新泽抓了一支，他背着那支枪，挤在煤楼底下，和一些人商量着什么。后来，他爬上一个被推翻在地的空车皮上，对着弟兄们讲话。他喊了好一阵子，巷道里的声音才渐渐平息下来，弟兄们盯着孟新泽看，看不到的，就呆在那里静静地听。

"弟兄们，我们成功了！从现在开始，我们不是日本人的俘虏了，我们是军人！就像二十七年五月十九日以前那样，是打日本的中国军人！军人要讲点军人的规矩！现在我宣布，我，孟新泽，一〇九三团炮营营长，对这次行动负责！我要求弟兄们听我指挥，大家能不能做到？"

也许这话问得多少有点突然，聚在车场巷子里的弟兄们沉寂了一下，没有回答。

孟新泽有些失望，他愣了一下，嘴角抽了抽，又说：

"如果弟兄们信不过我，也可以另举一个弟兄来负责，但

军 歌　　293

是……"

孟新泽一句话没说完,站在门楼前不远处的田德胜先吼了起来:

"老孟,别啰唆了,听你的,都听你的!"

"对,听孟营长的!"

"孟营长,你发话吧!"

"听孟营长的!"

"听孟营长的!"

……

应和之声骤然炸响了,巷道里仿佛滚过一串轰隆隆的闷雷。

孟新泽感激地笑了笑,双手张开,向下压了压,示意弟兄们静下来。

手势发挥了作用,巷道里再一次静了下来。

孟新泽又说:

"弟兄们,马上,我们就从风井口冲出去,大家不要乱,还是以原来的窝子为单位,一队接一队上!三十二支枪,二十支由老项——项福广带着,在前面开路,十二支我带着,在末了断后,不管出现什么情况,都不要慌,不要乱!听明白没有?"

"明白了!"

又一片应和声。

"好!下面,我还要说清一点……"

这时,人群中有人叫:

"你他妈少啰唆两句好吗?!"

孟新泽一怔,费力地咽了口唾沫,又说:

"伙计,不要急,等我把话说完!"

不料，下面叫得更凶：

"甭听这小子扯淡！咱们走！"

"对！快走！"

……

巷道里出现了骚动。

孟新泽火了，脚板在车皮上一踩，厉声喝道：

"谁敢乱动，老子毙了他！弟兄们，给我瞅一瞅，看看谁在那里捣乱！"

那些急于逃命的家伙不敢乱动了，小小的骚动转眼之间平息了下来。

"现在，我还要说清一点，地面的情况，咱们不知道，乔锦程和何化岩的游击队来了没有，来了多少人，都没有把握！如果地面情况有变，我们也得拼命冲出去！看守风井口的日本人不会多，充其量十几个。出去以后，趁黑往西严镇山后撤，进了山，日本人就没辙了！"

有人大声问：

"不是讲定地面有人接应么？"

孟新泽被迫解释道：

"是的，是有人接应！我们是怕万一！万一他们不来，我们也得走！事情已闹到了这一步，我们没有退路了！现在，突击队前面开路，出发！"

孟新泽发布完命令，从煤车皮上跳下来时，已一头一脸的汗水。他撩起衣襟，胡乱在脸上抹着，眼见着一股股人流顺着身边的巷道向风井下口涌。他和他身边的十余个背枪的弟兄依着巷壁站着没动，他们要在这支逃亡大军的后面打掩护，他们要用他们手中的枪，用他们的热血和忠诚来对付可能从大井口扑过来的敌人。

军歌

逃亡的弟兄在孟新泽面前走了大约两分钟。

在队伍之尾，孟新泽看见了步履跟跄的耗子老祁。老祁伤还没好，就被日本人逼着下井了。昨日夜里上了第一个班。这也是不幸中的万幸，日本人的残酷给老祁提供了一次求生的机会。这或许就是命，老祁命不该绝。暴动之前，孟新泽怕老祁行动不便，曾私下作了安排，让六号里的两个弟兄逃亡途中照顾他。现在，那两个弟兄却不见了。

老祁走过孟新泽身边时，孟新泽抓住老祁的手问：

"咋只有你一人，他们两个呢？"

老祁叹了口气：

"到啥辰光了，谁还顾得了谁？"

孟新泽火了：

"混账，抓住那两个小子，我非毙了他不可！"

老祁艰难地笑了笑：

"老孟，我还行！"

孟新泽没去理老祁，两眼只瞅着从身边涌过的人流。

突然，他从人流中拉出了两个弟兄：

"你们别只顾自己逃命！祁连长为弟兄们受了伤，你们一路上照应一下！"

那两个弟兄连连答应着，扶着老祁疾疾地走了。老祁被那两个弟兄架着，向前走了好远，还扭过头对孟新泽喊：

"老孟，你们可要小心呵！看着情况不对就赶快撤！被堵到地下可……可就完了！"

孟新泽自豪而又自信地喊了一声：

"走你的吧，兄弟！我孟新泽这两年的营长不是白当的！"

望着滚滚涌动的灯火,望着手中的枪,孟新泽觉着自己又回到了炮火隆隆的战场,仿佛民国二十七年那个灾难的五月十九日刚刚从他身边溜走。

是的,从现在开始,他又是军人了!他手中又有枪了!他可以用战斗来洗刷自己的耻辱了!他想:只要这四百七十多名兄弟能成功地冲出地面,只要他能活下来,他一定永远、永远做一名战斗的军人,再也不投降,再也不放下手中的枪。他一定要率着这帮死里逃生的弟兄们,和日本人拼出个最后的输赢来。那个壮烈殉国的连长说得对:"只要我中华民族众志成城,万众一心抵抗下去,则中国不亡,华夏永存!纵然是打个五十年,一百年,最后的胜利必是我们的!"

端着三八大盖在泥泞陡滑的回风道上爬的时候,项福广还在回味着捅死东平巷的那个日本兵时的感觉。那个日本兵真他娘傻屄,他走到面前了,枪刺横过来了,那王八还没缓过神来。那时不知咋的,他竟一点儿也不害怕,脚没软,手没抖,抓着枪的手向前一送,那个从东洋倭国来的大日本皇军便见阎王了。大皇军的身子骨也娘的是父精母血肉做的,也那么不经扎哩!他把刺刀捅进去的时候,觉着像扎了一个麦个子,软软的、绵绵的,又重重的,——那王八挣扎着用手抓住枪管的时候,整个身子的重量都压到了枪上。他拼命往下拔刺刀,还用脚跺了那王八一下。一股血溅到了他脸上,热乎乎,挺瘆人的,他当时就用手揩去了,现刻儿想起来还是觉着没揩净。

抬起手,又在汗津津的脸上揩了一下,而后,把手放在鼻子下嗅了嗅。

没有血腥味,没有。

这是他第一次用刺刀杀人,而且,是杀一个日本人。杀日

军歌　　297

人，也是第一次。被俘前，他是庞炳勋部的一个排长，被俘时，他有些糊涂，他当时大腿受了伤，流了好多血，昏过去了，眼一睁就落到了日本人手里。他原以为自己必死无疑，后来在战俘营，被俘的李医官给他胡乱换了几次药，伤口竟好了，而且没落下残疾。从此，他对属于自己的生命就倍加爱护，倍加小心了，为了对自己的生命负责，他对许多弟兄的生命都不那么负责了。他向日本看守告过密，这事任何人都不知道，若是知道，他早就没命了。

三月里，三排长李老二和机枪手张四喜伙他逃跑，他想来想去，没敢。他瞅着空子，把信儿透给了日本看守山本，山本报告了高桥，高桥这个阴险的坏蛋，有意不去制止这次可以制止的逃亡事件，有意给了一个空子让李老二和张四喜逃。结果，李老二让狼狗咬死，张四喜被电网电死。他好一阵子后悔，暗地里把自己骂了个狗血喷头。

高桥从此便瞄上了他，动不动提他去问话，要他把战俘中的情况向他报告。他再也不干了，只说自己不知道。开初，高桥还信，后来，高桥不信了，每次被提出去，总要挨一顿打。

这就是告密的报偿。

同屋的弟兄们见他挨打，对他都很同情，好言安慰他，弟兄们越是这样，他的心越不踏实，越是觉着欠下了一笔沉重的良心债。

暴动前的这几天，高桥又提了他两次。他都没说。高桥的指挥刀架到他脖子上，他也没说。后一次有点玄，最后一瞬间，他几乎垮了，高桥说道，给他两天的时间考虑，如果还不把知道的情况说出来，他就把他三月份告密的事向全体战俘公开。

这比指挥刀和狼狗更可怕！

他被迫答应考虑。

不料，偏偏在几小时之后，暴动发生了，那令他胆战心惊的事情根本不存在了！他毫不犹豫地投身到暴动的行列，孟新泽一声令下，他就和田德胜两人按倒了监工刘八，一镐刨死了那王八，紧接着又杀死了那个日本兵。

愧疚和不安随着两条生命的消失而消失了，他的心理恢复了平衡，这才觉着不再欠弟兄们什么东西了。端着死鬼孙四的三八大盖在回风道爬着，他心里充满了一个军人的自豪感。

他心中的秘密别人永远不会知道了。

他用勇敢的行动证实了他的忠诚。

回风道里的风温吞吞湿漉漉的，却又很大。风是从下面往上面吹的，仿佛有一只无形的手推着他的后背。他被风推着向前、向上爬，每爬一段距离，就停下来四下看看，听听动静，他不知这段通往地面的回风道有多长，对地上的情况，他心中也没有数。

他爬在最头里，身后三五步，就是突击队的队员，突击队后面十几米处，是没有武装的逃亡者。他和手下的那些突击队员手中的枪，不仅仅担负着保护自己生命的职责，也担负着整个行动成败的职责，担负着保护四百七十余条性命的职责。

他不能不谨慎小心。

他总觉着快到井口了，井口却总是不出现，面前的回风道仿佛根本没有尽头似的。他想：也许在夜间，井口的位置不好判断——地上、地下一般黑，走到井口也不会知道的。万一他突然冲到了井口，而井口上又有日本人守着，事情可就糟透了。

他又一次扶着歪斜的棚腿，举着灯向巷道上方看。

一个突击队的弟兄跟了上来：

"老项，还有多远？"

项福广摇摇头：

军歌

"不知道！"

"咱总爬了千把米了吧！"

"不止！"

"看光景该到了！"

项福广抹了把汗：

"我也这么想！"

"上面不知道是个啥情况哩！若是那帮王八蛋不来，咱们就叫坑了！"

项福广道：

"不论上面是什么情况，咱们都得小心！给后面传个话，让后面的弟兄们和咱们的距离再拉开一些！"

"好！"

待身后突击队的弟兄都跟了上来，项福广又摸着一根根棚腿，向上攀，攀了不到二十米，一道紧闭的风门出现在面前了。

原来，回风道上还有风门哩！这倒是项福广没想到的。

几个弟兄上前一扛，把风门扛开了。

举灯对着风门里一看，上面还有一道风门。

弟兄们又要去扛那道风门。

项福广将弟兄们拦住了：

"小心，这道风门外面，大概就是井口，成败在此一举！大家都把灯灭了，轻轻把风门扛开，扛开后，都守在门口不要动，我先摸上去看看。情况不好，我把灯点上，你们就准备打，听明白了吗？"

"明白了！"

弟兄们纷纷把手中的灯火拧灭了，继而，把身子贴到了第二道风门上，暗暗一使劲，将风门慢慢推开了。

前上方二十米处朦朦胧胧有些亮光——井口终于出现了!

项福广跨出风门时,又作了最后一次交代:

"把枪准备好,看见灯光就准备打!若是井口被咱游击队拿下来了,我会下来告诉你们的,注意,千万不要莽撞!"

说毕,他端着枪猫着腰,身子几乎贴着泥泞的坡道,悄悄向上爬了。他爬得很慢,很小心,尽量不让自己的身体发出什么声响。

一步,两步……五步……八步……

他在心中暗暗数着。

数到第十步时,他的眼睛已能看清井口边的东西了。他发现了一道障碍物,障碍物有半人多高,恍惚是装满了沙土的草袋。他心中一惊,忙卧倒在地,又睁大两眼看,支起耳朵听。

地面的风机嗡嗡响着,什么都听不见。

井口周围很黑,也没看到有什么人影。

他想:也许是一场虚惊。汛期到了,码在井口的草袋大约是为了防水的——防备雨水、洪水灌入井中。

他站起来又向上爬。

一步,两步,三步……

突然,草袋后面飞出了一些什么东西,那东西将他击中了,他身剧烈一颤,跌倒在地下。

没听到枪声,轰轰作响的风机声把枪声遮掩了……

身子像是被撕裂了,四处都痛,却不知道哪里中了弹。他试图站起来,可挣了几次,也没挣起来。突然间,他想起了自己的使命,他将手伸到了腰间,在腰间摸到了那盏电石灯,电石灯上湿漉漉的,不知是汗还是血,他顾不得分辨了,曲着腿,勾着身子,紧紧护住灯,而后,哆嗦着手从灯盏旁的卡子上抠出油纸包着的洋火。

军歌　301

他得把危险告诉弟兄们。

手抖得厉害,他划了五根洋火,才将面前的灯点着。

他将灯拧到最大亮度,举起来,对着身后下方的巷道摇晃着,喊出最后一句话:

"弟兄们,打……打呀!"

又飞来一片弹雨,他高高昂起的脑袋被几粒子弹同时击中了,脑袋上的破柳条帽滚到了地下,又顺着坡道滚到了风门前。手中的灯跌落了,灯火在巷风中跳了几跳,终于灭了。

项福广死了。

一盏生命的灯火熄灭了。

连同那生命的灯火一齐熄灭的,还有与这生命有关的许多秘密。

没有人想到他曾经是个告密者!

没有人相信他会是一个告密者!

守在风门口的弟兄们立即明白了自己和自己身后那几百名弟兄的处境,绝望地开了火。瞬时间,在从风井口到出井口的二十几米长的斜坡巷道里,一场激烈的争夺战打响了。

交战双方都无法使用更多的人和更多的枪,恶劣的自然条件,限制了战斗的规模,井上的日本兵架着一挺机枪向井下打;井下,十余个战俘用手中的三八步枪抗击。战俘们的劣势是很明显的,交火没有几分钟,就被迫退到了后面那道风门里面。

头一道风门外抛下了十三具尸体。

这时,孟新泽闻知交火的消息,带着断后的人马赶了上来,狂暴地发布了命令:

"打!拼着一死也得打,不打下这个井口,咱们通通完蛋!"

弟兄们只得在孟新泽的带领下,冒着机枪的强大火力网,拼命向上冲。

又有一些弟兄送了命。

孟新泽自己也受了伤,一粒子弹将他的胳膊打中了,腥湿的血糊了一身,直到中弹倒地时,孟新泽才明白了一个血淋淋的现实:暴动失败了!

是夜四时十分,拥在风井回风道里的四百余名弟兄被迫放弃了攻下风井口的幻想,绝望而愤怒地返回了东平巷……

东平巷被一片阴冷而恐怖的气氛笼罩着。

聚在东平巷的人们处于骚动不安之中。

弟兄们无论如何不能接受面前这严酷的事实:他们无路可走了,或者饿死,或者被日本人杀死!他们觉着这不合情理!他们的暴动最初不是成功了么?不是说上面有游击队接应么?游击队这些混蛋都跑到哪去了?日本人咋会用机枪堵住风井口?哪个王八蛋向日本人告了密?

弟兄们用最恶毒的字眼咒骂起来,骂乔锦程,骂何化岩,骂那些将他们置于绝境的人们。有些人一边骂,一边还大声号啕。死亡的恐怖像瘟疫一样迅速蔓延开来,那轮曾经高悬在他们心里的希望的太阳,一下子坠入了无底深渊。

事情坏到了无法收拾的地步。

几个持枪的弟兄冲到关着矿警和日本人的工具房门口,睁着血红的眼睛大叫:

"毙了这些狗操的!毙了他们!就是死,也得拉几个垫底的!"

更多的人反对这样做,他们拥在工具房门口,拼命保护着工具

房里的十八名矿警和五个日本兵,对着那几个持枪的弟兄吼:

"不能杀他们!咱们得用这些家伙来和井上的日本人谈判!"

"对!不能杀!"

"不能杀!"

站在最外面的一个大个子东北人干脆拍着胸脯说:

"日他娘!要杀他们先杀我!来,冲着这儿开枪!"

"砰"的响了一声。

竟然真的有人对着他的胸脯打了一枪。

"揍!揍死这王八羔子!他打咱自己人!"

"揍呵!"

……

聚在工具房门口的人被激怒了,怒吼着向开枪者面前逼,一盏盏发昏的灯火晃动着。不料,没等他们逼到那开枪肇事者面前,那弟兄已将上身压到枪口上,自己对着自己脑袋揍了一枪。

另外几个持枪的弟兄被扭住了,一些失去了理智的家伙在拼命打他们。工具房面前的巷道里乱成了一团。

孟新泽听到枪声,从里面的巷道里挤过来,对着那些兽性大发的人们吼:

"都他妈的住手!咱们是军人,就是死,也得死出个模样来!"

一个瘦瘦高高的小子竟将枪口对准了孟新泽的胸脯:

"滚你娘的蛋吧,老子们用不着你教训!"

孟新泽冷冷地命令道:

"把枪放下!杂种!"

"放下?老子毙了你,不是你,弟兄们走不到这份上!"

"老子再说一遍:把枪放下!"

那小子反倒把枪口抬高了。

孟新泽上前一步，在那小子脸上猛击一拳，一把将枪夺到了手上，抓住枪管的时候，那小子勾响了枪机，一粒子弹擦着孟新泽的耳朵，打到了巷道的棚梁上。

那小子被两个弟兄扭住了。

孟新泽将缴下的枪顺手抛给了身边的一个弟兄，镇静而威严地道：

"弟兄们！咱中间有人没安好心！他们想拿咱们的脑袋向日本人邀功领赏，保自己的命！这帮混蛋是一群吃人的狼，咱们千万不要上他们的当！咱们今日暴动的失败，就是他们造成的！一定是他们中间有人向日本人告了密，日本人才在风井口架上了机枪！"

有人大声问：

"那咱们现在咋个办？就窝在地下等死么？你他妈的不是说对弟兄们负责么？"

孟新泽道：

"我是说过，现在，我还可以这样说！该我孟新泽担起的责任，我是不会推的，要是砍下我的脑袋能救下四百多名弟兄，我马上让你们砍！我也想过和日本人谈判——我去谈……"

孟新泽话还没说完，黑暗中，又一个声音响了起来：

"好，姓孟的说得好！弟兄们，你们还愣在这儿干什么？上呵！快上呀，把姓孟的捆起来，咱们去和日本人谈判！暴动不是咱们发起的，咱们是在他的胁迫下参加的，日本人不会不讲道理！"

"对！把姓孟的捆起来！"

"上，上呵！"

七八个人叫嚣着，一下子拥到了孟新泽面前。孟新泽没有动，只定定盯着他们的脸孔看。他内心极为平静，似乎早就等着这一刻了。

这七八张脸孔中，有一张竟是他熟悉的，一瞬间，他几乎有点不相信自己的眼睛。

他又盯着那张熟悉的脸孔看了半晌，凄惨地笑了笑：

"老王，王绍恒，你，你也想把我捆起来送给日本人么？"

王绍恒垂着头，喃喃道：

"不……不是我要捆，是……是你自己说的！我……我……我也是没办法！"

孟新泽又说：

"老王，还记得二十七年六月的那桩事么？"

王绍恒怔了一下，马上想了起来，二十七年六月，伪军旅长姚伯龙到战俘营招兵买马，他曾和孟新泽肩并肩站在一起，做了一回颇具英雄气的选择。那时，他们还没到阎王堂来，战俘营在徐州西郊的一个村庄上。一大早，哨子突然响了，日本人招呼集合，弟兄们站在一座破庙门前的空场上，听姚伯龙训话。姚伯龙把蒋委员长和武汉国民政府大骂了一番，又大讲了一通中日亲善的道理，然后说："愿跟老子干的，站出来，不愿跟老子干的，留在原地不要动。"大多数人都站了出来，他看了看孟新泽，见孟新泽没动，自己也没动。

为此，他一直后悔到今天。

后来，他无数次地想，他当时的选择是错误的。他不应该留在原地，而应该参加姚伯龙的队伍，在队伍里，逃跑的机会会很多。他当时慑于孟新泽的威严，逞一时的硬气，失去了一次逃生的机会。

是孟新泽害了他。

这一回，他不能再这么傻了，暴动已经失败，不把孟新泽交出来，日本人决不会罢休的，为了自己，也为了这几百号弟兄，必须牺牲孟新泽!

他怯怯地看了孟新泽一眼,吞吞吐吐地说:

"过去的事,还……还提它干啥!"

孟新泽却道:

"我想让你记住,你老王曾经是一条汉子!现在,我还希望你做一条英雄好汉!我姓孟的不会推脱自己的责任,可我劝你好自为之,多少硬气点!"

王绍恒突然发作了,直愣愣地盯着他,粗野地骂道:

"硬你娘的屁!你他妈的少教训我!不是你,老子不会到这儿做牲口,不是你,老子不会走到这一步!明说了吧,地面上究竟有没有人接应,我他妈的都怀疑!"

"对!这狗操的坑了咱们!"

"别和他啰唆了,先捆起来再说!"

"捆!"

"捆!"

王绍恒和他身边的七八个人将孟新泽扭住了。他们不顾孟新泽一只胳膊已经受伤,不顾孟新泽痛苦的呻吟,硬将他按倒在潮湿的地上。

孟新泽被这侮辱激怒了,本能地挣扎起来,身子乱动,腿乱踢,嘴里还喊着:

"弟兄们,别……别上他们的当!我们当中有……有人告密!"

有人用脚狠狠踢他脑袋,有人用手捂他的嘴,他怎么挣也挣不脱那些牢牢压住他的手和脚。他大口喘着气,被迫放弃了重获自由的努力。

就在这时候,他听到有人在和这帮人交涉。

军 歌

"放了老孟吧！这事也不能怪他，他也没逃出去么！"

"是呀，何化岩他们混蛋，与老孟没关系！"

…………

然而，交涉者的声音太微弱，太微弱了！他们已很难形成一种威慑的力量。

他的精神一下子垮了，他突然明白了人的阴险可怕！人，实际上都是狼！在某种程度上，比狼还要凶狠！人为了自己活下去，不惜把自己的同类全剁成肉泥！他没必要为他们做什么牺牲。

撤到东平巷以后，他就想到了这场悲惨事件的收场问题。他确乎想过挺身而出，为弟兄们承担起这沉重的责任。他不怕死，早就准备着轰轰烈烈死上一回。为救弟兄们而死，死得值！

现在，他觉着自己受了侮辱，他后悔了，他想，倘或现在日本人问他的话，他一定把这帮混蛋全扯进去——包括王绍恒！这帮混蛋没有资格，没有理由活在这个剽悍的世界上。

巷道里越来越乱，那帮急于向地面上日本人讨好的家伙显然已控制了局势，有人跳到他曾经站过的煤车皮上发表讲话，要求弟兄们把那些杀死过矿警和日本人的弟兄指认出来。关在工具房里的五个日本人和十几个矿警被那些家伙放了。他听到一个刚刚被松了绑的矿警头目在叫：

"弟兄们，不要怕，只要你们走出矿井，向地面的皇军投降，兄弟我包你们无事！兄弟我叫孙仲甫……"

突然响了一枪。

那个刚刚跳到煤车皮上的孙仲甫被击毙。

"谁开的枪？"

"抓住，抓住他！"

"哎哟,不……不是我!"

"砰!"

又是一枪。

充塞着肮脏生命的巷道里鼓噪着生命的喧叫,那些喧叫的生命在绝望与恐怖中冲撞着,倾轧着……

巷道里更加混乱。

没人敢往那煤车皮上站了。

孟新泽一阵欣喜,他看到了一线希望:并非所有人都想向日本人投降,不愿屈服的生命还顽强地存在着!

泪水从眼眶里涌了出来。

聚在孟新泽身边的那帮卑鄙的家伙已发现了潜在的危机,他们拉起孟新泽,把他往原来关押矿警和日本人的工具房门口推。

工具房门前突然挤过来几个人,为首的是耗子老祁和田德胜,老祁提着把煤镐,田德胜手里抓着杆枪。

田德胜拦住了王绍恒:

"把姓孟的交给我!"

王绍恒说:

"先关起来,先关起来!"

田德胜又犯了邪,抬起手,恶狠狠打了王绍恒一个耳光:

"王绍恒,在这地方能轮得到你说话么?现在,弟兄们推举老子去和日本人谈判,老子要把姓孟的押到井口去!"

王绍恒愣了,畏畏缩缩往后退,他有些惶惑,他不明白,究竟是谁推举了田德胜作谈判代表?这刻儿,一切都乱糟糟的,谁能代表得了谁?

人类自己制造出来而又制约着人类自己的一切秩序,在这里都

军歌

不起作用了。权威已不复存在了，野蛮的生存竞争的法则最大限度地支配着这帮绝望的人们。每个人都有权力宣称他代表别人。而每个人实际上都只代表他自己。

在这种时候，每条生命的主人只能对他自己的生命负责。

王绍恒是最聪明的，他不再去和田德胜争执，悄悄退缩到人群中，耳朵又支了起来，鼻子又嗅了起来。他要判明那些危险的气息，迅速躲开去。从田德胜凶光毕露的脸膛上，他想到了侥幸逃生后的漫长日子，他不能做得太过分，不能落得一个张麻子的下场。

扭着孟新泽的几个家伙都在和田德胜争：

"你是什么人，你凭什么代表我们？"

"对，谁推举了你？"

"反正我们没推举你！"

"揍！揍这王八蛋！"

……

田德胜将小褂一扒，露出了厚实胸脯上的凸暴暴的肌肉，大吼着：

"揍！来呀！不孝顺的东西！"恶毒地一笑，手一挥：

"老祁，老周，你们都给我上，缴了这几个小子的械，把他们也送给日本人去！"

田德胜话音未落，一场混战旋又开始了，双方扭到一起，拳打脚踢，乱成了一锅粥，叫骂声，哭喊声和肉与肉的撞击声响成一片。

在混战之中，田德胜、老祁一帮人将孟新泽抢到了手。他们撇开手下那帮依然在混战的弟兄，拖着孟新泽沿着东平巷向外走了几十米，而后，钻进了通往二四二〇煤窝的上山巷子。

孟新泽这才明白了他们的意图，不无感激地道：

"老祁，老田，今日可多亏了你们……"

田德胜道：

"别说这些没用的！快找个地方猫起来，别让那帮王八蛋发现了！"

老祁也说：

"对，快，猫起来，你不能露面了！日本人不杀你，那帮杂种也得杀了你！"

"走！咱们快走！"

他们爬上山，穿过二四二〇煤窝，来到了老祁和田德胜曾摸过的老洞前。

田德胜道：

"老孟，你就躲在里面不要出来，我和老祁还是出去，日本人不会把我们都杀了的，他们要的是煤，不是尸体。只要我们再到二四二〇窝子下窑，我们就来找你，给你送吃的，不论是一天、两天，还是三天、五天，你都得挺住，千万不要自己出来！"

孟新泽搂住田德胜哭了：

"老田，好兄弟！我对不起弟兄们！你……你一枪打死我吧！"

田德胜狠狠打了孟新泽一个耳光：

"别他妈的这么没出息！"

老祁也说：

"对，就是死，咱们也得死得硬硬生生！"

孟新泽道：

"可我躲在这里，这四百多号弟兄怎么办？你们怎么办？"

老祁道：

"这不已经打算向日本人投降了么？他们的命才用不着咱们操

军歌　311

心哩！"

"真的哩，这年头谁能顾得了谁？"

田德胜也说。

孟新泽不禁想起了工具房门口的一幕，长长叹了口气，被老祁和田德胜说服了。

老祁和田德胜双双告退，临走时，二人又把身上的小褂脱了下来，交给了孟新泽。老祁手中的煤镐也留下了。

井上？井上没暴动。想想呗，探照灯亮着，岗楼、哨卡上的机枪支着，井上手无寸铁的弟兄哪个敢动？！游击队又没有来，硬着头皮往外冲，那不是白送死么！井上两个战俘营都没人动。

天亮以后，日本人开动绞车，将一块贴着告示的牌子挂在罐笼里，放到了大井下口，敦促暴动的战俘们投降。告示上说：只要战俘们保证井下矿警和日本人的生命安全，交出暴动的领导人，日本皇军宽大为怀，既往不咎。井下大多数人早已准备投降，一看到这告示，马上动作起来，要把那些积极参加暴动的骨干分子抓起来。结果，又一场惨祸发生了：一个不愿意向日本人投降的硬汉子，把井下的炸药房给点爆了……

第六章

炸药房是意外而又突然地出现在老祁面前的，安在炸药房门框上的那扇涂着黑漆的沉重铁门，支开了一道大约半米宽的缝，铁门上方的拱形青石巷顶上悬着一盏昏黄的电灯。门口没有人。老祁一步一拐跑到门口的时候，没顾着多想，就一头钻了进去。开初，他并不知道是炸药房,也没想到要把炸药房里积存的炸药全部引爆。

事情的发生完全是偶然的。

当时,他只顾着逃命。大巷里有人追他,起先是两个提着煤镐的家伙,后来,又多了两个端枪的矿警。这四个家伙也许是看到了挂在罐笼上的日本人的告示,想把他捆起来,送给日本人。

其实,一回到东平巷,老祁就明白了自己面临的危险,在没看到日本人的告示之前,东平巷里那些卑鄙无耻的家伙已经开始四处搜捕他了,他们认定:这次暴动是孟新泽和他领导的。一个好心的朋友劝他也像孟新泽那样躲起来。他没躲,他只把破柳条帽的帽檐拉低,把手中的电石灯灯火拧小,还试图蒙混上井。

最初的混乱时刻,那些想抓他的人,还没法子下手,井下四百多口子弟兄中,认识他的人没有多少。后来,那些恢复了统治权威的矿警、日本人要弟兄们按原来的煤窝子,在巷道里分段集合,准备上井。他发现不对劲了,才沿着东平巷向主巷道逃跑。不料,在东平巷和主巷道的交叉口被发现了,他被迫钻到了那条通往炸药房的矮巷子里,这才意外地发现了炸药房,发现了炸药房无人看守。

跨进炸药房大门的时候,脚下踩到了一个软软的东西,他身子一歪,差点儿栽倒,定下神,用手上的电石灯一照,才发现那是一具日本兵的尸体。那具尸体周围散落着不少的炸药块——显然,在暴动发生的时候,有些弟兄打死了这个炸药房看守,可能还拿走了一些炸药。

炸药房里很黑,悬在巷顶上的那盏电灯只把光线照到炸药房的二道门门口。二道门也是厚铁板做的,铁板上还密密麻麻铆着许多钢钉。

他进了二道门以后,想起了那盏昏黄的灯。他觉着那盏灯的存在对他是不利的,他想把那盏灯灭掉,四下瞅了一下,在门口的一堆沙子上发现了一柄军用小铁锹。他抓过锹,举起来,把灯打碎了。

军歌 313

这时，那几个追他的家伙冲了过来。

他拼出全身的力气，扛动了头道铁门，"咣"一声，将铁门关上了，继而，又从里面闩上了钢销子。

销子刚插死，枪托、煤镐击打铁门的声音就响了起来，"咣咣"的击打声中，还夹杂着一些恶毒的咒骂：

"姓祁的，开门！快开门！"

"狗日的，再不开门老子就用炸药炸了！"

"让日本人用机枪来扫，把这杂种打成肉泥！"

"看，地下有炸药，就用这炸药炸！"

……

是门外那帮卑鄙的家伙提醒了他，他一下子想到了炸药的用途！那帮家伙可以用炸药来炸门，他不是也可以用炸药来干一些他想干的事么？！

他哈哈大笑了，对着咣咣作响的大门吼：

"狗操的，你们炸吧！老子就等着你们炸哩！你们不炸老子也要炸哩！"

吼过之后，他不再搭理他们，径自跨进了第二道铁门，不慌不忙地提着灯进了炸药房。他想弄清楚，这炸药房里究竟有多少炸药？他能不能把这座地狱炸个粉碎，一举送上西天？！

引爆这些炸药的念头是在这一瞬间产生的。

他像个将军一样，在炸药房里巡视。

巡视的结果，他很满意，房内的炸药整整齐齐码了三面墙，足有二百箱，导火线也不少，一盘压一盘，堆得有一人高。

他把电石灯往炸药箱上一放，用肩头把盘在一起的导火线扛倒了，而后，扯开其中的一盘，插到了炸药箱的缝隙间，接下来，又扯开了第二盘，第三盘，第四盘。他还打开了一箱炸药，将箱内用油纸包着的炸药块全倒了出来，每段导火线的顶端插了一块炸药。干这一切的时候，他很欢愉，仿佛早年在自家的田地里干农活似的，几乎没感到死的恐惧。

死的恐惧对老祁来说已不是个陌生的东西了，战场上的事——不去说，光在这阎王堂，他就经历了三次。一次是二四二〇煤窝的冒顶，一次是东小井老洞透水，最后一次是在地面上面对着高桥的指挥刀和狼狗。实际上，他应该算是死上三次了！死才不是什么新鲜的玩意哩！这一次，他只不过是给从前已经历过的死做个彻底的总结罢了！

把炸药、导火线摆弄好之后，老祁似乎有些累了。他盘腿坐在干燥的洋灰地上，眼盯着面前的炸药和导火线，不无自豪地想：

这一回，他将气气派派，轰轰烈烈地死！他的死将不受任何人控制，不被任何人打搅，他夺得了对生命的裁决权和自主权！这样的死，对于一个军人，对于一个男子汉来讲，是值得骄傲的！

门外那帮卑鄙的家伙似乎觉着不对劲了，他们不再恶狠狠地砸门，不再恶毒地咒骂，也不敢再用炸药和机枪进行恐吓，他们软了下来，像娘儿们一样求他：

"老祁！老祁！出来吧！不要再干傻事，你可千万别干傻事！"

"是的，老祁，不为自己，您也为我们大伙儿想想！"

"老祁，开门吧，我们去向日本人求情！"

"老祁哇，我求您啦，弟兄们求您啦！"

……

老祁慢慢将脸转向了大门，身子却没立起来。他没发火，他的声音平静得令人恐惧：

"伙计们，想开点，人活百岁，总免不了一死，今日里咱们的大限到了，命该如此，谁也甭埋怨谁了！"

门外一个家伙竟哭了起来！

"老祁，你想想我们！想想井下的弟兄们，这些炸药只要一炸，弟兄们就全完了！"

"你们……弟兄们？你们算是什么东西？你们为了自己活下去，不惜把世界推进地狱！你们都是些不知礼义廉耻的混账王八蛋！你们没有资格活下去！"

这恶毒而凶狠的话，他说得极为平静。

没人能说服他。

没有任何理由能说服他。

那帮只顾自己的无耻之徒该死，那些不愿反抗，甘心跟着他们跑的家伙该死！而剩下的那些硬汉子，那些不愿做牲口的中国军人一定会同意他的决定，轰轰烈烈地死上一回。这样轰轰烈烈的死，是军人的绝好归宿，它将证明一种属于军人的不屈精神！

他镇静地提起电石灯，点燃了摆在面前洋灰地上的五根导火线。瞬时间，导火线"嗞嗞"燃烧起来，乳白色的烟雾在炸药房迅速弥漫开来……

导火线烧了一半的时候，烟雾从铁门的缝隙钻了出去。

门外的几个家伙吓慌了，他们放弃了一切自以为是的念头，拔腿往大巷里跑，老祁清楚地听到了他们一路的惊叫声和急匆匆的脚步声。

老祁又一阵开怀大笑。

笑毕，他取下钢销，"咣"拉开了大铁门，他对着大铁门，对着他想象中的贵州高原，对着他无限怀念的老家跪下了：

"父母大人，古来忠孝难两全，今日里，不孝儿为咱这苦难的国家先走一步了……"

面颊上,泪水双流……

是日八时三十八分,大爆炸发生了,聚集在大井口和主巷道里的二百余名第二次投降的战俘大部丧生。主巷道和大井口附近的马场、料场被彻底毁坏,炸药房周围两里内的所有巷道和煤窝全被震毁,远离地下的大井架也损坏了,爆炸后呈十二度倾斜,大井附近的地面仿佛闹了一场地震,许多建筑物上的玻璃都被震破了……

爆炸发生的那一瞬间,王绍恒刚跨出罐笼。他走下了井台,先是发现脚下的地面在震颤,没过多大工夫,又看到了从井口里喷出来的浓烟气浪。他一下子吓傻了,竟软软瘫在地下起不来了。

两个日本兵提起他的胳膊,将他摔到了井口旁的那堵矮墙边。矮墙边已聚了不少人,大约有三四十个。最早上来的百十口人被押走了,他们也等着押解。矮墙上站着日本兵,矮墙对面的绞车房平台上支着机枪,周围的高大建筑物上布满了矿警和日本兵。

龙泽寿大佐和高桥太君都来了。龙泽寿提着指挥刀站在距他不到二十米的井台上,高桥正忙着向那些刚上井的日本人和矿警了解下面的情况,高桥不时地大声喊叫着,用鬼子话骂人。

这时,地面又剧烈地颤动了一阵子,大井口的烟雾涌得更凶,仿佛那深深的地下躺着一只吞云吐雾的巨兽。

大家一时都没意识到那是井下炸药房的爆炸,不但王绍恒和他的弟兄们没有意识到,就是龙泽寿大佐和高桥太君也没有意识到。龙泽寿大佐和高桥太君都跑到井台上向井口张望。他们还用询问的目光互相打量着,叽里咕噜说了些什么。

困惑持续了大约五六分钟。

军歌

在龙泽寿大佐和高桥太君想到炸药房爆炸之前，王绍恒已想到了这一点，他认定自己完了！

他被人出卖了！

他被井下的那帮亡命之徒出卖了！

那帮傻瓜不想活，竟也不让他活！他们根本不应该这样做！根本没权力这样做！可他们竟做了！这帮丧尽天良的东西！

他料定这是孟新泽干的事，孟新泽是他的克星，是他命运的对头，这个混蛋又臭又硬，只有他能干出这种不顾后果的事，他真后悔在井下没能一枪打死他。他想，如若那时候趁着混乱打死他，面前的事情会结束得很漂亮。到现在为止，日本人确乎没杀一个战俘哩！日本人多少总还是讲些道理的！

他想活。真想活。进了阎王堂之后，活下去成了他全部行动和一切努力的目的。他凭着自己的谨慎小心，机警地躲过了一次次灾难，万万想不到，最终却还是被灾难吞没了……

明晃晃的太阳在对面的矸子山上悬着，把矸子山顶的那个钢铁笼架照得白灿灿的。铺在山上的铁轨像两根闪光的绳子，把山顶上的钢铁笼架和脚下的大地拴在一起。一只苍鹰在迎着太阳飞，无拘无束，自由自在。几个孩子在矸子山上抬炭，他们在向这边看哩。

这一切多好！他的太阳，他的苍鹰！

然而，再过十分钟，或者五分钟之后，这一切都将从他眼前消失！他将因为井下那帮亡命之徒的亡命之举，成为大日本皇军枪下的冤魂！他会像一个落在石头上的鸡蛋一样，让生命的浆汁流到一片陌生的土地上。

他又抬头看太阳。

他把太阳想象成鸡蛋的蛋黄。

"活着，该多么好！"

他又一次想。

可是，究竟是谁不让他活？除了井下那帮亡命之徒，除了他生命的克星孟新泽，还有谁不让他活？他顺理成章地想到了面前的日本人，想到了他曾经参加过的现在还在进行的这场战争，归根结底是凶残的日本人害了他，是这场战争害了他……

就在这时，高桥站在井台上叫了一声。

就在这时，龙泽寿的指挥刀举了起来，又落了下来。

就在这时，迎面架在绞车房平台上的机枪响了……

他突然意识到：他生命的蛋正在向一块坚硬的石头落去。在对面平台上的机枪响起来的一瞬间，他突然像个真正的男子汉那样举起了握紧的拳头，声嘶力竭地叫道：

"打倒……"

许多声音跟着吼了起来：

"打倒……"

机枪声把这最后的吼声淹没了。

当整个地层在轰轰烈烈的爆炸声中瑟瑟发抖的时候，孟新泽醒来了。他惊异地发现，自己的大半个身子浸入了泥水中，一只肮脏发臭的死老鼠正在他胸前漂，这有些怪哩！他原来不是躺在煤帮边一片干燥的煤屑上的么？他怎么会躺在黑水里？这黑沉沉的地下又发生了什么灾难？

他带着本能的恐惧向煤帮边爬，两手四下摸索着他的灯。当湿漉漉的脑袋碰到了煤帮的时候，灯摸到了。

灯又一次点亮了。跃动的灯火像一轮缩小了好多倍的太阳，把

军歌 319

许多关于光明的记忆一股脑推到了他面前。他的神智出奇地清醒起来，马上意识到了自己的危险处境。他想：也许日本人正在这地层下进行着大屠杀，也许日本人已进了东平巷，也许日本人就在二四二〇煤窝附近搜索他！是的，他们绝不会这么轻易地放过他，他们一定要找到他——不找到他的人，也得找到尸体！

他当即决定向上爬，爬得离洞口远一些。

他看了看掖在腰间裤带上的怀表，判明了一下时间，然后，把灯往嘴上一咬，把老祁留给他的煤镐一提，猫着腰往老洞子上方走。

走了大约五六十米，洞子变矮了，有些地方的煤帮还倒塌下来，猫下腰也过不去了，他就趴在地上爬。他知道这洞子不会有什么大危险——耗子老祁和田德胜都到这洞子里来过，如果洞子里有脏气，他们早就把命丢了。

他爬了好一会儿，当中还歇了两次，最终爬到了洞顶的缓坡上，缓坡上果然有个黑沉沉的水仓，水仓里的水接着顶。他拨开浮在水面上的煤灰、木片，俯下身子喝了一通水，而后，仰面朝天在缓坡上躺下了。

他看到了头上的顶板，顶板是火成岩的，很光滑，顶板下，没有任何支架物。他把脑袋向两侧一转，又注意到：煤帮两侧也没有任何支护物。他一下子认定：这段洞子不是今天开出来的！

他翻身爬了起来，颤抖的手里提着灯，沿着煤层向下摸，摸了一阵子，又转回头往上摸，一直摸到水仓口。煤层在这个地段形成了一个不起眼的"～"状，水仓恰恰在那个～的下凹处！这说明这条洞子是沿煤层打的，下凹处的积水如果放掉的话，洞子也许可以走通！

他一下子振奋起来，浑身发颤，汗毛直竖，眼中的泪夺眶而出。他一边抹着脸上的泪，一边想：只要他在这不到五米长的缓坡上开一道沟，把洞顶的水放下去，洞口或许就会像一轮早晨的太阳似的，从一片黑暗之中跳将出来。

这念头具有极大的诱惑力。

他戛然收住了弥漫的思绪，只用心灵深处那双求生的眼睛死死盯住他幻想着的太阳。他要在他的太阳照耀下，创造一个生命的奇迹。他不能放走他的太阳。

小褂一甩，电石灯往煤帮边上一放，他抡起救命的煤镐，在脚下的缓坡上刨了起来，动作机械而有力，仿佛整个生命都被一个不可知的神灵操纵着。在连续不断的煤镐与矸石的撞击声中，他的意识一点一滴消失了，就像一盆泼到地上的水，先是顺着地面四处流淌，继而，全部渗进了肮脏的泥土里……

不知刨了多长时间，他累趴下了。

他趴在他开掘出的水沟上睡了一觉。

醒来的时候，他看了看表，看完马上又把时间忘掉了——时间对他来说已没有任何意义了。

他又弯下腰在地下刨。

他像兔子一样，用手把刨松的矸石渣向煤帮两边扒。手都扒出了血。

他终于刨到了水仓边上，水仓里那漫了顶的黑水"哗啦"一声，瀑布般倾泻下来，一路喧叫着，顺着他开掘出的水沟流到了下面的老洞子里。

黑水在他身边流了好一会儿，仿佛一条欢快的小溪流。后来，在水沟里的水渐渐又浅下去的时候，他感到一阵冷风的吹拂……

风！

有风！

军 歌

他猛然站了起来,戴着柳条帽的脑袋撞到了硬邦邦的顶板上。

他昏了过去。

还是那清凉的风把他吹醒了。他爬起来,在水沟边潮湿的地上坐了一会儿,然后,举起灯对着水仓照。他看到水仓的水离开了顶板,那凉风正是从水面和顶板之间的缝隙中吹过来的!

他毫不犹豫地跳到水里,迎着风向前走,开始,黑水只没到他的腰际,继而,黑水升到了他的胸脯,他的脖子,几乎没到他的嘴。灯点不着了,他把它拧灭了,高高举在头上,让灯盏贴着顶板。大约走了不到十米,水开始下落,整个洞子开始上升。

他重又爬到了干松的地上。

他用身子挡住风,点亮了灯。

炽白的灯光撕开了一片沉寂而神秘的黑暗,一块完全陌生的天地展现在他面前了,他先是看到一只他从未见过的大箩似的煤筐,那煤筐就在他身边不到两尺的地方,筐里还有一些煤,大拇指般粗的筐系子几乎拖到他跟前。他本能地用手去抓那筐系子,万没想到,抓到手里的竟是一把泥灰。

他吓得一抖,身子向后缩了缩。

身后是水,是地狱,他没有退路,他只有向前走。

他像狗似的向前爬,爬到煤筐边,用脚在煤筐上碰了碰,煤筐一下子无声无息地散了。

他由此认定,他已从日本人统治的矿井里爬了出来,进入了一个前人开过的小窑中。这种事情并不稀奇,西严镇的土地上清朝末年开过无数小窑,他们挖煤时就常碰到当年的一些采空区。

他又举着灯向前看,就在这时,他看见了那具他再也忘不了的骨骸。那具骨骸倒卧在距他五步开外的一片泥水中,圆凸凸的脑壳上绕着一团辫子，仿佛一只乌龟趴在一条盘起来的蛇身上。骨骼完好地保持着爬的姿势，它的一条腿骨笔直，脚骨蹬到了泥里，另一条腿骨弯曲着；两只手，一只压在胸骨下面，一只向前伸着，五个已经分离了的手指抠进了煤帮里，白生生的指骨像一串白色的霉点。

他断定这骨骼的主人是一条男子汉，是一条属于久远年代的男子汉！他在这里开窑，在这里下窑。在这里遇到了死神，又在这里和死神进行了较量！他能用一个男子汉的思维方式推导出这个已化作永恒的男子汉的故事。他一下子觉着，他从这具年代久远的男子汉的骨骼上窥透了生命的全部秘密。

他爬到了那个男子汉跟前，在他身边坐下了。他把电石灯的灯火拧得很大，悬在那个男子汉的脑袋上照。

"伙计！伙计！"

他痴迷地喊，仿佛面对着的不是一具骨骼，而是一个活生生的人。

他自己也不知道他在喊什么。

那骨骼似乎在动，一些骨节在格格响。

他又向后退了一步。

突然，一阵风把灯吹灭了，这条原本属于历史的老迈煤洞重又陷入了无边无际的黑暗中。

骨骼在黑暗中响得更厉害，仿佛一个暴躁不安的男人在抡着拳头骂人。

他却一点不害怕。他完全麻木了。

擦火柴点灯的时候，火柴烧疼了他的手，他身子一颤，才从恍恍惚惚的境界中醒了过来。

他最后在那具骨骼上看了一眼，一步步向外走去。

军歌

他从历史的地层，向现实的地面走。

他从黑暗的地狱，向希望的太阳走。

那些属于历史的物件全部被他远远抛在了身后，抛在一片永恒的黑暗与平静中。他不属于过去的历史，不属于永恒的黑暗，他只属于今天，他那骚动不安的生命在渴望着另一场轰轰烈烈的爆炸。

爆炸声接连不断地在他耳边响着，机枪在哒哒哒地叫，飞机的马达声像雷一样在空中滚动，身边的空气发热发烫。"五·一九"，灾难的"五·一九"呵！活下去！活下去！狼狗在叫。机枪，注意机枪！只要万众一心抵抗下去，则中国不亡，华夏永存……

头脑乱哄哄的，精神又变得恍恍惚惚。他什么时候把灯咬在了嘴上，在地上爬，他自己都不知道；他手上，腿上磨出了血，竟也没觉着疼。

当头脑清醒的时候，他觉着很危险，他想，他应该唱支歌，大声唱，用这支歌来控制自己的思维和判断能力。

他扯开喉咙唱那支熟悉的军歌：

我们来自云南起义伟大的地方，
走过了崇山峻岭，
开到抗日的战场。
弟兄们用血肉争取民族的解放……

妈的，唱不下去了！下面的歌词，怎么也想不起来了！

又从头唱：

我们来自云南起义伟大的地方，

走过了崇山峻岭,

开到抗日的战场。

弟兄们用血肉争取民族的解放……

还是唱不下去。

"混蛋!混蛋!混蛋……"

他尽情而放肆地大骂。

他又唱,像狼嗥似的唱。

依然是那四句。

他料定自己的脑袋出了点什么问题,他不愿和自己的脑袋为难了。他就唱那四句,唱完一遍又一遍,头接着尾,尾连着头,唱到最后,他也弄不清哪是头,哪是尾了。

他唱着这支被记忆阉割了的残缺不全的军歌,爬了一段又一段,刨开了一堆又一堆冒落的矸石,爬到了一堵倒塌了半截的砖墙前。他木然地从砖墙上爬了过去。

砖墙外是一片乱坟岗子。一些跳动的萤火在破败的坟头上飘。远方是迷迷茫茫的大地,是一片充满希望,充满生机的大地。

他爬过砌在窑口的那堵砖墙,栽倒在一个长满杂草的坟堆上。一块从黄土、杂草下凸露出来的棺木硬硬地硌着他搓板似的肋骨。两只乌鸦被惊起了,扑腾着翅膀向空中飞。

突然飞起的乌鸦,将他从麻木的状态中唤醒了,他这才意识到,他创造了一个生命的奇迹,从地狱中爬上来了。

他一阵欣喜,几乎不相信这是事实!

他疯狂地笑着,头在坟头上拱着,像个饥饿的羊似的,用嘴啃坟堆上的青草。他从青草苦涩的汁水中嚼出了自由的滋味,继而,他

军 歌

默默哭了。他觉着真正的他并没有从地狱里走出来，他的躯体，他的血肉，他的情感，他的仇恨……他的一切的一切，都留在了那座地狱里，留在了那段已成为历史的永恒的沉寂中。走出来的不是他，而是那具骨骼，那具没有血肉，没有感情，没有幻想的骨骼。

生生死死，死死生生，生者死，死者生，生与死并没有明确的界限。阴阳轮回，反反复复，颠来倒去，谁也说不清谁何时生，谁何时死。生就是死，死就是生……

他带着这些纷纷杂杂的关于生死的念头，倒在坟头上睡着了，枕一片黄土，盖一天繁星，——其实，他并不想睡，他是想走的，然而，他混账的脑子已指挥不动混账的躯体了。

醒来的时候，从那眼破窑里又爬出了一个人，那人一身污泥，满脸漆黑，像个鬼，他没去仔细辨认那人的面孔，就扑上去抱住了他。

那人大叫：

"老孟，真是你，真的是你呀！你狗……狗日的命真大！"

他这才认出，那人是田德胜。

"老田，你！你也活着！"

"对！对！我造化也不小！那帮混蛋要抓我，我东躲西躲，最后躲到你这儿来了，哈哈，唔，快走吧，天一亮就走不掉了！"

他又问：

"那些弟兄们呢？"

田德胜叫道：

"滚他妈的弟兄们吧！你活着，我活着，这他妈的还不够么？！"

他默然了，拍拍田德胜的肩头，从牙缝里挤出了一个字：

"走！"

旷野茫茫，一片静寂。夜风在坟头上，在草丛间，在黑沉沉的大地上荡来荡去。一些早凋的枯叶在脚下滚。他们判定了一下方向，走出了坟地，走上了田埂，走向了田埂尽头的黄泥大道。

这时，他眼前又浮现出民国二十七年五月十九日的景象，他蛮横地告诉自己：明天，将是中华民国二十七年的五月二十日！

远方的大道尽头，隐约出现了一个小村庄。狗的狂吠一阵阵随风传过来……

游击队？嘿！哪来的游击队呀！有人说暴动的时候根本没和游击队联系；还有人说，联系了，游击队没来，谁知道呢？！暴动过后，日本人花了半年时间才恢复了矿井。他们对炸死在井下的战俘蛮敬重的，对我们这些幸存者的态度也好多了。他们不能不承认：中国人不是好欺负的！中国军人中也有不少硬汉子哩！后来，太平洋战争爆发，阎王堂被汪伪政府接收，这时候，我们才听说，那次暴动还是跑出去了几个人，就是从那条老洞子跑出去的。这几个人在当地老百姓的掩护下，进了山，嗣后，几经辗转到了重庆，重庆当时的报纸登过他们的事……

作于1986年8月
修订于2017年9月

从新历史小说到新政治小说

——周梅森研究导论

贺绍俊

周梅森是新时期成长起来的作家。人们一般将1976年粉碎"四人帮"的政治事件作为新时期的开端,从此文学创作逐渐走向正常化。当时年轻的周梅森还在矿井下掘进煤矿,但他同样也尝试着拿起了笔写作。1978年,还不到22岁的周梅森在《江苏文艺》上发表了他的小说处女作《老书记的西凤酒》,其后的四五年,他陆续有作品发表,这些均可以视为他的练笔。1983年底,周梅森在《花城》第6期上发表了中篇小说《沉沦的土地》,这是他的成名作。小说一问世,就引起了人们的关注。《文艺报》的副主编唐因专门为这篇小说写了一个短评,以于晴的笔名刊登在《文艺报》1984年第2期的"新作短评"栏目中。一个名不见经传的新人,为何会让一个当时最具权威性的文艺报刊的副主编迫不及待地为其写短评进行推荐?因为在唐因看来,这篇小说"独具特色"。而其特色就在于作者对以往创作模式的突破。唐因认为,《沉沦的土地》所写的内容在以往的小说中都有过不同角度的反映,但还很难见到像这篇小说一样"能通过重要的生活侧面,将当时非常错综复杂的阶级矛盾,刻画得如此生动真切而又脉络分明,具有历史画卷特色"。唐因感叹道:"看惯了那些把'倾向性'和作者的评价直接'说明'出来的作品……再看此篇,可能就不甚习惯。因为在这里，作者的强烈的爱憎和分明的是非，他对生活的观察和评价，往往并不直接表白，而是从情节和场景中自然流露、自然呈现出来的。"[1]唐因的短评也是周梅森发表作品后获得的第一个评论。

《沉沦的土地》奠定了周梅森在新时期阶段的创作特点。这篇小说以煤矿生活为背景，把我们的视线引向民国年代那段沉重的历史，小说具有厚重的历史感和沉郁的叙述风格，他第二年写作的战争小说《军歌》与其风格相似，该小说还获得了全国中篇小说奖。在以后的十来年里，他相继写了反映中国煤矿草创期的艰辛和血泪的《黑坟》《原狱》，反映清朝末年洪帮起义的《神谕》，反映中国托派和早期革命者真实境况的《重轭》，反映民国初年社会动荡历史的《沉红》《孽海》《孤乘》《英雄出世》，以及一批战争小说《国殇》《大捷》《沦陷》等。对于周梅森这一时期的小说，批评界给予了较高的评价。时任中国作协党组书记的唐达成曾惊叹周梅森"大有当年茅盾写《子夜》的气魄"。《文艺报》的主编冯牧则提出了"周梅森现象"一说。冯牧问道："为什么周梅森没有经历过民国生活，没在旧时代呆过一天，却能写得这么好？"[2]

周梅森被认为是新历史小说的代表性作家。对于周梅森的历史小说的评论所占的分量也最大。分析周梅森历史小说的思想内涵，是这类评论文章的重点之一，论者强调了周梅森的历史反思和人性挖掘，也有对周梅森小说中的历史意识和历史观进行研究。总体说来，人们都不约而同地注意到周梅森如一个异类，即使书写当代文学中的带有普遍性的历史题材，周梅森的小说总能给人一种陌生感。黄毓璜

---

[1] 于晴：《新作短评：沉沦的土地》，《文艺报》1984年第2期。
[2] 参见《关于"周梅森现象"的对话》，《花城》1989年第4期。

便感慨:"倘要从近数年林林总总的小说品类中,为周梅森的作品寻找一个副实的'名目',恐怕便不能不感到棘手乃至陷入困惑"。[1]吴亮干脆认为"很难把周梅森归入某个流派"。[2]晓华、汪政则针对周梅森现象给周梅森的小说提出了一个新的命名:"元历史小说"。他们认为,周梅森以历史为题材的小说看上去难以纳入到流行的历史小说概念之中,但这些小说的主题正是元历史学即历史哲学所关注的命题。因此他们说:"周梅森的历史小说的艺术精神支柱就是这种历史哲学观,狭义历史学的真实观无法理解它,它面对的是超越具体历史、超越时空的历史理性和人性世界,它只对它们负责。和一般流行概念的历史小说相比,周梅森的元历史小说具备的是抽象的理性的真实,至于选择怎样的历史事件,怎样去为主题想象出具体的场景是无关紧要的"。[3]晓华、汪政当时敏锐地指出了周梅森的历史小说与传统历史小说的本质区别:在历史观上的区别以及在历史叙述上的区别,它不拘泥于历史真实,而是在历史哲学亦即面对历史的世界观和认识观上用力。这其实就是90年代初期兴起的新历史小说的基本特点。伴随着90年代新历史小说创作的小高潮,新历史小说也成为文学批评和学术研究的重要对象。关于新历史小说,学界基本认定有以下几个特点:其一是"以民间的历史观念评判历史,大胆挑战政治视角对历史理解的垄断"。其二是"以'一切历史都是当代史'的观念书写历史,大胆挑战客观历史真实"。其三是"以虚构的手法还原历史,表达对人类生存状态的关怀和对生命意义的终极叩问"。[4]我们

---

[1] 黄毓璜:《大写的历史 大写的人——简论周梅森的小说创作》,《文学评论》1987年第5期。
[2] 吴亮:《微型作家论》,《文学自由谈》1989年第2期。
[3] 晓华、汪政:《元历史小说——对周梅森现象的新的提法》,《当代文坛》1990年第3期。
[4] 参见李建国《"新历史小说"的内涵和外延》一文,《山东社会科学》2006年第5期。

可以发现，这三个特点在周梅森的历史小说中都有明显的体现。因此，毫不夸张地说，周梅森应该是新历史小说的开创者之一。没有80年代周梅森等作家的开拓，就不会有90年代的新历史小说的小高潮。洪治纲就指出了这一渊源和传承的关系，他在1992年的一篇文章里就指出：80年代中后期陆续出现了一批系列小说，如周梅森的"战争与人"系列、莫言的"红高粱"系列，"这些小说叙述的都是一些作者及其同时代人不曾经历过的故事，若从题材上进行简单的归类，他们都明显超越了传统历史小说的某些既成规范，显示出许多新型的审美意图和价值取向，显示着历史小说发展的某些新动向。因此，我把他们称为'新历史小说'"。[1]

周梅森80年代的小说具有较明显的悲剧意蕴。许多评论文章围绕悲剧性做了较深入的分析。苏童作为一名作家，对其会有一种直接的感性印象，他在他唯一的一篇谈论周梅森创作的文章中是这样表达他的阅读印象的："周梅森总是冷酷地把人物往生存绝境上推，总是把故事推向悲剧，你能感觉到被毁灭的颤栗和深沉的悲怆。悲剧美在周梅森的作品中不是借助于语言技巧，而是在整个故事大动态中诞生，因而显得壮观博大，触目惊心。"[2]在《沉沦的土地》发表之后，李庆西就敏锐地把握了这篇小说的悲剧观，他认为在《沉沦的土地》中，包含着一种超越故事本身的"审美价值的结构形式"，这是一种"大失败"的悲剧形式，这种悲剧形式具有本体象征性，"确乎使我们有可能对古往今来的世态人情作一番历史的观照。仿佛在你眼前不断闪现民族的灾难，一出又一出悲剧，一篇又一篇'大失败'的

---

[1] 洪治纲：《论新历史小说》，《浙江师范大学学报（社科版）》1991年第4期。
[2] 苏童：《周梅森的现在进行时》，《中国作家》1988年第1期。

记录"。[1]周梅森后来的创作完全印证了李庆西的阐释,他陆续发表的小说在为读者提供了"一出又一出悲剧"。王干、费振钟则从美学追求的角度对周梅森的悲剧意蕴进行了阐释,认为正是这种悲剧性,使他的创作"走向史诗":"尽管笼罩在周梅森小说中的悲剧气息和氛围是那么浓郁,但作为叙述主体的作者并没有因此被这种气息和氛围所淹没,他机智地跳出这种氛围之外,冷静地审视着历史风云的翻滚和人物命运的兴衰。"[2]

还必须注意到,周梅森在80年代的历史书写,同样具有强烈的现实情怀。他的确是把历史当成当代史来书写的。正是这种强烈的现实情怀,使他在80年代末期遭遇到人生的挫折。这一次人生挫折并没有消磨他的意志,但却改变了他的生活轨迹。他一度放弃了文学,投身到商海之中。至于他是赚是赔,不是这篇文章需要讨论的内容,但这段商海生涯,大大丰富了他的生活经验。更重要的是,这段生活经历使他的现实情怀直接与现实生活对接起来,他不再满足于80年代通过历史小说来表达现实情怀的迂回方式了。当他再一次拿起笔时,他就要采取正面强攻了。又迂回战转向正面强攻,就有了由新历史小说向直面现实的新政治小说的转型。这种转型从题材和时空上说是迥异的,但现实情怀却是二者的内在一致性。也就是说,尽管80年代周梅森的小说具有浓厚的沧桑感,他甚至被评论家形容为"像个严峻的历史老人"(曾镇南语),尽管他也对历史资料作了大量的研习,但他并没有沉湎在发黄的典籍里,所以在寻根文学兴起,年轻作家热衷于以历史为掩体,借以逃逸出现实政治和宏大叙事的约束,但周梅森对此并不感兴趣,相反,在他的新历史小说中,"更多的深刻理解历

---

[1] 李庆西:《〈沉沦的土地〉的悲剧观——兼谈小说的本体象征》,《读书》1985年第5期。
[2] 王干、费振钟:《走向史诗——论周梅森的美学追求》,《文艺研究》1988年第1期。

史、理解社会矛盾、理解阶级斗争的兴趣，获得了开阔的艺术视野和宏伟的艺术胆魄。"[1]因此，周梅森历史小说中的思想意义也是最值得人们言说的，有评论家对他的作品作出了这样的总结："他不动声色地指点我们看燃烧着血与火的一部民族苦难史,不动声色地以'自然主义'的笔调去再现那些血淋淋的，或极粗俗、极野蛮、极残酷的人生可怕的场面，不动声色地解剖人心深处最肮脏的欲念、最卑鄙的意识、最险恶的计谋。不动声色的每一个字又仿佛是刀劈斧研而成，刚硬有力。"[2]

持有正统文学观的人并不认同周梅森后来的文学转向，他们看不到二者之间的内在一致性，完全把周梅森前期的新历史小说与后期的新政治小说割裂开来。说实在的，这样的观点并没有真正读懂周梅森。下面，我想着重谈谈周梅森后期的文学创作。

从二十世纪九十年代初开始，周梅森转向了现实题材的写作，他的小说与现实的政治话语和社会主题有着密切的联系，从1997年出版长篇小说《人间正道》起，他仿佛是掘开了一口富产的油井，不可遏止地喷发出直面现实问题的作品，几乎一年就有一部长篇小说问世。相继出版了《中国制造》《天下财富》《我主沉浮》《国家公诉》《至高利益》《绝对权力》《疯狂与财富》等十来部长篇小说。这些小说几乎都改编成了电视剧，并都创下了极高的收视率。转向后的周梅森也就成了一位在社会上拥有极高知名度的作家，他的作品在市场上也非常畅销。也许主要是这两个因素，让那些自认为坚持文学性的批评家们对周梅森后期的作品采取蔑视的态度。我们可以说周梅森是一位"两栖作家"，电视剧的成功无疑对他的小说带来了正面的

---

[1] 曾镇南：《周梅森论》，《当代作家评论》1986年第3期。
[2] 樊星：《从历史走向永恒》，《文艺评论》1988年第4期。

效应。这也许正是后现代文化的一个重要特征，文学借助电视等现代媒体扩大影响。当下的一些有广泛读者的作家几乎都与影视有关系。另外，影视语言对于作家写作的影响也不能绝对地断定是负面的，它或许是拓展文学性的新途径。因此我们不能因为周梅森在电视剧上的成功就否定他的小说的文学性。至于他的小说的畅销，我们似乎不能依此就说周梅森是一位"畅销书作家"。因为他的小说尽管在市场上畅销，但他并不是采用我们一般所理解的畅销小说的固定套数和写法。在我看来，他的小说的畅销，正是他的文学性所起的作用。在一个越来越认同多元化的社会进程中，文学也朝着多元化的方向发展，如果我们的文学观念固守在某一点上，只认同某一种文学样式，那么我们就无法解释在新的时代下文学的丰富多样性，也无法把握文学发展的可能性。这篇文章里，我所要讨论的则是周梅森文学转向后的作品。在我看来，周梅森在二十世纪九十年代以后的文学写作是一种自主性的政治文学，在文学与政治的关系上，周梅森的写作为我们提供了一种新的表现方式。而他的一系列具有强烈政治意识的小说，开启了文学干预政治的新的一页，我把这些小说统称为"新政治小说"。

早在七八年前，我在评论周梅森的《中国制造》时，用了"政治小说"这个概念。现在看来，政治小说虽然不能涵盖周梅森小说的全部，但还是突出了他写作上的特殊意义。问题在于，政治小说并不是一个新的概念，早在十九世纪末期，中国面临西方的强权侵入，不得不图求民族振兴时，一些政治思想家极力主张"政治小说"，梁启超是从"欲新一国之民，不可不先新一国之小说"[1]的高度力倡政治小说的。在梁启超等一批仁人志士的推崇下，晚清民初掀起了一股政

---

[1] 梁启超：《论小说与群治之关系》，《新小说》第1号（1902年）。

治小说创作的小高潮,如梁启超的《新中国未来记》、羽衣女士的《东欧女豪杰》、陈天华的《狮子吼》等,这些政治小说虽然具有鲜明的政治倾向和政治主张,但缺乏文学性,没有留下什么成功之作。不过付建舟认为晚清的政治小说对以后的文学产生了一种泛政治化的影响。[1]陈平原也说过:"纯粹'借以吐露其所怀之政治理想'的政治小说,本身成绩并不可观;可影响于'谴责小说'的写时事与发议论,'言情小说'的借男女情事写时代变革,'社会小说'的政治热情与寓言式象征……以至在晚清大部分小说中都隐隐约约要见到政治小说的影子。"[2]同时还得注意到,在泛政治化的社会思潮中,有些批评家无限扩大了政治小说的疆界,甚至连《红楼梦》也被称为"政治小说"。在对当代小说的批评中,这种泛政治化的观点更为常见。比如反映社会问题的小说、改革小说、反腐小说,等等,都可以指称为政治小说。周梅森的政治小说既不是晚清时期兴起的政治小说,也不是泛政治化视角下的社会问题小说。但周梅森的政治小说承续了晚清政治小说的以强烈的政治意识统领情节的基本特点,而对当下社会问题的干预又与社会问题小说、反腐小说以及改革小说相呼应。二者结合起来构成了周梅森政治小说之新。

他转向的第一部小说《人间正道》写于1996年,是家乡的变化打动了他,他被停驻在历史陈迹中的目光拉了回来。他在两年前回到家乡徐州,被家乡改革开放带来的巨变所震惊,有了反映家乡改革现状的创作冲动,为了更好地了解情况,他到徐州挂职体验生活,在徐州政府当副秘书长。大量耳闻目睹的新鲜事情成就了一部《人间正道》。当时他的家乡正在集资建公路,许多人对修路的意义并不了

---

[1] 付建舟:《晚清社会转型中的政治小说》,《洛阳师范学院学报》2004年第6期。
[2] 陈平原:《陈平原小说史论集》,河北人民出版社1997年出版。

解，因此反对的意见也很激烈，修路过程中充满了矛盾和困难。周梅森的《人间正道》基本上是围绕修路的事件而结构起来的。估计不少的人物和情节都有着直接的生活原型。所以小说出版后，就引发出一场"对号入座"的大麻烦。当时有四十来个厅局级干部要联名告周梅森，当地还要封杀他的小说以及由小说改编的电视剧。这个"对号入座"的事件激怒了周梅森，也使他对中国官场和中国政治有了更大的兴趣。据他自己说，如果没有这一事件，也许他写完这部小说就会再去写他的历史小说的。而我要说的是，尽管周梅森写《人间正道》时并不是有意识地在写作上转向当代政治，但这部小说大致上确立了他以后的政治小说的基本思维方式，开启了新政治小说的路子。

我在这里之所以要专门介绍周梅森写作《人间正道》的动机，就是想说明一点，尽管从写作的对象来看，周梅林来了一个一百八十度的大转身，从过去的历史小说转向现实小说，但无论是过去的历史小说，还是后来的现实小说，周梅森的写作动机并没有完全改变，二者之间有着根本的一致性，这种一致性就在于他是一个充满挑战意识的作家，他的写作都是对现实的挑战。80年代中期，随着西方现代思潮的不断引入，作家们在过去的政治意识形态凝固作用下的历史观和世界观逐渐有了松动，一些走在思想前沿的作家从各个方面寻求突破。当代小说在表现抗日战争历史时，基本上是紧趋当政者对抗日战争所作出的政治结论：中国共产党领导的八路军新四军是抗日的主力，国民党始终是消极抗日、积极内战。这种政治结论是一种强大的意识形态，在无形中也就给文学规定了种种不可逾越的禁忌，其中一条最大的禁忌就是不能正面表现国民党的抗日，国民党军队在抗日题材作品中即使出现了，也基本上是一种消极的甚至反而的形象。自五十年代以来，这也成为了一种坚定的社会公识。周梅森作为一个充满挑战意识的作家，首先就选择了对这种社会公识的挑战。他具有这种挑战的优势，因为他的家乡徐州在抗日战争时期曾是国民党的主要战区，可以料想，他从民间听到了不少关于国民党军队抗日的故事。应该说，他也尝到了挑战的甜头，同时也体会到挑战带来了刺激。《军歌》《沉沦的土地》这些作品尽管也获了奖，得到首肯，但也引起争议，恰是这种争议凸显了周梅森挑战的思想价值。但随着思想解放的深入，国民党抗战的历史逐渐被人们所认可，表现国民党抗战也成为文学中很正常的事情，在这种情景下，周梅森在历史题材的写作中也许感到了一种乏味，因此从一定程度上说，周梅森的转向也是他寻求挑战刺激的一种内在需要。而在写完了《人间正道》之后，他找到了新的挑战对象，一种更富刺激性的挑战对象。这也许得感谢那些主动对号入座的官员们。因为正是官员们的告状以及他们利用手中权力干扰作家正常写作的行为，使周梅森认识到了文学对于现实仍然具有杀伤力，同时也发现了现实中充满着诱惑力。于是，他放弃了他已经写得得心应手的历史题材（何况历史题材写到这个时候也失去了最初的挑战性），转而直接扎向现实的大海之中。

作家的挑战意识是创新的动力，但选择什么对象来挑战在不同的作家身上会有不同的表现。周梅森选择的挑战对象往往是具有鲜明的政治话题的内容，在写历史小说时，他最感兴趣的是政治意识形态对历史真相的遮蔽，这显然是一个敏感的政治话题。其后在写现实题材时，他所涉及的内容往往是社会热点，直接问责政治。因此，政治情怀、政治抱负、政治眼光，这些都可以说是周梅森进行写作的内在因素。他毫不掩饰自己的政治立场和政治意识。这本身也构成一种挑战性。因为从上个世纪80年代中期开始，有一股否定政治的潮流在文学中弥漫，许多作家故意掩饰或模糊写作的政治性内涵，仿佛这样就是在做真正的文学。90年代以来，文学与政治的关系正处在相当紧张的状态之中，新写实就是在这种状态下产生的，通过所谓零度情感的、原生态的方式，作家放弃了对意义的关注，以此来解决对政治的紧张性。但周梅森则是正面出击，迎着政治而上，他试图在接近现实政治的过程中表达自己的政治见解。

周梅森始终关注着中国当代政治的变化。他的小说主题基本上都与政治的主题有关系，这使得他的小说具有一种政治文献的价值。我曾把他的小说写作称之为中国当代的"政治白皮书"。《人间正道》是周梅森写的第一部新政治小说，当时他就敏感地探到了中国政治的脉搏：中国政治正从虚幻的思想争斗转变到实干。也就是邓小平所说的"不争论"的政治策略，因此他将小说的主题设定在地方官员干不干实事的矛盾上。而后写的《天下财富》显然是对政治路线转向经济建设为中心的这一最大的政治动向所作的呼应。当经济改革向着纵深发展后，政治体制上的问题逐渐成为最大的掣肘，于是他就写了《中国制造》。《我主沉浮》所写的内容则是关于一个经济大省25年改革的反思与回顾；主人公是一个省长，他从乡镇长干起，一直升到权力高层，他面对的是中国加入世贸组织之后自己在政治和经济领域的沉浮。周梅森不少长篇小说的主旨是探讨资本原罪、改革原罪问题。《最高利益》写了一个市委书记上任后，面对一座城市历届一把手的政绩工程的抉择，追问了什么是共产党人的最高利益；《绝对权力》以反腐为主线，探讨的是作为党的高级官员如何正确地行使权力、维护权力，为人民掌好权、用好权；《国家公诉》中，周梅森写了一场大火造成150多人死亡的灾难，试图通过这场灾难进一步剖析体制上有哪些问题需要改革和改进，着重对渎职行为和滥用权力进行重新认识，它最终要说明的是如何能够真正实现"以法治国"，而不让它仅是一句口号。而在《梦想与疯狂》这部新作中，周梅森直指当下政治的核心——资本。在资本时代，资本就是最大的政治。如果不解决好体制的问题，每个国人都将被资本彻底改造，我们只会留下一些"英雄兼混蛋"的资本时代的新物种。在周梅森的笔下，无论是孙和平、杨柳、刘必定也好，还是简杰克这样的国际金融投机者也好，大概都算得上是"英雄兼混蛋"的新物种。周梅森凭借敏锐的政治识见，对这些人物并没有采取简单的褒贬，而是呈现出事物发展的多种可能性。他们有可能为社会创造财富，推动社会经济的发展，但他们也有可能贻害无穷。怎么解决这个问题，这就需要建立起一个真正具有中国特色的、真正体现了人文精神的、真正为广大人民群众带来幸福的社会主义的经济体制和资本运作体制。这是一个最具现实意义的政治课题。我们在阅读《梦想与疯狂》时，会从这些"英雄兼混蛋"的各类人物的表演中感受到这一强烈的现实穿透力。

这使我想起巴尔扎克的《人间喜剧》以及恩格斯对巴尔扎克的评价。恩格斯认为巴尔扎克的《人间喜剧》是"给我们提供了一部法国'社会'，特别是巴黎'上流社会'的卓越的现实主义历史，他用编年史的方式几乎逐年地把上升的资产阶级在1816-1848年这一时期对贵族社会日甚一日的冲击描写出来"，恩格斯说："我从这里，甚至在经济细节方面（诸如革命以后动产和不动产的重新分配）所学到的东西，也要比从当时所有职业的史学家、经济学家和统计学家那里学到的全部东西还要多。"[1]从恩格斯的这段话可以看出巴尔扎克的成功，是与他始终如一地关注着法国社会的革命性变革分不开的。在一定意义上说，巴尔扎克也是一位充满着政治热情的作家，周梅森凭

---

[1] 恩格斯致玛·哈克奈斯，《马克思恩格斯选集》第4卷，人民出版社1974年版，第463页。

着持续的政治热情，以小说的方式记录着现实变革的进程。

我以为可以从三个方面来描述周梅森的新政治小说的特点。

其一，新政治小说是以政治官员的视角去观察问题，从政治的立场设置和处理矛盾冲突。《人间正道》是以一个城市的修路来展开矛盾冲突的，而这部小说的主要冲突就是官员内部的冲突，是一群干事的官员和不干事的官员的冲突。在这种矛盾冲突中，作者所要表达的主题是："不干事就是最大的腐败"。《中国制造》的主要冲突则是老书记姜超林与新书记高长河之间在权力交接时因为体制的原因而造成双方的隔阂、提防、制衡，从而提出了一个政治体制改革的问题。《我主沉浮》的矛盾冲突是经济发展与权力的关系，矛盾的主要方面则是掌控权力的一方，因此小说基本上是以一个经济大省的省级领导班子作为叙事主体，塑造了省长赵安邦、省委书记裴一弘、省委副书记于华北等一批高级领导干部形象。

但要注意到，这种政治官员的视角所传达出来的政治意识又与现实中的政治官员的思想是有差距的，小说中的政治意识仍是周梅森本人的政治意识，他不过是借用了政治官员的视角而已。这就决定了新政治小说的第二个特点。

其二，新政治小说表现了强烈的政治乌托邦意识。

乌托邦是逐渐被我们疏远的文学圣地。这个术语最早由英国著名的人文主义者托马斯·莫尔创制，它的词根是两个希腊词，一个词的意思是"好的地方"，另一个词的意思是"没有的地方"。这就决定了乌托邦的双重含义。一方面人们将其视为"空想""白日梦"的同义词，另一方面，人们在为某种指向未来的"理想""规划"或

"蓝图"命名时也往往不约而同地想到"乌托邦"。[1]正因为此,作家们往往愿意在作品中建构一个乌托邦,来寄寓自己的美好理想。人们把柏拉图的《蒂迈欧篇》视为最早的乌托邦文学。我们可以列举出许多描绘乌托邦的文学名篇。如阿里斯托芬《鸟》中的"云中鹁鸪国",拉伯雷《巨人传》中的"德廉美修道院",陶渊明《桃花源记》中的"世外桃源",李白《梦游天姥吟留别》中的"神仙居洞天"等。[2]文学中的乌托邦可以说是作家建构的一个虚无的存在,但正是通过这种虚无的存在,作家表达了他对现实的不满和批判和对理想的憧憬。人们在谈到乌托邦时常常会引用当代美国神学家蒂利希的一段话,他说:"要成为人,就意味着要有乌托邦,因为乌托邦植根于人的存在本身……没有乌托邦的人总是沉沦于现在之中;没有乌托邦的文化总是被束缚在现在之中,并且会迅速地倒退到过去之中,因为现在只有处于过去和未来的张力之中才会充满活力。"[3]政治乌托邦是人们对社会美好想象的重要形态,它表现为对绝对正义的渴望,对现实政治合法性的表示怀疑,是对不正义的政治现实的反叛、逃避和超越。周梅森的政治小说具有鲜明的政治乌托邦意识,他的每一部小说都反映了现实政治的某一重要问题,其矛盾冲突具有强烈的现实针对性,而在每一部小说中他都最终让其矛盾冲突获得有效的解决,在这种解决中,周梅森表达了自己的政治理念,为现实政治提出了自己的操作方案。如在《中国制造》中周梅森就涉及到当时最为敏感的政治体制改革的问题。小说所描写的平阳市在经济上得到飞速的发展,但旧的政治体制影响到了经济的进一步发展。他认为,"中国制

---

[1] 参见姚建斌《乌托邦文学论纲》,载《文艺理论与批评》2004年第2期。
[2] 参见谢永新《乌托邦理想社会的文化底蕴》,载《学术论坛》1999年第2期。
[3] 蒂利希:《政治期望》,徐钧尧译,四川人民出版社,1989年出版,第215–216页。

造"虽然走向了海外,但真正要让"中国制造"站住脚,必须是用中国自己的"机床"——中国特有的政治体制、社会现存秩序等"加工"出来的产品。老市委书记姜超林与新上任的市委书记高长河,其对党的忠诚、其事业心、其政治抱负,基本上是一致的,他们之间不应该构成冲突,但只要他们之间在职务上发生了接替的关系后,他们之间就不可避免地会构成冲突。周梅森非常准确地描写了他们两人之间的冲突,这是一种几乎不掺杂个人私欲的冲突,又是目标并不相左的冲突,显然,这是一种典型的"中国制造"的冲突,人物冲突背后的原因是政治体制的弊端。周梅森以其政治乌托邦的意识赋予了高长河挑战现有政治体制的勇气。周梅森安排了一个很微不足道的细节,高长河拒绝了办公厅主任为他安排的0001号牌照的奥迪车,果断地要求"换车!"也许这一换车意味着平阳市更伟大的"中国制造"已经开始:领导班子建设,政治体制改革。这是在制造一个中国独有的更伟大的辉煌。

周梅森的政治乌托邦意识在小说中凝聚成理想型的政治领导干部形象。他对自己为什么热衷于塑造理想官员形象有一个解释,他说:"我的作品还能给各级官员树立一个标杆,告诉他们真正的好官是这样的。毛泽东当年曾经说过,严重的问题是教育农民,现在严重的问题是教育干部。"

其三,新政治小说的立意主要落在对政治行为的合法性进行审视和质疑。

周梅森的新政治小说无疑关注的是涉及到国家发展和民生民权等政治性和社会性的问题,从聚焦点来看,所谓改革小说、反腐小说、官场小说都有相似之处。我之所以要以政治小说的称谓将周梅森的这类作品区别开来,就在于周梅森在关注这些社会问题时,都是将其归结到政治权力和政治生活中,直接向政治问责。如《至高利益》的故事核心是某市国际工业园的恶性污染事件,这是现实社会中普遍存在的环境污染问题,许多作家在处理这类题材时多半都是突出生态的主题。但周梅森则是归结到政绩工程,这完全是一个政治权力的问题。党的至高利益是为人民谋福利,但现有政治体制的升迁制和考核制架空的至高利益,官员们满足于做表面文章,搞政绩工程。周梅森在这部小说中将政绩工程上升到关乎政权存亡的高度来认识,在他看来,政绩工程比贪污腐败更可怕。为此他塑造了一位敢于挑战政绩工程的人市委书记李东方,李东方不仅不搞自己的政绩工程,还不惜得罪领导和政治上的恩人,冒着被撤职的风险,掀开了过去政绩工程问题的盖子,为前两任领导的政绩工程"擦屁股",逐步将城市的经济建设纳入了正轨。小说中李东方有一句点题的话,他说:"我们的任何政绩都必须建立在代表最广大人民群众的根本利益这一基点上,离开了这一基点,事情就会起变化"。这句话看似很普通,但抓住了问题的实质,不仅体现出周梅森强烈的政治意识,也体现了周梅森的政治智慧。这就保证了他的审视和质疑能够在层层障碍和禁忌下传达出来。

不可否认,周梅森的新政治小说有其不足之处。首先,他带着强烈的明确的政治意识,势必影响到文学形象的多样性和复杂性的充分展开。特别是他小说中的政治英雄人物,其个性化色彩不够鲜明,而且多部小说中的政治英雄人物有着千面一孔的模式化痕迹。显然这些人物都是用他的政治乌托邦意识作为原料塑造的。以理想型的人物形象来表达自己的政治意识,这种方式无可厚非,但在这样一个大前提下,如何去追求人物形象的个性化和文学化,则是在考验作家的功力和耐心,周梅森在这方面下的功夫还是不太够。另外,作为政治小说，其视点无疑集中在政治层面，因而就造成了小说缺乏日常生活的风景和情趣，太强烈的政治性完全挤占了诗性发挥的空间。套用古人对诗词不同风格的形象说法，我以为，周梅森的新政治小说不乏"大江东去"的气魄，却缺少了一些"晓风残月"，难以让十七八女孩儿"执红牙拍板"吟唱。

周梅森的新政治小说体现了当代文学在处理文学与政治的关系上步入一个良性的正常的状态之中。他通过新政治小说的写作样式有效地表达了当代作家的政治情怀。这是周梅森新政治小说不可忽视的意义。自新时期文学以来，文学与政治在相当一段时期内处在一种紧张的对立的关系状态中。许多作家为了保持自己的政治立场和政治意识，往往采取与政治现实不合作的方式，因此去政治化与非政治化的观点也占了上峰。在这类观点的影响下，日常生活叙事特别发达起来，而正面表达作家政治情怀的宏大叙事却遭到了冷遇。事实上，去政治化与非政治化只是作家表达政治意识的另一种方式，也是一种与政治处于非正常状态下的写作方式，它并不利于作家更好地表达自己的政治情怀。在这种情景下，周梅森坚持新政治小说的写作，实际上也就是坚持宏大叙事。更重要的是，周梅森并不是坚持过去的受制于政治意识形态的宏大叙事，而是充分利用社会转型带来的新的因素，将宏大叙事与民间精神结合起来，从而使受到冷遇的宏大叙事获得新生。应该看到，宏大叙事是表达文学的政治情怀的重要方式，缺少这种方式，文学的表达就是不健全的。在我看来，新时期文学的叙事中大致上有两种不同的政治情怀，借用吉登斯的理论，我把这种两种政治情怀分别称之为解放政治的情怀和生活政治的情怀。解放政治和生活政治，是吉登斯的两个基本概念。吉登斯把解放政治"定义为一种力图将个体和群体从其生活机遇有不良影响的束缚中解放出来的一种观点"。[1]吉登斯认为，从近代到现代的政治，在本质上都是解放政治。吉登斯所谓的生活政治则是指应对现代化发展中解决现代性所带来的问题的政治策略。生活政治"关注个体和集体水平上人类的自我实现"。[2]新时期以后的拨乱反正，也就是中国本土在二十世纪末期重新启动现代化的"解放政治"。但发生在中国本土的现代化又是一种后发式的现代化，它使前现代、现代、后现代处在同一时空之中，具有鲜明的"时空压缩"的文化特征，因此生活政治在社会领域中占据着越来越多的空间，它们需要通过文学叙事获得认同。解放政治和生活政治这两种政治模式尽管存在矛盾甚至对立，但在中国当下复杂的现代化处境中，二者并不是谁取代谁的态势，而是相互依存，相互补充，形成纠缠在一起的难舍难分的关系。在相当长时间里以及在相当作家的心目中，解放政治被当成了政治意识形态的专有物，因此文学中解放政治的声音很弱。周梅森的新政治小说显然强化了解放政治的声音。

---

[1] 《现代性与自我认同》，[英]安东尼·吉登斯著，赵旭东译，北京三联书店1998年出版，第248页。
[2] 同上，第10页。

周梅森创作年表

长篇小说

1. 黑坟.北京:中国作家,1986年第3～4期.
   杭州:浙江文艺出版社,1987年1月.
2. 神谕.北京:中国作家,1990年第6期～1991年第1期.
   北京:中国工人出版社,1991年8月.
3. 重轭.广州:花城出版社,1990年3月.
4. 此夜漫长.上海:小说界,1992年第3期.
   上海:上海文艺出版社,1994年3月.
5. 沦陷.福州:海峡文艺出版社,1995年7月.
6. 红颜孤乘.杭州:浙江文艺出版社,1995年12月.
7. 原狱.南京:钟山,1996年第4～5期.
8. 人间正道.北京:当代,1996年第6期.
   北京:人民文学出版社,1996年11月.
9. 天下财富.北京:当代,1997年第6期.
   北京:小说选刊增刊,1997年第2辑.
   北京:人民文学出版社,1997年12月.
10. 原狱.北京:人民文学出版社,1997年12月.
11. 中国制造.北京:作家出版社,1998年12月出版,嗣后出法文版.
    上海:收获,1999年第1～2期.

12.共和国往事.北京:长江文艺出版社,1999年1月.

　　　武汉:今古传奇,1999年第4期.

13.至高利益.北京:作家出版社,2000年12月.

14.天下大势.重庆:红岩,2002年第1期.

15.绝对权力.上海:小说界,2002年第1~2期.

　　　北京:作家出版社,2002年4月.

　　　　　韩国出版社,2002年出版.

16.国家公诉.上海:收获,2003年第1~2期.

　　　北京:作家出版社,2003年3月.

17.天下大势.上海:上海文艺出版社,2003年2月.

18.我主沉浮.上海:收获,2004年第2~3期.

　　　北京:作家出版社,2004年5月.

19.我本英雄.上海:小说界,2005年第3~4期.

　　　北京:长篇小说选刊,2005年增刊.

　　　北京:作家出版社,2005年7月.

20.中国制造.北京:人民文学出版社,2007年1月.

21.梦想与疯狂.北京:作家出版社,2009年1月.

　　　上海:小说界,2009年第1期.

　　　北京:中华文学选刊,2009年第4期.

22.人民的名义.北京:北京十月文艺出版社,2017年1月.

中篇小说

1.小镇.广州:花城,1983年第2期.

2.沉沦的土地.广州:花城,1983年第6期.

　　　天津:小说月报,1987年第2期.

3.荒郊的凭吊.郑州:莽原,1984年第2期.

4.庄严的毁灭.南京:青春丛刊,1984年第3期.

5.崛起的群山.广州:花城,1984年第6期.

6.喧嚣的旷野.上海:收获,1985年第3期.

7.庄严的毁灭.南京:江苏人民出版社1985年7月.

8.黑色的太阳.广州:花城,1985年第5期.

9.革命时代.中国,1986年第5期.

10.军歌.南京:钟山,1986年第6期.

  福州:中篇小说选刊,1988年第3期.

11.沉沦的土地.广州:花城出版社,1986年12月.

12.冷血.广州:花城,1987年第4期.

  南京:江苏文艺出版社,2005年1月.

13.孤旅.广州:花城,1987年第6期,

  福州:中篇小说选刊,1988年第2期.

14.国殇.广州:花城,1988年第2期.

  北京:小说选刊,1988年第7期.

  福州:中篇小说选刊,1988年第4期.

  广州:花城出版社,1988年8月.

15.人的岁月.南京:钟山,1988年第4期.

16.旗下.上海:小说界,1988年第6期.

17.洪帮之乱.天津:小说家,1989年第1期.

18.重轭.上海:小说界,1989年第2期.

19.洗礼.上海:小说界,1989年第3期.

20.事变.广州:花城,1989年第4期.

  福州:中篇小说选刊,1991年第3期.

21. 大捷. 上海:收获,1989年第5期.

　　　福州:中篇小说选刊,1990年第1期.

　　　北京:中国友谊出版公司,1990年10月.

22. 荒天. 济南:时代文学,1990年第2期.

23. 日祭. 南京:钟山,1990年第3期.

　　　福州:中篇小说选刊,1990年第4期.

24. 沉红. 广州:花城,1991年第5期.

25. 家仇. 济南:时代文学,1991年第6期.

　　　福州:中篇小说选刊,1992年第1期.

26. 孤乘. 上海:收获,1992年第3期.

27. 心狱. 南京:钟山,1992年第5期.

28. 红粉之战. 南京:江苏文艺出版社,1992年.

29. 英雄出世. 广州:花城,1993年第2期.

30. 人生伊始. 济南:时代文学,1993年第3期.

31. 孽海. 广州:花城,1993年第4期.

　　　西安:陕西旅游出版社,2002年1月.

32. 军歌(跨世纪文丛·中篇小说集). 北京:长江文艺出版社,1994年8月.

33. 焦土. 北京:中国作家,1996年第1期.

34. 中国往事. 北京:中国文学出版社,1998年3月.

35. 英雄出世. 海口:南海出版公司,2000年6月.

短篇小说

1. 老书记的西凤酒. 南京:江苏文艺,1978年第7期.

2. 家庭新话. 新华日报.

3.主人.工人日报.

4.明天一定再来.南京:青春,1980年第2期.

5.刘作家轶事.南京:雨花,1980年第6期.

6.一种哲学.北京:青年文学,1982年第1期.

7.苏醒.南京:雨花,1982年第2期.

8.基本国策.北京:北京文学,2000年第8期.

  北京:中华文学选刊,2000年第9期.

  北京:小说月报,2000年第10期.

  短篇小说选刊,2000年第10期.

小说集、评论、散文集

1.走出虚幻,直面人生——谈黄蓓佳的小说.天津:文学自由谈,1988年第4期.

2.周梅森文集.北京:长江文艺出版社,1997年12月.

3.中国当代作家丛书·周梅森作品集.北京:人民文学出版社,2000年9月.

4.中国制造(三部曲版).北京:人民文学出版社,2000年6月.

5.周梅森政治小说读本(三卷).北京:作家出版社,2001年3月.

6.中国当代作家选集·周梅森卷.北京:人民文学出版社,2002年1月.

7.领导师长挚友.北京:光明日报,2005年4月4日.

8.黑坟(重读经典集).北京:作家出版社,2005年6月.

9.周梅森读本(七卷).北京:时代文艺出版社,2005年12月.

10.周梅森作品精选.北京:长江文艺出版社,2006年12月.

11.周梅森反腐小说经典（五卷）.南京:江苏文艺出版社,2007年12月.

12.周梅森小说作品（五卷）.长春:吉林出版集团,2009年9月.

13.周梅森小说经典回顾（三卷）.上海:上海人民出版社,2011年5月.

14.周梅森·春风时政小说（五卷）.沈阳:春风文艺出版社,2012年2月.

15.南京大屠杀58周年祭.合肥:安徽文艺出版社,2012年12月.

16.周梅森反腐小说经典（第二版,六卷）.南京:江苏文艺出版社,2014年3月.

17.快马矫健.济南:时代文学,2014年第3期.

周梅森编剧的电视连续剧

1.人间正道.中央电视台,28集.

2.天下财富.中央电视台,22集.

3.忠诚.中央电视台,20集.

4.至高利益.中央电视台,20集.

5.绝对权力.中北影视等,27集.

6.共和国往事.中北影视等,30集.

7.国家公诉.江苏广电集团等,35集.

8.我主沉浮.上海电影集团等,35集.

9.我本英雄.浙江广电集团等,35集.

10.人民的名义.湖南卫视等,55集.

11.人民的财产.东方卫视等,60集.

建议配合二维码一起使用本书

免费获取专属于你的《国殇》阅读服务方案

本书具有让你时间花得少，阅读体验好的方法

三种阅读方式：简单了解式阅读？高效快速阅读？深入研究式阅读？由你选择！

本书可免费定制三大个性化阅读服务方案▼

1. **轻松阅读**：提供随手易得的辅助阅读资料，每天读一点，看完即止；
2. **高效阅读**：让阅读事半功倍，专攻本书的核心阅读脉络，快速阅读本书；
3. **深度阅读**：提供更全面、更深度的拓展阅读资料，深入研究本书。

个性化阅读服务方案三大亮点

[时间管理]
根据你阅读本书的目的，为你制订一套完整的、具体的阅读计划。

[阅读资料]
精准匹配与阅读需求一致的本书辅助资料或拓展阅读资料。

[社群共读]
群里都是同读本书的读者，你可以和他们共享本书相关知识，交流阅读经验，分享阅读感悟，并获取本书不定期的活动信息。

微信扫码

免费阅读定制方案

不论你只是想对本书知识简单了解，还是想短期内快速提升，或者想在这个方向深入挖掘，都可以通过微信扫描【本页】的二维码，根据指引，选择你的阅读方式，免费获得专属于你的个性化读书方案。帮你时间花得少，阅读效果好。